1.ª edición: noviembre, 2016

© Ruth M. Lerga, 2013
© Ediciones B, S. A., 2016
   para el sello B de Bolsillo
   Consell de Cent, 425-427 - 08009 Barcelona (España)
   www.edicionesb.com

Printed in Spain
ISBN: 978-84-9070-304-5
DL B 18927-2016

Impreso por NOVOPRINT
                Energía, 53
                08740 Sant Andreu de la Barca - Barcelona

Cuando el amor despierta

RUTH M. LERGA

Para Ángel, el barbero de Benifairó de les Valls,
que se marchó como vivió: sin hacer ruido.
Seguimos echándote de menos todos los días.

Agradecimientos

Esta novela no existiría de no ser por mi madre. No pensaba crear la historia de Julian. El conde de Bensters era un personaje comodín, que me vino bien para conocer mejor a James y a Richard. Le di un mínimo de forma, pero sin intenciones ulteriores. Cuando me puse con una saga nueva, la de los Knightley, mi madre me preguntó, con ese tono que solo saben poner las madres: «¿Y cuándo escribirás la historia de Julian?» Me ofrecí a contársela tomando un café, pero no la convencí. Así que aquí la tenéis; aquí la tienes, mamá: *Cuando el amor despierta*.

Bueno, Mar, y tú también la tienes, para cuando aprendas a leer, que será en apenas unos meses. De cada cosa que escribo, un pedacito siempre es para ti.

Tampoco sería posible que la tuvierais en vuestras manos sin la confianza que Vergara, con Mariza Tonezzer a la cabeza, tiene en mí. Todavía no estaba terminada cuando le pusieron fecha de publicación. ¿Os lo podéis creer? Me pidieron un resumen, les convenció la historia, confiaron en mi forma de escribir, y ¡¡aquí está!! Esto es un sueño, pero no quiero despertar, gracias.

Y si esta historia pertenece a alguien, es a las lectoras de *Cuando el corazón perdona*, porque os interesasteis por «mis chicos», por James y por Julian, e incluso me preguntasteis por ellos. Es increíble que alguien a quien no conoces te pase un mail para contarte que ha disfrutado con tu pequeña locura, con lo que has escrito, y te pida más. Sois estupendas, fantásticas,

— 9 —

maravillosas. No cambiéis jamás, os digan lo que os digan. Y no dejéis de soñar nunca.

Y en este inciso, en el de las lectoras, no puedo dejarme al Rincón de la Novela Romántica, a mi RNR, que me dio mi primera oportunidad, y que tras más de un año sigue a mi lado, orientándome, aconsejándome, abrazándome cuando me decepciono. Allí he encontrado amigas de verdad, entre sus administradoras y foreras. Amigas que lo serán siempre.

Después está Olga Salar, escritora y mucho más, que leyó la novela en primicia. Fue mi *tester*, me orientó, soportó mis miedos, mi temor a no dar la talla... Ha habido otras lectoras después, pero en primera línea de fuego estuvo ella, y aguantó como una campeona.

Claro, no me puedo olvidar de mi familia de nacimiento y de mi familia nueva, de mis hermanos y cuñados de ahora y de siempre, diré que yo tengo dos madres y mi marido dos suegras; de mi padre, que leyó su primera novela romántica solo porque la había escrito su niña; del clan Lerga, matriarcado de genio y figura que nunca falla; de mis tíos Enrique y Manolita, que tanto me quieren; de Olalla... Y de mis amigas, las chicas, pues sus maridos no la han leído, y a ellos los conozco desde hace más años. Sí, hablo del pes-pel.

Y dejadme también, y especialmente, hablar de Lola. Si el amor llega, a veces, de la mano de las segundas oportunidades, ella y yo somos el vivo ejemplo, y Neus y Mar nos recuerdan día a día lo que perdimos, y lo que estamos recuperando tras unas «vacaciones».

Y en último lugar, pero el más importante, está *él*. No hubiera escrito *Cuando el amor despierta* si no tuviera a mi lado a alguien que creyera en mí más de lo que yo lo hago. Alguien que me dijera todos los días que no deje de escribir, que soy más feliz desde que comencé a contar historias. Alguien que no solo me alienta con sus palabras, sino que me trae la cena al estudio porque estoy escribiendo, o que baja el volumen de la tele porque estoy corrigiendo, o que pasa fines de semana sin salir y sin quejarse por ello porque tengo trabajo que hacer. Ángel, sin ti no lo habría logrado. Te quiero.

Prólogo

*1811, al norte de Inglaterra, entre los condados
de Durham y Yorkshire.*

Una jovencita correteaba por la orilla de la playa agitando
los brazos al viento, como veía hacer a las gaviotas que grazna-
ban apenas unos metros sobre su cabeza, riendo y tratando también ella de alzar el vuelo.

—¡Llevadme con vosotras! —Les demandaba a gritos.

Si algún aldeano viera a la única hija de los vizcondes de
Watterence vagar por la playa sin su aya no se habría escandalizado demasiado. Aquella niña gozaba de la libertad como pocas, y su familia le consentía cierta independencia. April era una
muchachita afortunada, adorada por sus padres pero cuidada de
los excesos. En aquel momento parecía una valquiria, lo que no
se alejaba demasiado de la realidad, pues su madre, aun prusiana, tenía ascendencia de las tierras más al norte de Europa, en
la península escandinava. Su pelo tan claro y los ojos grises
ayudaban a crear la imagen de deidad guerrera, como también
lo hacía que correteara en camisa y enaguas, descalza y con los
largos cabellos sueltos meciéndose al compás de la brisa.

A sus once años todavía no era una mujer, pero su cuerpo
tampoco era ya el de una niña, por más que ella no fuera consciente de la belleza que otros comenzaban a vislumbrar, y de la
que sus padres presumían en privado con orgulloso amor.

Vio como las gaviotas se alejaban y les gritó más fuerte, alborotando únicamente por el placer que caminar por el borde del agua le producía.

—¡No huyáis sin mí, mostradme otros mundos, contadme las historias de aquellos a quienes veis al otro lado del océano!

Y dio la vuelta para seguirlas cuando estas giraron, tropezando contra el cuerpo de un hombre. Más sorprendida que asustada, alzó la vista para encontrarse unos ojos azul claro que la miraban con fascinación.

—¿Quién sois y qué hacéis aquí, señor? —Le exigió con suficiencia.

Aquel arenal era un lugar especial para ella, casi mágico, y se dijo, obstinada, que nadie entraba en él sin su permiso.

Julian rio. La voz de la señorita, autoritaria y exigente, no parecía concordar con la muchacha a la que había visto correr desde lo alto de los acantilados y que le había atraído, cual sirena a Ulises, hasta la playa.

Si April se ofendió por la falta de respuesta, también se contagió de la risa franca de aquel hombre, que parecía joven, y relajó las facciones de su dulce rostro.

—Yo soy lady April Elisabeth Martin, señor.

Y le tendió la mano para que se la besara al tiempo que hacía una pequeña reverencia con la enagua de batista blanca. De nuevo Julian sonrió. Aquella niña tenía una elegancia innata que hubiera hecho posible presentarla en la corte con ese mismo atuendo sin que perdiera un ápice de su aire distinguido. Debía contar con once, quizá doce años. Ya no era una chiquilla, pero tampoco una mujer, no una de verdad. Tomó su mano y le rozó apenas con los labios la punta de los dedos, haciendo un ligero reconocimiento a su condición asintiendo con la cabeza.

—Lady April.

Y no dijo más, pero continuó inmóvil, absorbiendo cada detalle de aquella hermosa estampa. La chica parecía feliz, libre de cualquier responsabilidad, problema o mal recuerdo, rodeada de un marco incomparable, en aquella playa, remanso de paz, con el mar del Norte de fondo, azotando a lo lejos contra los acantilados, en un día de verano. Él, en cambio, se sentía Hércules, sosteniendo el mundo, o su mundo al menos, sobre sus hombros.

—No sabéis mucho de educación ¿verdad, señor? —La pregunta fue franca, directa, sin prejuicios ni admoniciones—. Pero no importa, puedo enseñaros. Lo habitual es no hacer una amistad nueva sin que algún conocido en común la inicie, pero obviando ese detalle...

—Dado que ya lo habéis obviado vos, milady, presentándoos sin que mediara un conocido común...

—Exacto, pero nuestro tropiezo ha hecho necesaria una presentación. Y en cualquier caso, Danke cuida de que todo se haga de la manera correcta, sin que en ningún momento se olvide el decoro. —Se excusó con satisfacción. A lo lejos, un dogo alemán de color negro les miraba, tumbado plácidamente sobre la arena, lejos del agua. Debía complacerle la nueva compañía de su dueña, pues no se había inmutado con su llegada—. Pero en todo caso lo que quería haceros entender es que ahora es vuestra oportunidad de decirme vuestro nombre.

Se presionó el lóbulo de la oreja derecha, como solía hacer siempre que pensaba, sin poder evitar sonreír a la mujercita que tenía delante. ¿Quién era él? ¿Acaso importaba? No a una muchacha inocente que ni sabía, ni debía conocer jamás, la vida que había llevado, y la que le esperaba a partir de aquel día.

—Apenas soy un simple hombre camino de mi regimiento, milady.

—No os creo, señor.

Atónito, volvió a proferir una ligera carcajada, que le sorprendió por parecerle ajena a sí mismo. Pequeña descarada, que le había hecho sonreír más en apenas quince minutos que en el último año de su vida. Desde que la viera dejar en una roca sus ropas, que se quitara con impaciencia junto con las horquillas de su claro cabello, y correteara de aquí para allá, hablando a las aves marinas, una mueca divertida había estado bailando en sus bien cincelados labios. Había seguido su instinto al detener su caballo y bajar hasta la playa, y no se arrepentía. Atesoraría la imagen de la felicidad y la inocencia durante los horrores de la guerra en la península.

—¿Podría preguntaros, milady, qué os hace pensar que estoy faltando a la verdad con mis palabras?

La trataba como a una dama, a pesar de que todavía faltaban algunos años antes de que pisara Almack's. Causaría más de un trastorno en los salones de Londres cuando debutara, sin duda. Eso si sus padres no trataban de aplastar su espíritu en aras del decoro.

—Por tres razones. La primera es que no portáis uniforme, señor.

¿Tres razones en apenas un instante? No pudo dejar de admirar su perspicacia. Se explicó.

—Ingreso mañana en mi regimiento. Allí confío en ser provisto de uno que, espero, esté a la altura de vuestras expectativas, aunque no puedan gozar de él vuestros enormes ojos grises.

La muchacha le miró, extrañada. Era poco más que una niña, se recordó Julian. Esta se encogió de hombros sin comprender.

—En segundo lugar, los caminos de la costa no conducen a ningún campamento militar. Todos ellos se hallan en el interior. ¿Qué hacéis, pues, bordeando los acantilados?

—Mi regimiento se halla en Leicester. —Se reafirmó en la agudeza de la joven y le concedió el mérito, divertido—. Pero no podéis negar a un hombre que se dirige al campo de batalla una última visión de la belleza del mar del Norte, milady, antes de que la guerra anegue sus recuerdos.

Ella pareció valorar sus motivos y juzgarlos según su propio criterio, tratando de decidir si le mentía, si era o no un soldado. Curioso, le preguntó por el tercer motivo. Vio como se afrentaba y callaba unos momentos, pensando si responderle o no.

—Lady April, nos hemos reconocido como amigos, y no hay nadie más que pueda escucharnos, más allá de vuestro fiel Danke, que seguro os guardará el secreto. Así pues, decidme, ¿cuál es la tercera razón por la que no me creéis un soldado?

Pareció querer asegurarse de que, efectivamente, nadie más la oiría antes de responder, ruborizada.

—No sois hermoso, señor. Y todas las sirvientas de Watterence Manor afirman que los soldados son hombres bien parecidos.

Lo absurdo de la afirmación, y verse considerado poco agraciado por primera vez en sus diecinueve años de existencia, le hicieron reír. Si la señorita hubiera superado las quince primaveras la hubiera besado hasta hacerla sucumbir, hasta ver reconocida su hombría. Su experiencia era su adalid frente a la inocencia de la joven. Pero apenas era una muchacha que acababa de dejar el cuarto de los niños para ingresar en el de estudio, donde harían de ella una dama a la que entregar al caballero adecuado.

Resignado al recordar cuán hipócrita era la nobleza inglesa, y cómo él mismo la había sufrido, le acarició la suave mejilla con ternura, deseándole en silencio lo mejor, sabiendo que poco a poco Londres se engulliría el espíritu de aquella mujercita cuyo recuerdo guardaría con devoción el tiempo que estuviera en el frente.

—No permitáis que nadie cambie quien sois, lady April. Que os pulan, como dirán que hacen, que os eduquen en las mejores formas sociales. Aprended canto, piano, acuarela y memorizad los clásicos; pero no consintáis que doblequen vuestro espíritu, pues lo que he vislumbrado hoy, vuestra esencia, os hará más hermosa que el mejor de los vestidos, que el mayor de los diamantes.

Y volvió sobre sus pasos. La guerra le esperaba. En el mismo momento en que recordó que se dirigía a España se irguió, consciente de qué le aguardaba, pero una mano blanca, pequeña, tiró de la suya deteniéndolo. Se volvió y vio la pureza en sus enormes y claros ojos.

Le empujó hacia ella con decisión, así que Julian se agachó hasta su altura, cabeza con cabeza. Recibió un casto beso en la mejilla como recompensa. Un beso que sabía a mar, a sol, a libertad, a inocencia, y a desasosiego.

—Buena suerte, señor.

Le dijo en un susurro, quizá consciente por un momento de lo que significaba ser soldado cuando Francia pretendía alzar un imperio en el continente.

Él se puso en pie y le tomó la mano con reverencia. Se la besó apenas, y haciendo una exagerada floritura que hizo las delicias de la mujercita, le sonrió con el mismo cariño que había recibido en su tierno gesto.

—Ha sido un placer conoceros, lady April Elisabeth Martin.

Y se alejó de ella, sintiendo su contacto latirle en la mejilla, como una caricia en algún lugar de su alma que creía muerta hacía años.

1

Woodward Park,
finales de febrero de 1818

La imponente figura de lord Julian Cramwell sobresalía entre las altas lápidas de piedra del pequeño cementerio familiar. Ninguna flor descansaba en ellas, muestra no solo de que rara vez eran visitadas, sino de que su ornamentación estaba prohibida. Como si el hecho de fallecer hubiera sido delito suficiente para quienes allí reposaban; como si por morir hubieran de ser condenados al exilio del olvido. El frío granito desnudo dominaba aquel abandonado camposanto.

Firme, miraba las tumbas de sus tres hermanos mayores, buscando algo de paz antes de la batalla final contra su padre, el marqués de Woodward.

Lord Edward Brandon Cramwell, 1785-1807.

Lord John Daniel Cramwell, 1788-1809.

Lord Phillipe George Cramwell, 1790-1813.

Todos ellos habían fallecido jóvenes, como ocurriera con la mayoría de los miembros varones Cramwell. Se decía que en su familia eran muy buenos engendrando muchachos, pero que no lo eran tanto para mantenerlos con vida. En casi todas las generaciones había quedado un único hombre para heredar, por lo que la posibilidad de que algún primo, tercero o cuarto, mantuviera el apellido, se había ido alejando. Su propio padre, el actual marqués, no había tenido más familiares varones que sus hijos.

Y a pesar de su dedicación y celo tres de los cuatro habían dejado aquel mundo antes que él.

Si el orgullo del marquesado Woodward no fuera tan legendario como su alcurnia y fortuna, tal vez alguno de sus muchos ancestros cuyos retratos colgaban con vanagloria en la galería interior habría solicitado una gentileza a algún soberano con el que la familia hubiera estado especialmente congraciada durante sus más de siete siglos de tradición para que permitiera a las mujeres Cramwell heredarlo en caso de necesidad, como ocurría excepcionalmente en algunos títulos en Irlanda. Pero hasta la fecha siempre había habido un varón para mantener vivo el marquesado. Y nada hacía pensar que esta vez fuera a ser diferente. La vanidad por tanto, añadida a la situación que vivía la corona, con un rey al que todos llamaban loco y un regente incapaz; así como también la esperanza, habían evitado a lord Edward la humillación de recibir del palacio de Saint James una negativa. Jamás contó el actual marqués con el anuncio que iba a recibir del único hijo que restaba para heredarle.

Como último Woodward Julian había desafiado irresponsablemente pero a conciencia a la muerte en muchas ocasiones. Algunas veces de la forma más estúpida, otras de manera más heroica, especialmente al alistarse en la guerra de la península y luchar junto a Hill. Pero a pesar de los peligros no había caído en el campo de batalla.

Se esperaba que a los veintiséis años cumpliera con su deber y se centrara en crear una familia, como cualquier hombre poseedor de título y fortuna debía hacer.

Y a pesar de que ningún noble se atrevería jamás a escribir en un libro de apuestas cuándo le visitaría a él la bella dama con la guadaña, la vida disipada que parecía empeñarse en mantener hacía que se comentara en *petit comité* que quizá sería Julian quien dejara a la familia definitivamente sin heredero, perdiéndose así el linaje de los Woodward tras haberse mantenido tantas veces al filo del ocaso.

Lo que nadie podía sospechar era hasta qué punto estaban cerca de la verdad. Y aun así nadie sabría jamás qué había empujado a Julian a condenar a su propia estirpe a la extinción.

Ni siquiera la originaba la ignorancia a la que se vio relegado durante su infancia. A fin de cuentas el destino de cada hermano había sido marcado por el orden de su nacimiento.

El primer hijo, Edward, sería el heredero, y como tal fue educado.

El segundo, John, haría carrera en el ejército, aunque se aseguraría el marqués de que no corriera ningún peligro real. Fue destinado a tareas administrativas para su vergüenza, estando el país cercano a una guerra con Francia.

El tercero, Phillipe, sería entregado a la Iglesia. Dada su deteriorada salud era la opción idónea, además de la esperada.

Pero el cuarto, Julian, no tenía función alguna. Debió estudiar una de las tres profesiones aprendidas o liberales, como las llamaban en los círculos selectos. Y dado que la teología había sido reservada para el tercero de los Cramwell, sería la medicina o el derecho su manera de ganarse la vida sin deshonor. Recibió no obstante, avatares del destino, una educación privilegiada; y en aquel momento era, en contra de los deseos de padre e hijo, conde de Bensters y futuro marqués de Woodward.

Buscó la atención de su padre como cualquier otro crío, suponía ahora desde la madurez. Hizo todas las atrocidades que se le ocurrieron para que se fijara en él. Sonreía al recordar el día en que quemó el establo. Normalmente lord Edward ni siquiera se molestaba en golpearle, sino que mandaba a otro a que le propinara los castigos, tan poca era la atención que le prestaba. Pero aquella vez sí fue reconocido por el marqués con diligencia. Con mucha diligencia, de hecho. Le propinó diez varazos en la espalda. A pesar de que habían pasado más de veinte años, todavía se encogía un poco de dolor al recordarlo.

Una pequeña sonrisa afloró de nuevo. No debía reír por tamañas palizas, pero el hombre que era ahora entendía que si hubiera sido un poco más inteligente hubiera buscado la aprobación de su padre a través del orgullo, siendo un buen jinete, como había resultado ser, habilidad que le permitió alistarse en la caballería; un buen pugilista o esgrimista, lo que por cierto también era y demostraba en Jackson's o Angelo's cuando estaba en Londres; un destacado estudiante, como atestiguaron las calificaciones durante sus años universitarios... y no un pilluelo por civilizar. Sospechaba que la ignorancia de un padre y la ausencia de una madre habían ayudado poco a un carácter solitario y rebelde.

—Afortunadamente en Cambridge tropecé con Wilerbrough y Sunder, que son lo más parecido a una familia que he conocido —comentó en voz alta, a nadie en concreto.

No se sintió mal por reconocerlo delante de las lápidas de sus hermanos, a pesar de confirmar que sentía más afecto hacia otros que por aquellos tres fallecidos con los que compartía sangre y apellidos. Apenas había tenido relación con los dos mayores, dada la diferencia de edad. Y Phillipe...

Pensar en Phillipe le turbaba, le estremecía la conciencia. Cuando se alistó en el ejército lo hizo únicamente como venganza hacia su padre. Edward había muerto en un duelo absurdo, fruto de un estúpido sentido del romanticismo, y no del honor. Y tres años después John hacía lo propio al caerse del caballo, ebrio hasta la saciedad, en una carrera en New Market.

El marqués lo mandó llamar a Woodward Park para el funeral, y una vez allí le prohibió que al regresar a Cambridge practicara esgrima, equitación, tiro, caza, o cualquier otra actividad que entrañara riesgo para su vida. Su hermano Phillipe, el nuevo heredero, moriría sin duda antes de casarse y tener hijos, preso de su carácter enfermizo. Julian debía considerarse responsable y cabeza de familia a partir de aquel día.

Cometió un grave error entonces: se precipitó. Sintiéndose importante para él, y recordando las palizas recibidas por su rebeldía y la falta de atención durante su niñez, se rio y le desafió, afirmando que haría de su vida lo que le viniera en gana. Aquella noche, mientras dormía, fue golpeado en la cabeza. Para cuando recuperó la conciencia estaba encerrado en la bodega, utilizada antaño como mazmorra. La mansión había sido una vetusta fortaleza normanda antes de ser remodelada al estilo isabelino. Lo mantuvieron recluso durante cuarenta días, atado de pies y manos. No recibió ni una sola visita durante aquel período. Se le proveía por debajo de la puerta, que tenía a tal efecto una esclusa, de una escudilla con sopa. Comía de rodillas como lo hacían los perros, pero se sintió más insultado que ellos, pues la jauría de caza del marqués era tratada con respeto. La única voz que escuchó durante su encierro fue la de su padre, siempre de noche, exigiéndole que se plegara a sus deseos. Fue liberado por una carta del rector de Cambridge, solicitando su retorno al curso académico.

Y aunque jamás contó a nadie lo sucedido, durante aquellos cuarenta días tuvo tiempo de sobra para planear su venganza paso a paso, para permitir que el odio y el desquite crecieran en él hasta convertirse en el único motivo para seguir viviendo.

Con Inglaterra implicada en la guerra en la península contra las tropas francesas, se alistó con la sola finalidad de hacerle sufrir. El marqués le escribió una carta jurándole que cada semana que estuviera en España, Phillipe recibiría una paliza como la que le propinara a él cuando quemó el establo. Por supuesto, Julian no le creyó capaz de semejante vileza. No contra su heredero. Y cometió aquí su segundo error. Su padre cumplió fielmente su palabra, semana tras semana, hasta que su hijo falleció, como supo al regresar a casa tras la batalla de Vitoria, de la boca del mismo marqués.

—Lo lamento, Phillipe. Lo lamento con lo que pueda quedar de mi alma —susurró con voz ahogada.

Y era cierto, pues aun sabiendo que lord Edward había agonizado día tras día sin saber si la única posibilidad de que el marquesado se mantuviera otra generación vivía, tenía también la certeza de que su hermano había sufrido todavía más a manos de su padre. Phillipe era un joven débil y sensible en extremo. Sabía que no le habría culpado de lo ocurrido, tan sensato y amable fue. Desgraciadamente Julian no eran tan indulgente consigo mismo.

Pero había llegado la hora de devolver a su padre cada golpe. Por él y por Phillipe. Había llegado el momento de que el marqués de Woodward entendiera que su peor pesadilla, que la base sobre la que había construido su vida, iba a desmoronarse frente a sus ojos sin que pudiera hacer nada por remediarlo.

—Hoy —aseguró a la tumba de su hermano— juraré ante Dios y ante vuestro padre que jamás me casaré ni tendré hijos, y que conmigo la estirpe de los Cramwell perecerá, y su título regresará al rey por falta de continuidad. No puedo volver el tiempo atrás, no puedo hacer que tu infierno no exista —se le quebró la voz, como cada vez que pensaba en el sufrimiento al que Phillipe debió verse sometido—, pero puedo jurarte que lord Edward se arrepentirá día a día hasta el mismísimo instante de su muerte de cada vez que te golpeó. Hoy se hará justicia.

Y dejando caer una rosa blanca sobre la desnuda tumba, se dirigió hacia la mansión.

—¿Cómo osas realizar tamaña afirmación? ¿O es que acaso no tienes conciencia?

El marqués de Woodward acompañó estas palabras alzándose sin pensar de la silla de roble de ciénaga, regalo de alguno de los primeros reyes normandos a su casa, armando el brazo contra su hijo y cerrando el puño. Este se mantuvo inmóvil, en tensa postura militar perfeccionada tras años de entrenamiento castrense. Lord Edward recobró el sentido antes de cometer el error de asestarle un puñetazo. Julian ya no tenía diez años.

Únicamente cuando le vio volver sobre sus pasos hasta el otro lado de la mesa y servirse una copa de vino, quién sabía si tratando de ganar tiempo para buscar una ofensiva menos arriesgada o para digerir mejor su derrota, respondió con estudiada apatía.

—¿Cómo os sorprende a vos que lo haga, en cambio? ¿O es que acaso no tenéis memoria?

La mirada que ambos, padre e hijo, se cruzaron, hubiera podido trepanar el más duro de los cráneos. Aquellos dos hombres se aborrecían, y nunca había sido de otro modo.

La copa del marqués salió despedida contra la pared de enfrente, haciéndose añicos, al igual que sus expectativas. Toda su vida se desmoronaba frente a él, sin que pudiera hacer nada por evitarlo. El servicio salió de la estancia ante lo que estaba por venir, dejándolos solos.

—Has tenido años para preparar tu venganza ¿no es cierto, Julian? —Masticaba cada palabra con inquina.

—En realidad solo necesité cuarenta días, milord.

Tras un pesado silencio, creyó poder apelar a su humanidad, sin saber que la guerra le había robado la poca que él mismo le dejara tras su encierro.

—Condenas a la ruina a aquellos que dependen del marquesado, a cada hombre, mujer y niño de estas tierras, que morirá de hambre sin la supervisión del marqués de Woodward.

Podría haber refutado sus palabras diciéndole que no podía amar unas tierras que nadie le había hecho sentir propias. Que no podía preocuparse por un título que siempre le había sido ajeno. Ni por unas familias a las que jamás había sido presentado. Podría haber argumentado que el odio que sentía hacia él superaba con creces cualquier sentimiento de compasión, responsabilidad o amor.

En cambio, optó por la cruel indiferencia. No iba a darle ninguna opción de discutir. Ni lo deseaba tampoco. La demagogia le contrariaba. Y acababa de descubrir que, tras años viviendo únicamente para destruirle, alimentando un odio que a aquellas alturas de su vida le era ya inescindible, tanto que tal vez por eso no podría jamás ser saciado, no deseaba quedarse a ver cómo se desmoronaba.

—Para cuando eso ocurra, señor, para cuando el título revierta en la Corona, yo ya estaré muerto y poco podrá importarme el destino de otros.

La rabia contenida se agolpó en el marqués, sabiéndose derrotado. Su rostro tomó el color de la grana y una vena de su cuello engrosó de manera notable.

—Arderás por esto en el infierno, Julian.

Una risotada seca acompañó tal agüero.

—Por esto, milord, y por muchas otras cosas. Pero para desgracia de ambos, me temo que nos encontraremos allí.

Dicho esto, salió de la casa, y de la finca, sin mirar atrás.

No regresaría nunca a aquel lugar.

2

—Escribe esas referencias a mi favor para tu tía inglesa, Sigrid, por favor.

—Querida, ¿lo has meditado bien? Hace apenas una hora que el barón de Rottenberg —pronunció su nombre con repugnancia—, el hermano de tu madre, te dio la noticia y se marchó. Una hora no es tiempo suficiente para madurar un giro tan importante en tu vida. Lo que me propones no es reemplazar el color de los lazos de un sombrero. Me hablas de inventar una nueva existencia para ti, por el amor de Dios.

—¡Baja la voz! ¿Acaso pretendes que nos oigan? —le chistó.

Ambas callaron un momento, temerosas de que se abriera la puerta y alguna de las institutrices del elitista internado en el que estudiaban asomara por el quicio y las reprendiera, pues hacía más de una hora que debían estar acostadas.

No obstante, April había entrado en la alcoba de su mejor amiga, su única amiga en realidad, tal y como solía hacer casi siempre a la luz de la luna, desde que ingresara siete años antes en aquel colegio, cuando quedó huérfana tras el repentino fallecimiento de sus padres en una travesía en su velero. A diferencia de otras veces en las que se reunían para cuchichear sobre unas u otras internas, aquella noche lo hacía para referirle la imprevista visita de su tutor tras la cena, a quien por fortuna hacía más de dos años que no había visto, y para pedirle, como consecuencia de aquella entrevista, una carta de recomendación. Tras varios minutos en silencio, y seguras ya de que no serían sorprendidas y castigadas, continuó insistiendo en un suave susurro.

—Soy consciente de lo precipitado de mi huida. Pero también estoy convencida de que si lo medito durante más tiempo, me arrepentiré.

Su amiga la miró aliviada, soltando la pluma que le pusiera April en la mano casi a la fuerza.

—Entonces será mejor que no la escriba todavía, pues las prisas no son buenas consejeras. Esperemos a mañana. Quizá si lo recapacitas durante la noche...

Y aun así Sigrid suspiró con resignación. Tampoco ella quería verla casada con el marqués de Restmeyer. Adivinando los recelos sobre su compromiso, la corrigió, orgullosa.

—No es únicamente por su edad, y deberías saberlo. Tú eres la única persona que me conoce, la única que entiende qué deseo hacer con mi vida, cuánto me gusta perderme en otras épocas, en otras vidas. Y un matrimonio, un esposo, me impediría dedicarme a aquello que realmente me entusiasma, a lo único que me hace sentir plenamente feliz. Solo cuando escribo me permito soñar, consiento en dejarme llevar.

La otra no pudo negar la verdad que encerraban sus palabras. Aquella joven, a la que tan bien había llegado a conocer, únicamente abandonaba su rígida compostura cuando estaba a solas. Ni siquiera ella, su mejor amiga, la había visto mostrar algún sentimiento de alegría o tristeza jamás. El comedimiento era su estado natural, buscaba siempre el equilibrio, y cuando creía que sus emociones podían desbordarse buscaba siempre la soledad, temerosa de exponerse, de revelar debilidad y que otros la aprovecharan para hacerle daño. Solo en su primera noche en el internado, cuando April tenía once años, la escuchó llorar e intentó consolarla, ganándose que la echara en aquel momento de su alcoba, pero su lealtad para siempre.

En cambio, en aquel momento, en lugar de apoyarla y escribir la carta que le pedía de inmediato, se vio en la obligación de mostrarle la realidad más cruda. No sería su mejor amiga si no lo hiciera.

—Las mujeres escritoras no son felices, April. He oído que

Ann Radcliffe vive recluida. La nobleza la lee con avidez, pero nadie la acepta en los salones de Londres. Ni siquiera el señor Radcliffe parece poder tolerarla en el de su propia casa, pues por más que pueda amarla no logra superar su éxito.

—Razón de más para que me marche, Sigrid. Si me caso, bien me forzarán a dejar de escribir y me consumiré poco a poco, bien será mi esposo el que se consuma y me arrastre con él. Y eso si me profesa algún afecto. Si no es el caso y ni siquiera me respeta...

No hizo falta terminar la frase. Los derechos de un hombre sobre su esposa eran infinitos, y estaban amparados tanto ante los ojos de Dios como los del parlamento.

—Sin embargo, no entiendo por qué has elegido a mi tía Johanna. Sé que abrazará tu causa, ambas lo sabemos después de todo lo que me ha revelado en sus cartas durante todo este tiempo. Es una mujer... poco conservadora. —Dijo, sin saber cómo definir a aquella excéntrica dama con cuyas letras se habían deleitado durante los últimos cinco años—. Pero, ¿acaso crees que el barón no comenzará su búsqueda en Inglaterra?

—Mi tío me buscará por todas partes, y no cejará hasta encontrarme, querida. Pero no me queda familia allí. Y en Inglaterra o en cualquier otro lugar, no creerá que intente ganarme el sustento como criada. Pensará que te he pedido dinero a ti para... lo sé, sé que lo harías, pero ese es exactamente el tipo de actuación que espera de mí, y por eso precisamente es por lo que no te lo pediré. No, seré la dama de compañía de tu tía si me ayudas, y partiré hacia Londres dando un pequeño rodeo por el continente, intentando que se pierda mi rastro. Viviré como una doncella hasta que pueda cobrar mi herencia. Su exceso de confianza, su descuido, serán mi triunfo. Así que, por favor —su tono no fue suplicante a pesar de sus palabras—, escribe la carta, Sigrid.

Esta asintió, reticente, sabiendo que ella tenía razón, ignorando la voz medio exigente medio desesperada de April.

—Le diré quién eres...

—¡No lo hagas! —se alarmó. Y repitió luego, bajando la voz—: No lo hagas o mi tutor terminará deduciéndolo, pues es como el mejor de sus sabuesos. Si quieres hacer algo por mí, asegúrate de que tu futuro esposo, tu duque, cuida de mi herencia.

El dinero de su madre no había quedado sujeto al mayorazgo de los Watterence mediante ningún contrato prenupcial cuando sus padres contrajeron matrimonio, y por tanto podría recibirlo a los veinticinco años si se mantenía soltera. Soltera y con vida. Y aquel era su mayor temor, que su tío la declarara fallecida, o lo intentara al menos si no lograba encontrarla, y se quedara con la suma total del legado. Si bien aquella cantidad para un hombre de grandes pretensiones constituía apenas los gastos de tres años, para una mujer podían ser los moderados ingresos para toda una vida de sencilla dignidad.

Su amiga, la única que no la rechazó cuando llegó al internado por su condición de huérfana inglesa, estaba prometida desde niña con su vecino, el duque de Rothe, un poderoso noble. Si este no lograba ayudarla, nadie lo haría.

Y si April creía estar en deuda con aquella joven por tenderle la mano cuando arribó, desorientada y rota de dolor, a un país donde nadie hablaba su idioma, a esta le ocurría lo mismo. Su condición de futura duquesa había despertado envidias desde su llegada, y muchas la habían adulado de frente para criticarla inmisericordes cuando creían que no escuchaba. En aquella inglesa abatida e insegura había encontrado el apoyo necesario para afrontar la soledad de su día a día. Pediría a su futuro esposo que velara por su herencia, pero también a su tía que cuidara de ella, quisiera April o no. Confiaba en la discreción de lady Johanna. Y lo que era más, se dijo convencida, confiaba en lady Johanna para que se le hiciera justicia en Inglaterra.

—Prométeme que si te encuentras en apuros, acudirás a mí. En tres semanas me habré convertido en duquesa. —Sonrieron tristes al pensar en lo distintas que iban a ser sus vidas a partir de aquel momento, a pesar de lo similares que lo habían sido hasta entonces—. Habrá algo que esté en mis manos que pueda serte de ayuda.

—Prometido —declaró con solemnidad.

Y una vez pronunciado el juramento, tomó la pluma que había dejado de lado y, suspirando, se dejó dictar. April siempre había tenido la mente ágil y una predisposición valerosa a no permitir que otros sellaran su destino.

Una vez la carta fue escrita, los abrazos estrechados y las lágrimas derramadas, tomó una pequeña maleta con apenas algo de ropa y sus joyas más modestas, por si necesitaba de dinero, y se escapó por el sendero que ambas jóvenes habían recorrido en más de una ocasión sin conocimiento de las institutrices del colegio, en busca de pequeñas porciones de libertad para soportar su encierro.

Cuatro semanas después

La figura imponente del duque de Rothe llenaba el angosto corredor por el que le conducía el mayordomo. Una vez detenidos frente a una enorme puerta de roble que, supuso, sería el estudio de Rottenberg, apartó con impaciencia al sirviente altanero y entró en la sala sin esperar a que le anunciaran. Ni aquella era una visita social ni él necesitaba ser presentado en ninguna casa. Ni siquiera en palacio se le hacía esperar, menos aún en la morada de un barón.

El azorado mayordomo reaccionó apenas unos segundos después, cruzando también el umbral de la puerta, desconcertado por la ausencia de modales de tan ilustre invitado. El solitario ocupante de la sala les miró a ambos, e indicó al último que saliera sin necesidad pronunciar palabra.

Durante unos instantes el piar de un ave exótica, enjaulada en un rincón de la sala, fue el único sonido que se oyó. Se miraron, midiéndose, expectantes. Fue el anfitrión quien finalmente rompió el silencio.

—Excelencia. —Una ligera oscilación de cabeza, en reconocimiento a su título, acompañó el saludo—. No os esperaba.

—Me sorprende que no lo hicierais —contestó el otro sin ambages— siendo que habéis declarado fallecida a vuestra sobrina, frau Martin, o lady April, quien es por cierto la mejor amiga de mi esposa.

A pesar del tono educado del visitante, se adivinaba una latente furia en él. El barón tentó a su suerte, en contra de lo que le dictaba su buen juicio. Detestaba a aquel duque. Aquel hombre vigoroso tenía todo lo que él ambicionaba: mayor fortuna, mayor título, mayor poder.

—¿Venís a darme el pésame entonces, Herr Rothe?

Por un momento los ojos negros del otro refulgieron, y a punto estuvo de perder su bien estudiada compostura. Respiró profundamente antes de contestar.

—He venido a pediros que lo reconsideréis.

No era una petición, y ambos lo sabían. Rottenberg estaba atrapado en la orden ducal. Negarse a sus deseos era una afrenta que no podía permitirse.

Cuando vio que el barón consentiría su actitud beligerante cedió. Continuó, hablando con cinismo:

—Entiendo vuestra aflicción por la desaparición de vuestra sobrina, pero mi esposa está convencida de que no es más que eso, una desaparición, que lady April huyó asustada por algo.

—Mantenía el título inglés por despreciar a la casa de Rottenberg.

De nuevo los dos caballeros sabían a qué se refería el duque. Y una vez más optaron por callar.

Gunther Rothe bien podría haber salido de la estancia en aquel preciso instante y haber regresado a casa, seguro como estaba de que su palabra sería cumplida. Pero todavía tenía algo más que decir.

—La duquesa está muy afligida con este asunto. Esa es la razón de que no haya venido a ofrecerles su colaboración en la búsqueda. Lo hará en cuanto se sienta con fuerzas, pero hasta entonces agradeceré que no sea perturbada en este sentido.

Obtuvo otra vez un ligero cabeceo de afirmación como respuesta. El barón se veía atrapado por el rango, la importancia y las influencias del duque. La rabia le atenazaba. Maldito fuera aquel hombre, maldito fuera una y mil veces.

Satisfecho, Gunther salió de la estancia, y de la casa, deshaciendo el camino andado, sin esperar a que ningún lacayo le guiara, y sin despedirse siquiera.

No mencionó la cuestión de la dote porque no era necesario. Rottenberg no la dilapidaría mientras su sobrina no fuera declarada muerta. No, sabiendo que la casa de Rothe velaba por ella.

Y si, en una muestra absurda de estupidez, tocaba algo de aquella suma, si osaba gastar una sola moneda, había dado orden a su banquero de que le fuera notificado. Y se aseguraría de que estallara un infierno en la mansión que ahora dejaba.

El barón de Rottenberg daba vueltas por la habitación como un animal en cautiverio. Hacía más de dos horas que su indeseada visita se había marchado, pero la furia que había provocado todavía le acompañaba.

No dejaba de repetirse cuán desagradecida era su sobrina. Se había hecho cargo de la cría llorosa, sin más familia que quisiera hacerse cargo de ella que él mismo, cuando llegara de Inglaterra tras perder a sus padres. Si su maldita hermana, la madre de April, no se hubiera desposado con aquel vizconde inglés, y sí con el marqués que había dispuesto, no se habría ahogado en un golpe de mar al salir a navegar en velero con su esposo en un día de fuerte marejada en el mar del Norte. Pero su madre había intercedido por Watterence, deseando un matrimonio por amor; y su palabra había quedado en entredicho con el viejo amigo de su fallecido padre.

No obstante, el destino le había dado una segunda oportunidad de redimirse, cuando aquella jovencita llegó con once años a Prusia. Fue entregada a ese mismo marqués, septuagenario entonces, a cambio de su importante dote, y esperarían hasta que la muchacha cumpliera los dieciocho para anunciar el compromiso. Pero había resultado ser tan rebelde como su madre, y le había colocado en un brete. El marqués no aceptaría una segunda afrenta, y le exigía no solo la dote prometida, sino el doble de la cantidad por incumplimiento de estipulaciones.

¿Dónde estaría la condenada de su sobrina?, se preguntó, mientras seguía dando zancadas de un lado a otro de la estancia, cada vez más tenso.

No la había encontrado ni en Kaliningrado ni en sus alrededores, o no al menos en ninguno de los lugares esperados. Y una búsqueda exhaustiva requería un tiempo del que carecía.

En una jugada maestra, solo comparable a la de un gran ajedrecista, había declarado fallecida a April tras su desaparición y anulado así el contrato matrimonial con el viejo marqués para evitar tener que reintegrarle indemnización alguna, y se había embolsado además el total de la herencia. Pero tras la advertencia recibida, tendría que deshacer sus gestiones.

Probablemente el duque sabría de la dote de ella y la tendría vigilada. Ningún financiero del país negaría información a aquel poderoso noble. Por eso no le había reconvenido al respecto: ambos sabían que no era necesario hacerlo.

Mandaría buscarla, contratando a antiguos soldados o policías, si era necesario, y una vez localizada, pensó con malignidad, se aseguraría de que la declaración de fallecimiento fuera irrefutable.

3

—El marqués de Wilerbrough, milady.

Apartó los ojos de las páginas que leía con mal disimulada curiosidad en el instante en que escuchó las palabras del anciano mayordomo. Había oído hablar de aquel sobrino en concreto durante las casi cinco semanas que llevaba en la casa, pero extrañamente todavía no le había visto.

—Dichosos los ojos que te ven, James. Creí que esperarías a mi funeral para venir a South Street.

April apenas pudo sofocar una risita tras el volumen que leía, una compilación de obras de Shakespeare, esperando no resultar irrespetuosa a la alta figura que en aquel momento entraba en la salita. Aunque su sonrisa se convirtió en admiración en cuanto lo vio. Era un hombre alto, de facciones angulosas, no apuesto pero sí muy atractivo. Portaba un ramo de rosas amarillas que hicieron las delicias de la señora de la casa, quien sonrió con cariño al tiempo que giraba la mejilla para recibir un afectuoso beso.

La viuda de su tío Lewis era de las pocas personas que le tuteaba, y lo hacía por el placer de abusar de su posición como mujer de edad y hacerle sentir inferior a ella en estado. James se lo permitía solo por hacerla feliz.

—¿Cómo esperáis que venga más a menudo, tía Johanna, si cada vez que lo hago me flageláis con vuestra afilada lengua?

Su voz era cautivadora, se dijo April. Una voz de barítono, grave y bien modulada. Se fijó en que iba a sentarse cuando reparó en su presencia, y en lugar de hacerlo, se acercó a ella con mirada interrogante.

Reaccionando tardíamente, se levantó e hizo una sutil reverencia. Le vio alzar una ceja morena con diversión, al tiempo que le tendía la mano. ¿Esperaba besar la suya? Abochornada, se explicó.

—Me temo, milord, que no será necesario, solo soy...

—Ella es la señorita April, James, mi dama de compañía. April, permíteme presentarte a lord James Andrew Christopher Saint-Jones, marqués de Wilerbrough y futuro duque de Stanfort. —Vio como él alzaba la otra ceja y abría los ojos desmesuradamente en una mueca divertida, simulando creerse importante. Hubo de reprimir una pequeña carcajada—. Es uno de mis cinco sobrinos.

—Su sobrino favorito, en realidad —dijo, al tiempo que tomaba la mano que ella no le ofrecía y se la besaba sin rozarla apenas.

No había nada de seductor en sus gestos, y aun así había algo innato en él que atraía, se dijo April. Una mujer menos sensata hubiera caído rendida a sus pies.

James, por su parte, vio a una mujer hermosa, más del tipo de Bensters que del suyo. Pero sobre todo, vio a la acompañante de su tía, y por tanto, a una señorita vetada para él. Es más, a una muchacha cuya confianza quería ganarse. Estaba preocupado por la salud de lady Johanna, muy preocupado.

Esta, ignorando sus inquietudes, resopló con engreimiento.

—No le hagas caso. Cree que, como es el favorito de la sociedad, es también el mío. Como si yo me dejara guiar por lo que un puñadp de estirados deciden.

James volvió al lado de su tía, invitando a April con la mirada a que se acercara a servir el té que acababa de traer una doncella, y respondió:

—El día que te pliegues a sus exigencias dejarás de ser mi tía preferida.

—El día que te pliegues tú a las exigencias sociales, al menos a las referidas a matrimonio e hijos, comenzarás a ser mi sobrino preferido. Y ahora dime, jovencito, ¿por qué has tardado tanto en venir a verme, si hace ya varias semanas que estás en la ciudad?

Sirvió el té y quiso alejarse de nuevo al lugar que le correspondía, pero no se le permitió. Se le ordenó, de hecho, que se sentara con él, en el mismo diván. Era pequeño para que dos personas se acomodaran sin rozarse, pero lady Johanna insistió. James, en pie, esperando que ella se decidiera, terminó por tirar de sus hombros y sentarla él mismo.

—Es más sencillo hacerle caso que luchar contra ella.

Y siguió exponiendo en qué había ocupado su último mes.

Aunque resultara extraño, no se sintió incómoda, probablemente porque su acompañante se comportaba con total naturalidad. Pero al igual que ella, se preguntaba a qué jugaba la dama, buscando descaradamente que dos jóvenes intimaran en un salón, aunque fuera de una manera inocente.

—April, ¿por qué no llevas a mi sobrino al estanque y le enseñas las flores de loto que han traído esta semana de la India?

O no tan inocente, después de todo, se dijeron ambos a la vez.

—Me temo que tendrá que ser otro día, a pesar de que me encantaría ver las flores que, seguro, son de mi interés. Pero ahora tengo que irme, pues me esperan en otro lugar. Volveré en breve, lo prometo —le dijo, al tiempo que le besaba la mejilla—. Sí puede vuestra dama de compañía, si os parece bien, acompañarme hasta el vestíbulo, en cambio.

La sonrisa sagaz de la señora fue respuesta más que suficiente. Abochornada, April le siguió.

Una vez James estuvo seguro de que no serían escuchados, le habló en voz baja.

—Señorita April, hace tiempo que el doctor Grenson sospecha que la salud de mi tía ha mermado. Ella lo niega, pero el galeno insiste, y estamos preocupados. ¿Cree que en mi próxima visita, mañana, o pasado mañana a más tardar, podría enseñarme esas flores de loto, y aprovecharíamos para hablar con más calma al respecto?

Sorprendida por la amabilidad de su trato, porque no le exigiera nada y le explicara sus razones, además, solo atinó a asentir.

James le tomó la mano de nuevo y se la besó antes de marcharse, preguntándose quién era la tal señorita April y por qué parecía una dama vestida de criada, y no simplemente una criada.

No eran sus formas, ni su manera de hablar, las que le delataban. Él entendía de mujeres, y aquel cutis, aquellas manos que había besado una segunda vez para asegurarse, no habían sufrido las inclemencias del servicio.

Julian bajaba los escalones de su mansión en Grosvenor Street algo más deprisa de lo habitual. Un caballero jamás corría, pero él llegaba tarde a almorzar, maldita fuera su suerte y maldito también su valet, que no entendía el significado de «haz un nudo sencillo, John, por favor, que voy con retraso».

—La montura le espera en la puerta, milord.

—Gracias, Camps.

Otra buena razón para acelerar el paso en la entrada era no cruzarse con un mayordomo entremetido.

—Desde hace diez minutos, si me permite comentárselo, milord.

Se detuvo. Ya se demoraba, y recibiría con seguridad las quejas de Wilerbrough, quien detestaba que se le hiciera esperar, ya fueran uno o veinte minutos. Su mayordomo bien podía recibir una reprimenda también.

—Como si por prohibirte hacer comentarios fueras a dejar de hacerlos, Camps. O como si por llamarme milord todo el tiempo fueran menos inconvenientes, o impertinentes.

—Solo señalo, *milord*, que hace cinco minutos que debiera estar en el White's. Considero parte de mis deberes como administrador de esta casa hacerle notar sus descuidos. —Tanteó, antes de continuar—. Alguien debe hacerlo dado que el resto de la sociedad parece considerarlo perfecto. Milord.

Julian suspiró. En opinión de Camps, y dicho fuera de paso también según su ayuda de cámara, y su cochero, y todo el condenado servicio, recibía demasiada atención e indulgencia, toda ella dirigida, además, a alimentar su vanidad. Lo que no era bueno, insistían, para un hombre que se preciara de serlo, pues podía arruinar sus virtudes. Y todos ellos parecían considerar su obligación rebajar su supuesta soberbia, ya fuera de manera directa como hacía Camps, murmurando como su valet, o mediante silencios como el resto del personal con el que tenía menor relación. Incluso las mujeres de la casa le miraban admonitorias si no acudía a dormir, en lugar de suspirar rendidas por él como hacían las doncellas de Wilerbrough o Sunder. ¿Qué tenía que hacer un hombre para que el servicio le tratara como el lord que era?

La respuesta llegó sola: no contratar a antiguos compañeros del campo de batalla, ni a sus esposas o viudas.

A diferencia de otros, Julian gustó durante la contienda en la península de abandonar el campamento de los oficiales y visitar el de los soldados rasos de infantería que luchaban en primera línea de fuego para compartir impresiones con ellos. Aprendió allí que la valía de un hombre se medía por sus actos y no por su origen. No es que se convirtiera en un revolucionario al estilo jacobino, pero cuando se instaló en Londres y buscó personal para su casa, vio en las agencias de colocación a muchos combatientes que, tras arriesgar la vida por su país, vagabundeaban por las calles sin techo bajo el que dormir. Así que contrató a dichos militares, y a viudas de guerra también. Y tras unos pocos meses su casa funcionaba como cualquier otra. El servicio se había afanado en aprender, y la disciplina y el agradecimiento habían hecho el resto. Todo se desarrollaba exactamente como él quería, a excepción de su mayordomo y su ayuda de cámara, quienes habían luchado en su mismo batallón, aunque a otro nivel, y se habían tomado la licencia de decir lo que pensaban, con su tácito consentimiento. Aunque él negara abiertamente apreciar sus opiniones, ni intendente ni valet creían que las ignorara, y las prodigaban cuando convenía.

—No continúes por esos derroteros, Camps. O llegaré realmente tarde porque me convertiré en el señor feudal que dices que soy y te azotaré personalmente. Y sin remordimientos.

El antiguo soldado sonrió, antes de responder:

—¿Preferiría un mayordomo al uso, milord?

Julian chasqueó la lengua con fastidio. Pero el hombre que había luchado con él, codo a codo, sabía de sobra que estaba disfrutando con la pequeña refriega.

—Te crees muy seguro en mi casa, ¿no es cierto, Camps? Pero vigila la retaguardia, hay otros sirvientes que quieren ascender.

—Lo dudo, milord, nadie quiere estar a su servicio. He estado preguntando, incluso he pensado en dimitir, pero nadie...

No continuó, pues el conde ya se había ido. Con una mueca divertida, el mayordomo volvió a su trabajo renqueando, agradecido a Bensters por la oportunidad que había brindado a todo el personal, y a él especialmente. Había perdido un pie durante la batalla de Vitoria, y nadie contrataba a un criado cojo.

Ciertamente pocos hombres habían sido sensibles al sino de los soldados tras la guerra, y ninguno de ellos noble. Era considerado trabajo de caridad para mujeres.

Tal y como Julian vaticinara, el marqués de Wilerbrough le reprochó su falta de puntualidad en el mismo instante en que le vio.

—Llegas tarde, Bensters.

Sus amigos le esperaban en un reservado del White's. James había enviado una nota a su casa en Grosvenor la noche anterior proponiendo un almuerzo tardío.

—Y sabes que su gracia detesta que le hagan esperar —bromeó al punto lord Richard Illingsworth, simulando la voz de una matrona.

Julian sonrió de mala gana, torciendo la boca en un gesto.

—Wilerbrough, Sunder.

Siempre era el mismo ritual. Se saludaban por sus títulos, como si apenas se trataran, aunque la realidad fuera bien distinta. Rara vez utilizaban sus nombres de pila.

Julian los había conocido en el equipo de remo de Cambridge, y desde entonces eran inseparables. Richard y James habían estudiado juntos en Eton, por lo que, para cuando se los presentaron, aquellos dos ya eran uña y carne. Al principio se sintió apartado, aún le ocurría de hecho, aunque excepcionalmente; pero en pocos meses él mismo sintió que los conocía desde siempre, y por primera vez se consideró parte de algo, unido a alguien. Aquellos granujas eran como sus hermanos, y las únicas personas a las que podía considerar su familia.

Los miró con indulgencia, reconociendo la razón por la que quizá siempre se sentiría desplazado. No era tanto su pasado como su futuro. Aquellos dos calaveras algún día se casarían y tendrían hijos, y dada la cercanía de las fincas que iban a heredar, pues eran vecinos, siempre estarían juntos. Él, en cambio, no tendría esposa ni vástagos sobre los que hablar. Tal vez buscara una propiedad cercana en Berkshire, para mantener el contacto, decidió. La idea le templó los ánimos, al tiempo que se sentaba y los observaba.

James Saint-Jones, marqués de Wilerbrough, era el más solemne de todos ellos, probablemente porque desde niño había sido educado para convertirse en el duque de Stanfort, uno de los títulos más respetados de Inglaterra. Casi tan alto como el propio Julian, no había parecido alguno entre ambos. James tenía el cabello negro y los ojos azules, una nariz larga y fina, como su boca, y el rostro afilado. No era un hombre guapo, pero sí devastadoramente atractivo. Su cuerpo, espigado y bien formado, consecuencia del deporte que practicaba con regularidad, era más estilizado que el suyo, que era el más ancho de los tres. Su principal rasgo, o el más llamativo al menos, era su arrogancia. Si no se le conocía se la podía confundir con engreimiento.

Richard Illingsworth, vizconde de Sunder, medía un metro ochenta centímetros, y aun así era el más bajo de todos ellos. Era un canalla con mucho encanto, demasiado impulsivo a veces, pero poseedor de un corazón enorme. Con el pelo de color arena, los ojos marrones y una sonrisa perenne era sin duda el más guapo del grupo y el favorito de casi todas las mujeres, damas o no, que los conocían. Resultaba divertido ver cómo suspiraban en cuanto posaban su mirada en él. Y el muy canalla lo sabía, y bien que sacaba provecho de ello. Julian y James disfrutaban llamándole cabeza de chorlito, insulto del que el condenado cabeza hueca disfrutaba, sabiendo que no lo decían en serio, pues en Cambridge demostró magníficas capacidades para la geografía y la historia. Le encantaba ser el menos reflexivo de los tres.

Se preguntó qué verían los otros dos cuando le miraban a él. Rubio, ojos azules, frente alta, labios anchos, nariz recta, recio... Y taciturno, muy taciturno.

Así, James era el más asentado, Richard el más impulsivo, y él... Su última conquista, una baronesa viuda, le había comparado con un personaje de Austen, un tal señor Darcy: frío, distante, duro... Pero al parecer aquel personaje sabía amar. Él, como la viuda le reprocharía a la mañana siguiente de conocerse, mientras se despedía, era incapaz de sentir afecto por nadie que no fueran sus dos amigos.

Hacía apenas un par de meses que habían regresado de su *Grand Tour*,* pues aprovechando la paz en el continente habían recorrido durante un año algunos de los países más bellos de Europa, conociendo también a las mujeres más hermosas. Y al volver, tras pasar sus últimas semanas en Italia, se habían encontrado Londres exactamente igual que cuando se fueron. Flemático, inamovible, y un hervidero de actividad.

—¿No piensas disculparte, Bensters? —continuó James, irónico, devolviéndolo a la realidad—. Hacerme esperar a mí, a un futuro duque, es de pésimo gusto. Pero eso ya lo sabes, claro, pues te lo he de repetir cada vez que nos citamos. —Había chanza mezclada con cierta irritación en su voz.

—¿Me retarás a duelo si no te pido perdón desde la más profunda humildad, Wilerbrough? —le desafió Julian, siguiéndole la broma.

Aunque no por ello fuera menos cierto que siempre llegaba tarde. Tal vez debiera destacar como su principal rasgo la impuntualidad, reflexionó.

De la garganta de Sunder brotó una sonora carcajada.

—Yo no lo haría, James. Julian es inmortal.

Dos pares de ojos se posaron sobre el autor de aquellas extrañas palabras. Richard, a pesar de las intimidantes miradas, se encogió de hombros, flemático. Pero se explicó, más por diversión que por necesidad.

—Es el último de los Woodward. Y siempre queda uno, siempre uno y solo uno, para hacer posible una nueva generación de marqueses.

Por mucho menos hubiera estampado su puño en la cara de cualquier otro hombre, pero no en la de sus amigos. Ellos eran los únicos que podían bromear acerca de la supuesta maldición

---

* El llamado *Grand Tour* era un itinerario de viaje por Europa, antecesor del turismo moderno, que tuvo su auge entre mediados del siglo XVII y la década de 1820. Fue especialmente popular entre los jóvenes británicos de clase media-alta, considerándose que servía como una etapa educativa y de esparcimiento, previa a la edad adulta y al matrimonio.

que pesaba sobre su familia. Y estos solo lo hacían en privado, y con él.

—Así que —prosiguió alegremente Richard—, aunque sea únicamente por un mero proceso de eliminación, en un hipotético duelo morirías tú, pues él no lo hará mientras no engendre un heredero.

—Entonces, efectivamente, seré inmortal.

Un espeso silencio se condensó en el reservado tras su lúgubre sentencia. No hizo falta explicar más, pues el significado y sus consecuencias eran sencillas de entender para quienes le conocían en profundidad. Para quienes sabían, además, aunque fuera a grandes rasgos, de la pésima relación que mantenía con su padre.

—¿Lo has pensado bien, Julian?

Fue James quien preguntó, casi de forma retórica. Julian nunca decía nada sin haberlo pensado bien. No era impulsivo, no dejaba nada al azar, excepto tal vez su propia vida. Asintió, aun sin ser necesario.

El silencio comenzó a resultar opresivo.

—¿Cómo se llamaba la baronesa italiana con la que casi me sorprende el esposo en su recámara en aquel baile? ¿Alguien lo recuerda? —Richard cambió de tema, ágil—. Si no es por la rapidez de reflejos de Bensters...

—No tendría tan buenos reflejos aquella noche, no cuando se llevó un buen derechazo del barón en la mandíbula —se ensañó James, tratando de sonar divertido, también.

Y siguieron riendo sobre sus viajes como si no le hubieran escuchado proferir la peor suerte para un título.

Si no incidieron en la promesa de Julian de no tener descendencia no fue por falta de preocupación y sí por respeto. Su amigo hablaría de ello cuando quisiera, cuando estuviera preparado. Y ambos debían estar allí para escucharle y tratar de aconsejarle.

Y aun así James se revolvió solo de pensar en darle la razón. Y se negó a aceptar los designios de su amigo. Lucharía contra él si era necesario para que no cometiera un error cuyas consecuencias, estaba convencido en su arrogancia, desconocía.

4

Se hallaban en la sala de recibir vespertina, lo que era ya una costumbre para ambas mujeres tras su llegada al número veinte de South Street. Se reunían allí al sol de la tarde. La joven leía, pues se le había concedido generosamente acceso a la biblioteca de la casa, y la dama bordaba.

April miró de soslayo a lady Johanna, quien ajena a su lectura daba pequeñas puntadas a un lienzo de color crema, y volvió a dar gracias por su buena suerte. Quizás otras pensaran que, dado su linaje, ser dama de compañía era una desgracia, pero no así ella. Su alcurnia sería impecable, sí, pero su situación era precaria. Tenía que ganarse el sustento o volver al seno de su familia prusiana y aceptar las imposiciones de su tío. Y eso significaba acceder a un matrimonio no deseado. Debía seguir escondida en Londres, y rezar cada noche porque todo saliera bien. Le aterraba la idea de ser descubierta; tanto que durante su primera semana en Inlgaterra apenas había logrado dormir.

—¿Te contó alguna vez mi sobrina cómo me convertí en la condesa de Hendlake? —le preguntó lady Johanna, aburrida al parecer de bordar, dejando a un lado su bastidor.

Si la dama supiera todo lo que Sigrid le había contado sobre ella... se regocijó. Pero, desgraciadamente, no podía ser sincera.

—Me temo que su sobrina y yo apenas teníamos trato, milady. Fue un atrevimiento por mi parte pedirle que me recomendara, de hecho.

Por un momento los ojos negros la perforaron, como si quisieran leerle el alma.

—Claro, por supuesto. —Hubo un silencio en el que ambas lamentaron la mentira que se representaba. Sacudió la cabeza, volviendo al presente, y comenzó a recordar—. El mío fue un matrimonio concertado. Lewis, mi esposo, fue muy consentidor conmigo, siempre lo fue. En realidad estaba perdidamente enamorado de mí, April. Por aquel entonces yo era muy hermosa. No como ahora, que estoy llena de arrugas. Era una de las favoritas de la sociedad.

—Seguís siendo hermosa, milady.

Con mirada soñadora agitó la mano, sin querer creerla, a pesar de saberse bella todavía a sus sesenta años.

—En todo caso tengo que confesar que yo no lloré su muerte del mismo modo que él hubiera llorado la mía. —Calló un momento, esperando una reacción espantada por parte de la joven, que no llegó. Satisfecha, prosiguió—: Pero eso no significa que no le hiciera feliz. Durante nuestro matrimonio, que apenas duró dos años, me esforcé por darle todo lo que deseaba. Solo un hijo nos fue negado.

Absorbía cada palabra. Conocía aquella historia, y en cambio al oírla en voz de su protagonista hacía que se le revelara por primera vez. Vio cómo a la señora le caían un par de lágrimas, y confundió su pena.

—Estoy segura de que le disteis todo lo que estuvo en vuestras manos, todo lo que erais, excepto un heredero.

Lady Johanna la miró con horror, mientras se secaba las mejillas.

—Te puedo garantizar que jamás hice tal cosa. —Su voz no temblaba, era firme—. Le di mucho, desde luego que lo hice, como se esperaba, y se espera todavía, de cualquier esposa digna de ser llamada así. Pero también me guardé deseos solo para mí, anhelos, ilusiones. El matrimonio debe ser eso, especialmente para la mujer, que es la pieza más débil en él. Saber qué parte entregar, en qué desistir, y concluir qué sueños son irrenunciables, por qué sí merece la pena luchar, qué forma parte de tu identidad, de tu dignidad, qué te es inherente y jamás entregarías, ni siquiera por amor.

La escritura, se dijo April sin pensar. Ella jamás dejaría de escribir. Por nada ni por nadie.

¿Podría ella amar y ser amada sin dejar de perderse entre páginas en blanco y una pluma para llenarlas? Jamás lo había pensado. ¿Sería feliz conjugando ambas cosas? ¿Podría ser feliz un hombre a su lado, con una esposa *intelectual*? Siempre había creído que ambas ideas eran incompatibles. Y en cambio la experiencia de aquella mujer parecía hablarle de otras vidas.

—Lewis fue feliz, tanto que dejó a su heredero el título, un sobrino que ahora debe tener mi misma edad... Un solterón que me pidió matrimonio varias veces —se reía mientras lo recordaba— y a mí todo lo demás: la casa, el dinero y las joyas. ¿Hubieras vuelto tú a Prusia, pudiendo vivir una vida completamente independiente?

Negó con la cabeza lentamente. Aquello era lo que iba a conseguir en siete años, si todo salía bien. Libertad, independencia, capacidad para decidir qué hacer con su vida. Y después de oír a aquella dama, ¿quién sabía? Tal vez, en un futuro, amor, de un modo u otro. E hijos. Quizá también hijos, el mayor anhelo al que creía haber renunciado.

Sus palabras le infundían ilusión. De repente volvía a sentirse joven, ligera. De sus hombros se había alzado por un instante toda la responsabilidad que había cargado desde que escapara del internado. Tenía que creer que no era imposible. Que su tío no la encontraría, y que el duque de Rothe cuidaría de su herencia. Y ahora parecía posible.

Ajena a sus pensamientos, o eso creía ella, la otra siguió hablando.

—¿Conoces a Mary Wollstonecraft?*

Enrojeció violentamente, sin estar segura de la respuesta que debía dar. Algo, quizá lo que conocía de ella y lo que le acababa de confesar, la inclinó hacia la sinceridad.

—He oído hablar de la escritora, milady, pero no he leído ninguno de sus tratados.

—Por supuesto que no —corroboró con firmeza la señora,

* Escritora inglesa (1759-1797) y una de las iniciadoras del pensamiento feminista.

para añadir después con una sonrisa burlesca—, pero tal vez te preste alguno, más adelante.

Los ojos grises se agrandaron por la sorpresa tanto como por el placer.

—¿Tenéis alguno de ellos en vuestra posesión? —La ilusión se adivinaba por igual en sus ojos y en su tono—. No he visto en vuestra biblioteca ninguna de sus obras.

—¿Insinúas que una dama de bien como yo leería a semejante revolucionaria, acaso?

El bochorno la invadió, y bajó la vista. Se había excedido en su emoción por conocer a una de las autoras más transgresoras de la época. Esperaba una regañina, pero para cuando alzó la mirada de nuevo solo encontró a la otra bordando con una enorme sonrisa en sus labios.

Como si la conversación más reveladora que jamás hubiera mantenido no hubiera tenido lugar. Como si la esperanza no hubiera vuelto a su vida.

Sí, se repitió, permanecería allí durante el tiempo que le fuera posible. Y deseó con fervor que fuera un período muy largo.

Evitando temas insidiosos que le llevaran a un otro error, le preguntó por su familiar más querido, quien había prometido regresar ese mismo día o al siguiente, y con quien quería y temía hablar sobre la salud de su señora.

—¿James? —le dedicó una mirada ladina—. Dudo que venga hoy a visitarnos.

Si fuera una muchacha ridícula diría que lady Johanna estaba jugando a hacer de Cupido entre ellos. Pero April era una joven sensata.

—Os visita a vos, milady, no a mí.

—¿Disculpa?

—Habéis dicho *visitarnos*. —Le repitió en tono neutro—. Y os visita a vos, no a mí.

—¿He dicho yo eso? ¿Estás segura? —Su tono cándido no lo era tanto.

—Sí, señora. —Le confirmó.

Tomando otra aguja del acerico, de hilo dorado, comentó sin darle importancia:

—No sé en qué estaría pensando, no me hagas caso.

—Como digáis, señora.

Ninguna de ambas creyó una palabra al respecto.

Aquella noche April acudió al primer baile de la temporada, el de los Dixon. Lady Johanna había decidido por la tarde que sería ridículo que se mantuviera a su lado dentro de un salón donde el calor era abochornante solo por si la necesitaba para algo tan banal como un vaso de limonada. Más, siendo que cada mansión estaba repleta de lacayos para tal fin. Así, en cada velada a la que acudieran, podía quedarse si lo deseaba en los jardines hasta las tres y media, hora en la que se reunirían en la entrada para regresar a casa.

Si por alguna razón la dama deseaba marcharse antes, mandaría a buscarla con un criado, y si no la hallaba le dejaría entonces una nota y cinco chelines para que tomara un coche de alquiler que la devolviera sana y salva. A April la idea de no ser vista por la nobleza, dado el notable parecido con su madre, le alivió, y aceptó encantada su exilio a los confines verdes de las exquisitas residencias.

Debían ser las doce y media; estaba cerca de una fuente, reunida con otras damas de compañía de edades similares a la suya, que por la familiaridad con la que se trataban seguramente se conocerían de años anteriores.

—Lady Amalia me ha tenido toda la tarde repasándole los tirabuzones con las tenacillas, convencida como está de que esta noche acudirán al baile Los Tres Mosqueteros. —Y añadió con malicia—: ¡Cómo si fueran a fijarse en ella los tres caballeros más afamados de la ciudad!

La frase, pronunciada por una joven de edad algo mayor que la suya, arrancó varias risitas mordaces, y también un par de suspiros de entre sus acompañantes.

—La señorita Anna también ha pasado la mañana fantaseando sobre ellos. Se ha probado todos los vestidos que han llegado esta semana de la modista al menos dos veces, antes de decidirse por el que le he puesto.

De nuevo hubo burlas, pues ninguna de ellas pensaba que un hombre, afamado o no, pudiera ver en aquella joven de cara caballuna una esposa potencial por muy importante que fuera su dote. Si las damas de compañía no se equivocaban, y en su dilatada experiencia a los márgenes de los salones de baile rara vez lo hacían, aquel año lady Anna no recibiría ninguna oferta.

—¿Quiénes son los tres caballeros que atienden al distintivo? —preguntó una doncella que, como April, se estrenaba de acompañante.

Contestó con suficiencia una de las mujeres que más tiempo ejercía de acompañante.

—El marqués de Wilerbrough, el conde de Bensters y el vizconde de Sunder. Hace apenas un mes que han regresado a la ciudad, tras un año de correrías por el continente, y hacen las delicias de la alta sociedad. No hay hombre que no les emule o mujer que no les desee.

Por los comentarios entendió que cada una de sus actuaciones era diseccionada en los comedores de cada mansión desde Mayfair a Saint James. Y también en las cocinas.

—Se diría, por el interés que suscitan, que son como los monos en las ferias —apostilló April sin pensar, prácticamente lamentándolo por los tres caballeros que iban a ser la comidilla de todas las matronas, debutantes y damas de compañía durante la temporada. O compadeciendo al menos a uno de ellos, al que conocía y tan buena impresión le había causado.

Muchos pares de ojos se posaron en ella, evaluando lo acertado de su comentario. Tras unos segundos de silencio, fue respondida de mala gana:

—¿Monos de feria, dices? —Las palabras destilaban incredulidad—. Son tres herederos de títulos muy respetados. Algún día serán duque, marqués y conde respectivamente. Tienen además una fortuna importante. Créeme, si no fueran quienes son nadie les prestaría atención, por más escándalos que pudieran protagonizar.

—Y son muy guapos —comentó otra, romántica.

Un coro de exhalaciones acompañó tal afirmación, y al poco la ignoraban y se hacían confidencias entre susurros y risas histriónicas, hablando de mozos de cuadra, hijos de comerciantes y algún caballerete, acerca de citas secretas y al parecer no tan secretas. Sobre sus deseos, anhelos y esperanzas para el futuro.

April, mientras, las miró y las imaginó a todas ellas haciendo cola en las alcobas de los ilustres caballeros para prenderles la lumbre. Mientras esperaban se recolocarían los lazos las unas a las otras, y sonreirían coquetas. Y vilipendiarían a las más hermosas, también. Tal vez, reflexionó, aquellas damas no se diferenciaran tanto de sus señoras.

¿Y ella? ¿Qué haría mientras unas y otras buscaban sus oportunidades de contraer matrimonio? Lo supo. Ella observaría y memorizaría cada gesto, cada palabra, cada detalle, para describirlo después en sus novelas.

Si pretendía captar la esencia humana, si pretendía convertirse en una gran narradora de historias, aquellas veladas serían un ejemplo sin parangón.

El pequeño reloj de su alcoba sonó cuatro veces. Lady Johanna, ya con el camisón puesto, despidió a April deseándole buenas noches, y una vez la puerta se cerró volvió a incorporarse como una niña traviesa. Se puso las zapatillas de raso, dejando olvidada la bata a juego que reposaba a los pies de su mullida cama, y se acercó su secreter en busca de la carta que tan a buen recaudo escondía. Aquella que recibiera unos días antes de que su dama de compañía llamara a su puerta. Acercó la lámpara de arganda y la leyó despacio.

En apenas dos semanas recibirás una visita inesperada, con una carta de recomendación de mi puño y letra. Lady April Martin, la hija de los difuntos vizcondes de Watterence, de quien te he hablado en cada una de mis cartas durante los últimos cinco años, ha huido de Prusia y de un pésimo matrimonio, de cualquier matrimonio en realidad, y se dirige a Londres para ofrecérsete como dama de compañía, ocultándose así de su malicioso tío, el barón de Rottenberg.

Me ha suplicado que no te desvele quién es, que te hable de una educadora que busca una vida diferente. En la misiva que ella porta está detallada la invención. Te ruego que no le hables de mi traición al confesarte su verdadera identidad y su linaje, pero debes saber, tía Johanna, que a quien vas a albergar en tu casa, a quien darás cobijo y las esperanzas de una vida mejor, no es otra que mi mejor amiga, mi único consuelo durante todos estos años de confinamiento en el internado.

Sé que April no podría estar en un lugar mejor, y que la tratarás con respeto. Y que tú no podrías gozar de mejor compañía, ni sentirte más respetada. Estoy convencida de que con el tiempo os profesaréis un sincero cariño, y que verás en ella a la joven que tú fuiste, así como April verá en ti a la mujer que desea ser. Confieso, de hecho, que es la fortaleza, la independencia que ha vislumbrado en ti a través de las cartas que me has estado enviando, las que han hecho que desee estar contigo. También ella es una mujer extraordinaria, que no desea un marido, sino una pluma y un papel con los que compartir su vida. Quizá con el tiempo comparta sus secretos, y su talento, contigo.

Dejo en tus manos a mi más preciada amiga, sabiendo que cuidarás de ella.

Lady Johanna escondió la misiva, que tantas veces había leído en tan poco tiempo, de nuevo en el fondo oculto del cajón, negando con la cabeza casi imperceptiblemente, y se dispuso a acostarse tras una velada agotadora en el baile de los Dixon. Su cuerpo envejecido, lo admitiera o no, no aceptaba de buen grado los excesos. Y su salud, que su dichoso doctor y su sobrino intuían mermada, no colaboraba, tampoco.

Sigrid había acertado en casi todas las predicciones, reflexionó. Sí, en pocas semanas había tomado gran afecto a aquella joven de mirada decidida y sonrisa inteligente. Y sí, desde luego que la cuidaría y velaría por su futuro. Pero dudaba que la muchacha se convirtiera alguna vez en una dama solitaria como ella.

April era una joven generosa, implicada. Una persona sin duda hecha para amar y ser amada. Cada gesto, cada palabra, destilaban afecto y preocupación por quienes la rodeaban. En el poco tiempo que llevaba en la casa se había ganado no solo su cariño, sino también el del servicio. Una mujer así debía enamorarse, casarse y tener hijos. Debía saber del amor y del deseo con plenitud. Lo merecía. Que nadie supiera de su linaje no la hacía menos válida para un buen matrimonio.

Con una sonrisa que hubiera avergonzado a Maquiavelo, se recordó su plan de hacerla coincidir con James en cada una de las visitas que su sobrino le hiciera. Y dado que este sospechaba que su salud se deterioraba rápidamente, dichas audiencias iban a sucederse con regularidad.

El sueño la alcanzó junto con la decisión de lograr que la huérfana de los vizcondes de Watterence contrajera el mejor matrimonio de la temporada. Y James era, sin duda, el mejor partido de Inglaterra, y necesitaba de una joven sensata que le rebajara el engreimiento. Necesitaba a April, lo supieran ellos o no.

La comida se había alargado hasta la hora de la cena, y bastante más allá. Era de madrugada, y Julian seguía con sus amigos en el mismo reservado de su club, en el número cuatro de Chesterfield Street, desconocedores todos ellos de la decepción de las damas, por su ausencia en el salón de lady Dixon.

Por el tono acalorado de la discusión que mantenían, se diría que hablaban de la última propuesta de ley de Liverpool. Lo que, desde luego, no era el caso.

—Y yo os digo que es imposible —insistió Julian alzando la voz, rayano a perder la poca paciencia de la que solía hacer acopio.

En breve despuntaría el alba, pero se mantenían acomodados en uno de los espacios apartados del elitista White's, que parecía mantenerse abierto durante todas las horas del día y de la noche para disfrute de sus minuciosamente escogidos miembros.

Richard y James lo acompañaban, además de sendas botellas de vino ya vacías y una segunda botella de brandy recién empezada.

—Pues lo dice claramente en el libro de apuestas del recibidor, Bensters. Lord Kibersly realizara la cópula con su amante sobre un corcel al trote.

Todos ellos imaginaron una vez más la escena que Richard había explicado al bajar al hall a no recordaban qué, y subir con la noticia. Y de nuevo se enzarzaron en la discusión, con mayor ahínco si cabía.

—Imposible, sencillamente imposible —cabeceaba Julian, al tiempo que se llevaba su copa a los labios, meditabundo, y sus amigos le imitaban.

Había que reconocer, pensó en un momento de claridad mental, que habían rebasado los límites de la sobriedad con la segunda botella de vino.

Se iniciaba la temporada con el baile de los Dixon, y eran esperados en su velada, pues tras su *Grand Tour*, y contando veintiséis años, la sociedad había decidido que les había llegado la hora buscar una dama adecuada y casarse. Cuando James les había confirmado que las matronas les creían a la caza de una esposa, según le había hecho saber su tía lady Johanna Hendlake, a la que todos apreciaban, habían brindado por ellos mismos y su soltería, por los salones que no pisarían, por su célebre mote de Los Tres Mosqueteros, que algún lechuguino les había endilgado, por las damas casaderas que no les tendrían, por las damas casadas que sí les tendrían si eran hermosas, por la ociosidad de los herederos, y, en fin, por cualquier otra razón que les sirviera de excusa para embriagarse.

Y de ese modo habían acabado enfrascados en la supuesta gesta de Kibersly, que pretendía repetir ante testigos dado que pocos le creían. Y con una botella de brandy de más, para embotar su entendimiento.

—Pues el viejo marqués insiste en que ya lo hizo en una ocasión, y que piensa repetirlo en Hyde Park, una noche de luna llena.

—Me encantaría ver cómo se rompe la crisma intentándolo, si he de ser sincero, y no veo por qué no habría de serlo. Solo con tratar de desvestirse será suficiente para que caiga de su montura. No es lo que se dice un jinete excelso. Acabará muriendo demasiado pronto, y dejando al imberbe de su hijo heredar antes de estar preparado.

—La idea de que lord Preston se convierta en marqués, el mismo rango que yo mismo ostento, me irrita —comentó James altanero—. Dudo, en todo caso, que lo intente siquiera. Con desabrocharse el botón del pantalón y alzar las faldas de su manceba será suficiente para caer...

—Kibersly insiste en que lo hizo desnudo.

—¿Tienes un interés especial en esto, Sunder?

Al marqués no le gustaba que le interrumpieran, y se lo hizo saber alzando con petulancia una ceja al tiempo que inquiría. Richard se sonrojó ligeramente. No iba a reconocer ante sus amigos que al saber de la referida proeza, espoleado por la curiosidad, lo había intentado con su amante en un claro a las afueras de Londres, sin éxito. Y que por poco además se lesiona al caer de su zaino con ella en brazos.

—Digamos que es mera curiosidad científica, Wilerbrough.

—Tú eres más de geografía que de matemáticas, Sunder, así que debo insistir...

—Hagámoslo —terció Julian, interrumpiéndoles.

Dos pares de ojos le miraron. La mirada azul con estupefacción; la del color del chocolate con destellos de triunfo.

—Bensters —la voz de James era pastosa, consecuencia del alcohol, pero aun así firme—, no pienso montar a una moza en mi silla y permitir que se rompa el cráneo conmigo solo para demostrar que Sunder no tiene razón y que Kibersly es un mentiroso.

—Por descontado, Wilerbrough —respondió Julian displicente—. Te hablo de que tratemos de desvestirnos mientras cabalgamos, no de poner en riesgo la vida de ninguna señorita. Conozco sitios mejores donde copular con una mujer que a lomos de un caballo, pero gracias por hacerme saber que no es recomendable.

—Envidio tu áspero sentido del humor, Bensters. ¿Te lo había hecho saber? ¿No? Te mantienes siempre al filo de la ofensa. La ofensa a mi persona, quiero decir, pero sin llegar a molestarme lo suficiente como deshonrarte negándote el saludo.

Julian sonrió, alzando las cejas con diversión, y palmeando la espalda de James a modo de reconocimiento a su ingenio. Richard se alzó, entusiasta, con demasiado impulso. Tropezó con sus propios pies y a punto estuvo de caer. Fue él quien le sostuvo.

—Vayamos, entonces —exhortó al resto, una vez recuperado el equilibrio.

No necesitaron mayor aliciente. Se pusieron en pie, camino de la salida del reservado, y del club después, para esperar a sus caballos y desmontar la dudosa hazaña de Kibersly.

5

Las primeras luces del alba despuntaban en el cielo plomizo de Hyde Park y recortaban las figuras de tres jinetes.

Habían salido desde el extremo de Hyde Park más cercano al White's, y habían propuesto una cabalgada hasta el Serpentine* a medio galope. Contando con que llegarían a la vez, ganaría la carrera y trescientas guineas aquel que lograra quitarse más piezas de ropa durante el trayecto. Y lo lograra, por descontado, sin romperse la crisma.

Pero durante el camino el competidor que había en cada uno de ellos se habían revelado y finalmente se lanzaron en una carrera sin cuartel.

Apenas trescientos metros al sur de allí, indiferente a lo que planeaban los mayores granujas de Londres, April paseaba como cada mañana, meditabunda. Le encantaba aquel parque con los primeros destellos del amanecer, cuando la neblina todavía cubría la hierba. Conforme esta se levantaba los pequeños capullos comenzaban a adivinarse, y sus vívidos colores alejaban la humedad grisácea dando la bienvenida al sol.

---

* El Serpentine, en Hyde Park, se transformó en un único lago en 1730 cuando la reina Carolina, esposa de Jorge II, ordenó que se construyera una represa en el río Westbourne. Hasta entonces lo formaban ocho pequeñas lagunas naturales, que fueron unificadas. Desde 1834, sin embargo, el lago es provisto de agua bombeada desde el Támesis, debido a la contaminación del río Westbourne. El Serpentine adquiere su nombre por su forma curvada, parecida a la de una serpiente.

Acostumbraba a bajar primero unos quinientos metros hasta el palacio de la reina madre doña Carlota, en la Casa de Buckingham, para tomar el Constitutional Hill y cruzar a Hyde Park, desde donde se acercaba al Serpentine. Pero aquella mañana había acudido directamente al parque de mayor tamaño, pues había trasnochado. El sueño, además, le había sido esquivo.

Se acostó agotada, pero no pudo dejar de pensar que si la vida no le hubiera arrebatado a sus padres a tan temprana edad, aquel año habría debutado, quizás en aquella misma velada, y hubiera sido una más de las jóvenes vestidas de color claro que habría bailado temerosa de cometer algún error de etiqueta con los caballeros del salón, mientras su dama de compañía la criticaba en los jardines por sus nervios y extravagancias. A pesar del pragmatismo que regía su vida, la noche anterior se había permitido soñar.

Pero con la luz de un nuevo día regresaba la cordura, y la realidad imperaba.

Estaba escribiendo una novela gótica por dos razones. La primera era que le gustaban las historias de amor. Paradójicamente, no era una muchacha romántica, y tal vez por eso le resultara fácil contarlas, porque aquello de lo que hablaba le era tan ajeno que lo describía con sencillez. Buscaba pequeños latigazos de ironía, como Austen hacía, con los que reírse de una sociedad tan ridícula como la que vivían, donde las buenas formas apenas ocultaban la barbarie de un *beau monde* que se sostenía en su bajeza para muchos de sus tratos.

La otra razón para escribir novela gótica era darse a conocer, pues estaban en boga. Quería hacerse un nombre, ser respetada, para apelar después, para ser escuchada. No tenía prisa, no era impaciente. Ni sus reivindicaciones eran tan exigentes como las de otras escritoras. Creía en la educación de la mujer. Creía en una mujer instruida que pudiera valerse por sí misma. Y lo demostraría con el ejemplo: viviendo de su pluma.

Paradójicamente sus sueños de la noche anterior eran incompatibles con sus objetivos de esa mañana. Si fuera lady April Elisabeth Martin no pensaría en el argumento principal de su novela, ni en cómo ocultar en ella pequeñas chanzas a la exagerada debilidad de Reina, su protagonista. Desearía ser esa misma débil damisela de cuento de hadas y que un noble caballero la rescatara de su soledad.

Se animaba pensando que, como una vez le dijera un soldado camino de Leicester, no hubiera consentido que, moldeándola, le hubieran robado su esencia. Hubiera estado en aquel salón bailando, sí, pero se hubiera instruido, y no se hubiera casado con un hombre que no la respetara más por ello.

Y mientras recordaba aquel día tan lejano en el tiempo, y se prometía que jamás necesitaría ser rescatada, como si el destino se le riera de frente, un enorme castrado se cernió sobre su figura, alzándose sobre sus patas traseras tratando de esquivarla, y aun así a punto de precipitarse sobre ella.

Gritó, convencida de que el portentoso animal se le abalanzaría y, literalmente, la rompería.

Julian escuchó el grito de una mujer al tiempo que su caballo perdía el control. Tuvo que realizar un esfuerzo titánico para no caer de su montura y lograr calmar a *Marte*, con el que tantas batallas había librado en el pasado. Afortunadamente era un buen compañero con los nervios de acero, que tras alzarse para no derribar a la incauta, volvió a caer y pateó el suelo, resollando con fuerza. El frío convirtió el hálito que brotaba de sus ollares en vaho, asemejándolo a un dragón. Pero no volvió a encabritarse. Era disciplinado y nada impresionable, como su jinete. Y aquellas dos virtudes, ganadas a base de entrenamiento por parte de ambos, se congratuló Julian, fueron las que salvaron la vida de la mentecata que osaba cruzar el parque a horas intempestivas con tan poca luz.

—¿Pretendéis mataros acaso, condenada majadera, y llevaros a mi caballo con vos? —le gritó sin miramientos—. ¿O sencillamente habéis perdido la razón, maldita chiflada?

Al tiempo que la acusaba sin piedad, sin alzar sus ojos siquiera, acariciaba el cuello de su castrado y le susurraba con cariño, felicitándole por su comportamiento, como hiciera tantas otras veces en la península Ibérica.

Miró apenas de soslayo y reconoció la figura de Wilerbrough, algo lívido. La situación había sido extrema. Cualquiera de ellos podía haberse partido el cuello. Habían sido unos malditos estúpidos. Buscó en otro rápido golpe de vista a Sunder, sin dejar de agasajar a *Marte*. No halló rastro del vizconde, pero si no se equivocaba el trozo de tela azul de aquel parterre eran sus pantalones, así que habría tomado el camino de Rotten Row. ¿Habría sido capaz de quitárselos manteniendo sus botas puestas? Condenado loco, pensó con cierto grado de ternura.

Y entonces sí, se decidió a encarar a la responsable de aquel embrollo, a la que podría haber causado una desgracia de dimensiones incalculables. Miró adelante, y entonces la vio.

Vio a una hermosa dama envuelta en un chal y demacrada por el pánico. Pero vio mucho más.

Vio su rubio cabello, muy claro, recogido de cualquier manera, que caía con suavidad por un cuello blanco, enhiesto. Vio unos enormes ojos claros, grises si la vista no le fallaba desde los escasos dos metros de distancia que los separaban, y que parecían ser un mundo y apenas nada a la vez. Vio una boca delgada y bien perfilada. Vio unos pómulos altos, orgullosos. Vio unas pequeñas orejas, hechas para ser mordidas con mimo. Vio una silueta alta y curvilínea, pero robusta. A pesar de lo absurdo de su temor, a Julian no le gustaban las figuras delicadas, pues creía poder romper a una fémina de frágil estructura en un momento de pasión. Y adivinó, bajo el chal, un busto generoso.

Vio, en definitiva, a la mujer que hubiera descrito como perfecta si alguien le hubiera preguntado cómo le gustaban a él.

Pero cuando aquellos enormes ojos se posaron en su figura, pudo aseverar dos cosas sin ningún género de duda. Que efectivamente eran grises, y los más hermosos que jamás hubiera visto. Y que, a diferencia de Julian, ella no estaba en absoluto extasiada con él.

De hecho, estaba enfadada. Muy enfadada.

El miedo de April se esfumó con las palabras del jinete que casi la arrolla. ¿Era ella, la chiflada? ¿Ella, la...? No quiso repetir sus insultos.

Alzó la vista y vio dos figuras que el amanecer, que aparecía tras las anchas espaldas de estos, tamizaba de luces y sombras. No podía verles las caras, pues el sol la cegaba, pero sí sus cuerpos y las magníficas monturas sobre las que cabalgaban.

Eran por lógica dos caballeros, y no solo por sus corceles. Solo dos lores sin preocupaciones ni ocupaciones corretearían por Hyde Park a aquellas horas de la mañana, se dijo.

De la madrugada, se corrigió al punto. Pues para ellos debía ser de madrugada todavía, convencida de que no se habrían acostado aún, dado que la ropa que vestían no era de monta. Y sin embargo tampoco era de gala... Malditos calaveras, se aventuró a predecir. Quizás habían salido por la tarde y todavía no habían regresado. Y se atrevían a tildarla de loca a ella. A ella. Ellos que vestían de... un momento.

Enrojeció.

Un momento, se repitió despacio, mirándolos con detenimiento.

Soltó el aire de sus pulmones lentamente, al percatarse de sus atuendos.

—Dado que no soy yo quien cabalga como alma que lleva el diablo por Hyde Park a altas horas de lo que debe ser todavía *su* madrugada —ojalá pudiera ver si se habían sonrojado, aunque al menos estaba convencida de tener toda su atención— con bastante menos ropa de la que cualquier persona sensata consideraría decente... Tal vez debierais reconsiderar a quién dirigís palabras como maldita chiflada y... ¿cuál era el otro calificativo que tan amablemente habéis utilizado para definirme, si tenéis la bondad de repetírmelo, *milord*? —terminó, con voz engañosamente dulce.

Dulzura que desde luego no engañó a ninguno de ellos. Ambos sintieron que el bochorno se adueñaba por un momento de sus mentes, antes de que lo hiciera la diversión, traída quizá por el alivio. Cualquier rastro de alcohol había desaparecido tras el accidente, y el arrojo de la joven les había hecho sonreír de gozo.

Sus ojos ardían, y su lengua destilaba veneno en cada palabra. Julian pensó que si la besara con aquella lengua viperina lo mataría en el mismo instante en que sus bocas se rozaran. Pero qué muerte tan dulce sería, en los brazos de la mujer más hermosa, se dijo medio en broma medio en serio. Se rio de sí mismo. Parecía un bardo.

—Majadera, milady —le respondió, educadamente.

¿Le había preguntado, no? Respondería cualquier cuestión

que le hiciera con tal de seguir cerca de ella, de escuchar su voz...

—No me llaméis milady, *majadero*, pues soy una criada. Si fuerais un auténtico caballero sabríais distinguir a *cualquier* mujer de una verdadera dama. Pero imagino que alternáis con demasiadas. *Cualquieras*, quiero decir.

... Aunque fuera para insultarle, reflexionó Julian. Por Dios que eran tan ingeniosa como bella. Y una criada, según afirmaba.

¿Lo sería? ¿De veras sería una criada? La miró con detenimiento, sin prisas, paladeando cada detalle de su cuerpo que iba descubriendo. Si a ella le incomodó el escrutinio, no lo demostró. Simulando hastío, se cruzó de brazos, aceptando el reto de ser observada, a la espera de un veredicto para, seguramente, continuar su invectiva.

Le extrañó su vestido. A pesar de no estar anticuado ni ser burdo, no era el vestido de una dama. Pensó que probablemente se lo hubiera pedido prestado a su doncella, para poder salir a solas al parque por la mañana sin ser reconocida. Nadie se fijaría en una criada.

Pero él sí lo haría, desde luego que lo haría. Sí, si era exquisita. Y esta lo era.

Lástima que ella no pareciera ni la mitad de interesada que él en ella. Una verdadera lástima, pensó al tiempo que chasqueaba la lengua con fastidio.

En cualquier caso aquella joven era, sin duda, una dama, aunque lo negara por las razones que fueran, probablemente por la falta de decoro en su escapada matutina sin escolta. Su porte, su aire distinguido, su modo de hablar... Todo en ella era refinado, incluso en una situación tan horrenda como la que acababa de sufrir. Si quería ocultar su posición él no la descubriría, pero era una dama, y esa era su suerte. Porque si hubiera sido una criada la hubiera montado sobre *Marte*, cruzada en la silla, y la hubiera llevado hasta Grosvenor Street para enseñarle en su alcoba... Profirió una carcajada en voz alta, riéndose de sí mismo. De veras que aquella maldita mañana parecía un maldito bardo. Como no anduviera con cuidado podía, incluso, intentar rimar.

April creyó que se reía de ella y puso los brazos en jarras. La ira la inundó. No sabía qué la enfadaba tanto, pero se sentía furibunda. Tal vez fuera porque casi muere minutos antes. O porque nunca se habían reído de ella, ni había sido insultada tan abiertamente por un caballero. O sencillamente porque estaba agotada, tras una noche en la que Morfeo apenas la había visitado. Pero sintió deseos de apedrearle, a pesar de que no era una persona violenta y de que hacía años que no perdía su bien estudiado recato.

James, que hasta aquel momento se había limitado a observar la escena, decidió intervenir antes de que la joven tomara una piedra y la lanzara a la cabeza del otro, que bien parecía merecerlo. Aunque una parte de él deseaba ver hasta qué punto la aversión entre ambos era tal, y no el velo de algo más profundo, al menos por parte del conde, el temor a la mala puntería de la dama de compañía de su tía le decidió. Pero por los fuegos del infierno que nunca había visto a Bensters tan interesado por una mujer a primera vista, prácticamente comiéndosela con los ojos, como si quisiera saber todo de ella. Para su amigo, el parque, la apuesta, todo se había desvanecido en el momento en que había posado su mirada en aquella joven.

Julian vio que su acompañante se bajaba de la montura lentamente. Desvió su atención hacia James y se topó con su sonrisa de medio lado y una ceja arqueada. Wilerbrough había reconocido su interés, y su fastidio porque dicho interés no fuera mutuo. ¿Y qué le importaba, a fin de cuentas, lo que James pensara?

Pero le importaba, y mucho.

—Me temo que estáis en lo cierto —Julian escuchó cómo el otro hablaba a la hermosa muchacha con aquella seductora voz de barítono que tanto solía divertirle, porque derretía a todas las mujeres. Pero que aquella vez, en cambio, le enervó sin razón aparente— y que mi amigo es incapaz de distinguir una dama de una mujer, señorita. Pero no tiene nada que ver con que alterne con... ¿*cualquieras*?... —ambos, Julian y James, vieron cómo April enrojecía al darse cuenta de que en su estallido de furia se había olvidado del decoro— y sí en no alternar con damas. Huye de ellas, de hecho, como si portaran una guadaña.

El tono divertido fue como un bálsamo para su enfado, relajándola.

—Tal vez lo que portan son los grilletes del matrimonio,

lord James. Y no es el único que las elude, por lo que he podido saber —no pudo evitar apostillar, siguiéndole el juego.

Aquel hombre la hacía sentir bien, a pesar de que era la segunda vez que lo veía. No como el otro jinete, al que ni siquiera había llegado a vislumbrar, dado el reflejo del sol, y por el que ya sentía aversión. Maldito arrogante, estirado, engreído...

—Tal vez, tal vez —rio este, sabiendo que su tía le habría hablado de él, y de sus reticencias a casarse. Al menos durante los próximos años.

Cuando los pies del marqués se posaron en el suelo, y su figura se acercó finalmente a ella, April pudo ver la cara que el sol le había estado ocultado con la fuerza de sus rayos. Pero su voz, su profunda voz, era su sello de identidad, inconfundible e inolvidable, y no había dudado en ningún momento de a quién pertenecía, aun sin poder reconocerle. Posó en ella su mirada azul, amable.

—Parece que volvemos a encontrarnos —le dijo, tímida de repente.

Asintió, le tomó la mano que ella seguía sin acostumbrarse a tenderle, y se la besó sin rozarle los nudillos apenas, como la vez anterior, con naturalidad, sin propósitos ulteriores. Aun sabiendo que ella no era una dama.

Solo por fastidiar a Julian, al que sentía tenso tras él, James se colocó entre su amigo y la joven, tapándole la visión de esta. Si quería verla, tendría que moverse. Y si lo hacía, descubriría sus intenciones, y podría reírse de él durante toda la temporada.

«¿Lord James?» «¿Volvemos a encontrarnos?» «¿Grilletes del matrimonio?» La cabeza de Julian era un cúmulo de zumbidos, mientras aseguraba el pie en el estribo izquierdo de *Marte* y bajaba de su silla. Se presionó el lóbulo de la oreja derecha mientras se acercaba.

¿Se conocían?, se preguntó. Se conocían, se respondió. ¿Wilerbrough y la hermosa dama se conocían? Sí, se repitió sintiéndose un estúpido, se conocían. Pero ¿de qué? ¿Y cuán íntimamente se conocían?

Los celos, casi desconocidos, se aglutinaron en su vientre, y se sintió ahogar por un momento.

¿Y a quién le importaba, a fin de cuentas, que se trataran? Se reconvino.

Sí, sí, ya conocía la respuesta. Le importaba. Y mucho.

James preguntó a April con suavidad, tras soltarle la mano:

—¿Estáis bien? Cabalgábamos como chiflados majaderos, en una apuesta igual de absurda. —Vio que no respondía y le inquirió de nuevo, en voz más suave, más ronca—: ¿Estáis bien?

Pero April no tenía palabras. El otro caballero, el odioso engreído que casi la atropella, había abandonado su montura y se había acercado a ellos con sigilo. Tanto, de hecho, que no le había visto hasta que no apareció tras la espalda del marqués.

En un instante se plantó frente a ella y la miró directamente a los ojos, como si no existiera nadie más, como si estuvieran solos. Y April entendió.

Entendió de lo que habían hablado la noche anterior las otras damas de compañía entre susurros durante unos minutos, cuando se suponía que ella no escuchaba. Entendió de lo que leía en otras novelas que había traído en su maleta desde Prusia.

Entendió de deseo, de amor, de esperanzas y de sueños.

Entendió de citas secretas, de abrazos clandestinos y besos robados, del contacto de la piel contra la piel, del tacto duro de un hombre contra el más suave de una mujer.

Entendió de gloria y de pecado. Sencillamente, entendió.

Y no pudo más que mirarlo con reverencia.

Cabellos rubios, más largos que los que dictaba la moda, y cuyo corte romano por cierto a ella no le agradaba en absoluto. Ojos azules, con los párpados caídos y de mirada penetrante. Frente amplia, nariz recta, pequeña, y labios generosos. Cuerpo recio, compacto, como pudo apreciar dado que él no llevaba chaleco y su camisa permanecía desabrochada, ni portaba corbata alguna, tampoco. Notó como una ola de calor la invadía, y su cuerpo supo de manera intuitiva lo que su mente no reconocería todavía, que no era el apuro lo que la hacía enrojecer, sino el deseo.

Ella, April Elisabeth Martin, una mujer con un futuro definido e inamovible, quedó cautivada bajo el encanto de aquel desconocido.

James se quedó pasmado ante lo que sus ojos veían, incapaz

de asimilarlo. Sintió el influjo que recorría a Julian y April y que le anulaba de aquella escena. Creyó oír crepitar el aire en derredor, palpitar e inflamarse, incluso.

Una idea le vino a la mente y germinó sin ayuda. Creció y cristalizó en certeza en apenas un segundo. Y se convertiría en su objetivo para la temporada.

Con voz socarrona, para sí mismo y para ambos, sabiendo que ellos no notarían su tono burlón, tan centrados estaban el uno en el otro, inquirió.

—¿Qué opinas, Bensters? ¿Dirías que ella está bien?

Julian había visto como la dama le descubría poco a poco. Cómo sus ojos grises deambulaban errantes por su pelo, sus frente, su nariz, su cuello, y no se había atrevido a bajar más allá de su pecho. Y cómo había vuelto a su cara, con las aletas de la nariz dilatadas, buscando tomar más aire, necesitándolo.

Y reconoció su interés. El mismo que ella iba a ver cuando fijara la mirada en sus ojos azules, con las pupilas de ambos dilatadas.

Entonces sí, ocurrió. Los enormes ojos se posaron en lo suyos, y durante un instante se detuvo el mundo.

Y definitivamente salió el sol.

Richard regresaba al trote a lomos de *Fausto* por Rotten Row hacia Hyde Park Corner, seguro de ganar la apuesta.

Los vio a lo lejos, hablando, con sus monturas pastando cerca de ellos. Antes de acercarse comprobó el estado de sus compañeros de correrías, para ver qué punto de desnudez habían alcanzado. Wilerbrough no era rival, pero eso ya lo había supuesto cuando Julian planteó el desafío. Aquel condenado era demasiado juicioso, incluso bebido, para hacer algo tan irresponsable. Bensters, en cambio, se había desnudado prácticamente de cintura para arriba. Pero él no llevaba puestos los pantalones, y eso debía de ser más meritorio, se animó. Seguramente sería James quien decidiera. Se acercó al paso, e iba a bromear sobre su victoria cuando se fijó en la figura de una joven detenida frente a ellos, con total seguridad la causante de su ausencia en el Serpentine. No pudo reconvenirlos, pues posó la vista en ella y cualquier palabra, cualquier pensamiento coherente, se evaporaron de su cerebro.

Por Dios, que la dama era preciosa, y por Dios que sería suya, se juró mientras se acercaba.

Richard Illingsworth acababa de enamorarse.

De nuevo. Y debía ser la tercera vez desde que regresaran a Inglaterra.

Pero se prometió, como las otras veces aunque ya no lo recordara, que esta sería la última. Tendría a aquella dama de un modo u otro, y pobre de aquel que osara negársela.

James miró al recién llegado y se percató de que era el único que no había perdido la cordura en los últimos minutos. Parecía que el duendecillo Puck, causante de los amores más inverosímiles en *El sueño de una noche de verano*, hubiera vertido su filtro amoroso sobre los presentes, esquivándole a él, bendito fuera.

Sin estar seguro de qué papel podría jugar Sunder en su nuevo plan, y sin querer arriesgarse a averiguarlo demasiado pronto, decidió llevarse a April de allí antes de que este desmontara y se hicieran necesarias las introducciones. De hecho, todavía no se la había presentado a Bensters, y era bueno mantenerlo en ascuas.

—Permítame escoltarla hasta su casa.

Apenas escuchó lo que le decía, pero asintió, sin saber muy bien a qué. Vio que el sobrino de lady Johanna le ofrecía el brazo y lo tomó, todavía aturdida.

—Os acompañaré, Wilerbrough —dijo Richard con voz decidida—, en aras del decoro. Entenderás que no es correcto que escoltes a tan bella dama a estas horas de la madrugada... a solas.

—Tengo que coincidir contigo en que no, no lo es —respondió este divertido, sabiendo que perder una apuesta le daba por primera vez una pequeña satisfacción—. Pero afortunadamente aquí estás tú para remediarlo, ¿no es cierto? Resultaría de lo más conveniente que nos acompañara durante el camino un hombre sin pantalones.

Julian se dispuso a intervenir, pero se vio atajado por la mirada más altiva de James, la que reservaba para los impertinentes, y que únicamente el heredero de un ducado podía componer sin resultar ridículo.

—Eso también se te aplica a ti. Me temo que tu no llevas chaqueta, chaleco ni corbata, y apostaría a que has arrancado los botones de tu camisa y de tu bragueta.

Para desgracia de este, no había errado en ninguna de sus afirmaciones.

Dicho esto, dio media vuelta con majestuosidad y se llevó a la joven de allí, sonriendo tanto por el fastidio que dejaba a sus espaldas, como por la oportunidad que se le brindaba de poder indagar sobre la salud de su tía favorita, sabiendo que nadie estaría al acecho de cada palabra que susurrara frente a las flores de loto.

Mientras veía cómo se alejaban, Richard preguntó:

—¿Quién era ella?

Julian se encogió de hombros, con una extraña sensación de ausencia. Comentó, compungido:

—Es obvio que Wilerbrough no ha ganado la apuesta, Sunder. Y en cambio tengo la molesta sensación de que es él quien se ha llevado el premio.

Richard, contrariado, no tuvo más remedio que asentir.

6

Era mediodía cuando James entró en la sala de recibir de su tía, le besó la arrugada mejilla y, como siempre hacía, le examinó el rostro en busca de cualquier señal que delatara alguna enfermedad. Durante el camino de regreso desde Hyde Park, aquella mañana, había podido hablar con la dama de compañía de lady Johanna sobre las sospechas del médico, convencido como estaba el galeno de que la salud de la dama se había deteriorado y que, o bien ella lo ocultaba, o se negaba a aceptarlo. La joven se había sentido aliviada de poder hablar al respecto de ello con alguien. Al igual que él, no veía a su señora tan fuerte como le quería hacer creer. Sospechaba de hecho que estaba al límite de sus fuerzas. James recibió la promesa de ser avisado si enfermaba. Ella no podía saberlo, pues no conocía lo suficiente al marqués de Wilerbrough, pero con aquel gesto, y con la sincera preocupación que había mostrado al hablar de su tía, se había ganado su gratitud eterna.

James había podido, además, confirmar sus sospechas. La señorita April era lady April, y quien pensara lo contrario era un tonto. Y desde luego su tía no era ninguna tonta.

—¿Podríais decirme —exigió, en el instante en que finalizó su escrutinio— por qué tenéis como acompañante a una dama joven y en edad casadera que niega ser quien es, milady?

El tono duro no amedrentó a Johanna, quien contestó con otra pregunta igual de mordaz. No eran familia carnal, pero bien pudieran haberlo sido, tal era la similitud de ambos caracteres.

—Podría. O mejor podrías decirme, en cambio, qué hacíais tus dos amiguitos y tú esta mañana en Hyde Park medio desnudos, asustando a mi dama de compañía.

James la miró unos segundos, sopesando su siguiente frase. Emulando a Julian en un gesto que le gustaba, chasqueó la lengua.

—Yo os pregunté primero, lady Johanna.

—Y yo soy mayor que tú, James, una dama, y tu tía. —Estaba disfrutando de lo lindo—. Así que haz el favor de responderme como te corresponde, jovenzuelo.

Solo porque el color le había vuelto al rostro y parecía más joven y sana, le dio el gusto. Aun así, presentó batalla. Al ímpetu de su tía le venían bien las discusiones ligeras.

—Así que os lo ha contado ella, ¿no es cierto? Lo de la excursión matutina, quiero decir.

Un gemido ahogado acompañó el movimiento brusco pero elegante de la señora en su silla.

—¡Por supuesto que no lo ha hecho! —respondió indignada, al punto—. Como bien has dicho ella es una dama y jamás...

—Lo que nos devuelve, señora, a mi pregunta inicial de por qué tenéis...

—¡No me interrumpas, jovencito! Te estaba diciendo que ella es una dama y que por tanto jamás comentaría algo así. Pero el resto de la sociedad sí lo haría, James Christopher Andrew. Alguien os vio, y la anécdota ha corrido como la pólvora por la ciudad, de casa en casa, o di mejor de cocina en cocina, pues ha sido el servicio quien la ha propagado, por cierto. Wilerbrough, Bensters y Sunder, de nuevo haciendo de las suyas. —Tomó aire antes de seguir con la reprimenda—. Tienes suerte de que nadie la reconociera, si no te sentaría sobre mi regazo y te azotaría el trasero, como cuando tenías cinco años y toqueteabas cada pieza de porcelana de esta salita hasta que rompías alguna.

James soltó una carcajada, que trató de disimular al instante tras una tos, dada la furibunda mirada de su tía. Cuando supo que hablaría sin reírse contestó, contrito:

—Os doy mi palabra de que traté de regresar por el camino menos transitado.

—Debiste ser más diligente, entonces.

Ambos callaron un par de minutos, cada uno concentrado en sus propios pensamientos.

—Era hija de los vizcondes de Watterence.

Alzó la cabeza, sorprendido. No conoció al vizconde, pero sí su triste final. Casado con una extranjera y el último de una estirpe de alrededor de tres siglos de existencia, había fallecido teniendo una niña, sí, pero sin un sucesor que le heredara, y el título había regresado a la Corona. Su hija no había sido acogida por nadie en Inglaterra, y se la habían llevado a algún país del continente, con el hermano de su madre.

La historia se asemejaba demasiado al futuro que Julian había confesado planear para sí mismo como para no despertar su curiosidad.

—Cuéntame todo lo que sepas, por favor.

Un tiempo después, James sabía del compromiso forzoso de April, de la búsqueda que el barón había iniciado, que la única familia inglesa que ella tuviera y que no la reclamó entonces había fallecido ya, y que se ocultaba hasta poder recibir su herencia, que vigilaba con celo un poderoso duque prusiano para evitar que fuera dilapidada por su malvado tutor.

—¿Tal vez sea esa la razón que os impulsó hace dos días a hacer de casamentera entre dicha dama y vuestro sobrino favorito?

—¿Cómo te atreves a insinuar que yo...? —comenzó, ofendida.

No la dejó continuar. Le besó la mejilla al tiempo que se ponía en pie.

—Dejad que sea yo quien decida con quién deseo casarme, tía Johanna.

—¡Como si fueras a buscar esposa sin que nadie te empuje hacia el altar!

—A su debido tiempo, tía, a su debido tiempo —le prometió. Y mientras salía le replicó, aguijoneándola—: Y en todo caso yo prefiero a las castañas.

Pero Bensters adoraba a las rubias, se dijo divertido, recordando la escena de Hyde Park, y cómo se habían insultado primero, para mirarse después como si fueran una visión para el otro.

Salía de la casa silbando, convencido de que aquella era la mujer perfecta para Julian. Una criada que no lo era, que a la larga podría revelarse como la mejor condesa. Una mujer a la que, en su ignorancia, podía rondar sin temor. Ahora solo había de lograr que su amigo mordiera el anzuelo. Si Bensters era en algún momento conocedor de que la joven de la que se había prendado aquella mañana era una dama adecuada para él, huiría despavorido. Si creía, en cambio, que era una doncella, una mera sirvienta, se acercaría. Se acercaría tanto que terminaría por quemarse. Por Dios que lo haría.

Julian se sentía frustrado. Hacía diez minutos que estaba en casa de James. Después de esquivar al estirado mayordomo, que afirmaba que su señor había pedido no ser molestado, había entrado en su salón para charlar con él. Se había servido una copa de brandy y, desde entonces, esperaba. Desde luego no pensaba preguntar directamente sobre la dama, su orgullo no se lo permitía. Admitir interés por una mujer, teniendo el otro ventaja sobre ella, pues sabía al menos dónde vivía, supondría ser el blanco indeseado de muchas bromas durante semanas. Pero Wilerbrough le conocía desde hacía años, y maldito fuera si no sabía por qué estaba allí.

Y en lugar de hablar, el muy cretino ignoraba sus intenciones con sulfurosa eficiencia, intenciones que a pesar de su silencio sabía sobradamente.

Se había acostado en cuanto llegó de Hyde Park, pidiendo a Camps que le despertara siete horas después. Tras un baño y una suculenta comida, había acudido a la mansión del marqués en Park Lane sin razón alguna, en apariencia... Para encontrarlo haciendo castillos de naipes.

—Es de pésima educación ignorar a tus invitados, Wilerbrough.

—Es de pésima educación acudir a una casa sin ser invitado, Bensters.

Aquella fue la gota que colmó el vaso de su maltrecha paciencia. Se puso en pie en un ágil movimiento, y de un manotazo, derribó la figura que el otro montaba. Las cartas se derramaron entre ellos, ajenas al enfado de uno y la estudiada indiferencia del otro.

James nunca había hecho estructuras con una baraja, ni había prohibido tampoco la entrada a su morada a quienes quería. Pero, sabiendo que aquellos dos aparecerían en cuanto se repusieran de la juerga de White's, había pedido a su mayordomo dos juegos de naipes y que negara la entrada a cualquiera que acudiera preguntando por él, conocedor de que los pillastres que tenía por amigos no se dejarían amedrentar por su engreído sirviente. Satisfecho, además, de la indignación de dicho sirviente ante la desobediencia de los invitados.

Y se había dedicado a practicar la paciencia.

Sonrió, satisfecho, cuando Julian reaccionó de malas maneras. Hacer castillos era mortalmente aburrido. Iba a contestar otra impertinencia, destinada a molestar todavía más a Julian, proponiéndose descubrir, después de tantos años, dónde estaba el límite de su amigo, cuando oyó de nuevo las negativas sulfuradas de su mayordomo y el otro gran ausente asomó su sonrisa por la puerta.

—Wilerbrough, Bensters, muy buenas tardes. ¿Habíamos quedado? ¿Acaso no llego en hora? Entiendo que no, pues él —señaló con sorna a Julian— no estaría aquí todavía, dado que siempre llega tarde.

El buen humor de Richard empeoró el suyo. ¿Qué hacía allí aquel bribón? Esperaba, aunque comenzaba a dudarlo, que no estuviera en la enorme mansión por la misma razón que él.

—¿No vas a reprocharle nada a Sunder, que viene también sin avisar?

La mirada de suficiencia de James le irritó.

—Diablos, Bensters, si por semejante ridiculez te molestas, no hubieras aguantado ni un solo día en Eton.

Que le recordara que ellos se conocían desde el colegio, y a él desde Cambridge, le crispó más aún. Era de los pocos comentarios que le hacían perder la seguridad en sí mismo. Temía que, en caso de discordia entre ellos, fuera él el apartado.

—¿Qué hay de la joven, Wilerbrough?

Y que Richard se mostrara tan abiertamente interesado le enojó del todo.

Pero haciendo un esfuerzo, calló, sabio. El dueño de la casa iba a contarle todo lo que quería saber sin necesidad de descubrirse. Ya se encargaría del interés de Richard después.

—Me temo que no recuerdo absolutamente nada. —Ambos le miraron, incrédulos. Con una sonrisa de suficiencia, insistió, recogiendo las cartas y comenzando un nuevo castillo—. Debí beber más de lo que creía, pues me hice un lío con las calles al regresar. No sé dónde la acompañe.

Ni siquiera levantó la vista, aunque una sonrisa bailaba en sus labios.

—Si te hicieras un lío con las calles cada vez que te emborrachas, ni recordarías las veces que hubieras terminado durmiendo en la calle, Wilerbrough.

Bendito Sunder, que le estaba haciendo el trabajo sucio. Pero aquel canalla no iba a contarles nada. Estaba seguro. ¿La querría también para él?

Su humor empeoró, y una furia que no había sentido en años le invadió.

Afortunadamente un sirviente lo sacó de su perturbación antes de que dijera algo imperdonable, solicitando la atención de James, con toda probabilidad por alguna cuestión menor. Desde que regresaran cada uno de su finca, y el marqués se mudara de la mansión familiar en Berkeley Square a su actual residencia de soltero, había despotricado del servicio hasta quedarse afónico.

Cuando este salió, Julian alzó su copa y miró el líquido ambarino con aprecio, encauzando su mal humor hacia una justa venganza.

—¿De dónde sacará el brandy? Es exquisito.

—De contrabando —respondió Richard—. Los malditos franceses han perdido la guerra, sí, pero nos están cobrando la victoria a base de estraperlos.

Alzó la cabeza y miró a su amigo. Su sonrisa de oreja a oreja puso en alerta a Richard. Bensters casi nunca sonreía.

—Robémoslo.

La cara de alarma le hizo insistir, retador.

—Robémoslo. —Comprendió entonces el estupor del vizconde—. No a los franceses, cabeza de chorlito. A Wilerbrough. Robémosle el alijo de brandy a Wilerbrough. Será divertido.

Richard sonreía abiertamente ahora.

—Sí, hagámoslo —accedió, ladino— y aprovechemos la ocasión para dar una lección a su arrogancia. La próxima vez que acompañe a una dama a casa, tal vez se esfuerce más en recordar el camino de vuelta.

En aquel momento se oyó la puerta de nuevo, y James entró a la sala. Encontró a Bensters con mirada misteriosa, y a Sunder con la sonrisa del gato que se ha comido al canario.

A pesar de todo Julian regresó a casa frustrado e irritado. Eran apenas las cinco, y lo único que le apetecía era meterse en la cama, tal era su mal humor. Tras departir, en la misma acera, durante unos minutos con Sunder acerca del gran robo que iban a perpetrar, se había despedido sin ganas de ir a Boodle's con él.

Entró en casa por la puerta principal, dejando las riendas al mozo que salió a recibirle, pues no le apetecía llegar hasta las cuadras a dejar su caballo y acceder por la de servicio. Lanzó los guantes de cabritillo contra el aparador que había en el hall, y vio en la bandeja de plata un elegante sobre con un sello lacrado que conocía de sobra. Enfadado, abrió la sucinta nota, rompiendo la cera dorada a tirones.

Su gracia, el marqués de Wilerbrough, reclama la presencia del conde de Bensters de inmediato en su mansión de Park Lane.

Maldita la arrogancia de James, pues jamás se le había dirigido en tales términos. Sí, la misiva contenía un claro tono de chanza en su formalidad, pero daba por sentado que él acudiría, y no solo porque la curiosidad y la esperanza de que le hablara de cierta dama se impusieran, sino porque como futuro duque había sido educado en la creencia de que sus deseos siempre serían cumplidos. No es que fuera orgulloso a conciencia. Sencillamente estaba convencido de que la vida sería como él quisiera.

—¡Camps! —gritó a su mayordomo. Este apareció poco después—. ¿Cuándo llegó esto?

—Hace apenas cinco minutos, milord. Si venía desde las caballerizas, es probable que se haya cruzado con el mozuelo que la traía.

No venía de las malditas caballerizas porque en su enfado no había tenido malditas ganas de desensillar su maldito caballo, y había preferido dejarle las riendas a alguien en la maldita entrada principal.

—Gracias, Camps. Eso es todo.

—¿He cometido alguna equivocación, milord?

Detectó regocijo en su voz. Dichoso Camps, que le hacía sentirse mal por no hablarle con educación cuando estaba legítimamente enfadado. Sonriendo, contestó:

—Esta vez no, Camps. Pero no te acostumbres a no ser amonestado.

Y fastidiado por la risa ahogada de su mayordomo, y por tener que agrandar la vanidad de su amigo, tomó sus guantes y salió a esperar que le trajeran la montura, pues regresaba a casa de James.

Diez minutos después entraba de nuevo en el opulento salón que abandonara apenas media hora antes.

—A pesar de que espero que mi padre viva muchos años para consumirse en la desesperación de mi yerma existencia, Wilerbrough, te juro que en días como hoy deseo que muera ya mismo solo para que ambos seamos marqueses y tengas que meterte tu superioridad de rango por donde te quepa.

—A mí también me alegra verte de nuevo, Bensters. Aunque déjame que te diga que me parece increíble que me hayas hecho esperar, incluso cuando se suponía que únicamente tenías que ir a tu casa y regresar aquí. El mozalbete salió a la vez que vosotros, y han pasado —consultó el reloj de oro de su bolsillo— quince minutos desde que regresara.

No había rastro de los naipes, y llevaba la chaqueta puesta, más que preparado para salir.

—Sé que finalmente tu padre también morirá y serás duque, mientras que yo me quedaré en un humilde marqués a quien considerarás a tu servicio —continuó como si el otro no hubiera hablado—, pero mientras tanto disfrutaría tratándote como te mereces, y no como se *supone* que mereces.

James sonrió ante su agudeza. Quien no conocía a Julian le tildaba de taciturno. Quienes sabían, y dudaba que fueran más de cinco, de la irónica acidez con la que expresaba su mal humor, le molestaban únicamente por el afán de recibir sus burlas.

—¿Quieres que discutamos sobre protocolo, o prefieres acompañarme a tomar el té con mi tía Johanna? —Ante la mirada helada que recibió, se explicó, prudente—: Es allí donde la acompañé esta mañana. A casa de mi tía. Y había prometido con anterioridad a la condesa de Hendlake ir hoy a tomar el té. Con ella, y con April.

James vio cómo la explicación hacía que los ojos del conde fueran ganando templanza.

April, repitió para sí Julian. Así que ese era su nombre. April. Le sentaba bien. Evocaba primaveras. Le gustaba mucho. Le hechizaba, incluso.

—Creí que no recordabas su nombre.

—Tú no lo creíste ni por un momento. Pero el cabeza de chorlito de Sunder sí.

Ambos sonrieron.

—¿Y bien?

—¿Y bien, qué?

—¿Vienes?

Sin dignarse darle el gusto de responderle, abrió la puerta y le cedió el paso.

April. El nombre resbaló de sus labios para caer a un lugar muy cercano a su corazón.

Si no se hubiera sentido eufórico, tal vez se hubiera preguntado por qué James le favorecía a él y no a Richard, por qué le daba clara ventaja en lo que era, sin duda, una carrera hacia la misma mujer.

Pero no lo hizo.

7

Como cada tarde, en el número veinte de South Street el silencio apenas se rompía por un suave crujir, ya fuera el de la tela al ser hincada por la fina aguja, o el de las páginas del volumen de Shakespeare al ser pasadas.

Así que fue tomada por sorpresa cuando su señora le reprochó la pieza de teatro elegida.

—¿De nuevo leyendo *El mercader de Venecia*? Francamente, April, no entiendo qué ves de interesante en la historia del comerciante al que casi le cuesta la vida prestar dinero a un amigo derrochador.

—Me gusta Portia, es una mujer que sabe luchar sus propias batallas, milady.

Fue la escueta respuesta, a falta de una mejor. Pero vio que le sonreía, aprobadora. Cerró el libro, y la miró preocupada.

—Su sobrino está intranquilo, señora, por su estado de salud.

—James siempre ha sido demasiado protector conmigo. Debería casarse y tener hijos. Así tendría otra mujer por la que inquietarse, y me dejaría espacio para respirar.

—¿No debieran hacerlo todos, acaso?

Johanna rio.

—¿Y también todas?

Esta se encogió de hombros.

—Honestamente, no lo sé, señora.

—Permíteme un consejo, entonces. Haz como Portia, y no

des ningún paso en falso mientras no lo hayas averiguado. Y haz trampas, como ella, si es necesario.

Y, guiñándole un ojo, siguió con su costura.

No por primera vez tuvo la incómoda sensación de que aquella mujer sabía más de su vida de lo que decía saber. ¿La habría traicionado su amiga prusiana, pretendiendo ayudarla?

El mayordomo la alejó de la insidiosa idea:

—Lord James Saint-Jones, milady —se aclaró la garganta antes de continuar— y lord Julian Cramwell.

Una enorme sonrisa iluminó la cara de lady Johanna al tiempo que los veía entrar.

April vio con asombro como el caballero que aquella mañana le había insultado entraba en la salita. Fue tal su sorpresa, de hecho, que el pesado libro que sostenía se le cayó al suelo con estruendo. Lo recogió con rapidez y miró a los presentes. Afortunadamente, ninguno pareció ser consciente de su torpeza.

O eso creyó ella.

En su fuero interno reconoció, con fastidio, que era mucho más guapo de lo que le había parecido horas antes. Afeitado, y correctamente vestido, por no decir completamente vestido, se le veía arrebatador.

Enrojeció y sintió que el calor la invadía. Lo atribuyó a la vergüenza por haber perdido los nervios aquella mañana y haberse comportado como una cualquiera. Como las mujeres a las que le había acusado de frecuentar, se recordó.

Tomó el libro y lo abrió, pero no pudo seguir con coherencia ni una sola línea. Más fastidiada todavía, reconoció que no parecía ser capaz de perderse nada de lo que le decían a la anfitriona. De poder, hubiera chasqueado la lengua. Aun así se negó a mirarle.

Julian hizo lo mismo. En cuanto entró en la sala de recibir la situó a un lado, cerca de la ventana, recogiendo del suelo un libro que supo, ufano, que se le había caído al verle. El sol hacía maravillas con sus ojos y su cabello, y su cuerpo se tensó, extasiado. Pero apartó la vista al punto. Por un lado porque la discreción y la educación así lo exigían, y por otro porque estaba siendo, de manera deliberada o no, abiertamente ignorado por ella.

Besó la mejilla de *la intrépida* lady Johanna, como solía pensar en la condesa de Hendlake con cariño. Era el único familiar de Wilerbrough que conocía, y la había visitado en varias ocasiones con anterioridad, estando en Londres. Se sentó cuando le fue ofrecida una butaca, decepcionado al no ser introducido a la otra mujer que se encontraba en la estancia. Pero claro, aquella era una mera dama de compañía, y nadie presentaba a las sirvientas.

—Y dime, conde, ya que has sido tan amable de venir a visitarme... —Lady Johanna se colocó sus anteojos, simulando admonición—. ¿Te has casado ya?

Ladeó la cabeza, juguetón, y la miró con intensidad, seductor. April contuvo el aliento, sintiéndose ridícula. No era de su incumbencia si el conde estaba casado o no. O si era capaz de robar el aliento con una mirada que ni siquiera le había dirigido a ella.

—¿Acaso estáis interesada en el puesto de condesa de Bensters, milady?

Recibió un golpe con el bastidor, pero también un sonrisa. Y, aunque no lo supiera, el renuente alivio de la doncella a la que no había sido presentado.

—Si tuviera cuarenta años menos no osarías preguntarme, jovencito.

—Y si yo tuviera cuarenta años más, milady, me arrodillaría aquí y ahora, postrado ante vos como el más ferviente de vuestros enamorados.

James sonreía, feliz de ver a su tía tan despabilada. Incluso April lo hacía, escondida tras las páginas de su libro.

—Déjate de bobadas y no trates de embaucarme, muchacho. ¿Has encontrado o no has encontrado esposa?

—No desde la última vez que me lo preguntasteis, mi señora, cuando regresé de mi viaje por Europa, visité a mi padre y me instalé en Londres.

—De eso hace ya al menos un mes. Tiempo más que suficiente para encontrar una dama adecuada y casarte con ella.

—Temo que ninguna me tiente, milady. —Su voz sonaba triste; su boca y sus ojos sonreían, en cambio.

—Temo que no te esfuerces lo suficiente, muchacho.

—Os seré sincero —dijo ahora bajando la voz—. Ninguna se digna mirarme, no mientras vuestro sobrino está cerca. Él es el mayor premio de la temporada.

Incluso April tuvo que reprimir una carcajada ante su descaro. Alzó la vista para alcanzar a ver una mirada revoltosa que se cruzó con la suya cuando él la oyó reír. Por un momento no pudieron apartar los ojos el uno del otro, como si acabaran de descubrirse. Algo en el brillo azul atraía irremisiblemente a April, que no podía bajar la mirada. Julian ni podía ni deseaba hacerlo. ¿Aquella mañana habían sido sus ojos tan enormes? ¿Y tan hermosos? Por un instante pareció que el aire se meciera a su alrededor, atrayéndolos, y su distancia se volvió íntima.

James aprovechó la ocasión que se le brindaba para presentarlos, a pesar de lo infrecuente de su actuación, apartando además una conversación que no le interesaba en absoluto.

—Julian, permíteme presentarte a la acompañante de mi tía, la señorita April. —Se levantó y se acercó, tímida, cuando vio que James se levantaba y estiraba la mano, para tomar la suya—. Señorita April, permítame presentarle a mi viejo amigo, lord Julian Cramwell, conde de Bensters.

Julian fue a tomar la mano que James le ofrecía, pero los nervios la atenazaron de golpe. Por un momento un cosquilleo le atravesó el cuerpo, el estómago se le contrajo hasta casi dolerle, sintió las palmas sudorosas y la respiración le falló, como si su corazón se saltara latidos. Temiendo desfallecer, convencida de sentirse enferma, tiró de la mano con fuerza y la ocultó tras su espalda, dando un pequeño paso atrás.

El gesto, francamente grosero, provocó un pesado silencio. Si Julian se ofendió no lo mostró, pero su cara se convirtió en una máscara de civismo. Atrás había quedado su cálida mirada. Ahora en sus ojos restaba únicamente desdén.

James rompió la tensión con una carcajada forzada.

—Me temo que no se fía de ti, Bensters.

Y tomándola del codo, la sentó en el asiento contiguo al suyo, obligándola a mantenerse en la conversación. Agradeció una vez más la probidad del marqués, que la salvaba del ridículo. Saliendo de su estupefacción, y no queriendo forzar la escena, lady Johanna pidió al lacayo que sirviera el té, al tiempo que comentaba:

—Me encantaría saber quién es el mentecato que os ha puesto un apodo de guardia real *francesa*. Al menos, si no inglesa —suspiró exageradamente—, podría haber sido prusiana. Dichosos imberbes.

—Alguien ha decidido apodarnos Los Tres Mosqueteros —explicó James a April, amable.

—Lo sé —le sonrió ella, al tiempo que sorbía su té, recompuesta.

—¿Lo sabéis? —preguntó extrañado.

—Al parecer vos y vuestros amigos —decidió satisfacer la curiosidad del marqués y reírse a un tiempo de él— no solo causáis estragos en los salones, milord. En las cocinas también hay quien sigue vuestras hazañas.

Lady Johanna festejó el comentario.

—Y conste que aun así no apruebo el nombre. Pero, mozalbetes, tenéis que reconocer que es divertido.

Quizá fuera ver la afabilidad con que Wilerbrough y la joven se trataban, quizá fuera que le molestaba que sus acciones fueran diseccionadas por los dragones, como solían ellos llamar a las matronas más cotillas, o quizá todavía le escociera el desplante cuando fue a besar su mano, pero algo en Julian se desbordó en aquel instante. Su paciencia, probablemente.

—¿Y os encontráis entre las que se interesan por tales hazañas? —Aunque trataba de que su tono sonara divertido, tenía un deje duro—. Podría pasarme una vez por semana y comentaros lo que sea que hagamos, para ahorraros la necesidad de chismorrear cual alcahueta.

—Bensters... —Había cierta advertencia en la voz de James, temeroso de que acaeciera una escena similar a la del parque aquella mañana, donde ambos habían terminado perdiendo las formas.

—Yo tampoco apruebo el nombre, milady —respondió a su señora, ignorando su comentario.

—*Los tres mosqueteros* es una novela... —comenzó a explicarle Julian con voz suave, arrepentido por su brusquedad, buscando excusarse por la brutalidad anterior, consciente de haberse excedido, y admirando la calma con la que ella se lo había tomado.

Le interrumpió con un tono tan afilado como su mirada.

—Conozco la novela, milord. Ser una criada no implica necesariamente ser poco instruida. Fui la séptima hija de un pastor. Mis padres no pudieron darme una dote, pero sí una educación digna. —Miró a los otros, ignorándolo una vez más, y esta vez no dudó de que lo hacía deliberadamente, dándole incluso la espalda—. Como estaba diciendo, conozco *Los tres mosqueteros*, de ahí mi desconcierto. Entiendo que Athos sería su sobrino, lady Johanna, tanto por su inteligencia como por su capacidad de mando. Y desde luego Aramis sería el vizconde de Sunder. He tenido el placer de coincidir con él esta mañana y he de reconocer que es un hombre evidentemente guapo. —Los celos golpearon a Julian como ningún insulto hubiera podido hacerlo—. En cambio, no podría adjudicar al conde aquí presente el papel de Porthos. No diría que es especialmente fuerte...

¿Realmente había pensado que se había tomado con calma su insulto, que debía disculparse? Dichosa mujer. ¿Y de veras la creía hermosa? Debía ser como Medusa, tan hermosa como terrorífica.

—Sin tener en cuenta que por título sería Athos, pues este era un conde, y os informo de ello por si vuestra instrucción no llegó a ese detalle... Soy además el más alto de los tres, magnífico jinete, duelista y... —Seguía describiendo las características del personaje de Athos, alzado la voz sin darse cuenta.

—Aunque sí he de reconocer —también April comenzaba a gritar para hacerse oír, aunque sin volverse a mirarle, y sin entender por qué aquel hombre le hacía perder la compostura con tanta facilidad— que tiene una peculiar forma de vestir, o la tenía esta mañana, cuando lo encontré en el parque.

—¡Una mujer instruida no haría referencia a mi forma de vestir de esta mañana!

—¡A vuestra falta de vestimenta, querréis decir, *milord*!—ahora sí lo enfrentó.

Lady Johanna medió paz con la experiencia que solo la edad sabe otorgar, consciente de que la atracción que había deseado que su joven acompañante sintiera por su sobrino jamás llegaría a ocurrir. Que era el conde de Bensters quien la cautivaba, lo supiera ella o no. Y dada la estricta educación que había recibido, no estaba segura de que supiera del origen de su ataque de ira.

—¿Qué tal si enseñas tú mis flores de loto a April y Julian, James? Creo que necesitan algo de intimidad.

Las palabras apenas susurradas de la anfitriona tuvieron un efecto balsámico, o vergonzante, en los dos, que callaron al mismo tiempo. Les pareció terrible oír a alguien susurrarles mientras ellos se gritaban sin razón aparente.

—Aire —dijo James con sequedad al tiempo que se ponía en pie y les miraba sin saber qué decirles—. Lo que necesitan no es intimidad, sino aire.

Se dirigió a la puerta que un lacayo sostenía, dando por supuesto que sería obedecido y que, por tanto, le seguirían. Julian la dejó pasar delante. April sentía rojas incluso las orejas. Sabía que era su culpa. Había sido grosera al apartar la mano. Pero él era un caballero, debió ignorar su gesto, en lugar de insultarla. Era la segunda vez en un día que lo hacía. ¡Maldito fuera!

Julian, en cambio, no podía pensar en nada que no fuera el suave balanceo de las caderas que cimbreaban frente a él.

Dentro, lady Johanna cambiaba de planes rápidamente.

Llegaron al estanque y James se sentó en el banquito de enfrente, de brazos cruzados, a la espera. Los miró, retándolos a que siguieran comportándose como críos.

Dios, se animó, iba a ser más sencillo de lo que creía. En menos de un mes sonarían campanas de boda en aquella casa. Conocía a Julian, y nunca le había visto comportarse así. No era que jamás insultara a una mujer ni le hubiera alzado la voz. Desde luego que no. Julian era un caballero. Era que Julian no alzaba la voz ni insultaba a nadie. Tenía los nervios de acero; rara vez perdía el control. Y en cambio, con ella, parecía no poder contenerse. Cuando entraron en la salita, había notado cómo se ponía rígido al verla, y cómo evitaba después mirarla siquiera. Y cuando sus ojos se habían encontrado... James había sentido que su tía y él sobraban en un salón que les era propio.

Y a ella se le había caído el libro al verlo entrar, y por un momento le había mirado como él la mirara aquella mañana, como si fuera... bueno, los hombres no eran hermosos, pero le había mirado como si fuera ¿guapo? Sí, eso era, como si Julian fuera el hombre más guapo de todo Londres.

April se sentó en el borde del estanque, acariciando una de las flores que flotaban en la superficie. Julian la miró, hipnotizado. Por Dios que era hermosa. Ya ni siquiera recordaba por qué habían discutido. Solo podía mirarla y desear ser el pétalo que mimaba con sus dedos.

Ella, por su parte, temía alzar la vista. Temía hablar. Aquel caballero la ponía nerviosa, y le hacía perder el dominio sobre sí. Y sin embargo... Sin embargo, no sabía qué, pero sabía que había un sin embargo. Había mentido al decir que no entendía el apodo. Para ella él era el más guapo de los tres y también el más robusto. Y si se tenía en cuenta como había controlado a su caballo, era sin duda un gran jinete. Alzó la vista, pero al verle observándola la bajó rápidamente.

Ahí estaba de nuevo. El estómago se le encogía, la respiración se le aceleraba, y vio como los dedos que tocaban la hermosa flor temblaban. Y esta vez supo que no iba a desmayarse, que no se sentía enferma, sino rayana a la euforia. Reconoció aquel *sin embargo*, lo reconoció con mucho fastidio.

—¿Y bien? —James estaba convencido de que si no hablaba, ambos se pasarían la tarde siendo conscientes el uno del otro, y que les bastaría con sus presencias.

Silencio.

Mucho silencio.

Tomó el tono de su madre cuando pretendía reñir a un mismo tiempo a Nick y a él. Sabía que siempre funcionaba.

—No me hagáis repetirme. Os he hecho una pregunta. A los dos.

April fue la primera en responder.

—Me ha insultado. Dos veces. Esta mañana y de nuevo esta tarde. —Sabía que parecía una niña pequeña. Recordaba sus primeros meses en el internado, cuando subía a protestar a la directora del centro porque otras niñas le pegaban. Se sintió ridícula.

Julian se sintió un bastardo. Pero un bastardo herido. ¡Le había apartado la mano cuando iba a besársela!

—Habéis apartado la mano cuando os la iba a besar.

Lo dijo con voz suave, sin reproches, pero justificándose. Y al menos él no se chivaba a James, se dijo con orgullo infantil.

April alzó la vista, incrédula.

—Una caballero no replica, se disculpa.

—Una dama no aparta la mano.

—¿Acaso no me habéis oído esta mañana cuando os he dicho que no soy una dama? ¿O esta tarde cuando el marqués me ha presentado como la dama de compañía de su tía? —Y mirando a James, le preguntó con fingida inocencia, exagerando la forma de vocalizar—: ¿Acaso es sordo, su gracia?

Este ahogó una risita ante su ingenio. Julian dio un paso al frente, sin saber muy bien para qué. James se levantó al punto, haciendo que se detuviera. No es que pensara que fuera a hacerle daño, pero no estaba seguro de que acortar distancias sin un mediador cerca fuera una buena idea. Cogió a April, la separó del estanque, le tomó la muñeca y la depositó en la mano de Julian con cuidado, deslizándola antes de apartarse él.

A pesar de lo forzado del contacto, por un momento ambos miraron sus manos enlazadas, en silencio, reconociendo con los ojos lo que su tacto sentía. Un pequeño temblor, no sabían si propio o ajeno, y un pequeño cosquilleo, que tampoco supieron a quién atribuir.

Alzaron la vista a la vez y se miraron, y un largo suspiro acompañó a la mirada de April, suspiro que robó el aliento de Julian.

De nuevo James se supo fuera de la escena. Dubitativo, intervino en voz muy baja, no queriendo romper el hechizo.

—Bésale la mano, Julian, y estaréis en paz.

April se puso nerviosa, pensando en sentir aquellos labios, llenos y hermosos, en su piel.

Julian escuchó a James, y se molestó en parte. No quería hacerlo. No así, no enfadados. No cuando ella lo esperaba. No con su amigo vigilando cada movimiento.

Ella vio el disgusto en sus ojos y malinterpretó su gesto. La decepción la volvió hiriente.

—Seguiría debiéndome una disculpa por el insulto de esta mañana.

Julian iba a soltarle la mano y a replicar cuando James le tomó del brazo.

¿Acaso ella no sabía mantenerse callada? Pensaron los dos, al unísono.

—Bésale primero, y olvidemos una afrenta.

Julian miró a su amigo, volteó su cuerpo para ponerse de espaldas a Wilerbrough, quien colaboró apartándose ligeramente y concediéndoles cierta intimidad, y se llevó poco a poco, lentamente, la mano a los labios, sin despegar su mirada de aquellos enormes ojos grises. Y cuando estaba a apenas un milímetro de su piel, cuando pudo embeberse de su olor a violetas mezclado con el de su propia esencia femenina, cuando el más leve movimiento haría que la tocara, la miró con mayor intensidad, quemándola con sus ojos azules incandescentes, y dejó que fuera su aliento, caliente, el que la acariciara. Bajó de nuevo la mano, con una mirada que prometía darle aquel beso algún día, y separó sus manos con la misma exquisita lentitud, dejando que sus dedos se acariciaran en toda su extensión, hasta que no quedó más piel que rozar, hasta que solo quedó ausencia.

—Lamento —le dijo con voz ronca, susurrante —haberos insultado esta mañana. Temía que *Marte*, mi castrado, os arrollara. Es obvio que no erais vos la chiflada mentecata.

—Majadera —respondió en un susurro entrecortado.

—Majadera chiflada, entonces. Pero no estáis ayudando.

Ella sonrió con timidez.

Julian se entusiasmó por su sonrisa, y le preguntó con humor:

—¿Os han dicho que tenéis muy mal genio?

Ella le lanzó una mirada que no tenía nada de retraída, entonces.

—¿Quién no ayuda, ahora?

—Pero es cierto. Lo lamento pero lo es. —Y apartándose un poco le dijo, en un tono indudablemente divertido—: Ya que os empeñáis tanto en recalcar que no sois una dama, no podéis esperar que me comporte yo como un caballero. Tenéis un genio de mil demonios. Cualquier otra mujer se hubiera asustado tanto esta mañana, ante la situación, que hubiera perdido el habla. Y esta tarde, en nuestra visita...

—¿Hubiera caído postrada a vuestros pies?

Chasqueó la lengua, creyendo haberla atrapado.

—Creí que no me considerabais interesante.

—Y no os considero como tal. En realidad me refería a los pies del marqués.

—Definitivamente no sois una dama —le dijo con humor.

Pero era su humor, un humor seco, que dedicaba a aquellos con quienes se sentía cómodo, a quienes admiraba. Y ella no podía saberlo. Y se ofendió, como cualquier otra mujer lo hubiera hecho. Más si cabía, pues para colmo April sí era una dama.

—Es cierto, yo no soy una dama, pero al menos no simulo serlo, no trato de parecer ser quien no soy. Vos en cambio, vos... —La ira le entrecortaba la voz—. ¡Vos no sois un caballero! Deberíais saber que un caballero lo es siempre, y no solo con los de su clase. Un caballero que se precie se comporta del mismo modo con reyes que con humildes herreros, con damas y con... con cualquieras. Pero claro, como os dije esta mañana, es obvio que alternáis poco con las personas adecuadas.

Atacado sin esperarlo, Julian se dejó llevar por el mal genio de ella.

—¿Yo? ¿Que yo no alterno con...? —Apenas podía hablar de lo enfadado que se sentía—. ¿Me acusáis de clasista a mí? *¿A mí?*

¿A él, que tenía la casa llena de sirvientes que eran casi amigos, y a los que trataba como iguales y permitía que le trataran como a un igual? ¿A él le tachaba de clasista? ¿Cómo se atrevía? Estaba fuera de sí. Completamente. No recordaba haberse enfadado tanto desde que supo de las palizas de su padre a Phillipe. Condenada muchacha. ¿Quién se creía que era?

April se sintió extrañamente satisfecha. Se había negado a besarle la mano, lo que para ella había sido una decepción primero, pero una afrenta después. Y se había afanado en recordarle que no era una dama, después. Por eso no la había besado en los nudillos, entendió. Para no tratarla como tal. Pues sí, era un esnob. Un clasista, si le molestaba más. Y que se fastidiara si no le gustaba que se lo dijeran. Quizá debiera de rodearse de personas más sinceras, que no se pasaran el día alabándole.

Y aun así hubiera deseado aquel maldito beso, se había quedado con las ganas de sentir sus labios, tan estúpida era.

—Suficiente. —James se rindió. Fuera lo que fuera, tendría que limarlo poco a poco. Tal vez la boda tardara dos meses en llegar, y no uno, como había creído en un principio—. April, por favor, ¿felicitarás a mi tía por sus magníficas flores de loto y nos despedirás? Me temo que no recordábamos que teníamos una cita en otra parte.

Y tirando de Julian, lo sacó de allí, mientras este miraba hacia atrás, sin separar sus ojos de aquellos enormes y grises que le devolvían la mirada con la misma intensidad.

8

El frío de la noche la azotó al salir de la zona protegida por las lápidas del cementerio de Bunhill Fields. A pesar de que se estrenaba el mes de abril, la noche londinense seguía siendo fría, y sus bajas temperaturas se dejaban sentir con más fiereza cerca del río. Aun habiendo huido de su ribera, buscando la parte amurallada de la ciudad, esquivando el paseo por el Mall y subiendo por Holborn, temerosa de encontrarse con algún grupo de alborotadores, hubo de subirse el cuello de su pelliza. Acarició la piel de marta con placer. Era el único lujo que había incluido en su maleta. No abrigaba demasiado, no como su otra pelliza, la que utilizaba en el helado invierno prusiano y que dejó a Sigrid, pero sí la protegía de la primavera inglesa. O al menos protegía su cuello. El resto de su cuerpo había perdido el calor en el momento en que saliera de la casa, dos horas antes.

El reloj de la catedral de Saint Paul marcó tres campanadas. Debía afanarse. Todavía tenía por delante una larga hora de camino hasta South Street, y a las cinco y media la ayudante de cocina prendía las lumbres en las recámaras, la suya incluida, por orden de lady Johanna.

Había sido una insensatez acudir, pero tan bloqueada estaba con su novela que había deseado dejarse imbuir por el ambiente gótico de su historia, y qué mejor manera de hacerlo que en un cementerio. Y no en cualquiera de ellos, sino en el de Bunhill Fields, el cementerio de los renegados.

A pesar del frío y del miedo, había merecido la pena el riesgo. Si nadie la descubría, todo quedaría en una pequeña aventura. Y, no obstante, si alguien sabía de su escapada, tendría que dar muchas explicaciones, y aun así nadie la creería y sería malinterpretada. Se le atribuiría sin duda un amante al que visitar a altas horas de la madrugada.

Pero no podía arrepentirse. No cuando había encontrado el modo de continuar escribiendo, la manera en que Ranulf tendía una trampa al maligno acechador de Reina y lo vencía, ganándose así el corazón de su joven amada.

—París bien vale una misa.*

Sonrió para sí, dejando a un lado los escalones de la fachada de la catedral. Tomó Fleet Street en dirección al Strand.

—Confío en que la misa fuera oficiada al menos por un pastor inglés, y no un maldito sacerdote francés.

La voz, conocida, la asustó. Se llevó la mano al pecho al tiempo que se giraba, para perderse en unos ojos azules que la miraban con clara desaprobación.

¿Por qué?, se preguntó inútilmente. ¿Por qué de todos los hombres que podían encontrarla, tenía que ser precisamente el que peor iba a pensar de ella, y que no tenía por otro lado ningún reparo en insultarla, como acababa de hacer aunque fuera de forma velada?

¡Maldita fuera su suerte! No, se corrigió. ¡Maldito el conde de Bensters!

Julian regresaba de jugar al faraón en un club de dudoso prestigio en el puerto, frecuentado por antiguos combatientes y marineros. Tras su actuación de la tarde anterior no había estado de humor para ver a Wilerbrough aquella noche. ¿Qué iba a explicarle sobre la doncella de su tía? ¿Que la insultaba a la menor ocasión porque quería enfadarse con ella? ¿Qué temía no enfadarse con ella, pues de otro modo tal vez intentara besarla? Desde que la viera en Hyde Park se le había metido en cierto

---

* Esta frase fue pronunciada por Enrique IV de Borbón (1553-1610), quien se convirtió al catolicismo, a pesar de ser calvinista, para poder acceder a la corona de Francia.

modo bajo la piel. Sabía que en el momento en que la tuviera también bajo sus sábanas su obsesión pasaría, pero no sabía cómo seducir a la doncella de *la intrépida* lady Johanna sin causarle problemas a esta, ni a sí mismo.

Y a pesar de todo su noche había sido un fracaso. Seguía sin estar de humor tras una velada de jaleo en una taberna infestada de humo y alcohol barato. Tras varias partidas de naipes, en la mesa de al lado había habido una acusación de fullería, y había prendido la mecha que al parecer todos esperaban, quizás incluso él mismo. Habían volado sillas, puños, codazos, patadas, algún cuerpo inconsciente... En el momento en que escuchó varias botellas romperse y vio el filo de machetes del tamaño de su antebrazo, supo que era hora de retirarse. Portaba una pequeña arma oculta en sus botas Hessian, pero no deseaba tener que utilizarla. Salió por la puerta más cercana, dio la vuelta al edificio buscando la entrada trasera, entregó a la esposa del tabernero un saquito de cuero con sus ganancias de aquella noche, que esperaba cubrieran los desperfectos de la batalla campal que dentro se libraba, y regresó a la seguridad de Mayfair y a sus calles alumbradas.

El destino, o más bien un pequeño capricho, quiso que prefiriera dar un rodeo por la catedral en lugar de seguir el río, y que viera una figura envuelta en una pelliza fina pero con el cuello cubierto de pieles aparecer cerca de la prisión de New Gate.

Hubo de pestañear varias veces para asegurarse de que conocía bien aquella figura. Y la siguió hasta Saint Paul, donde la escuchó hablar y la enfrentó.

La vio girarse asustada, pero el temor de sus ojos se evaporó en el momento en que le reconoció, sustituido por una mezcla de fastidio y beligerancia. Le hizo una pequeña reverencia.

—Lord Cramwell.

Y siguió caminando, ignorándole.

Pero Julian no estaba acostumbrado a que le ignoraran. Le molestaba, de hecho, como acababa de descubrir.

—¿Podría preguntar de dónde venís, muchacha?

Ni siquiera se giró a responder, mientras aceleraba el paso.

—No, milord, no podéis.

Sus zancadas, mayores, la alcanzaron y se pusieron a su lado.

—En todo caso no hace falta tener demasiada imaginación para saber qué hace una mujer a estas horas de la noche sola, lejos de su casa, y con una prenda que obviamente no podría pagarse con su sueldo de doncella.

Se encaró a él, enfadada. Puso los brazos en jarras, e iba a responder cuando lo pensó mejor. Dijera lo que dijera, él ya había sacado sus propias conclusiones. No cambiaría de idea. Y no iba a revelarle su pasión por la escritura. Se volvió y continuó caminando, obviando la afrenta. Sonriéndole con altanería, incluso, solo por el placer de molestarle.

Definitivamente detestaba ser ignorado. Y que se rieran de él tampoco le gustaba. Absolutamente nada.

—¿No vais a responderme, acaso?

—Ya lo he hecho.

—No, señorita April, no lo habéis hecho.

—Sí, milord, creo que sí.

La tomó del hombro exasperado, deteniéndola.

—¡No, maldita sea, no me habéis respondido! Os he preguntado...

—Me habéis pedido permiso para preguntarme —le interrumpió— y os lo he denegado.

Y trató de seguir avanzando, pero la fuerte mano masculina que atenazaba su brazo se lo impedía.

—Soltadme.

—Respondedme primero.

—Preguntad vos, primero.

El hecho de tener que inquirir algo implícito le hacía sentirse rebajado. Y aun así cedió, sin saber muy bien por qué.

—¿Qué hacéis a altas horas de la madrugada, a una hora de camino de Mayfair?

—Nada de vuestra incumbencia.

Y sabiéndolo desprevenido, de un fuerte tirón se soltó y continuó caminando.

¿La delataría? ¿Qué le contaría ella al día siguiente a su señora? Podía contarle la verdad, podía enseñarle su novela y hablarle del cementerio. Solo acudiendo a un camposanto, sabiendo lo que podía encontrar en él, sería capaz de describirlo en su historia.

De nuevo la detuvo. Frustrada, dio una patada en el suelo, en un gesto muy poco femenino.

—Es la segunda vez que os encuentro a horas intempestivas donde no debéis estar. Deberíais replantearos vuestro silencio.

—Es la segunda vez que *yo* os encuentro *a vos* en esas mismas circunstancias. En la primera a medio desnudar —se sintió sonrojar, pero no se acobardó— y esta noche apestando a tabaco y alcohol, y probablemente si me acercara más olería a colonia barata de mujer.

Había que reconocerle agallas, sin duda, se dijo él, admirado.

—Vuestra situación es precaria, y vos demasiado inteligente como para hacerme creer que no sois consciente de ella, señorita April. No me hagáis volver a preguntar.

Algo en su voz la detuvo. Se percató de que hasta ese momento había estado jugando con ella. Supo entonces que no había tenido intención de delatarla, solo de divertirse un poco a su costa. Pero parecía que ahora sí estaba enfadado, y que de su respuesta dependía mantener o no su secreto.

Julian estaba fuera de sí. La idea de que otro hombre la tocara, la besara, que la tuviera... y que lo hiciera a cambio de una maldita capa de martas, le agitaba hasta sus mismísimos cimientos. Necesitaba oírselo decir para creerlo, y que se lo explicara. ¿Por qué una mujer tan hermosa trabajaba de doncella por el día y huía al Temple de noche para encontrarse con alguien que podía pagarle una maldita pelliza pero no alquilarle una casa para que no tuviera que trabajar?

April se retiró un mechón de la cara y decidió ser sincera, sin responderle de todos modos:

—Soy una buena persona, aunque os pueda sorprender, conde. Suelo gustar a la gente, de hecho.

La miró de arriba abajo, lentamente, deteniéndose en la curva de sus pechos que apenas se adivinaban al ir cubierta, sus caderas, sus largas piernas, y recorrerla en sentido inverso deteniéndose en su cuello y sus finos labios más tiempo del debido.

Sintió un pequeño nudo de calor en el estómago, al tiempo que un pequeño foco de ira se instalaba en su mente. Era lógico que pensara de ella en esos términos, pero al parecer ese hombre estaba predispuesto a pensar mal, precisamente ese, y no otro. Él, que era el hombre más apuesto que jamás había visto, el único por el que su mente parecía derretirse lentamente.

—No dudo de que gustéis. A mí me gustáis. —Su voz se tornó algo ronca y se acercó un paso a ella—. Me gustáis mucho, en realidad.

No sabía por qué le confesaba que la deseaba, pero lo estaba haciendo. Quería que ella fuera consciente de su deseo, esperanzado en que la furia que bullía cuando le veía fuera deseo disfrazado, como parecía ocurrirle a él, y se lo confesara también.

Por un momento April se sintió hipnotizada. Vio cómo se le acercaba despacio, paso a paso, cómo la tomaba por los brazos y acercaba su cara a la suya, hasta que la proximidad obligó a sus ojos a apartarse. Sintió el cuello de Julian cerca de su nariz, el mentón, que probablemente no se hubiera rasurado aquella mañana, arañarle con suavidad la piel de la mejilla. Repitió la caricia en el otro lado de la cara. La joven se embebió de su cercanía, de su olor a bambú. Lo mismo le ocurrió a él. Sus cinco sentidos se llenaron de April, de su suavidad, de su aroma a violetas, de la caricia de su tacto en su mal afeitada mandíbula. Solo había pretendido mostrarle que no olía a perfume barato, pues no había permitido que moza alguna le tentara. Pero cuando se había acercado, cuando la tuvo tan cerca, se olvidó de lo que quería hacer, y sus labios, sin pedir permiso, se acercaron a los de la joven, hambrientos de su dulzura.

Las manos subieron por sus brazos y sus hombros hasta su cuello para fijar su barbilla antes de cerrar la poca distancia que los separaba, y al tocar la piel de la capa, recordó que era otro hombre quien se la había regalado. La idea de besar unos labios poseídos por otro poco tiempo antes le disgustó, y se apartó de repente.

April lo había visto acercarse y había quedado hechizada. Sabía que iba a besarle, pero no podía hacer nada por evitarlo. Su cabeza parecía gritarle que corriera antes de que fuera demasiado tarde, pero su cuerpo no obedecía. Se inclinaba hacia él, incluso, ansiosa por degustarle, por ser besada por primera vez en su vida. Por alguna razón lo que su mente rechazaba, para sus labios era correcto.

Pero para su decepción él se apartó en el último momento, cuando sus brazos la habían envuelto.

—Nada de colonias baratas de mujer, como podéis comprobar. —Su tono sonó roto, como su deseo.

La soltó y dio un paso atrás, pero no se separó del todo, no pudo. La vio estremecerse. Un pequeño escalofrío, de ausencia y de decepción, le había recorrido el cuerpo de manera casi violenta.

—Tenéis frío.

«Vuestra distancia me da frío», pensó ella, pero nada dijo.

Julian se quitó su gabán y se lo colocó sobre los hombros. Acarició sus brazos, su cadera, su cintura, sus clavículas mientras lo hacía. Ella se dejó hacer, agradeciendo la prenda caliente, que todavía conservaba su aroma, y el tacto de sus manos, que le dieron más calor que el abrigo.

—¿No os helaréis vos, ahora?

—Nada que no sea bueno para mi autocontrol.

Intuyendo lo que significaban sus palabras, sonrió con timidez, y continuaron caminando un rato en silencio.

Al entrar en el Strand volvió a insistir. Tenía que convencerle.

—Realmente no hacía nada malo.

—¿A las tres de la madrugada?

—Es la mejor hora para...

—¿Para?

No quería contárselo. No quería decirle que escribía. Y no es que temiera que se riera de ella y la llamara intelectual, se prometió. La opinión de aquel hombre le importaba tan poco como la del resto. Es que... bueno, es que no quería.

—Para hacer lo que iba a hacer.

Lo vio encogerse de hombros, e impulsarla colocando por un momento su enorme mano en la cintura para que siguiera caminando. Todavía les faltaba algo más de media hora para llegar a casa.

No quería saberlo. Mentía. Se moría por saberlo, pero una parte de él prefería no saber lo que ya intuía. No quería que ella se lo confirmara. ¿Podría convencerla para que fuera suya, como era ahora de otro hombre? Había visto deseo en su mirada cuando casi la besa. Por un momento había habido un destello en aquellos enormes ojos grises. Si presionaba adecuadamente sería suya. Pero ¿y si estaba enamorada del hombre al que había ido a visitar? Se le retorció el estómago.

Aquella mujer era peligrosa. Lo que debía hacer era dejarse de juegos y desaparecer una temporada. O quizá buscarse una amante. Nunca había tenido una, no una de verdad, más allá de unos días. Quizás era el momento de centrarse en cualquier otra mujer que no fuera la que caminaba a su lado.

April tuvo que volver sobre el tema. Era su sustento lo que estaban tratando.

—Milord, os doy mi palabra de que no hacía nada deshonesto esta noche. Entiendo que las circunstancias juegan en mi contra, que puede parecer que vengo de... de... —se decidió a decirlo, pues ocultarlo la haría parecer culpable— de frecuentar a un hombre. Pero no es el caso. Vengo del cementerio de Bunhill Fields.

No quería haber revelado tanto, pero ya era tarde para callar. Era como si necesitara explicarse con aquel conde, como si deseara que no pensara mal de ella.

Julian la miró. Y sabiéndose un estúpido quiso creerla, y lo hizo. Solo por el placer hedonista de creerla libre y dispuesta para sus avances. Tal vez, en aquel momento, no tenía nada que ver ya con el hombre que le regalara la pelliza que llevaba puesta. ¿Por qué no iba a creer que tal vez viniera del cementerio por alguna extraña razón, y que fuera verdad que no tuviera un amante en aquel momento? ¿Por qué no podía encontrarse ella sin compromiso, como lo estaba él?

Bromeando, puso los ojos en blanco antes de responderle.

—Oh, Dios, señorita April, decidme que no sois otra jovencita más abrumada por las novelas góticas de Ann Radcliffe.

A pesar de que le molestó, tuvo que sonreír ante su bufonada.

—No os lo diré, entonces, milord.

El tono, claramente ofendido, lo acabó de convencer. Y sonrió como un tonto, feliz de creerla, de saber que venía de ver a hombres que yacían muertos, y no de yacer con uno vivo. Se olvidó de la pelliza de pieles de marta, incluso.

April se sintió aliviada al saberse exculpada, pero también

ofendida por verse de nuevo insultada, esta vez por sus gustos literarios. No obstante, no tentó a la suerte con un mal comentario.

—¿Me guardaréis el secreto, entonces?

Julian lo pensó detenidamente. Contestó, al fin:

—Sí, si me prometéis que me permitiréis acompañaros si decidís hacer una nueva escapada nocturna.

Era fácil prometerle algo que no iba a volver a ocurrir. Con aquella visita tenía ya el fin de la novela en su cabeza.

—Prometido.

—Prometido, también —le dijo Julian con voz solemne.

Y April le creyó. Como creyó, también, sus siguientes palabras.

—Yo también suelo gustar a los demás, ¿sabéis?

Rio en voz baja.

—Nunca lo he puesto en duda.

—Quiero decir —dudó, sintiéndose ridículo— que no acostumbro a ofender a nadie cuando me es presentado. Aquel día en el parque me asusté, pudimos habernos matado, cualquiera de los cuatro, y os culpé a vos, lo que fue injusto, ya que éramos nosotros los que cabalgábamos sin rumbo ni conocimiento. Lo lamento.

Se estaba disculpando. Realmente lo hacía. Un noble se disculpaba con una simple sirvienta, y lo hacía con humildad. Aquel hombre tal vez no fuera un absoluto cretino. Se detuvo y lo miró a los ojos, crítica.

—¿Queréis decir que no acostumbráis a insultar a mujeres antes incluso de que os las presenten?

Sonrió, seductor.

—Si tengo ocasión, lo que hago es besarlas antes de que me las presenten, en todo caso.

April se volvió y siguió caminado, sin saber cómo contestar.

Julian se preguntó si sería tan inocente como quería hacerle aparentar, o solo tímida. Pero era una dama de compañía que paseaba sola por las noches y que conservaba una capa de más de quinientas libras. Era, sin duda, una mujer experimentada. Lo que, a pesar del latigazo de celos que le golpeó, era bueno, se dijo. Era bueno para él y para sus intenciones.

—¿Amigos, entonces? —La voz de ella parecía esperanzada.

No es que fuera a ser considerada la conocida, siquiera, de un conde con el que no volvería a coincidir, pero era mejor no tenerlo como enemigo. No al mejor amigo del marqués de Wilerbrough, el sobrino predilecto de su señora.

—Amigos, de momento —le dijo con voz ronca.

Y le sonó tanto a amenaza como a promesa.

Fue a tomarle la mano, pero la miró antes con profundidad. Habían pasado Hyde Park, y pronto se separarían.

—Si intento besaros la mano, ¿la apartaréis de un tirón?

Enrojeció de nuevo. Al parecer con aquel hombre su piel terminaría tintada indefinidamente de rojo.

No podía saber que a Julian el tono sonrosado de su piel le parecía adorable, que se moría por saber si sería el mismo tono que tendría después de que él le hiciera el amor, y que se estaba prometiendo hacerla enrojecer así muchas, muchas veces.

—Creí que lo hacíais obligado. —De nuevo algo la impulsaba a explicarse; aunque la tarde anterior reconoció haber sido especialmente grosera—. No me gusta que me traten mejor de lo que creen que merezco por mera obligación.

Su rostro se tornó serio. Ella pudo ver cómo sostenía su enfado.

—Creo que de ahí a tacharme de clasista hay algo más de un paso, señorita April.

Maldito fuera, de nuevo no se comportaba como un caballero e ignoraba su desplante, sino que le exigía una disculpa.

—Los caballeros no exigen disculpas a las damas.

—No habéis dejado de repetirme que no sois una dama. Y no, por favor, escuchadme antes de volveros a enojar conmigo de manera infundada. Si fuerais una dama os pediría una explicación, que no una disculpa, igualmente. Porque no os pido una disculpa, pero sí...

—Lo lamento. Lo lamento de veras.

Y a pesar de que era sincera en su voz, y había un claro arrepentimiento, por primera vez en su vida Julian se vio en la obligación de explicarse, curiosamente como le había ocurrido a ella momentos antes sobre su escapada. Y le habló del servicio de su casa, y de los valores que los soldados le habían enseñado en el ejército. Un hombre así, se defendió, no podía ser clasista. No él.

Cuando llegaron al número veinte de South Street eran dos personas distintas a los ojos del otro. Para Julian, April era una mujer capaz de disculparse si se equivocaba, congruente y consecuente por lo tanto; una mujer de palabra. Y una mujer libre a la que podía pedir que fuera su amante. Lo que haría en la siguiente ocasión que tuviera.

Para April, Julian era un hombre de honor, tolerante y de mentalidad abierta, que tal vez no pensara lo mejor de ella y la creyera ñoña por leer novelas góticas, pero que iba a respetar su secreto, lo que significaría, aunque él no lo supiera, asegurar los próximos siete años de su vida.

Le entregó reticente el gabán y le tendió la mano, en parte en señal de paz, en parte porque deseaba recibir aquel beso que no le dio la otra vez. Vio cómo algo ardía en sus pupilas y cómo el azul de sus ojos se oscurecía al tiempo que tomaba su mano y la acercaba a sus labios, cincelados por el diablo para que las mujeres pecaran. Y vio también sus nudillos ensangrentados.

—Milord ¿qué os ha ocurrido?

April bajó la mano sin pensar, pero no la soltó. Al contrario, tomó la otra con más fuerza y lo acercó al pequeño estanque del jardín de la casa. Julian se dejó hacer, confundido. Se sacó un pañuelo níveo con las iniciales A. M. y lo empapó, acercándolo de nuevo a sus dedos y frotándolos, mimosa.

—Una pequeña refriega en el lugar donde apestaba a alcohol y tabaco.

—Quizá no sois el «buen chico» que pretendéis hacerme creer.

—Bueno, no podía ser el mejor chico de aquella taberna, si quería salir ileso.

Ella le miró, bromeando, y apretó con más ímpetu del necesario su pañuelo. La protesta llegó al punto, y también el murmullo.

—Mujer cruel.

—Bueno, no puedo ser la mujer más compasiva de esta noche, si quiero salir indemne.

—¿Y deseáis salir indemne?

De nuevo recibió un apretón en los nudillos.

A pesar del dolor, él le sonrió con intensidad.

—Porque también podría ser muy, muy buen chico. —La escuchó chasquear la lengua—. En los brazos adecuados.

Se sonrojó de nuevo. Y Julian sonrió de oreja a oreja.

Sabiéndose el foco de su diversión, le dio las gracias por la compañía y las buenas noches, alejándose prudencialmente.

—Dadle al marqués el pañuelo, él me lo devolverá.

—¿Y cómo le explicaré que obraba en mi poder?

Obnubilada por un momento, extendió la mano. No cabía esclarecimiento posible. Pero él no se lo entregó, sino que lo guardó en su bolsillo.

—No os lo devolveré ensangrentado y arrugado, no después de vuestros atentos cuidados. Encontraré el modo de retornároslo a solas. —Se detuvo unos segundos antes de continuar, en voz más ronca—. Es una promesa.

Y dicho esto, desapareció entre las sombras de la noche.

9

A la mañana siguiente, April estaba exhausta por las pocas horas de sueño y por la culpabilidad que le martilleaba en las costillas. Debía hablarle a su señora sobre su afición, de tal modo que si volvía a ser sorprendida, lo que esperaba no ocurriera de nuevo, pudiera tener una explicación preparada. Deseaba, también, compartir con ella aquel sueño que, aun lejano, la hacía feliz. Aquella dama le había dado tantas cosas sin siquiera saberlo, estabilidad, dignidad e ilusión, que quería compartir esas mismas cosas con ella.

Pero no contaba con que lady Johanna le iba a poner tan fácil su confesión. La señora tenía planes, y le apetecía contar con su dama de compañía para ellos. Quería, también, darle una sorpresa, en lugar de anunciarle sencillamente lo que harían la noche siguiente. Le gustaba la muchacha, y le gustaba hacerla feliz. La hacía sentirse joven de nuevo. Hacía que se olvidara de sus fatigas y deseara volver a divertirse, como antaño.

—Dime, April, además de leer ¿tienes otras aficiones?

Se sintió incómoda ante la pregunta, tan directa, pero aquella era su oportunidad de contarle su afición a la pluma y el papel. Si el conde de Bensters no cumplía la palabra dada la noche anterior... Un pequeño vuelco en el estómago le dijo que sí lo haría. Y aun así quiso explicarse, quiso contarle a la señora que tan bien la trataba a qué dedicaba las horas que pasaba encerrada en su dormitorio.

—Me gusta escribir, señora. Confío en que no le importe. Le

aseguro que no pretendo publicar nada —no mientras estuviera bajo su techo, se prometió, o no sin un seudónimo que la protegiera de su tío—, así que no debe temer que nadie la acuse de tener una criada... —Dudó, buscando las palabras adecuadas.

—¿Con un cerebro capaz de pensar por sí mismo sin la ayuda de un hombre, debajo de tu lustroso cabello rubio claro? ¿Es eso lo que pretendes decir, y que tu educación no sabe cómo expresar sin que resulte sardónico?

Se sonrojó de gozo, festejando la ironía.

—Supongo.

Pero su respuesta fue apenas un susurro. No podía mostrar nada que no fuera contención, no sería correcto. No era ella la dama, ni quien marcaba las pautas de la casa.

—Diré al ama de llaves que te provea del papel y la tinta necesarias. —La miró a los ojos con júbilo—. Y, querida, sé todo lo sardónica que quieras al respecto de los hombres, pero no permitas que ellos sepan que conoces sus debilidades.

Trató de sofocar sin éxito una risa. Si hubiera sabido anoche que no había que decirle a un caballero directamente aquello que se pensaba de él... Bueno, si la señora le hubiera advertido en el momento en que conoció al amigo de su sobrino, se hubiera ahorrado algún que otro bochorno. Suponiendo que su temperamento se hubiera mantenido bajo control, lo que comenzaba a dudar seriamente. Aquel conde la sacaba de quicio con facilidad. Sí, la había ofendido. Pero si debía ser honesta, no eran sus palabras las que la removían por dentro, sino sus ojos. Cómo la miraba, la incandescencia azul con la que la contemplaba sin decir nada.

—¿Qué escribes, si puede saberse? —Pestañeó. Se había olvidado de dónde estaba, incluso, al evocarle. La vio simular un gesto de horror y sonrió—. No me digas que esas novelas góticas que tanto gustan hoy a las jóvenes y que... Dios, por tu cara entiendo que sí, que lo haces. April, querida...

—Son bellas historias de amor, milady, con un pequeño toque de misterio. —Se defendió con una sonrisa, al ver que lady Johanna se estaba burlando de ella.

—Además de la literatura, que es obvio que te apasiona, ¿no sabrás apreciar también la música?

Su rostro reflejó genuino placer al oír hablar de los tesoros de Euterpe.*

—Sí, señora. De hecho he oído que se celebran algunos conciertos en pequeñas iglesias de la ciudad, y el próximo mes acudiré, con dos de las doncellas de la casa, a uno en Saint Bartholomew the Great, en West Smithfield, si no tenéis inconveniente.

—¿Y no te gustaría, mientras esperas, acudir a la ópera conmigo, mañana por la noche?

Azorada, buscando su respiración, apenas alcanzó a responder.

—Milady, las criadas no acuden a la ópera. Las damas acuden con otros nobles, no con sus sirvientas. Hay quien opinaría que es una forma extraña de desperdiciar un asiento.

—¿Me aleccionas? No, no te disgustes, sé que no era tu intención hacerlo. Y sí, hay quien lo pensará. Pero iremos con tres caballeros de fama notoria, mi sobrino y sus dos grandes amigos. Por eso deseo que vengas, para evitar que mi honor se vea dañado al verme rodeada de ellos. No gozan de la mejor de las reputaciones, precisamente, aunque debo confesarte que son unos jóvenes muy simpáticos.

La idea de ir a la ópera la extasió, pero la idea de hacerlo acompañada del conde de Bensters le provocó sensaciones encontradas. Deseaba verlo, tanto como lo temía. La continencia y el anhelo se mezclaron en ella, y a punto estuvo de declinar.

Pero se negó a que un hombre rigiera sus deseos. Quería ir a la ópera, y si para ello tenía que coincidir con él, que así fuera. Se suponía que anoche habían firmado una tregua, ¿no era cierto?

—Será un placer, milady. Es más, os lo agradezco profundamente.

Y suspiró, orgullosa de la decisión tomada. Y ese orgullo debió reflejarse en su mirada, a tenor de la respuesta que recibió de la otra, al tiempo que volvía a concentrar su atención en el bastidor y el lienzo de color crema.

—Sabía que a pesar de los reparos, por tus ideas sobre lo que

* Musa de la música.

debe y no debe hacer una doncella, no te resistirías y harías lo mejor para ti. Y al infierno con lo que otros piensen.

No volvieron a hablar en toda la tarde.

La una simuló que daba pequeñas puntadas mientras organizaba los asientos de su palco para que el conde de Bensters se sentara justo detrás de su dama de compañía, abandonada ya cualquier esperanza de que su sobrino y la joven se enamoraran. No, tras la escena del té unos días antes con lord Julian.

La otra simuló leer, pasando páginas de vez en cuando, mientras su mente evocaba unos ojos azules, penetrantes, que le confundían cada vez más.

A mi tía lady Johanna le complacería mucho contar con nuestra escolta en su palco de la Royal Opera House mañana por la noche. Dudo que acuda sin su dama de compañía.

WILERBROUGH

El vizconde de Sunder recibió una nota casi idéntica a la de Julian aquel mediodía. No obstante, en la suya se obviaba el detalle de la más que probable asistencia de April, que en la del conde se destacaba.

En esta ocasión no hubo enfado de Julian por su arrogancia. Los tres caballeros sentían verdadero afecto por la dama, la única que parecía no engrosar la vanidad de su amigo, y tenerle verdadero afecto. Y la única que, además, no temía a los dragones de la sociedad londinense. Para los tres era una actitud muy digna de respeto.

Así que todos ellos acudirían.

O eso creía Sunder, se regocijó él.

Recordó unos ojos grises, preocupados, acariciándole los nudillos, y supo que el vizconde no debía llegar jamás a aquel palco.

Recordó, extasiado, su tacto, su sonrisa, la dulzura de su voz cuando no le insultaba. Habían firmado una pequeña tregua, y aunque añoraría su lengua afilada, estaba seguro de que encontraría otros modos de encauzar su mal genio y su presto ingenio.

La realidad cayó sobre su cabeza como un jarro de agua fría

cuando vio que no podría encauzar nada. Que iba a ser afortunado de encontrarla la noche siguiente en la ópera.

Un caballero y una criada no coincidían socialmente. Él no podía aparecer porque sí en casa de lady Johanna, y dudaba que fuera invitado de nuevo después del escándalo de la vez anterior, donde se había comportado de manera tan poco civilizada.

Pero maldito fuera si aquella mujer no le sacaba de quicio. De cada una de sus casillas.

No, no era cierto. Aquella mujer le erizaba la piel, le estimulaba, le hacía arder. Aquella mujer le excitaba. Y tenía que ser suya. Le urgía tanto tenerla como necesitaba respirar.

Y dado que, efectivamente, serían pocas las oportunidades de las que gozaría teniéndola cerca, sería mejor que las aprovechara al máximo. Y eso implicaba eliminar a Sunder de la velada. Por si acaso. Gruñendo, reconoció que despertaba demasiada atención en las damas.

Y no quería que desviara la atención de April de su persona. Devolvió la misiva aquella misma tarde.

Allí estaré. Cualquier cosa por un buen amigo. Hablando de hacer lo que sea por un amigo... ¿Sería posible que su gracia me prestara una de sus botellas de brandy francés?

Gracias,

BENSTERS

La respuesta llegó durante la cena, junto con una sencilla botella con un corcho lacrado sin marcas, con el mejor licor ambarino depositado con veneración en ella.

Dado que no me la devolverás, no es en empréstito. Pero hallaré la forma de cobrármela. Hasta entonces, me debes una.

WILERBROUGH

Solapado, entregó al mayordomo la botella para que la guardara en su biblioteca. Este le miró con socarronería, antes de tomar el brandy y disponerse a salir del comedor.

—¿Qué ocurre ahora, Camps? ¿Acaso un noble no puede disfrutar de un pequeño festín sin ser importunado por el servicio?

A pesar de la ferocidad de su tono, sus ojos brillaban. Hacía al menos dos días que no recibía ninguna insolencia, y eso solo podía significar que su fiel sirviente consideraba que su comportamiento estaba siendo intachable, lo que dudaba sinceramente; o que la herida de su pie le estaba molestando más que de costumbre. Que volviera a pincharle era buena señal.

—Su valet, milord, desea saber dónde debe guardar el pañuelo de la dama A. M. que encontró en su gabán anoche, milord. —Se volvió veloz a mirarle—. ¿Tal vez en la biblioteca, junto al brandy, milord?

De veras que el uso de la palabra milord en su boca era molesto como en la boca del mismísimo Satanás. Simulando estar mortalmente ofendido, despidió al mayordomo con un gesto.

—Dile a John que lo deje en el cajón de mi mesilla. Y que no entiendo a qué viene su ataque de mutismo, dado que esta misma mañana no ha tenido inconveniente en preguntarme por mis nudillos y el olor de mi ropa.

—Milord —respondió afirmativamente el otro mientras cerraba la puerta.

Julian miró fijamente al lacayo que le servía el puré, soldado del tercer batallón de los húsares apenas tres años antes. ¿Trataba de simular una sonrisa, acaso?

En su pequeño dormitorio, sentada en la mesilla cercana a la ventana, April arrugó el papel y lo lanzó a la chimenea con rabia, donde las llamas lo engulleron con apetito. Era la quinta hoja que corría la misma suerte.

—Que te hayan prometido enseres suficientes para escribir cuanto quieras no justifica que desperdicies los que tienes —se reprendió, aunque era otro el motivo del enfado consigo misma.

Hablaba sola, como cada vez que se sentía frustrada. Hacía tiempo que había abandonado el hábito de expresar sus pensamientos en voz alta, pero también era cierto que hacía tiempo que nada, o mejor, nadie, la alteraba de aquel modo.

Tras una cena ligera con el servicio, en la que le habían hecho notar que estaba especialmente ausente, se había refugiado en su recámara. ¿Quién no estaría ausente, si la noche siguiente fuera a encontrarse con el hombre más apuesto que jamás hubiera visto?

¿Le entregaría su pañuelo, o buscaría otra ocasión para hacerlo? Por el tono en que le había prometido devolvérselo...

Una parte de sí se sinceró con tristeza, sabiendo que este no repararía en ella. Para un noble como el conde de Bensters ella habría sido la diversión de la noche anterior, pero nada más. Probablemente esa mañana ni siquiera recordaría su nombre. Y la velada siguiente ni siquiera la saludaría, menos aún en la Royal Opera House.

Y no solo por su condición de sirvienta. Una criada no iba a un evento como aquel. Su vestuario tampoco era acorde ni estaría a la altura de las circunstancias. Pero, se reconvino, no le importaba lo que aquel hombre pensara. Que hiciera que su pulso se acelerara de un modo extraño no cambiaba nada.

Iba a ir a la ópera, y aquel era en sí mismo premio más que suficiente. Inmerecido, pero maravilloso igualmente. Las dos jóvenes con las que charlaba a veces tras las cenas le habían suplicado que les contara después cada detalle de lo que ocurriera en el escenario. El resto de las doncellas, cada detalle de lo que ocurriera en el escenario o fuera de él.

¿Vestiría Julian de gala? ¿Julian? ¿Desde cuándo era Julian el conde de Bensters? Bueno, no importaba, se tranquilizó. Mientras nadie supiera que lo tuteaba en sus pensamientos... ¿Sería uno de esos dandis que había visto en el baile de los Dixon y que, imitando al fugado Brummell, vestían con fuertes colores? ¿O abogaría por la discreción en su atuendo?

Obligándose a apartar de su mente a un desconocido del que ni sabía ni quería saber, mojó la pluma y comenzó un nuevo capítulo. Siempre que lo hacía el mundo que existía a su alrededor se desvanecía, y quedaba solo el que ella proponía.

Sumergida en su universo imaginario, dejó que la protagonista de su historia la guiara, la alejara de sus propios avatares, y se aisló de todo lo demás. Sí, se alentó, concentrada al fin; el caballero de brillante armadura acudía al rescate de la damisela en apuros, salvándola de las garras de un espíritu maligno que vagaba por los corredores de la mansión donde acompañaba a una de las hijas del rey.

Y de nuevo la hoja volvió a rasgarse, por la fuerza con la que el adjetivo escrito fue tachado.

—Moreno, April, por el amor de Dios. Ranulf es moreno con los ojos negros, no rubio con los ojos azules. Ranulf es una caballero medieval, no un jinete de Hyde Park. Es un barón de la corte de Guillermo Rufus, no un conde.

Otra bola de papel alimentó la hoguera rojiza.

Resignada, cerró el tintero y guardó su manuscrito en el mismo estado en que lo dejara el día anterior, temiéndose que pasarían muchas noches antes de que Reina, la joven protagonista, fuera rescatada, y la historia avanzara de nuevo.

Había salido del cementerio, satisfecha, segura de lo que iba a escribir, con las escenas hasta el final feliz claras y ordenadas en su mente. Pero un caballero con los ojos del color del cielo en el verano de su Yorkshire natal se le había cruzado para desbaratar toda su tranquilidad.

De nuevo. Como ya ocurriera cuando le conoció.

Pues cuando aquella mañana había visto al responsable del caballo que casi la golpea en Hyde se había sentido en cierto modo arrastrada por él. Quizá no fuera tan hermoso como el amigo que había llegado después, o tan atractivo como el sobrino de su señora, pero era... No lograba encontrar la palabra correcta para definirle. Era guapo sí, pero más lo era el vizconde. Y masculino, sí, pero también lo era, y mucho, el marqués.

Él era... era como una de las piedras de imán de las que había oído hablar, que al parecer tenían un poder atrayente. Había visto a aquel desconocido y se había visto impelida hacia él.

¿Podía enamorarse una mujer en apenas un segundo? La respuesta era un rotundo no, su mente se lo decía a gritos. Pero su corazón le susurraba que había sentido un océano arrastrarla al verle por primera vez.

Con él había entendido. Había sabido. Y aunque lo que corría por sus venas acelerando su pulso cada vez que coincidían no fuera amor, porque desde luego no lo era, los arrebatos, la forma en que se revolvía cada vez que le veía, ya fuera para ofenderle o para mirarle como si no existieran más caballeros... Sabía que si las circunstancias hubieran sido otras, si ella no tuviera que mantenerse oculta...

E inevitablemente soñaba, anhelaba... No, se corrigió, ceñuda, volviendo al presente. Ella soñaba con ser escritora, y no quería soñar con nada más.

Ni con nadie más, se repitió por enésima vez en las últimas horas.

Julian, mientras tanto, sonreía satisfecho. Estaba en su cama, leyendo *La Guerra de las Galias*, cuando su valet le había entregado la nota que esperaba. Tanto que había pasado por alto la broma del pañuelo de April.

Richard acababa de confirmar su asistencia al almuerzo en su casa del día siguiente, supuestamente para poner fecha al robo del brandy y cerrar el modo de hacerlo. La realidad era bien distinta: lo emborracharía hasta dejarlo sin sentido, impidiendo así que acudiera a la ópera. Tendría a April para él solo.

Sabía que era rastrero, pero Richard haría lo mismo con él si se le ocurriera, se dijo. Y por tanto se lo tomaría con deportividad.

No es que aquella joven fuera una competición, se corrigió en aquel mismo instante. Ni mucho menos. Había algo en ella, algo indefinible, que la hacía especial.

Pero nada más, pensó, alarmado por la ternura que había inundado por un momento un corazón hecho supuestamente para latir y nada más.

Era solo una criada más hermosa que el resto y que por alguna razón había llamado su atención especialmente. En cuanto la tuviera en aquel mismo lecho durante algún tiempo, confiaba en que el interés fuera disminuyendo hasta desaparecer como tantas otras veces. Julian nunca había tenido una amante.

Pero mientras aquello ocurría, reconoció, la realidad era que nunca se había sentido tan tentado por una mujer que, además, ni siquiera se había propuesto provocarle. Una que, por cierto, se había mostrado claramente reacia a sus avances.

Dejó que su imaginación le dictara durante un buen rato qué haría con ella, y qué le haría ella a él, cuando al fin la tuviera desnuda entre sus sábanas.

10

Al día siguiente, tras una comida ligera, Julian departía tranquilamente con uno de sus grandes amigos en la biblioteca de casa, relajado.

—Exquisito. ¿Cómo me has dicho que lograste que Wilerbrough te lo vendiera?

—No te lo he dicho, Sunder —rio ante el cuarto intento de sonsacarle.

Miró a Richard y una parte de él se compadeció de su amigo. Pero solo una pequeña parte. Aquel cabeza hueca acabaría completamente beodo sin darse cuenta siquiera. Camps, el mayordomo, había servido dos botellas idénticas, una de ellas rellena de un té de color madera muy similar al brandy, e inofensivo por completo. La otra, en cambio, la destinada a Sunder, era el pedido a James, cuyo precio aún no había sido estipulado. Aquella noche el vizconde sería incapaz de ir a la ópera, pero al menos disfrutaría mientras caía.

Ambos acomodaron los pies sobre la mesa con indolencia.

—Por cierto, me debéis... no recuerdo qué habíamos apostado, pero me lo debéis.

Julian cayó en la cuenta de que se refería a la apuesta de Hyde Park, y recogió el guante, al tiempo que rellenaba su copa con té e invitaba a Richard a que hiciera lo mismo con su botella de brandy francés. Brindaron.

—Trescientas guineas, además del honor. Y habría bastante a discutir respecto de quién ganó, Sunder.

—Vamos, Bensters, me quité los pantalones. Eso debe puntuar más de lo que fuera que tú te quitaste.

—Que fue mucho, por cierto —dijo, alzando la copa en otro brindis silencioso—. Tendremos que preguntarle a Wilerbrough.

—Lo haremos, desde luego que lo haremos. —Y, respondiendo al nuevo brindis, bebió, notando como su cabeza comenzaba a envolverse en una nebulosa de licor—. Esta noche le nombraremos juez. Es obvio que el perdedor fue él. Y aun así se quedó con la joven, maldito sea. Aunque hoy espero encontrarla. Solo por eso, y por lady Johanna —añadió reticente, pues también él la admiraba—, he accedido a acudir a la ópera. Cuento con vosotros para que me ayudéis en la búsqueda.

Julian cambió de tema, no queriendo que descubriera su perfidia. Richard era confiado, sí, pero no un estúpido.

—He pensado en robarle el brandy a James mañana por la noche. Quizá podríamos organizar una partida de naipes en Park Lane.

Richard sonrió con suficiencia. Su botella bajaba de nivel al mismo ritmo que su consciencia.

—Si mi valet no se equivoca, y lo dudo pues el servicio de mi casa está al corriente de lo que acontece en la familia Saint-Jones, dada nuestra vecindad; tanto como su casa debe conocer todos los malditos detalles de la mía, saldrá mañana hacia Stanfort Manor por unos días. Al parecer el duque le llamó por asuntos urgentes que no admitían dilación.

—Podemos emborracharlo cuando regrese, entonces, y llevarnos su botín.

El marqués viajaba siempre con su bebida, y aunque quizá esta vez no fuera a ser posible, dada las presteza de su partida, y era por tanto su mejor oportunidad, querían jugar limpio, para reírse más después. Hacerlo estando él bajo el mismo techo sería mucho más divertido.

Julian vio como Richard negaba con la cabeza, al tiempo que respondía con disgusto esta vez. Su voz comenzaba a no ser clara.

—Me temo que es probable que regrese acompañado de su madre y su hermana, y que estas se queden algún tiempo con él.

O esos son los rumores. Tendremos que postergarlo un mes al menos, si es así.

—Bueno, no creo que caigan todas sus reservas en estas cuatro semanas, podemos esperar. Y en todo caso el condenado sabe cómo abastecerse de nuevo. —Presionó su oreja derecha, meditabundo—. Tal vez debiera hacerles una visita de cortesía. A la madre y a la hermana, me refiero. Me resulta extraño no conocerlas siendo íntimo de Wilerbrough. De hecho, no conozco a tu familia, tampoco.

Richard se encogió de hombros con despreocupación.

—Ni nosotros a los Woodward, Bensters, pero por lo que has comentado en alguna ocasión no es mucho lo que hay que conocer. —Julian no encontró sentido a corroborar sus palabras, no tras haberles contado sus planes de no tener descendencia únicamente para torturar a su progenitor y único pariente vivo, así que se mantuvo en silencio. El otro continuó, mientras el alcohol hacía mella en su razón—: Mi padre es una buena persona, y no obstante no deja de atosigarme por la falta de interés hacia mi herencia, lo que suele ser fuente constante de discusión... pregúntale a Wilerbrough, que ha sido testigo de muchas de nuestras refriegas. Y mi hermana Judith hace un par de temporadas que se casó, y ahora vive en Boston con un millonario. Para serte sincero ni yo mismo la conozco demasiado. En cuanto a la familia Saint-Jones, su madre es una elitista preocupada únicamente por que hablen bien de ella —bufó con desagrado; conocía bien a los Stanfort, sus fincas colindaban—, su padre es un desgraciado y no diré más de él porque no está aquí para defenderse de mis palabras, y su hermana pequeña es... no hay palabras para describir a esa bruja pelirroja.

Curioso, dado que parecía conocer mejor a la hermana de James que a la suya propia, le instó a continuar.

—Hace unos tres años que no he visto a lady Nicole, aunque si debuta la próxima temporada me temo que será inevitable coincidir con ella. Créeme si te digo que la sociedad de Londres no está preparada para una niña de semejante talante. Causará estragos. Es la niña bonita de su casa, y para ser sinceros, una malcriada acostumbrada a hacer siempre su santa voluntad, tal es la fuerza de su carácter. —Sus palabras para referirse a la joven fueron desatinadas, del mismo modo que lo había sido para con el duque, pues tampoco estaba allí para defenderse. A Sunder pareció no importarle, en este caso, como si la joven no necesitara defensa alguna. Sonreía nostálgico, en cambio, evocando tiempos pasados con ternura. Julian envidaba aquellos recuerdos que él no tenía—. Acostumbraba a perseguirnos a todas partes. Si su hermano se lo prohibía, como cuando íbamos a bañarnos al lago, lo hacía igualmente, y para dejar clara su postura tanto como su presencia, nos escondía la ropa.

De la boca de Julian salió una grave carcajada al imaginar la escena. Debía ser todo un carácter lady Nicole, entonces.

—¿Quién sabe? Tal vez estuviera enamorada de ti. No, no pongas esa cara de espanto, sabes que es plausible. Por alguna razón que no alcanzo a comprender las mujeres te encuentran encantador, Richard Illingsworth.

La sonrisa de pícaro que le dedicó *era* la razón. Y ambos lo sabían. Tenía una sonrisa devastadora.

—¿En serio? De todas formas —dijo, más serio—, Dios me libre del amor de esa niña.

—Cuando hablas del amor de esa niña, ¿te refieres a que ella te ame o a enamorarte tú de ella? —le pinchó—. Porque no sé cuál de ambas cosas enojaría más a Wilerbrough.

—Demonios, ¿te lo imaginas?

Ambos estallaron en carcajadas por lo absurdo de la situación, imaginando a Richard casado con la hermana de James, y a este no teniendo más remedio que aceptarlo.

April apenas podía respirar. Sentía el cuerpo del desconocido tras ella, sentía su ardor, que traspasaba la tela de su fino vestido de batista, y cómo el calor del cuerpo masculino se colaba en su piel y la hacía arder. Su nariz se afanaba en tomar aire, y su boca hubo de unirse a la tarea cuando sintió unos dedos fuertes descansar sobre sus caderas. Se mantuvieron inmóviles. No necesitaban nada más para hacerle sentir su influencia. El pecho de él se pegó a su espalda, hasta que no cupo nada entre ambos. Pudo sentir la dureza de su cuerpo tras ella, y se recostó con suavidad sobre él, sintiendo que sus pier-

nas apenas la sostenían. Debió intuirlo, pues uno de sus poderosos brazos la tomó por la cintura posesivamente, tanto para aferrarla y asegurarla, como para confirmarla como suya, para marcarla a fuego. Con la mano libre, en cambio, inició una suave caricia, cortés, desde su cadera hasta su cintura primero. Despacio, haciéndola suspirar, no supo si por su delicadeza, o por el deseo de que se tornara más profunda. Pero él sabía qué necesitaba. Lo sabía bien. Así que la presión de ese mismo dedo, al que se sumó otro, fue incrementando mientras el ritmo decrecía conforme se acercaba a su pecho, sin tener intención aparente de llegar nunca a él. El suspiro se convirtió en un pequeño gemido de impaciencia. Sintió como el peso de su seno aumentaba, del mismo modo que crecía su anhelo. Un suave susurró en el oído la transportó más allá.

—Os codicio tanto que me atormenta no teneros.

April cerró los ojos. La mano abarcó su pecho con suavidad, y sintió cómo apenas la palma alcanzaba la cúspide, que se endureció por el contacto y la removió. Ella misma se removió, y cerró más los ojos.

Sintió cómo le daba la vuelta, cómo la volvía a él, y aun así mantuvo las pestañas unidas en una tupida línea, permitiendo que el resto de sus sentidos la guiaran. En sus sueños, aquel desconocido que tanto la desvelaba después jamás tenía rostro, así que de nada serviría intentar mirar.

Sintió su cálido aliento, y esta vez reconoció su olor. Brandy. Y bambú. Confiada, sintió cómo las manos callosas pasaban por sus brazos y la atraían a su pecho, y alzó sus brazos hasta su cuello, abrazándolo también, pegándose a su torso, buscando la máxima proximidad. Y esperó, esperó hasta que el cálido aliento se fundió con el suyo, y los labios tomaron su boca y la besó como hacía muchas noches, en las que se colaba en sus sueños sin permiso.

Cuando el beso terminó, una caricia tan inocente como ella era, sonrió antes de abrir lentamente los ojos. Pero aquella vez no era una imagen borrosa la que tenía enfrente. Y por primera vez le vio.

Julian Cramwell le devolvía la sonrisa.

Se despertó alborozada, sonriente. A pesar de encontrarse sola en la cama y saber que todo había sido un sueño, la sensación de felicidad se negó a alejarse de su cuerpo, y sobre todo de su espíritu.

Era estúpido, no iba a ocurrir. Ni debía ocurrir, si quería mantener intacta su salud mental.

Pero soñar era hermoso.

Tan hermoso.

El reloj marcó la hora, insultando a la paciencia de Julian. Desde que enviara a Richard a casa, completamente ebrio, no había dejado de pensar en April. Musitó su nombre únicamente por el placer de sentirlo. Recordaba cada detalle de su rostro, y en cambio sentía que necesitaba verla para poder memorizarla. Temía, por absurdo que fuera, que los rasgos que había evocado durante la mañana no fueran los correctos, que no hubiera anhelado a la mujer que lo cautivara en Hyde Park, con la que flirteara de camino a casa tras la sorpresa nocturna. Estaba en pie, apoyado en la orilla de la chimenea, ansioso. A James, en cambio, se le veía muy relajado, sentado cómodamente en el sofá orejero de su biblioteca.

—Parece que Richard llega más tarde que de costumbre, Bensters. Incluso tú has llegado antes que él.

—Y es de mala educación hacer esperar a un futuro duque. Lo sé, Wilerbrough, nos lo dices constantemente.

A pesar de que intentó que sonara a broma, estaba demasiado ansioso para rebajar su tono. Y cuando se le conocía tan bien como el otro le conocía a él, podía saber que algo ocurría. Maldita fuera su impulsividad. ¿Qué demonios le ocurría? Él no era impulsivo. Se suponía, incluso, que ni siquiera tenía impulsos.

Pero Julian no podía imaginar en aquel momento hasta qué punto le tenía James calado. Desde que entrara en su salón, este se había percatado no solo de su agitación, sino también de algo más. Había algo inefable en él que le delataba. Sabía que deseaba ver a la supuesta dama de compañía, y aun así no esperaba tanta impaciencia. Una idea fraguó su mente, al recordar la botella de brandy. ¿Habría sido capaz de llegar tan lejos? Si era así, estaba más comprometido de lo que creía, de lo que ninguno de los dos esperaba.

—¿Cuánto tiempo más crees que debiéramos esperar a Sunder, Bensters? —Se acercó a la licorera, y la abrió. No pensaba servirse, pues se marcharían enseguida. Pero el otro no podía ver si vertía o no líquido en el hermoso vaso tallado—. ¿Crees que media hora será suficiente? ¿O tal vez para entonces tampoco habrá aparecido? Siempre podemos llegar para el segundo acto...

Lo sabía. Wilerbrough lo sabía. Maldita fuera su estampa, una y mil veces. Pero maldecirlo no cambiaría el hecho: Wilerbrough lo sabía.

—¿Qué opinas, Bensters? —presionó el otro de nuevo, conocedor por los ojos encendidos del conde de que sus suspicacias eras acertadas.

—A mí no me preguntes, no tengo ni idea de a qué hora piensa presentarse el condenado de Sunder.

Cada vez estaba de peor talante, y el marqués lo notaba. Le costaba contener su euforia, pues rara vez su amigo perdía el control.

—Media hora, entonces. Lo que sea por un viejo amigo. Acércate, Bensters, y siéntate conmigo a departir con un buen brandy en la mano mientras esperamos. Porque imagino que del buen brandy que te envié ayer ya no quedará mucho que saborear, ¿o acaso me equivoco?

Conocía el quién. Conocía el qué. Y conocía el cómo. Maldito fuera.

Sabiéndose derrotado tomó el abrigo y se dirigió hacia la salida. Mientras lo hacía, espetó de mal humor y sin girarse:

—Vayámonos, su gracia, o llegaremos tarde —declaró con fastidio—. Mi carruaje nos espera.

Una grave carcajada los acompañó hasta la puerta.

Ni siquiera el traqueteo de la calesa disimulaba los nervios de April. Estaba emocionada, como una niña la víspera de Navidad, aunque no estaba segura de por qué. Tal vez fuera la multitud que concurría cerca de la Ópera, en Drury Lane, de todas las clases sociales, formando un colorido río de gente. Tal vez fuera la impaciencia por volver a sentir la música... O tal vez, reconoció, fueran las ganas de encontrarse con Julian. Se había prometido que, si reparaba en ella, no discutiría con él. Lo que era más, se comportaría de manera cordial. Le demostraría que una criada podía comportarse como una dama. Era absurdo, pero lo hacía por el resto de mujeres de su clase, se dijo. Bueno, o de la clase que ahora representaba.

Las imágenes de su sueño, vívidas, volvieron a ella, y sintió de nuevo el cuerpo del desconocido rozando el suyo, y sus labios sobre los suyos. Un desconocido que ahora tenía rostro, el de un hombre que la sacaba de quicio pero con el que, al parecer, también soñaba. Un escalofrío recorrió su espina dorsal. Llevaba desde que se despertara de su ligera siesta recordando aquellas imágenes, temblando y acalorándose.

—Por el amor de Dios, querida —oyó que le recriminaba su señora entre fastidiada y divertida—, trata de estarte quieta más de un minuto, si es posible.

—Lo lamento —se disculpó por tercera vez.

Lady Johanna le sonrió con amabilidad. Ella apoyó una mano en la otra y las colocó sobre su pierna, ladeó un poco el cuerpo hacia un lado, estirando la espalda y acercándose al máximo al borde de su asiento, tal y como debía sentarse una dama bien educada. Pero apenas unos segundos después comenzó a mover el pie convulsivamente.

—Cómo sois la juventud. La primera vez que asistí a una ópera...

Las palabras de Johanna dejaron de resonar en sus oídos. Todo su cuerpo latía de deseo. Tal vez no hubiera yacido nunca con un hombre, pero ya no era una dama inocente. No después de oír a otras doncellas de la casa hablar de sus novios, y a las otras damas de compañía sobre amantes en aquella ocasión. No cuando estas lo hicieron de una manera tan descriptiva, en voz baja.

Sintió que la temperatura de su sangre se elevaba, y cómo su tez enrojecía. Afortunadamente la luz mortecina del pequeño fanal de la cabina del carruaje no delataba su estado arrebatado.

—... pero estoy convencida de que tú no te aburrirás. *Demetrio* es una obra hermosa y...

El nombre de la ópera la devolvió a la realidad.

—¿El *Demetrio* de Broschi?*

La sonrisa ladina de lady Johanna le preocupó. Pero aquella mujer no podía planificar las representaciones de la Royal Opera House para insinuarle que sabía quién era ella en realidad.

Se estaba dejando llevar por el pánico, se dijo. Por el pánico y por ciertas dosis de deseo. Estaba perdiendo el control de sí misma, como no había dejado de repetirse los últimos días, el control que la había acompañado durante los últimos siete años. Lady Johanna no sabía quien era ella en realidad, se repitió como tantas otras veces, cada vez menos convencida. Y lord Julian no podía hacer que perdiera su compostura solo con unas palabras, o con su proximidad.

Respiró hondo y se obligó a mantenerse quieta el resto del camino, distrayendo su mente en otros derroteros, pensando en la fiera lucha de Ranulf, su bravo guerrero, contra los enemigos de su Reina.

Solo una vez llegaron al palco, se permitió relajarse.

—Siéntate conmigo, justo aquí, hasta que lleguen mi sobrino y sus infames amigos. —Se entreveía cierta amenaza en su voz—. Y esperemos que lo hagan con puntualidad.

April lo vio, justo debajo de donde ella se encontraba, en la zona de asientos, saludando a algún conocido, acompañado del marqués de Wilerbrough. Su corazón comenzó a latir descontroladamente, golpeando su pecho con fuerza.

Para su fortuna nadie pareció percatarse de su emoción. Probablemente porque nadie atendía a los actos de una dama de compañía. Solo lady Johanna reparó en su estado, pero se cuidó de que ella no lo notara. No quería que descubriera sus maquinaciones.

El resto de damas de los palcos miraban también hacia don-

---

* En ella el príncipe Demetrio, escondido tras la identidad de Alceste, pretendía culminar con la ayuda de un fiel vasallo la venganza contra quienes asesinaron a su padre, el rey de Siria. Recuperaba finalmente su corona y se casaba con su amada, hija del rey depuesto.

de ambos caballeros estaban ubicados, y cuchicheaban sobre el marqués y el conde protegidas por sus abanicos. Incluso los señores les observaban, divididos entre la admiración y la envidia. Un zumbido exaltado inundaba ahora los oídos de April. O lo hubiera hecho si hubiera sido consciente de lo que ocurría a su alrededor. Pero no era el caso, no podía ser. No si aquel caballero rubio de mirada seria estaba en la misma sala que ella.

Apreció sus anchos hombros y sus largas piernas. Rememoró su cuello y sus brazos, que le mostrara en Hyde Park con descaro. Y el vello que cubría su pecho. Sintió de nuevo el calor de su cuerpo, que su gabán le regalara al cubrirse con él dos noches antes, durante su paseo a casa. Su respiración se aceleró ligeramente.

Un sutil movimiento la obligó a fijar de nuevo la vista donde se encontraba, y alejar sus recuerdos. Otros se acercaban a saludarlos, a lord James y a él, pero a diferencia del sobrino de su señora, quien sonreía abiertamente, su apuesto lord se mantenía serio, apartado en cierto modo de la conversación. April inundó sus sentidos de aquel caballero, con el placer pecaminoso de quien miraba sin ser visto.

Y cuando desapareció de su perspectiva, supo que volvería a verlo en breve allí, en el pequeño balcón del teatro, en apenas unos instantes. ¿Le devolvería su pañuelo? ¿La saludaría siquiera?

No, se dijo, no lo haría. Un hombre como aquel no se fijaría en una sirvienta. Ella, en cambio, no había logrado sacarlo de su mente desde que la sorprendiera saliendo de Bunhill Fields. Y si era honesta, en realidad no había dejado de pensar en él desde que casi la arrollara en el parque aquella mañana.

Cuando apareció la figura imponente del marqués en el quicio de la entrada al palco, su cuerpo se tensó. Y cuando entró él, su mirada se posó en su rostro con intensidad, y todo lo demás dejó de existir.

—James, querido.

Sobrino y tía se saludaron con un beso en la mejilla, según su costumbre, y antes de que finalizaran los preceptivos saludos, sus dudas se disipaban. James, como el caballero que era, ignorando su origen, noble o plebeyo, la trató como a una dama, y tras besarle la mano le introdujo a su acompañante.

—Señorita April, ¿recordáis a mi amigo el conde de Bensters, lord Julian Cramwell?

La pregunta la intimidó en cierto modo. Después de haberse comportado como lo había hecho, era difícil no recordarle, o que los otros no recordaran que se conocían. Pero el marqués le preguntaba como si la tarde en que había dudado de la hombría de su amigo no hubiera existido. Lord James era, definitivamente, un caballero como pocos quedaban.

Vio cómo los carnosos labios con los que había soñado se acercaban hasta su mano. Por fin, por fin, iba a besarla. Sus pupilas se dilataron y sus iris se tornaron del color del humo. Lo mismo ocurrió con la mirada azul, ardiente, que no se separó de sus ojos al tiempo que acercaba sus labios a su cremosa piel. Iba a tratarla como se trataba a una dama, y rozaría apenas sus nudillos con aquella boca con la que había fantaseado. En un momento sus dedos acariciaron el dorso de su mano, recorriéndole una estela de calor a su paso. Tuvo la sensación de que todo transcurría exageradamente despacio, vio como, poco a poco, él acercaba su boca a los nudillos de ella, y sintió el dulce tacto de sus labios en la piel. El calor se tornó estremecimiento. Y cuando la soltó la ausencia la golpeó y el estremecimiento se convirtió en un escalofrío. Sin su contacto se sintió helada, casi ausente.

Julian se apartó renuente. Había sentido el deseo de ella, y esa certeza había aumentado el suyo. Con apenas un roce le devoraba la impaciencia. Si la besara...

Dio un paso involuntario hacia atrás, alejando de sí la tentación. Necesitaba tenerla, precisaba poseerla. Había generado un torrente de pasión en él con apenas una suave caricia en su mano que ninguna otra mujer podría saciar.

Otros palcos, por más que los vigilaron con sus anteojos, no pudieron darse cuenta de la magia que aquel encuentro había generado, pero sí James y su tía, quienes se dirigieron una mirada cómplice.

Wilerbrough nunca había creído en el amor a primera vista,

y reía cuando Richard se declaraba enamorado. Pero después de la escena que acababa de presenciar, después de haberlos visto en Hyde Park y sentir la tensión entre ellos en casa de su tía tomando el té aquella tarde, un resquicio de duda se abrió dentro de él.

«Dios no permita que caiga yo herido por las flechas de Cupido. O no así, al menos», suplicó en silencio, deseando para él algo más similar a un cariño sosegado.

11

April intentó convencer, a lord James primero y al resto de los presentes después, de que una doncella no debía sentarse en la primera fila de un palco.

—Ninguna señora acude a la ópera con su dama de compañía, como todos saben. Miren si no al resto de palcos. Les agradezco sinceramente su amabilidad, pero no debiera estar aquí, menos todavía sentarme donde todos los presentes puedan reparar en mi presencia. —No engañó a nadie con su tono agradecido, pues bajo este se dilucidaba una decisión inamovible—. Oír la música es para mí un privilegio, de veras que lo es. Me sentaré al fondo del palco, alejada incluso del farolillo, y disfrutaré de la ópera, mientras vos y vuestro amigo acompañan a milady como merece.

Y siendo honesta, observaría también a placer al conde de Bensters. Así que colocó su silla exactamente donde había dicho que haría, a apenas unos centímetros de la pared, alejada de la escasa luz del fanal, y sonrió de expectación.

—Dama de compañía o alteza real, sois la invitada de mi tía, señorita, y no puedo permitir que os escondáis.

Julian observaba el rostro decidido de la joven. No era la falsa modestia lo que la impulsaba a actuar así, pero tampoco había resentimiento en sus palabras. Tenía razón, todos lo sabían, y le agradó tanto la dignidad con la que aceptaba su posición como la firmeza con la que hablaba. Si algún día eran amantes... cuando fueran amantes, se corrigió convencido, ella no sería exigente, con un exceso de delirios de grandeza. Conocería su lugar, como hacía en aquel momento; el lugar de ambos. Por Dios que a cada momento le gustaba más aquella hermosa mujer. Y por Dios que aquella noche le pediría que fuera suya. Su paciencia no soportaría mucho más.

—Tendréis que atarme a la silla, su gracia, y atornillar esta al suelo, entonces. De otro modo, me temo que no os quedará más remedio que aceptar mi decisión.

Julian añadió el sentido del humor a sus virtudes. Una pequeña sonrisa de depredador asomó a sus labios. La tendría en su lecho. Si no esa noche, porque había acudido con su señora, la siguiente, a más tardar. Aunque, como ella había dicho, hubiera de atarla.

—Supongo que tendría que amordazaros, también —replicó James, resignado.

La imagen de April atada y amordazada en su cama, con aquella mirada de diversión y seguridad en sí misma, lo enloqueció por un momento. La vio encogerse de hombros, desde el fondo del palco.

—Es obvio que ella no cambiará de parecer, James, Julian, pero entiendo que uno de vosotros se sentará con mi doncella, como los caballeros que se supone que sois. Que no permitiréis que una señorita quede ignorada durante la función.

El tono de lady Johanna no admitía réplica, como no lo había admitido el de ella, anteriormente. April intentó protestar, pero los dos hombres se giraron alarmados, suplicándole silencio. Una negativa por parte de la joven iniciaría una invectiva en contra de ambos. Se miraron y la miraron un par de veces, tratando de decidir dónde se sentaría cada uno.

—¿Y bien? —insistió la dama.

Julian maldijo a su amigo por ponérselo difícil. Le retaba con la mirada, alzando la ceja con insolencia. El condenado sabía de sus deseos aunque no se los hubiera confesado.

—Tal vez podría su gracia —mascó el título con desagrado— sentarse con su tía, la condesa, siendo lady Hendlake la anfitriona y el marqués el hombre de mayor rango, además de ser miembro de su familia, y permitirme a mí sentarme en la agradable compañía que, con seguridad, supondrá la señorita April.

—Es April, no señorita April —dijo ella, aguijoneada por verse relegada a una mera obligación, por más que en realidad lo fuera.

En cuanto lo dijo se arrepintió. Porque había decidido ser cordial con él, y porque acababa de cometer un error del que tal vez él se serviría.

Efectivamente Julian no desaprovechó la ocasión. Y en parte a ella le satisfizo que lo hiciera.

—April, entonces. Os agradezco que me permitáis la confianza de trataros por vuestro nombre de pila. Llamadme Julian, por favor...

—No osaría que mi invitado hiciera tamaño sacrificio, no cuando me siento responsable de la comodidad de mi tía, y por ende de su dama de compañía. —Julian fulminó con la mirada a James, quien continuó, divertido—: Tal vez debería sentarme yo con April, si es que me permitís, y os lo ruego, la misma dispensa que a *Julian*, y puedo trataros también por vuestro nombre. Tomaos la misma libertad, por favor —concedió, al ver que esta asentía—, de tratarme del mismo modo, llamándome James.

April tuvo la sensación de ser el premio en una especie de juego entre ambos, sensación que no le agradó del todo. No obstante, se posicionó a favor del conde. Si podía pasar una noche a su lado, no la desaprovecharía. Probablemente no volvería a verle de nuevo. Y contaba, además, con los mejores argumentos.

—Agradezco vuestro ofrecimiento, pero si alguien repara en que el heredero de un ducado y, hasta donde sé, el favorito de todas las matronas, atiende en la ópera a una dama de compañía, me temo que mañana el número veinte de South Street tendrá más visitas de las deseadas.

—Todas las visitas serán indeseadas, April —apostilló Johanna, quejumbrosa.

—En cambio, entiendo que si os ven conmigo, un mísero conde, no habrá quejas. Me rompéis el corazón, April —le dijo, al tiempo que le guiñaba el ojo.

Por un momento, para la joven solo existieron ellos dos y aquel íntimo gesto que había acelerado su pulso.

—Como si tuvieras un corazón para romper, conde —adicionó divertida lady Johanna.

—Vos me lo rompéis con vuestras palabras, milady. Solo por vos late, y se rompe a cada desplante.

Las mejillas de lady Johanna se sonrojaron de gozo, aun sabiéndose halagada por cortesía. April lo supo capaz de fascinar a cualquier dama sin apenas esforzarse, y no obstante le gustó que hiciera feliz a su señora. Era obvio que sentía afecto por ella. Su corazón se enterneció.

Las lámparas de gas de la sala fueron bajando de intensidad con el murmullo excitado de los presentes, tanto por la novedosa técnica como por el inicio de la representación. El asunto de los asientos seguía sin estar resuelto.

—Bensters, no seas obtuso y siéntate al lado de April. —El susurro de lady Johanna era impaciente ahora, finalizada toda broma—. Y James, haz el favor de sentarte a mi lado de una vez, la gente nos está mirando. ¡Por el amor de Dios, dejad de comportaros como jovenzuelos!

Como infantes sorprendidos en plena diablura, tomaron sus lugares en silencio. Julian, con el pretexto de apartar su silla estilo Luis XIV, tapizada en bermellón y dorado a juego con los telones del teatro, de la parte delantera del palco, y situarla detrás para acompañar a la hermosa joven, la colocó pegada a la de ella, con los brazos de ambos asientos prácticamente unidos. April quiso protestar ante su falta de moderación.

—Milord, creo que... —murmuró.

—Shhh... —Su susurro pidiéndole silencio la desconcertó, logrando su objetivo y callándola—. Van a asesinar al rey.

Se refería al principio de la obra, y mientras le hablaba, acercó su cabeza a la de ella, poniéndolas a la misma altura, sin mirarla, pues sus ojos no se separaron del escenario. Y sus labios, sin embargo, se habían acercado íntimamente a su oreja. April pudo sentir su aliento cálido rozándole la piel, provocando que se revolviera apenas en su asiento. Pero al hacerlo, su brazo rozó el del conde, y así ocurrió también con sus muslos.

Dios mío. El pánico la invadió. No podía mover la silla hacia el otro lado, no sin hacer ruido. Y en su afán de no ser vista en el palco, se había además arrinconado hasta el punto de que, aun habiendo podido mover su asiento en el más absoluto silencio, lo que parecía imposible, hubiera tenido apenas cinco centímetros de espacio antes de tropezar contra la pared. La figura robusta del conde hubiera cubierto esos centímetros sin darse cuenta siquiera.

Estaba perdida. Él notaría inmediatamente cuánto la alteraba. Sentía un pequeño temblor en su cuerpo que era incapaz de controlar. Tal vez si simulaba encontrarse mal... Mortificaría a su señora, que finalmente se había decidido a salir aquella noche y parecía animada, incluso; pero ¿qué otra opción tenía?

Julian sonrió en la oscuridad, sintiéndola temblar. Él mismo se estaba esforzando al máximo para parecer tranquilo, cuando la realidad era que hervía por dentro de impaciencia. James no se giraría a vigilarles, y nadie podría verles desde el lugar que ella, con inocencia o a conciencia, había escogido.

Cruzó las piernas, rozándola de nuevo, y sintió el escalofrío que la recorrió, justo antes de que su cuerpo femenino se tornara rígido.

Se estaba precipitando, se reprendió al notar la reacción de ella. Si presionaba en exceso, tras el primer acto huiría, alegando alguna dolencia. Se separó un poco, permitiéndole espacio, pero dejándole notar su presencia.

April respiró hondo cuando él se apartó un poco, pero su cuerpo sintió el frío de su ausencia. Las imágenes del sueño de aquella tarde regresaron a ella, vívidas, templándola de nuevo.

Dios mío, Dios mío.

—¿Os encontráis bien?

De nuevo le hablaba sin mirarla, y aun así sabía que tenía toda su atención. Aquella era su oportunidad, tal vez la única que tendría. Si le decía ahora que se sentía enferma... Pero ya no era su cerebro el que tomaba las decisiones, sino su corazón.

—Sí, gracias. Estoy bien.

Si su voz entrecortada lo desmentía, él pareció no notarlo. La premió con una sonrisa que la derritió. Ella no podía saberlo, pero rara vez el conde de Bensters sonreía con sinceridad, dejando que su estado de ánimo se viera reflejado en sus pupilas.

Julian miró a la joven a los ojos, deseoso de perderse en sus profundidades grises, tomó su pequeña y blanca mano dentro de la suya, y le dio un ligero apretón para infundirle confianza, al tiempo que depositaba en ella su pañuelo.

April agradeció su gesto de ánimo, fuera cual fuera la razón por la que lo hubiera recibido, y tomando el trozo de tela, separó su mano de la otra, mayor y más robusta, despacio, suavemente, dejando que sus dedos se rozaran cuan largos eran hasta perder el contacto.

—Prometisteis devolvérmelo. —Susurró, recordando las caricias que le había prodigado mientras curaba su piel herida.

No obtuvo una respuesta de inmediato

—Nunca falto a mi palabra, April.

Y su voz sonó cargada de promesas, promesas que la hicieron temblar de expectativas que desconocía. Incapaz de sostener su mirada, apartó la vista y la devolvió al escenario.

—Si hay algo que añoro de Prusia, son sus conciertos. —La suave voz estaba cargada de nostalgia.

—Sois joven para ser institutriz.

Debió ponerse alerta, pero su cercanía, el leve roce de su aliento cada vez que le susurraba, su olor a jabón y a...

—Oléis a bambú —le susurró, antes de darse cuenta de la intimidad que suponía el comentario.

Reconoció el olor por las plantas que tenían en el invernadero del internado, traídas de todos los lugares del globo. Por un momento el pasado la inundó, pero el presente pujó por regresar, exigido por su acompañante.

Como premio a su audacia, él tomó su mano una vez más y depositó en ella un suave beso, antes de reposarla de nuevo en el asiento. La oyó contener el aliento, y se alegró de su osadía.

—Y vos a violetas.

Julian pasó su brazo por el asiento de su silla con disimulo, aun sabiendo que nadie podría verles desde la distancia, y que ni James ni su tía se volverían a mirarles. Olvidando precauciones anteriores, resbaló la yema de su dedo pulgar por el inicio de su columna vertebral, acariciándole la nuca, notando como su piel se erizaba bajo su tacto. La vio cerrar los ojos y sintió cómo dejaba que su cabeza descansara contra la fuerte mano masculina.

—Supongo que con una familia tan numerosa, recibiríais también grandes muestras de afecto, además de educación.

April ni siquiera recordó haberle dicho que era la séptima hija de un pastor. Pensó, sin embargo, en sus padres.

—Recuerdo las caricias. A mi madre le gustaba acariciarme las mejillas.

Estaba transida, no sabía qué decía, qué hacía, solo era consciente de la mano que apenas rozaba su sensible piel, de la voz agravada que buscaba su oído.

Julian abrió el arco de su mano, de tal forma que con el resto de los dedos pudo rozar su mandíbula con mimo.

—¿Caricias y besos, tal vez? —le susurró en la oreja.

Al tiempo que lo decía, la besó castamente en el lóbulo. A pesar de la inocencia del roce, tembló, y el cuerpo de Julian reaccionó con pasión a su respuesta.

—Tal vez —concedió ella, con los ojos cerrados, perdida en su tacto, en él.

Pasaron el resto del primer acto embebiéndose el uno del otro, de su piel, su aroma, su voz y cada uno de sus gestos.

Solo cuando el telón estaba a punto de caer por primera vez Julian apartó su brazo, tomó su mano y la besó, rozando hambriento su muñeca con la lengua, y distanció su silla, y todo su cuerpo, donde el decoro exigía, soportando las quejas de sus manos por el abandono del cuerpo femenino.

El segundo acto transcurrió del mismo modo que el primero, pegados, compartiendo caricias. Una parte de April le decía que debía apartarle, que no tenía derecho a tocarla, ninguno de ambos tenía derecho a hacer lo que estaba haciendo. Pero la otra sabía que su juego de seducción no pasaría de ahí, que no habría más que leves caricias y susurros, que en el palco de una ópera poco más podía hacerse; y deseaba compartir aquello. A la mañana siguiente él la olvidaría, y ella en cambio tendría recuerdos que atesorar durante años.

Julian no se atrevió a tocarla con los labios de nuevo, temeroso de perder el control. Aquella mujer maniataba a su sentido común. La tentación de tomarla de la mano y llevarla tras los telones del palco era cada vez mayor. Si ella hubiera conocido las intenciones de él en aquel momento, cómo buscaba desesperado la manera de alejarla de allí sin ser vistos, no se hubiera mostrado tan confiada.

12

Llegó al fin la media parte, y a pesar de que hubieron de separarse de nuevo, la suerte se alió con su causa. O eso pensaron, ajenos a la realidad que les envolvía, a aquello que no querían ver.

—Bajaré a por algunas viandas para cenar. No, Julian, no me acompañes, pasarán al menos diez minutos antes de que logre llegar hasta los lacayos. Francamente, no entiendo que en los teatros no suban a los palcos. —Era lógico para cualquiera excepto para un futuro duque—. Si bajamos juntos, los asistentes nos detendrán muchas más veces sin ninguna razón; yo solo, en cambio, puedo permitirme la insolencia de ignorar a casi todos los presentes, deteniéndome únicamente con los duques que encuentre.

Y tras preguntar a las mujeres si deseaban algo en especial, se marchó a hacer la comanda con paso soberbio.

No había pasado medio minuto cuando lady Johanna dijo tener que marcharse, también. Había visto a una antigua amistad a quien debía saludar.

—Os acompaño, milady —se levantó inmediatamente April.

—¿Pero no habías dicho, muchacha, que no deseabas ser vista, que sería considerada una excéntrica si traía a mi dama de compañía a la ópera, en lugar de a una amistad ilustre? Has armado un gran revuelo al respecto, para cambiar tan pronto de idea. No te hacía voluble, jovencita.

—Y no lo soy, señora, como bien sabéis —enrojeció—, pero

no puedo permitir que vayáis sola, sin el acompañamiento adecuado.

—Insisto en que te quedes, April. Efectivamente debí darte la razón cuando insististe en no venir. Pero lo hecho, hecho está... Traer a mi dama de compañía... ¡habrase visto! —bufó, exasperada—. Quédate aquí. No, no admito réplicas. Y siéntate, por el amor de Dios, eres muy alta, y alguien podría reparar en ti.

—Pero señora...

Dijo, volviendo a su silla, obediente. Miró a Julian suplicante, quien ya se ponía en pie y ofrecía su brazo.

—Permitidme que os escolte donde deseéis, milady.

Lady Johanna le miró con sagacidad.

—Será un honor que me acompañes, Julian. Me dirigía, de hecho, al palco de lady Spelmann. Creo que incluso tú habrás oído hablar de ella, pues es la matrona más comentada este año, dado que tiene tres hijas por casar, y una ahijada de su marido, también. De hecho, las cuatro damiselas están con ella en este momento, y estoy convencida de que se sentirán muy honradas de tu visita. —Su mirada triunfal hizo sonreír a April—. O tal vez prefieras permanecer aquí, con mi dama de compañía, como acordamos al principio de la velada, pues sería de pésimo gusto dejarla sola.

—Siempre puedo acompañaros hasta el palco, saludar a la anfitriona y sus jóvenes acompañantes —cualquier otra opción sería poco caballeresca, y Julian no ignoraba a una dama por más que pudiera desearlo— y regresar con April, milady.

En aquel momento las cortinillas se abrieron, y un caballero entrado en años apareció, haciendo una pequeña reverencia a los presentes.

—Lady Johanna, qué placer encontraros. Os he visto desde el otro lado del teatro y he pensado: benditos mis ojos si no me engañan, la hermosa condesa de Hendlake, aquí.

Los ojos de la señora brillaron, al tiempo que extendía su mano, que fue besada con fervor.

—Lord Pelsherd, qué feliz casualidad. Precisamente me dirigía al palco de lady Spelmann. ¿Tendríais la bondad de acompañarme hasta allí?

Y dicho esto, tomó el brazo que le ofrecían con una radiante sonrisa y se marchó sin despedirse siquiera de Julian o April, flirteando como una joven debutante con un admirador.

Tras la estupefacción inicial, pues el inesperado giro de los acontecimientos les había dejado solos, Julian regresó a su asiento, junto a ella.

—Parece que nos hemos quedado sin más compañía que la nuestra —murmuró.

—Solos —repitió ella, tímida ahora que la oscuridad no la protegía.

Como adivinando sus temores, él se puso en pie y rebajó la intensidad de la llama. Poco podía hacer si alguien dirigía sus anteojos directamente hacia ellos, pero al menos su posición arrinconada y la falta de luz les daba algo de privacidad.

Julian se dedicó a mirarla, extasiado, sin pronunciar una sola palabra.

—¿Os está gustando *Demetrio*? —le preguntó, nerviosa ante su silencioso escrutinio—. Creo que el tenor es magnífico, y la *mezzosoprano*...

—Francamente, no me gusta la ópera, April —le interrumpió con voz ronca, cargada de deseo—, nunca me ha gustado. Lo único que me ha hecho venir esta noche ha sido vuestra presencia. Saber que podría veros, que lady Johanna os traería en contra de cualquier expectativa social, compensaba con creces soportar los gritos disfrazados de canto en italiano.

April enrojeció y le miró a los ojos, cautivada. Se observaron, reconociéndose, antes de que Julian tratara de confesarle su deseo. De pedirle que se convirtiera en su amante.

Pero los nervios la atenazaban tanto como la mirada de la que parecía incapaz de escapar.

—¿Preferís el teatro, entonces? En Prusia difícilmente se podía ver una representación de Shakespeare...

—April —la interrumpió. No tenían demasiado tiempo, ni él podía esperar más.

—Es uno de mis autores preferidos, y sin embargo allí no era habitual que fuera representado, pues la tendencia se inclinaba hacía los autores del país, especialmente a obras de Federico II, que no eran precisamente...

Fue bajando la voz conforme vio que se acercaba de nuevo a ella, despacio, los anchos hombros cercándola, sus cabezas a la misma altura, y le tomaba ambas manos, con seguridad, hasta que las palabras quedaron atascadas en su garganta, hasta que reinó el silencio en el palco. Y entonces sí, él le habló, con los ojos llenos de deseo y la voz ronca, anhelante.

—Te necesito. Te necesito en este instante. Te necesito tanto. Solo ahora entiendo que hace años que te necesitaba y ni siquiera lo sabía. Quiero tenerte entre mis sábanas, envolverte conmigo en ellas. Quiero enredarme contigo en mi lecho, hasta que tus brazos y mis piernas se confundan y no sepamos dónde comienza uno y dónde termina el otro. Quiero fundirme en ti. Quiero conocer cada palmo tuyo, paladear cada parte de tu cuerpo, cada textura, cada tejido, cada sabor. Quiero vestir cada centímetro de tu piel. Quiero oírte perder el aliento, exhalar buscando el aire que te robo, jadear, gemir, y gritar finalmente cuando mis manos, mi lengua, mis labios, no sean suficientes para saciar tus anhelos, y estés tan desesperada como yo lo estoy ahora. Y que tengas que suplicarme que me sumerja en ti porque estés tan perdida sin mí, sin sentirme enterrado en lo más profundo de tu ser, que creas morir sin mi presencia, de ausencia yerma.

El cuerpo de April temblaba de deseo. Aun a pesar de la mortecina luz del farolillo, Julian pudo ver la rendición en sus ojos. Extendió su mano a modo de invitación. La joven solo tenía que tomarla, y se marcharían de allí, juntos, a culminar lo que se había iniciado entre ellos en Hyde Park, la mañana en que se conocieran, y no había dejado de crecer a cada encuentro.

Hipnotizada, iba a tomar la mano que le ofrecían, cuando un enorme revuelo en el palco central la devolvió a la realidad que la envolvía: el príncipe Jorge, el regente, acababa de entrar en él sin ser esperado.

Cuando volvió a mirarle, la pasión había desaparecido de sus grandes ojos grises.

Julian apartó su mano, sabiéndose derrotado, extrañamente sin resentimiento.

Una cierta furia creció en April, desvanecido todo deseo. Ira dirigida a ella, por su comportamiento, pero sobre todo hacia él, por pedirle que fueran amantes. Sabía que merecía que la tratara como a una cualquiera. Se había dejado manosear como una mujerzuela. Le había permitido que la tratara como los hombres trataban a sus queridas. Y aun así se sentía poco respetada. Fuera o no su culpa, aquel hombre la había subestimado desde el principio. En todos los sentidos. La había creído menos que una dama. La había creído dispuesta para él. Bien, pues era hora de que aprendiera una maldita lección. La misma que ella acababa de aprender. Se guardó sus propios reproches para más tarde, y lo encaró.

—Supongo que os sorprenderá mi negativa. Supongo que lo hará después de que os haya permitido... —no podía decirlo, no se sentía con fuerzas, a pesar de todo se sentía avergonzada— todo lo que os he permitido. Pero me temo que tengo que rechazaros, milord. Que no seré vuestra amante, cometido que tan *galantemente* me habéis ofrecido ocupar.

Julian estaba más que sorprendido. No esperaba de ningún modo ser rechazado. Estaba estupefacto. Tanto que no podía hablar, por más que ella hubiera deseado que la interrumpiera, que dijera cualquier cosa con tal de que la obligara a callar.

—Supongo que después de verme con una pelliza tan cara la otra noche, como tuvisteis a bien señalar, y a altas horas de la madrugada, habéis creído que no rechazaría vuestra oferta. Vuestra generosa oferta, ¿no es cierto? Esta humilde criada con un conde, con uno de los favoritos de la temporada, con Athos, ni más ni menos. —Se sentía mal a cada palabra, como si en lugar de insultarle a él se estuviera insultando a sí misma, lo que no se alejaba de la realidad. Pero si no encauzaba su rabia hacia él lo haría hacia sí misma, como probablemente merecía. Por estúpida, por dejarse embaucar y comportarse como el tipo de joven en la que él le había propuesto convertirse—. Pero la realidad, es, lord Julian, lo creáis o no, que no soy esa clase de mujer. Y la realidad es, lord Julian, que no vais a creerme, porque mi comportamiento de esta noche no lo atestigua, y sobre todo —lo miró con rencor— porque desde el primer momento en que posasteis vuestros ojos en mi persona decidisteis pensar lo peor de mí.

No pudo seguir hablando, la vergüenza, mezclada con un absurdo pesar, atenazaban su garganta, y las lágrimas de impotencia amenazaban con aflorar. No pensaba llorar, menos aún por un orgullo que no merecía ser rescatado.

Julian la miró largamente. Le estaba rechazando, a pesar de que había respondido a sus avances. A pesar de que ser su amante le facilitaría la vida. A pesar de que, efectivamente, tenía una pelliza cara y la había visto a altas horas de la madrugada lejos del número veinte de South Street. Le rechazaba cuando todo estaba en su favor.

Y en lugar de enfadarse, deseó desdecir cada palabra, pues era obvio que le había hecho daño. No entendía qué había ocurrido, por qué se había mostrado más que proclive a sus caricias para apartarlo después. Pero su rabia, y la vergüenza que se ocultaba tras ella, eran reales. No le apartaba buscando aumentar su interés. Era una negativa convencida, la aceptara él o no, que desde luego no lo hacía.

Intrigado, pero sobre todo preocupado por ella, por la imagen que tenía de él, y la que pudiera tener en aquel momento de sí misma, le tomó suavemente de la barbilla. Cuando ella rehuyó el contacto se obligó a aplicar algo de presión en la blanca mandíbula para lograr que le mirara, y con voz suave, que contrarrestaba la fuerza de su gesto, sencillamente le dijo:

—Disculpadme vos, pues el error es enteramente mío. Soy yo el confundido, al creeros esa clase de mujer. Solo hay que veros para percatarse de que, efectivamente, sois una joven decorosa, que jamás aceptaría un trato como el que os he insultado al ofreceros. Me avergüenza haberos forzado a una situación indeseada, April, valiéndome quizá de mi rango para no permitiros rechazar mis atenciones. Y me disculpo por ello.

Ella, que no esperaba que le brindara una salida tan galante, pues los dos sabían que había alentado dichas atenciones, agachó la cabeza, agradeciendo en silencio su caballerosidad. Un verdadero lord lo era tanto con las damas como con el resto de mujeres y hombres con los que se relacionaba. Admirada, reconoció que aquel era un hombre digno de ser llamado así.

—Permitidme solo una pequeña corrección. —Alzó la vista, temerosa de lo que pudiera escuchar—. Desde el primer momento en que posé mis ojos en vos solo he podido desearos. Si os he gritado, si os he ofendido, si me he precipitado hablándoos de mis anhelos, ha sido únicamente fruto de ese deseo, de esa necesidad. Teneros cerca y no teneros en absoluto me frustra, me frustra tanto que me hace comportarme como un estúpido. Me hace haceros sentir mal.

April sintió la congoja en su garganta. ¿Por qué, si ella le insultaba, no le pagaba con la misma moneda? ¿Por qué no le decía la verdad, que ella había estado tan deseosa como él, para rechazarle después y hacerse la digna? ¿Por qué tenía que decirle aquellas cosas que hacían que su estómago se encogiera y su corazón latiera más deprisa?

Fue James quien interrumpió la escena, seguido de dos camareros, con bandejas de plata llenas de exquisiteces y bebidas.

—¿Ocurre algo?

—A April le ha emocionado el amor entre Alceste y Cleonice.

—Entiendo.

Y sin más, ignorando el ambiente enrarecido, comenzó a dar órdenes a los lacayos para que colocaran las viandas en su sitio.

Ella se mantuvo en silencio durante la cena y el tercer acto. A pesar de estar sentados uno al lado del otro, parecían estar más lejos que nunca, como si el tiempo anterior, si sus palabras, nunca hubieran existido. Sin embargo, acabada la obra, durante los aplausos finales, él se acercó y le susurró al oído.

—Ojalá no fuerais toda una dama, o yo no un caballero. De ese modo os respetaríais menos a vos misma y vendríais conmigo, o yo respetaría menos vuestros deseos y os llevaría conmigo. Desgraciadamente, criada o no, conde o no, ambos somos lo que somos.

No volvieron a hablar. James y Julian se despidieron al llegar junto al coche de lady Johanna y le besaron castamente la mano. No recibió ninguna caricia secreta aquella vez, lo que la llenó de tristeza. Se volvió en el coche para verlo desaparecer poco a poco, con el regusto amargo de quien ha perdido algo que nunca ha llegado a tener.

Aquella noche ambos se refugiaron en la literatura, curiosamente.

April, incapaz de dormir, se entretuvo haciendo pequeños tachones en su manuscrito. Resignada, cambió todos los adjetivos referidos al color del cabello y los ojos de Ranulf. Después de todo era un caballero normando, se justificó, así que a nadie le extrañaría que fuera rubio y que sus ojos fueran del más intenso azul.

Al menos en su imaginación podría poseerlo, se consoló.

Julian, por su parte, escribía una carta. No sabía si la entregaría o no. Y si lo hacía sería a través de James, quien al día siguiente salía hacia Stanfort Manor y no regresaría en unos días. Tenía, por tanto, tiempo para madurar si era justo o no presionar a una mujer que era evidente que sufría al rechazarlo.

Pero necesitaba poner por escrito todo lo que su cuerpo y su mente albergaban. Era tal la carga que sentía en su pecho aquella noche que apenas podía respirar.

13

Después de comer, la escena, ya cotidiana, se sucedía en cómodo silencio: lady Johanna bordaba, April leía. Una pregunta
medio gritada rompió la paz, cuando la mayor vio el ejemplar
en cuero que la joven sostenía.

—¿Austen?

Rio ante el tono escandalizado de su voz.

—*Persuasión*. —Le confirmó con naturalidad—. Deberíais
permitirme que os lo leyera en voz alta, milady. Creo que os
encantaría.

Por respuesta obtuvo un bufido más parecido a un cloqueo
que a un gemido de desprecio. Sonrió detrás de la novela, pero
no insistió.

—Anne Elliot es una niña tonta, April. ¿Acaso tú te dejarías
persuadir y te negarías el amor porque quien fuera alegara que
la relación no es socialmente aceptable? Creí que estabas hecha
de otra pasta, francamente. ¿De veras consideras romántico con-
sumirte ocho años en soledad?

Así que su señora la había leído, a pesar de afirmar que des-
preciaba las novelas. Esbozó una amplia sonrisa al tiempo de
responder:

—No quiero consumirme en soledad, señora, me conforma-
ré con no permitir que alguien intente hacer de mí algo que no
soy —dijo, recordando como otras veces al soldado que encontrara en la playa tantos años atrás, días antes de que sus padres
murieran, y cuyas palabras la habían embarcado en aquella hui-

da—. De todas formas yo no tengo admirador, señora, ni nadie que me persuada.

—Ya quisiera yo poder persuadirte... —murmuró, pero en voz audible para que ella la oyera.

April prefirió, no obstante, continuar leyendo como si no hubiera escuchado sus palabras.

—April...

Desplazó a un lado el libro y la miró con fijeza, sin estar segura de si deseaba o no embarcarse en el tipo de conversación al que estaba siendo invitada. Fue el sentido común el que ganó la partida, como debía ser. Después de todo, la noche anterior se había dejado llevar por unos minutos, por primera vez en años había permitido que su corazón tomara las decisiones, y había hecho el ridículo. Si él hubiera querido reprocharle su comportamiento, en lugar de dar una salida digna a su falta de moralidad...

—Lady Johanna... —suspiró, sin saber qué decir.

—No te estoy hablando del capitán Frederick Wentworth, April, no osaría entrometerme en nada que tuviera que ver con tu vida amorosa —se hizo un incómodo silencio—, sino de todas las decisiones que Anne toma. Se deja arrastrar por una familia y una madrina que le imponen obligaciones que la constriñen hasta destruir su espíritu.

«Vuestra esencia os hará más hermosa que el mejor de los vestidos, que el mayor de los diamantes.» Las palabras, lejanas en el tiempo, la azotaron.

—Pocas opciones tiene una dama de compañía, sin familia y sin recursos —susurró, más para sí que para ella.

Lady Johanna clavó la aguja en el acerico con violencia y dejó caer de cualquier manera su bastidor, herida por aquel comentario.

—¿Acaso crees que para una dama es más sencillo? Sí, es cierto que soy viuda y gozo de una independencia económica, pero eso no significa que aquellos que me rodean acepten lo que hago, April. ¿Sabes cómo me llaman? ¿Lo sabes? Desde luego que sí. Los más tolerantes me tachan de excéntrica, los ultraconservadores de peligrosa. Mi agenda es reducida no solo porque la sociedad me aburra, sino porque hay casas en las que no soy bienvenida. He apoyado públicamente la *Vindicación de los derechos de la mujer*,* he expresado opiniones políticas y sí, ¡maldita sea!, he tenido amantes. —Enrojeció, ambas lo hicieron, ante la íntima confesión, pero ninguna se avergonzó de ella—. Así que no me digas que saber que no vas a morir de hambre lo hace todo más sencillo, porque no te lo consiento.

Se detuvo a respirar, mientras un pesado silencio cubría la sala. Lady Johanna, sabiendo que se había excedido en su vehemencia, respiró hondo antes de continuar.

—Lo que quiero decirte, April, es que vivas tu vida como consideres que debes hacerlo. No te incito a que cometas ningún error que te condene al ostracismo, pero no cometas el peor de los errores: no te conduzcas como otros consideren que es la manera correcta. No lo hagas, y menos todavía si quienes marcan esas formas son hombres, seres hipócritas que nada saben de las necesidades de una mujer. Si deseas escribir, hazlo, y buscaremos un editor interesado en tus novelas. Y si deseas salir, divertirte, conocer tus límites, aprovecha las noches que no tengo ocupadas para hacerlo con las otras doncellas: ve a Vauxhall, o a conciertos. Disfruta ahora que tienes dieciocho años. *Carpe diem*,** April. Cuando tengas mi edad, no mires atrás y veas una existencia llena de vacíos. Yo no lo haré, y no desearía que tú lo hicieras.

April no sabía qué decir; estaba más confundida que nunca. Desde que llegara a Londres era un mar de dudas, precisamente las que ahora aquella sabia mujer expresaba en voz alta.

Necesitaba pensar, necesitaba pensar a solas.

El silencio se hizo opresivo, ninguna de ambas queriendo hablar de más.

—«El señor de Kellynch Hall en Somersetshire, sir Walter Elliot, era un hombre que no hallaba entretención...»***

* Escrita por Mary Wollstonecraft en 1792, es una de las primeras obras de la literatura y filosofía feministas. En ella la autora respondía a aquellos políticos y pensadores que negaban el acceso a la educación a las mujeres.

** «Toma el día», «aprovecha el momento». Locución latina utilizada en la literatura del Renacimiento, Barroco y Romanticismo, referida a disfrutar del día a día, antes de envejecer y arrepentirse de lo que no se ha hecho.

*** Así comienza *Persuasión*, de Jane Austen.

Su voz, clara, llenó el vacío de la salita y las entretuvo a ambas hasta la hora de la cena, permitiéndoles obviar la conversación que habían mantenido, pero que iniciaría una nueva relación entre las dos mujeres. Aquella noche, a las nueve, acudirían a un baile, y las tres siguientes veladas descansarían.

Antes de salir, April pasó un tiempo a solas en su dormitorio. Lady Johanna solía enviarla a descansar en las horas previas a la cena, dado que se acostaban tarde y ella se levantaba temprano igualmente para su paseo diario y desayunar con el resto del servicio, por más que sus obligaciones nocturnas pudieran dispensarla del estricto horario matutino.

Pero no durmió aquella tarde, ni lo intentó, siquiera. Tumbada sobre el cobertor, su mente no dejaba de repasar la conversación que acababa de mantener con su señora, que indefectiblemente la llevaba a la proposición que recibiera la noche anterior, y esta a los animados parloteos de las damas de compañía que había presenciado en los jardines.

Era una dama, vistiera con algodón o con sedas, y no podía comportarse de otro modo. Y sin embargo... Aquella tarde se había abierto un resquicio en su seguridad. ¿Deseaba, como la protagonista de la novela de Austen, pasar tantos años en soledad, a merced de otros, sin recuerdos que atesorar? ¿Qué hubiera sido de Anne Elliot si su capitán no hubiera vuelto a aparecer por Kellynch Hall? ¿Y si no hubiera regresado a Bath, tras marcharse de nuevo, solo por ella? La respuesta era sencilla: absolutamente nada. La vida de aquella joven hubiera transcurrido sin nada que recordar. Nada.

Las jóvenes doncellas con las que esperaba mientras las damas buscaban esposo en los salones, se casarían o no, serían felices o no, pero sonreían y cuchicheaban y se contaban secretos. Lo mismo ocurría con su señora. Había decidido vivir su propia vida, y asumir las consecuencias de sus propias decisiones.

¿Tendría ella la valentía de hacer lo mismo?

Los ojos azules de Julian, sus audaces palabras, volvieron a ella con ardor. No se arrepentía de haberle rechazado. Jamás, dama o doncella, se hubiera convertido en la amante de un hombre al que no conocía, al que no amaba. Pero tal vez en el futuro podría ser menos impulsiva, y darse una oportunidad. Tal vez, si conocía a alguien que no la sacara de quicio cada vez que le dirigía la palabra, podría... ¿cómo le había dicho lady Johanna una vez?... podría no cerrar una puerta sin mirar antes lo que había dentro.

Decidida, irónicamente, a no tomar ninguna decisión de antemano, abrió su escritorio y repasó los apuntes de su novela, melancólica. Escribir era, y no debía olvidarlo, su prioridad.

Desgraciadamente, se dijo, había tomado su resolución después de estropear su amistad con el conde de Bensters. Y su vida no era una novela, él no regresaría tras ser rechazado.

En su club preferido de Chesterfield Street, Julian se sorprendía con las noticias que Richard acababa de conocer, olvidados ya los excesos del brandy de la tarde anterior.

Aunque pudiera resultar insólito, Sunder estaba convencido de que ambos se habían embriagado hasta el exceso, pues no había sabido que la botella de Bensters contenía té, y creía que eran, por tanto, ambos los que habían faltado a la ópera. Y dado que el vizconde de Sunder no atendía a cotilleos de salón ni tenía ningún interés por quién acudía a la Royal Opera House, ni aunque lo hiciera el mismísimo Prinny, como resultó ser el caso, difícilmente se enteraría hasta que James se lo contara, para lo que, según acababa de enterarse, faltaban todavía unos días. Suponiendo, tras las nuevas que llegaban, que lo recordara siquiera.

—Sunder, ¿estás seguro de eso? No es posible que sepas todo lo que ocurre a tanta distancia. West Berkshire está a cuántas, ¿setenta millas?

—Réstale algo menos de diez. Pero son apenas unas horas a caballo. Ten en cuenta que Eton está muy cerca, lo que significa caminos muy practicables.

—Windsor.

—¿Decías?

No discutió con él. Obviamente era la residencia real de Windsor la que mantenía las carreteras hacia Berks en perfecto estado y por tanto el acceso a las fincas de sus familias en el mismo condado, y no el colegio de Eton, a apenas una milla del castillo. Pero a sus amigos les gustaba recordarle que él no había acudido al elitista centro, y que por tanto él no los conocía desde siempre, no como ellos se conocían. No obstante, no mordería el anzuelo esa vez. Lo que le contaba del duque de Stanfort era demasiado inesperado para discutir sobre nimiedades como los años que duraba su amistad.

—En todo caso, ¿estás completamente seguro de que el padre de Wilerbrough ha decidido marcharse? ¿Así, sin más?

—Sí. —Richard sonreía artero, sabiendo lo que eso significaría para su amigo durante algunos meses—. La duquesa yace desde que tuvo conocimiento del viaje en una habitación completamente a oscuras sin posibilidad de recibir visita alguna, alegando una enfermedad de los nervios. Si te dije que acudiría a la capital, olvídalo. Su excelencia no pisará ningún salón mientras su esposo esté fuera, y no precisamente haciendo negocios.

El padre de James era conocido por sus desenfrenos, y en varias ocasiones, ebrio y no tanto, había pregonado que deseaba acudir a otros países del imperio, a conocer, precisamente, a las féminas de los otros países del imperio. Al parecer, él y otros crápulas habían decidido viajar hasta las Indias Orientales espoleados por lo que otros visitantes les contaban sobre las artes amatorias de las mujeres de aquellas lejanas tierras.

—¿Pero es que el duque no conoce el significado de la palabra moderación?

Julian estaba indignado. ¿Y su padre creía que él arrastraba por el fango el apellido familiar? Tal vez, en lugar de dejar morir su linaje con él, debiera marcharse con el duque de Stanfort y llenar el imperio de bastardos Woodward.

—Me temo que no. Y James va a tener que hacerse cargo del ducado, y lo que ello pueda suponer, durante su ausencia.

Julian miró a Richard, divertido, y chasqueó la lengua.

—No tienes ni idea de lo que significa hacerse cargo de un título, ¿verdad, Sunder?

—Ni la más remota idea —le confirmó, irreverente, al tiempo que se servía un poco más de langosta.

Julian le envidió. Hubo un tiempo, siendo muy joven, en el

que deseó tener unas tierras que administrar. Quizá para impresionar a su padre cuando todavía buscaba su aprobación, o tal vez por un deseo real, como estaba convencido que había sido su impulso inicial. Así que durante meses preguntó al administrador de Woodward Park sobre la heredad, los arrendatarios, los derechos de las distintas fincas... Este respondía encantado a las dudas de un joven Julian y le enseñó cuanto pudo hasta que el marqués supo de su curiosidad y le prohibió volver a inquirir sobre un mayorazgo al que no tenía derecho.

Richard, en cambio, era un heredero por privilegio de nacimiento al que no le interesaba su título.

—Sunder, eres un tarambana sin remedio.

—Eso no te lo discutiré —rio, volviendo al fondo de su regocijo—. Wilerbrough ha despertado toda la compasión que hay en mí.

—¿Tanta compasión como para olvidarnos de los planes sobre su alijo de brandy?

Una ceja dorada se alzó con insolencia.

—¿Bromeas? Mi compasión no es tal, Bensters.

Las carcajadas se oyeron en el otro extremo del comedor. Algunos de los miembros de mayor antigüedad se giraron para mirar quiénes eran los irresponsables a quienes culpar de aquel escándalo. En White's no eran amigos del ruido. Y, sin embargo, al ver a los herederos de Woodward y Westin cabecearon ligeramente y sonrieron, preguntándose dónde estaría el futuro duque de Stanfort. Aquellos tres jóvenes eran los favoritos de la sociedad, por sus fortunas, sus títulos, su apostura, y por no haber formado ningún escándalo demasiado impúdico.

—¿Qué tal si nos compadecemos del pobre James en Covent Garden? La semana pasada conocí a una posadera preciosa. Estoy seguro de que tendrá una amiga que...

Julian no pudo seguir escuchando. Para él solo existía una mujer preciosa que pudiera llenarle en aquel momento. Y a pesar de haber sido rechazado no podía renunciar a verla, al menos.

—Me temo que todavía padezco reminiscencias de la resaca de ayer por la tarde, Sunder —mintió.

Si Richard no confiara tanto en sus amigos se habría dado cuenta de que no era habitual que le halagara gratuitamente, que le concediera tener mayor capacidad para lo que fuera. Pero aquel cabeza de chorlito, pensó con afecto Julian, confiaba en él. En todo caso, se justificó por sus embustes, estaba convencido de que cuando supiera que le había estado tomando el pelo para ganarle la mano por una mujer, se lo tomaría con nobleza.

Así que lo dejó marchar con su supuesta victoria, y silbando puso rumbo al baile más importante de aquella noche, al que había oído en la ópera que acudiría lady Johanna.

Solo que no entró por la entrada principal y saludó a los anfitriones como se esperaba de cualquier caballero, sino que saltó la verja de los jardines y se adentró en estos, evitando así a sus pares, buscando a April. Una sonrisa de depredador cruzó su cara mientras barría con la mirada cada grupo de mujeres, damas o doncellas, hasta encontrarla.

14

April estaba sentada en uno de los bancos de piedra cerca-
nos a la fuente junto con otras dos muchachas. Lanzó una pie-
drecita, que cayó exactamente donde deseaba, es decir, en la espalda de la joven, quien se giró sobresaltada.

—¿Ocurre algo, April? —le preguntó una de ellas.

—Nada —respondió, despacio, insegura de lo que acababan
de ver sus ojos.

¿Sería el deseo, lo que le había hecho creer que Julian estaba
oculto tras un arbusto? ¿Qué haría en todo caso un conde en los
jardines, escondido, lanzándole piedras a ella precisamente, una
criada que le había rechazado tras comportarse como una desvergonzada? Desechando el pensamiento, volvió a la charla.

Julian no se lo podía creer. ¿Acaso le estaba ignorando? ¿A
él? Su vanidad le impedía creerlo. Tal vez no le hubiera visto. Sí,
esa era la respuesta más sencilla, y más lógica también, por cierto. Así que tomó otro pequeño proyectil, y haciendo gala una
vez más de su magnífica puntería, volvió a impactar en el hombro de ella.

Y de nuevo esta se sobresaltó.

—¿Estás segura de que estás bien?

Mary, la doncella morena, estaba molesta, pues era la segunda vez que la interrumpía mientras explicaba cómo el mozo de
cuadras le había dicho lo hermosa que estaba aquella mañana
con el cabello recogido en un lado.

Era Julian, sin duda. Estaba escondido tras un arbusto, y deseaba que se acercara a buscarle. Pero no debía ir. No debía hacerlo, pues la noche anterior ya había descubierto que estar a solas con él significaba meterse en problemas.

Y si sabía que no era prudente estar a solas en un palco, y por tanto unos jardines estaban fuera de toda posibilidad, ¿podía saberse por qué precisamente iba a ir hacia allí, entonces? ¿Podía saberse qué locura se había apoderado de ella?

—Disculpadme, Mary, Amanda, creo que no me siento del todo bien. Necesito un poco de aire fresco. —Parecía ausente—. Sí, definitivamente pasearé.

Y sin más explicaciones, dejando atónitas a las otras dos, que poco después la ignoraron y siguieron su charla, se dirigió hacia los arbustos, antes de que el sentido común regresara y se quedara donde estaba.

Anne Elliot y sus ocho años de soledad, se recordó. *Carpe diem*, se animó. Wentworth había regresado, después de todo.

Lo encontró adorable, agazapado en el suelo, con el dedo índice indicándole que callara, ocultando una sonrisa picaresca que prometía diversión, y señalándole con la otra mano que continuara el camino. Intrigada, aun recordándose que la curiosidad nunca era buena consejera, tomó el sendero menos iluminado que conducía hacia la mansión. Pero, se justificó, tomaba el más oscuro para que no la sorprendieran en compañía de un caballero.

Apenas había andado unos metros cuando sintió su presencia.

—Buenas noches, April.

No respondió, pues no sabía qué decir. Hizo una pequeña reverencia, como cabía esperar, y continuó paseando, asegurándose de seguir pasajes más iluminados ahora. La prudencia se lo exigía. Si eran sorprendidos confiaba en que él se ocultara de nuevo. En un momento dado él tomó su codo y la giró hacia la izquierda, hacia la entrada trasera de la casa.

—¿Estáis loco? —murmuró—. No puedo entrar allí con vos.

—Confiad en mí —le respondió, mientras la introducía en el pasillo del servicio.

Tropezaron con uno de los primeros lacayos.

—¿En qué le puedo ayudar, milord?

—En nada, gracias —respondió con la seguridad de un hombre acostumbrado a hablar y ser obedecido—. Mi madrina me ha pedido que busque a su doncella para que le repare el abanico. Eso es todo.

El lacayo cabeceó apenas y se marchó sin mirarla.

April se debatió entre la gratitud y la exasperación. Ganó la primera, pues no quería estropear el momento.

—Gracias por no dar el nombre de lady Johanna, milord. Si lo hubierais hecho...

—¿Creéis que soy un botarate? Si hubiera pronunciado su nombre, mañana en todas las cocinas se sabría que su dama de compañía correteaba con uno de los malditos tres mosqueteros por los pasillos del servicio. —El tono le indicó que le molestaba tanto la indiscreción de otros como el mote que les habían endosado, y por alguna razón que no quiso analizar ambas cosas la hicieron feliz—. En todo caso, creí que éramos April y Julian.

Su voz la acarició.

—Pensé que después de mi actuación habríais cambiado de idea.

La valentía de la respuesta le admiró. Otra no hubiera hecho frente a su comportamiento, y a su reacción posterior, sino que se hubiera aferrado a la salida que él le había dado. Era sin duda una mujer justa. Sabía que la perfección en la figura femenina no existía, como tampoco en el hombre, pero por todas las campanas del infierno que no encontraba tara en ella.

Una, se corrigió: que no deseara intimar con él. Pero era cuestión de tiempo, se prometió... Tiempo.

—No sé de qué me habláis, April. Y es por aquí.

Volvió a tomarla del codo, y esta vez no la soltó, solo aflojó el contacto, convirtiéndolo casi en un suave roce.

—Julian. —Su tono fue admonitorio.

—De veras que me gusta cuando pronunciáis mi nombre. ¿Os lo había dicho?

—Difícilmente, pues es la primera vez que lo hago.

Se ganó con ello una sonrisa tímida. ¿Acaso el conde era tímido? Lo dudaba. Pero al parecer sus sonrisas sí lo eran. Y mientras trataba de resolver aquel pequeño misterio se encontró en una pequeña habitación de la primera planta, a solas con él. Oyó como cerraba la puerta con llave.

Se asustó tanto como se enfadó.

—¿Cómo os atrevéis? Abrid la puerta de inmediato, quiero salir de aquí. Anoche os dije que no era la clase de mujer que... que... ¿Cómo osáis...?

—Y yo os dije que os respetaba por ello y que respetaría también vuestra decisión, April.

Algo en su tono la tranquilizó, hizo que le creyera, pero aun así, ese respeto no explicaba qué hacía encerrada en una habitación con un caballero. Si les sorprendían... si les sorprendían sería otra gran hazaña para él, y ella una doncella estúpida más. Embravecida ante esa idea, le encaró.

—Abrid ahora mismo la puerta y dejadme salir.

—Shhh, escuchad. No a mí, solo escuchad. —Ella se detuvo un momento y se concentró, deseosa de entender, de continuar allí, pero nada acudía a sus oídos—. Haced el esfuerzo, por favor.

Y entonces lo oyó. Debían estar sobre el salón, justo encima del pequeño balcón donde se ubicaba a los músicos, a quienes se ocultaba tras plantas para que no pudieran ser vistos, ni ver tampoco. Se oía perfectamente cómo comenzaban a sonar los acordes de una nueva melodía.

—Me pareció que os gustaba bailar, April.

Era cierto, adoraba ondularse al ritmo de las notas, pero no se lo había dicho, estaba segura. Había rememorado cada instante de la noche anterior media docena de veces, al menos.

—¿Qué-qué queréis decir? —tartamudeó.

—Durante el tercer acto, anoche, no dejasteis de mecer el pie marcando el compás.

Durante el tercer acto, en lugar de despreciarla, la había estado observando. Sintió cómo su pecho se henchía.

—Os dije que respeto vuestra decisión, a pesar de que me haya tenido toda la noche en vela. Pero, April —se inclinó y le tendió la mano, galante—, ¿me concederíais el honor de este baile?

¿Bailar? ¿Con un caballero? Las sirvientas, y él la suponía una, no bailaban con caballeros. Y no porque no lo desearan, sino porque ningún caballero las demandaba. Jamás. Pero allí estaba ella, supuesta criada, siendo solicitada por uno.

Suspiró feliz, al tiempo que ejecutaba la mejor de las reverencias y le tomaba la mano.

Como si supieran lo que ocurría sobre el techo que cubría sus cabezas, los músicos comenzaron a hacer sonar los primeros compases de un vals una vez ambos estuvieron preparados.

—Un vals —susurró, emocionada.

—Justo después del descanso —corroboró.

Los anfitriones habían enviado el carnet de baile junto con la invitación. Si era habitual enviarlo o se entregaba en la misma fiesta era algo que él desconocía, pues no había dama alguna para recibirlo en su casa. Entendía que debía haberse tratado de un error, pero al curiosearlo, le había alcanzado la inspiración. Y había llegado a los jardines, y a aquellas habitaciones, justo a tiempo.

Tomándola de la cintura, y esperando deseoso que ella le rodeara el cuello con su pequeña mano, le tomó la otra y se dejaron llevar por las notas.

La miró directamente a los ojos, y no quiso interrumpir sus pensamientos, deseando fervientemente ser él, también, parte del encanto que la embargaba. Se la veía radiante.

—Se os ve hermosa —le susurró finalmente.

Ni siquiera se sulfuró por el elogio, lo creyera cierto o no. Se sentía dichosa como hacía años que no se había sentido.

—Si os digo que vos también, ¿me malinterpretaréis?

Lo estaba, con una chaqueta de color azul marino y un chaleco beige.

—¿Acaso se puede malinterpretar un comentario así? —Y le guiñó un ojo, con picardía.

Valiente, le respondió:

—Vos tendéis a malinterpretarme a vuestro placer.

Como castigo, ejecutó un giro rápido, obligándola a acercarse a él y a tomarle con algo más de fuerza. Se mantuvieron un tiempo en silencio, disfrutando de la cercanía y de la música, plenos en su mutua compañía.

Fue Julian quien le preguntó:

—Bailáis maravillosamente bien. —La vio sonrojarse ante la

lisonja—. ¿Habéis tenido muchas oportunidades de bailar el vals con las alumnas del colegio?

—Muchas —asintió.

—Imagino que no es lo mismo que hacerlo con un hombre que con vuestras pupilas.

Quería oírle decir que con él era distinto, pues para él bailar con ella estaba siendo una experiencia nueva.

—Oh, lo cierto es que también ensayaba con el profesor de baile. —Al sentir cómo se envaraba, se explicó, o más bien se inventó una explicación, ya que no iba a decirle que ella era una de las alumnas—. Para que las jóvenes vieran cómo se hacía en pareja, y vieran cómo quedaba ejecutada cada figura.

Él fingió horror en su siguiente comentario, pero en su fondo nadaban los celos.

—Decidme por favor que el profesor era un hombre viejo y jorobado.

Su risa gorjeó por la sala. Julian ejecutó otro giró rápido. La tuvo en un momento prácticamente pegada a él. Satisfecho, relajó el ritmo.

—Lo cierto es que Sebastian era un joven bastante apuesto. Era el hijo de la directora del centro. —Lo que era una mentira flagrante, pues el señor Laimez era exactamente como él lo había descrito, viejo y jorobado, y bien podía ser el padre de la directora.

—En todo caso vos sois un bailarín excelso —le alabó, sin necesidad de mentir—. ¿Puedo preguntaros si vuestra profesora era vieja y jorobada?

Fue el turno de él de reír, al tiempo que de nuevo aceleraba el ritmo y ambos se mecían, el uno contra el otro, al ritmo más rápido que marcaba el compás justo antes de que finalizara el *allegro* y la música suavizara de nuevo su cadencia.

—¿Qué más hacíais en el centro? —evitó responder.

—Latín, clásicos, costura, acuarela...

—Una mujer instruida.

—Una mujer instructora —le corrigió.

En realidad era un desastre con la aguja y el pincel. Lo suyo eran las palabras; y no debía olvidarlo. Si quería ser escritora ningún hombre debía cruzarse en su vida. Pero las palabras de lady Johanna, instándola a que permitiera que la felicidad se cruzara en su vida, relampaguearon en su mente al tiempo que los ojos azules de Julian la sondeaban, como si pretendieran leerle el alma. Aquella conversación había calado hondo en ella.

—Se os ve contenta.

—Feliz, Julian. Me siento feliz. Y os concedo todo el mérito, pues hacía tiempo que no me sentía así.

Lo que era cierto. Siguieron bailando, el uno en brazos del otro, reconociendo el calor, el olor, el deseo de sus cuerpos, que apenas habían conocido la noche anterior y evocado tantas veces en tan poco tiempo.

—Seríais más feliz si pudierais bailar allí abajo, en la pista. —No preguntó, lo afirmó.

—Sin duda. —Habló sin pensar. Se arrepintió en cuanto lo dijo—. No, no es cierto —se corrigió, no queriendo parecer desagradecida—, abajo me pondría nerviosa, y no sabría qué hacer, suponiendo que unas palomitas me cosieran un vestido para poder ir al baile, claro. Aquí arriba es perfecto. No podría haber sido mejor.

Señaló, al tiempo que la música se detenía, y ellos también, aunque sus cuerpos, reacios a separarse, se mantuvieron unidos.

Suspirando, se miraron a los ojos como si se vieran por primera vez. Julian apoyó su frente sobre la de ella, y le susurró, pudiendo sentir April su cálido aliento:

—Prometí respetar vuestra decisión.

—Lo sé.

—Decidme que habéis cambiado de idea.

Le miró con mimo, alzando la mano y acariciando su mejilla con dulzura. Negar su deseo era absurdo, él podía leerlo en cada gesto, pero eso no significaba que fuera a entregarse a él.

—Me temo que no.

Tomó la mano de ella y se la llevó a los labios, a modo de despedida. Fue un beso contenido.

—No podemos salir juntos —le dijo, sin moverse, sin despegarse de ella.

—No, no podemos.

Repetía lo que él decía, como una tonta. Estaba hechizada. Si él la besaba, no le detendría. Si él cerraba la escasa distancia que separaba sus labios y la besaba, como había hecho en su sueño... Si como hiciera en el palco se acercaba a su oreja y le susurraba que la necesitaba...

Julian vio como sus pupilas se dilataban y reconoció el deseo en ellas. Supo que podía tenerla si presionaba. Si la besaba ahora, encerrados en una habitación en la planta alta, si sus manos expertas la acariciaban de la manera adecuada, con suavidad primero, despertando su deseo, y con urgencia después... pero la quería libre, se recordó. Soltando su mano, se alejó de la tentación, haciendo acopio de su disciplina. Abrió la puerta y se asomó para comprobar que el pasillo estaba vacío.

—¿Sabréis volver?

—Sí —respondió con voz lastimera, que fue casi la perdición de Julian.

—Buenas noches, dulce April.

Y dándole un casto beso en la mejilla, pues no pudo resistirse a rozar su piel, la dejó marchar.

15

Tres noches después Julian acudía a una velada musical, y lo hacía de nuevo por los jardines, oculto tras las sombras. Maldecía la agenda de lady Johanna, tan parca, que le había impedido ver a April antes. Aunque, honestamente, había que plantearse qué demonios pretendía cortejando a una dama de compañía que le había dicho claramente que no tenía intención alguna de mantener una relación con él; a pesar de desearle como lo hacía, y de que ella no hubiera negado dicha atracción. Y no le había rechazado una, sino dos veces. Tal vez fuera su instinto de cazador, se dijo. Sí, o su vanidad herida. Debía ser eso, se convenció, no debía haber otra razón ulterior, pues de otro modo estaría más deseoso de lo recomendable.

La vio paseando por los jardines sola, como si lo estuviera esperando.

Y así era. Ella había salido bajo el pretexto de respirar algo de aire fresco, como hiciera la vez anterior, con la vana esperanza de verle. Le había rechazado por segunda vez, y aun así tenía la corazonada de que aparecería una tercera. No sabía quién podía ser más estúpido, si ella por esperar que acudiera, o él si así lo hacía.

Recibió un pequeño impacto en la espalda antes de poder dilucidar la respuesta correcta.

—Bien podríais llamarme en lugar de agredirme, Julian. No hay nadie aquí —protestó mientras se giraba, buscándole, con una sonrisa bailándole en los labios.

—¿Y dejar de impresionaros con mi magnífica puntería? —le respondió, saliendo de su escondite tras un árbol.

—Como si a las mujeres nos maravillaran esas cosas —bufó divertida.

Se colocó a su lado, sonriente. Esta vez extendió su mano, que Julian atendió al punto. Decepcionada, no sintió que se prodigara en aquel beso.

Julian vio la pequeña chispa de desilusión en sus ojos, y su pecho se hinchó.

—No podéis rechazarme y esperar más de lo que os he dado.

April no esperaba que hubiera notado su desencanto. Ni ningún comentario al respecto. Un caballero... Sí, pero comenzaba a comprender que no es que no la tratara como a una dama, sino que la trataba como a una igual. Y la idea le gustó, le colmó de calidez el pecho. Coqueta, decidió no discutir ese punto con él.

—No podría estar más de acuerdo.

—Creo que podría acostumbrarme a que me dierais la razón, April.

—¿Aunque eso significara, por tanto, no intentar ningún avance conmigo jamás?

—¿Soportaríais vos vivir sin mis atenciones?

Pareció meditar una contestación a la altura. Y tal vez la halló, o tal vez huyó de ella.

—¿Qué os parece si ninguno de los dos respondemos a las últimas preguntas, Julian?

Ambos rieron, satisfechos de no saber.

Se perdieron deambulando por pequeños caminos, cada vez más sinuosos.

—¿Qué habéis hecho estos tres días? —preguntó él, curioso. Quería saberlo todo de ella.

—Leer, básicamente.

—¿No se os permite salir si no lo hace lady Johanna? —La idea le extrañó tanto como le irritó.

—Desde luego que sí —respondió airada. No quería que nadie insinuara que aquella mujer que tan bien la trataba era despótica, ni siquiera Julian, por más que pudiera gustarle—. Sencillamente no tengo con quién hacerlo.

La sonrisa pícara que se ganó con su confesión fue de órdago.

—En vuestros sueños, Julian —le advirtió, aunque su voz bromeaba.

—Lo cierto es que no, April. Vuestra imagen no se me aparece en sueños, sino todo lo contrario, no me deja dormir. Me desveláis. —Lo que no se alejaba demasiado de la realidad. Bajó la voz, con un tono entre bromista y seductor—. ¿Os ocurre lo mismo? ¿Pensáis tanto en mí que no os alcanzan los brazos de Morfeo, porque preferiríais que os rodearan los míos?

La idea de él abrazándola le hizo temblar. Pero la seducción era un juego desconocido para ella, así que continuó con el ingenio, que sí era su fuerte.

—En realidad, Julian, yo duermo plácidamente. Imagino que esta es una cuestión de conciencias, y la mía está impoluta.

—Mujer cruel —le dijo, al tiempo que le apretaba con cariño el brazo.

Llegaron a la entrada del laberinto, un pequeño parterre compuesto de pasadizos delimitados por altos setos, lleno de recovecos, banquitos, y apenas iluminado.

No era buena idea, lo sabía, pero April había abandonado ya cualquier pretensión de seguir a su buen juicio cuando estaba con él. Afortunadamente había demostrado que la respetaba, que era un hombre en el que se podía confiar. Solo tenía que decir no, y él se detendría, por más que ella deseara que no la respetara tanto, a veces.

Dio un paso hacia allí, esperando que la siguiera, y entraron en los angostos pasajes. Julian tomó el mando una vez dentro, y la guio con maestría por ellos.

—Intuyo que no es la primera vez que estáis aquí.

Por respuesta obtuvo una vez más una sonrisa pícara.

—¿Deseáis saberlo, realmente?

¿Quería saber de su pasado, más aún cuando ella no podía desvelar el suyo?

—Lo cierto es que no.

La admiración por April crecía cada día. Nada de celos ni de reproches. Era una mujer excepcional. Se acercó más a su cuerpo, de forma que sus muslos rozaban la falda y la hacían crujir, y siguieron recorriendo caminos, retrocediendo en algunos momentos, riendo cuando volvían a pasar por un mismo lugar.

—¿Estáis seguro de conocer la salida? ¿Y vos pretendíais impresionarme?

Iba a responder cuando se escucharon unos pasos al otro lado del seto.

—Lord Samton, sois muy travieso —borboteó una voz femenina cerca de donde se encontraban.

Alertado, y sabedor de los problemas que acarrearía para April ser sorprendida con un caballero allí, tomó su mano con más fuerza y apretó el paso. Sin mirarla, la condujo unos metros más allá, hasta un recoveco en el que no podían ser vistos desde el ondulante sendero. Solo entonces se dio la vuelta y clavó sus ojos en los grises de ella, intentando infundirle tranquilidad con la mirada.

La pareja pasó cerca, una muchacha no mayor que April y un pretendiente a la caza de un beso, sin reparar en ellos, y se alejó con la misma celeridad. Y no obstante ninguno de los dos se movió. Durante los pocos segundos de tensión en que esperaron, sus cuerpos se habían quedado pegados buscando ocultarse lo mejor posible, encontrándose íntimamente. A pesar de la oscuridad pudieron reconocer en las pupilas del otro sus propias necesidades.

—Julian.

Fue apenas un susurro temeroso. April temía hablar, temía nombrarle, temía hacer cualquier cosa que rompiera el momento.

Pero era imposible que ocurriera. Julian estaba tan hechizado como ella. Ni siquiera un ataque a los jardines por parte del mismísimo Napoleón le hubiera apartado de su lado. Por un momento dudó de si era él el seductor o el seducido. Alzó la mano hasta su mejilla y la acarició con lentitud. La joven se movió apenas hacia su palma, anhelante de su contacto.

—April, te necesito.

Le respondió, en el mismo suave susurro. En su voz, en cambio, no había rastro alguno de temor. Solo había deseo, el más crudo deseo.

Ella bajó la vista, tímida de repente.

Ante su modestia, Julian reaccionó con sutileza, sí, pero inexorablemente. Con el otro brazo envolvió su cuerpo, abrió la palma rodeando su cintura, y la acercó al máximo a él, cubriendo el poco espacio que todavía les separaba, hasta que no quedó una sola curva del suave cuerpo de la joven que no hubiera conquistado él con el suyo. Ni la más mínima ráfaga de viento habría cabido entre ambos. Únicamente sus caras no se rozaban, aunque estaban íntimamente cerca. April alzó la cabeza entonces, menos dudosa, y le miró expectante.

Acercó apenas un poco más su boca a los finos, femeninos labios. Todavía los separaban un par de centímetros, pero aun así ya podía sentir su dulce aliento, y lo acelerado de su respiración.

La mano que rodeaba su cintura comenzó un perezoso camino hacia sus costillas, que acarició cual músico a las cuerdas de una guitarra, buscando la perfecta melodía. Ante el suave tacto se tornó lánguida, a pesar de que un férvido fuego rugía en sus venas.

La mano que descansaba en su mejilla se deslizó hacia su oreja, despacio, rozó el lóbulo, y ociosa bajó por su nuca, siguiendo el mapa de su columna vertebral. La sintió temblar, y su propia fogosidad casi le hace perder el control. Pero Julian no pensaba únicamente en poseer su boca, sino en saborear el anhelo de April, sentir como sus barreras caían. El fin no era el beso en sí, sino la aceptación de dicho beso.

Animoso, se acercó otro poco a sus labios. Apenas un centímetro separaba ahora sus bocas. La respiración femenina se transformó en pequeños jadeos, que se intensificaron cuando los dedos escalaron desde sus costillas hasta su pecho. Abrió la mano y la descansó en el tierno montículo, que no terminaba de cubrir. No era un roce tentador, sino delicado. Las yemas de los dedos apenas pulsaban su perímetro, y con la parte alta de la palma tañía el centro. Un gemido, mezcla de placer e impaciencia, brotó de la boca de April.

Reaccionando al jadeo, movió su cadera contra la de ella involuntariamente. Su intención había sido únicamente besarla, pero al parecer su cuerpo, los de ambos en realidad, tenían otros planes, ajenos al control que Julian intentaba imponer, al control que April había perdido desde el momento en que se acercó en exceso al hombre que la había transido desde el instante en que lo conociera.

—Dios, no imaginas cuánto te necesito. Las veces que te he imaginado entre mis brazos.

Y, sin poder resistirlo por más tiempo, cerró la distancia que separaba sus labios y se posó sobre su boca para poder sentirla.

Y no obstante, mientras pudo, no hizo nada más. Únicamente se limitó a degustar su sabor, a tocarla. El beso llegaría más tarde, cuando fuera inevitable. Pero mientras tanto, lo esperaría.

April se relegaba a sentir, a dejarse llevar por él. Si hubiera tenido más experiencia, si hubiera comprendido realmente lo que las otras chicas cuchicheaban, habría sabido qué hacer, habría tomado la iniciativa. O, tal vez, si el ataque sensual de su pareja hubiera sido más ofensivo, menos lento, se habría amoldado a él. Pero él no hacía nada, parecía conformarse con tocarla, con pegarla a él.

Y no obstante, la falta de experiencia no fue barrera para una mujer deseosa. Por instinto, abrió la boca, buscándole. Julian no necesitó más invitación.

—Vas a matarme de deseo, mi dulce April —gimió.

Sensual, su lengua se deslizó, húmeda, por su labio superior primero, y después por el inferior, antes de introducirse en ella y saborearla, invitándola a que se uniera a él, a que le acariciara también.

April alzó las manos y le rodeó el cuello, apreciando primero la finura de la seda de su pañuelo, y memorizando después la textura suave de los mechones de su nuca. Y por fin, abandonada a la pasión, su lengua se atrevió a tocar la de Julian, a bailar con él dentro de su boca.

Este la sintió entregada, y supo que debía detenerse. Donde se encontraban no podrían hacer mucho más, y sospechaba que ella no se marcharía con él. Renuente, se separó de ella despacio, poniendo fin al beso con infinita ternura, pero sin separar sus cuerpos.

Durante un tiempo, segundos u horas, April asimiló la enormidad de lo ocurrido. Jamás había sido besada. Temerosa de que él lo hubiera descubierto, o lo hiciera ahora al ver su rostro, bromeó, con voz temblorosa.

—Del mismo modo que me preguntasteis por mi compañero en los valses, ¿puedo preguntaros quién os enseñó a besar?

Con una sonrisa franca se separó, y tomándola de las manos, pues la idea de perder todo contacto físico con ella le parecía insoportable, le repitió la pregunta que le hiciera un rato antes.

—¿Deseáis saberlo, realmente?

—Sí —respondió tras meditarlo unos instantes—, creo que esto sí podré soportarlo.

Y por primera vez habló casi con nostalgia de su hogar, al mencionar a la hija del panadero de un pueblecito aledaño a Woodward Park, cuatro años mayor que él, al tiempo que la devolvía a la zona más cercana a la casa.

—¿Y qué hay de ti, April? —la tuteó—. ¿Quién te enseñó a besar?

Y mientras, ya sin él a su lado, se dirigía hacia la mansión de nuevo, sin girarse a responderle, insegura de lo que sus ojos pudieran desvelar, solo dijo:

—Tú.

Al día siguiente James y April paseaban por Old Bond Street con un lacayo tras ellos portando una enorme cesta llena a rebosar. Había regresado de Stanfort Manor con las peores noticias de su padre y con su hermana, quien pasaría unos días en la ciudad antes de ser recluida en un colegio. Era costumbre pasar varios, bastantes meses en realidad, en un internado preparando la introducción en sociedad. Acababan de llegar a la ciudad y, tras dejar a Nicole descansando en casa, pues había dicho estar demasiado agotada para visitar a la tía Johanna, había acudido solo a South Street. Tras los saludos de rigor la joven había anunciado que saldría a por algo de fruta que negligentemente el repartidor había olvidado traer. James se ofreció a acompañarla, dejando a su tía dormitar tras la comida.

—¿Cómo está ella?

Los recelos del marqués de Wilerbrough hacia la salud de su tía crecían, y April se temía que no fueran de manera infundada.

—Dice estar bien, pero cada vez salimos menos. Se burla, satiriza con que la sociedad le aburre, pero me temo que no se siente con fuerzas. Esta mañana se ha levantado casi dos horas después de lo habitual, y aun así parece agotada.

—¿Me avisarás si se siente mal? Sí, sé que lo harías. Pero ¿me avisarás si ella te hace prometer que no lo hagas?

Se detuvo y lo miró, dividida.

—No quisiera ser desleal.

—Ni lo serías si me avisaras, sabiendo que solo me preocupo por ella.

—No dudo de vuestras intenciones, milord.

—James.

¿Por qué todo el mundo se empeñaba en que le llamara por su nombre de pila? ¿Qué se había hecho de la petulancia y el engreimiento inglés? Suspiró, resignada.

—James.

—¿No ha sido tan difícil, verdad?

Le miró, sin saber si se reía de ella o con ella. Él prefirió dejar que se fueran conociendo. Con la devoción que mostraba por su tía Johanna se había granjeado su gratitud, se dijo, como ya hiciera cuando la acompañó a casa tras su encuentro matutino en Hyde Park. Y le tendría cuando le necesitara, fuera ya la joven consciente de ello o todavía no.

—Estoy convencido de que hallaréis el modo de avisarme sin faltar a vuestra palabra, April. Sois una muchacha muy inteligente.

—¿Me aduláis para obtener un sí?

—¿Funciona?

Como si él no supiera lo que ella sospechaba, que pocas mujeres se le resistían durante mucho tiempo, pensó divertida.

—Haré lo que esté en mi mano, milord... James.

Y continuaron su paseo en animada conversación.

Richard deambulaba por el centro de la ciudad, silbando, tras tomarse medidas en Weston,* su sastre. Giró una esquina, distraído, y se encontró delante de él a un lacayo con una cesta

* Situado en el 38 de Old Bond Street, Weston era considerado el mejor sastre de la época, y en él vestían los hombres más pudientes y elegantes.

que, a juzgar por lo liviano de sus gestos, debía ir vacía. Acompañaba a una pareja que paseaba unos pasos más allá. A pesar de que la distancia que los separaba no parecía superar los límites del decoro, se entreveía que estaban haciéndose confidencias.

Se detuvo en seco, tanto que los caminantes que iban tras él, dos pillastres que seguramente hacían recados para alguna casa o tienda, chocaron contra su espalda. Ambos le increparon su falta de cuidado, antes de salir corriendo por miedo a las represalias del lord. Desesperado ante la atención, en absoluto deseada, que estaba despertando, se escondió tras un árbol cercano. Metió la mano en el bolsillo de su chaqueta azul para confirmar que aquellos pillastres no eran en realidad unos rateros, y una vez se aseguró de que su monedero continuaba allí, asomó con disimulo la cabeza por un lado del tronco, escondiéndola apenas un segundo después. Hubo de repetir tres veces la operación antes de desistir, convencido de que desde esa distancia no confirmaría su peor sospecha. Y convencido también de que no sería descubierto.

Miró a un lado y otro de la calle, y cruzó veloz a la otra acera, escondiéndose de nuevo tras un olmo. ¡Maldición! Seguía sin poder verlos bien. Corrió hasta el siguiente árbol, esquivando a una joven con unas bandejas llenas de huevos, y de ese al siguiente.

Y entonces sí los vio. Durante el minuto en que el mozo mantuvo extendida la cesta, y le fue llenada de verduras y fruta fresca, pudo identificar sin género de dudas a quienes el lacayo en cierto modo escoltaba.

—¡Campanas del infierno! —exclamó.

Y no solo porque la pareja a quien hubiera visto hacerse confidencias estuviera compuesta, como sospechaba, por Wilerbrough. Ni siquiera porque su acompañante hubiera resultado ser la hermosa joven del parque, de la que nada había logrado averiguar a pesar de sus pesquisas.

Su principal enfado fue hacia el fox-terrier que le había confundido con el tronco del olmo, empapándole las medias y los zapatos.

Deseaba patear al maldito chucho, tal era su rabia, pero este ladraría y llamarían la atención.

Se dedicó durante cinco minutos a seguirles para averiguar dónde vivía la dama, ocultándose aquí y allá en la acera de enfrente, incómodo con la humedad de sus ropas, hasta que llegaron a casa de lady Johanna. James entró allí con la joven.

Desinteresado ya en los pasos de su amigo, se propuso detener el primer coche de alquiler que pasara y dirigirse inmediatamente a casa. Necesitaba pensar, tanto como necesitaba un buen baño.

Desgraciadamente, se encontró con una conocida antes de poder encontrar un carruaje. Y no cualquier conocida, sino con *ella*.

—Lord Illingsworth, qué sorpresa encontraros por aquí.

La voz reflejaba auténtico asombro, pero también cierta burla. Probablemente por el líquido ambarino de sus pantalones, cuyo olor no dejaba dudas sobre su origen.

Maldita fuera su suerte, de todas las damas que podía encontrarse, tenía que ser precisamente aquella: lady Nicole Saint-Jones, la hermana pequeña de Wilerbrough. La dichosa niña con el pelo del color del fuego.

—¡Qué sorpresa para mí también! No te esperaba en dos semanas al menos, cuando visitaras a tu hermano en compañía de tu madre, la duquesa. —Lo que no era cierto. Sabía perfectamente que ella estaba en la ciudad, y su excelencia oculta en Stanfort Manor, como demostró al seguir hablando—. Me parece sorprendente que una... señorita... haya tenido tiempo suficiente de cambiarse y salir a pasear cuando ha llegado hace apenas una hora a la ciudad. —Iba a llamarla chiquilla, pero algo le hizo reprimirse. El mal genio que ella tendía a mostrar sin reservas, seguramente.

Enrojeció. ¿Sería posible que aquel condenado caballero conociera su agenda? No debió saludarle, pero se quedó tan aturdida al verlo, que antes de pensar lo que hacía había pronunciado su nombre, a pesar de no tenerle una especial simpatía. Supuso que se debía al hecho de conocerlo desde siempre.

—Por tu expresión, y por la falta de carabina, entiendo que no deberías estar en plena calle, sino descansando del viaje, ¿no es así, Nicole?

La conocía bien, ambos se conocían demasiado bien.

—Lady Nicole para vos. —El orgullo de los Saint-Jones afloró en cada palabra.

—Te llamaré milady cuando dejes la sala de estudio. Hasta entonces serás Nicole. ¿Debería advertir a tu hermano que te he visto, *Nicole*?

—¿Debería decirle yo que cuando lo hiciste te habías orinado encima, *Richard*?

Maldita fuera la bruja pelirroja. Y dudaba que hubiera cumplido aún los diecisiete. Cuando debutara iba a sembrar el caos en todos los salones. Quizás acudiera a Almack's solo para disfrutar del espectáculo.

—Tal vez, después de todo, ambos nos hayamos confundido de persona.

—Tal vez.

Y sin más que decirse, se despidieron con una educada inclinación.

¿Por qué demonios había dicho James que no recordaba nada de la dama, cuando obviamente sí lo hacía? ¿Qué hacía la dama en casa de lady Johanna? Seguramente sería su protegida.

Sí, debía ser eso. Él no sabía que la tía de James tuviera una protegida, pero claro, no había pisado ningún salón con debutantes aquel año, para poder saberlo.

Así que James sí la conocía, pero se negaba a compartirla. Era interesante.

En su fuero interno reconoció que, después de mirarla con detenimiento, no era con exactitud el tipo de mujer que prefería. Era hermosa, eso sí, aunque prefería a las damas más menudas. Quizá no fuera después de todo la mujer por la cual sería capaz de sentar definitivamente la cabeza, como pensara la mañana en que la conociera, pero no por ello era menos apetecible. Y si James la quería también, entonces era doblemente apetecible.

Pensó en hablar con Bensters acerca de su descubrimiento, pero algo le dijo que lo dejara pasar. Aquella dama era del gusto de Julian, sin duda. Y entraría en el juego.

No es que pensara que Julian tuviera más opciones que él.

No con su cara de perpetuo mal humor. Pero era mejor no tentar a la suerte, ¿no era cierto?

Y luego estaba la cuestión de la hermanita de Wilerbrough. ¿Debía contarle a James que la había visto sola, deambulando por la ciudad? Negó con la cabeza. Nicole Saint-Jones no era de su incumbencia, y en todo caso era una joven inteligente que sabía cuidarse sola, como había demostrado ya en varias ocasiones a pesar de su corta edad.

La joven protegida de lady Johanna, en cambio, sí era de su interés, y más después de que James la ocultara. Ya se encargaría él de cuidarla.

Wilerbrough había abierto la veda.

16

Julian despertó mucho después de lo habitual, rozando la hora de comer. Hacía una semana que no dormía de manera tan apacible, y conocía perfectamente la razón de su sosiego: tenía el cabello del color del sol y los ojos del cielo cuando amenazaba lluvia. Se reconvino. ¿En qué momento se había convertido él en poeta? Pero no le importó sentirse romántico. La había besado, y eso justificaba cualquier metáfora, por pésima que pudiera ser. «Tus ojos son del color del cielo cuando va a llover.» Rio, pensando en decirle algo tan estúpido. Era pésimo rimando.

¿Y desde cuándo un beso le inspiraba más que una noche de...? Prefirió no contestarse. Se puso en pie, haciendo sonar la campana que alertaría a John, su valet, de que estaba despierto, dispuesto a soportar sus miradas reprobatorias por levantarse a horas de señorito, y no de hombre, como diría el antiguo cabo. Y no se equivocó, le miró con cierto aire de divertida superioridad mientras le afeitaba. Pero no iba a permitir que un sirviente insolente, que secretamente le caía bien, le fastidiara, no cuando la noche anterior había besado a la mujer más hermosa de Inglaterra. Miró al ayuda de cámara con mal disimulado disgusto.

—Dame la maldita navaja, John. Me pasé más de dos años en el frente afeitándome solo, aunque parece que ya se te ha olvidado. Quizá te lo recuerde, quizás os recuerde a ti y al condenado que tengo por mayordomo que soy capaz de valerme por mí mismo, pero que además soy un lord, futuro marqués para más señas, que os puede despedir sin referencias cuando le dé la real gana.

—Sí, señor. Lo sé, señor. —No había preocupación en el tono de este. Si Julian hubiera pensado que cualquiera de ambos pudiera temer por su puesto de trabajo, no hubiera bromeado al respecto. Pero aquellos dos le habían conocido en los peores momentos de su vida. Sabían de qué era capaz, y sobre todo de qué no era capaz.

—Irreverente... —murmuró por lo bajo, con cuidado de no cortarse. Si lo hacía su ayuda de cámara se lo tendría en cuenta cada día mientras le afeitaba durante el tiempo que la herida se mantuviera en su mejilla.

Se vistió como correspondía para una visita vespertina, tomó un desayuno contundente que bien podía pasar por un almuerzo, tanto por las horas como por la cantidad, y salió camino de Park Lane. Necesitaba de su amigo.

Lo encontró en su biblioteca, delante de una pila de cartas.

—Wilerbrough.

—Bensters —respondió el otro, sin alzar la vista del papel que tenía en las manos.

Tras unos minutos de silencio, y atónito por la actitud del marqués, que parecía haberle olvidado, carraspeó para recordarle su presencia, aun sabiendo la respuesta que recibiría a su pregunta. Se recordó que era Richard quien le había contado la bochornosa aventura en la que iba a embarcarse el duque de Stanfort, y no su hijo y heredero. Molestarle era su derecho, se regocijó, tras tantos años de amistad.

—¿Qué demonios haces?

Recibió como adelanto a la respuesta una mirada furibunda.

—Es lógico que tengas que pedirme aclaraciones, pues ni en toda una tarde lograrías reconocer qué hago. Te informo de que estoy trabajando.

Julian levantó ambas cejas.

—¿Trabajando? —repitió, incrédulo.

¿Tan pronto? Dijo para sí, no sin cierta envidia.

—Sí, trabajando: lo que los nobles con propiedades hacen para que sus arrendatarios estén seguros, para que sus tierras sean fértiles, para que sus rentas no sean malgastadas, para que se asegure la existencia de los que dependen del cabeza de familia, para que las sesiones del parlamento sean útiles, para que...

—Sé de qué narices hablas, Wilerbrough —le espetó, envarado—. Lo que no entiendo es por qué lo haces tú. Es tu padre el responsable de ello.

El bufido de James fue poco elegante. Julian se sentó sin pedir permiso, a la espera de la incómoda confesión.

—Mi padre se ha marchado esta mañana a las Indias Orientales. Y no, no a buscar nuevas haciendas en las que invertir. Al parecer allí las féminas son... —Se sonrojó, y no porque le avergonzara hablar de mujeres con un amigo, sino porque sentía cierta incomodidad al hablar de ello cuando era su padre el sujeto—. La cuestión es que no regresará en unos dieciocho meses, y alguien tiene que hacerse responsable de la casa de Stanfort mientras tanto.

Julian le sonrió haciéndose cargo, solidario. Reconoció algunos de los libros de cuentas, evocando aquellos por los que preguntara al administrador de su padre siendo un crío de diez o doce años, antes de que le prohibieran interesarse por nada que tuviera que ver con lo que ahora heredaría.

—¿Qué tal es vuestro administrador?

—Muy competente. Pero habré de familiarizarme con las propiedades, igualmente. Dieciocho son muchos meses para ignorarlas.

Julian pensó en el administrador de Woodward Park. Había un segundo en Nottingham, para las fincas más meridionales de su familia. ¿Se reuniría con ambos para saber de unas haciendas que se perderían después? Se encontró dividido, con sentimientos encontrados en los que prefirió no ahondar.

James se apartó del escritorio, olvidados por el momento los papeles que lo invadían, visiblemente cansado.

—Me viene bien, en todo caso, tu visita. Empezaba a sentirme harto, a pesar de que llevo apenas dos horas encerrado.

Se bajó las mangas, que se había subido para evitar manchar con tinta, se puso de nuevo el chaleco que dejara en el respaldo de la silla, y se anudó de forma sencilla el pañuelo. No iba elegante como Julian, pero nadie solía ir tan elegante como Julian, a pesar de la sobriedad con que vestía, se dijo el otro desdeñoso.

Bensters era, se recordó, uno de los caballeros más elegantes de la ciudad.

En aquel momento una joven menuda, pelirroja y de ojos verdes entró en la sala con una sonrisa alegre, sin pedir permiso, y con un sobre en las manos.

—James, no vas a creerlo, pero...

Cuando lady Nicole Saint-Jones vio que había otro caballero en la biblioteca con su hermano, uno muy apuesto, enrojeció. Sentía cierta predilección por los rubios. Haciendo una reverencia se detuvo donde estaba sin saber si debía disculparse, mirando a James en busca de ayuda.

—Nick, permíteme que te presente a mi viejo amigo el conde de Bensters, lord Julian Cramwell. Julian, ella es Nicole, mi hermana, creo que te he hablado de ella.

Julian hizo una reverencia y le tomó la mano acercándola a su boca pero sin rozarla siquiera. Debía de rondar los dieciséis, calculó.

—Lady Nicole Saint-Jones, James.

—Lady Nicole Callista Saint-Jones, Nick.

Una mirada furibunda atravesó al marqués, que sabía que su hermana detestaba su segundo nombre. Julian rio, recordando las palabras de Sunder. Efectivamente aquella joven parecía poseer un carácter a tener en cuenta.

—¿Deseabas algo en concreto, o has entrado únicamente por el placer de interrumpir?

En cuanto recordó el motivo de su visita, la sonrisa radiante regresó a su rostro, iluminándolo. Julian pudo apreciar su belleza.

—Ha llegado una invitación para un baile de máscaras en tres días, James. ¡Un baile de máscaras! Será...

—No.

—Todavía no has escuchado lo que...

—No.

—Pero...

—No.

—James Christopher Andrew, no se atreva a utilizar semejante tono de arrogancia conmigo —los Saint-Jones hablaban de usted cuando se enfadaban, era una costumbre familiar arraigada— pues no se lo consiento. Tengo dieciséis años, no doce.

—Y esos dieciséis años son la razón por la que no asistirás a un baile de máscaras. Todavía faltan algunos meses hasta que puedas acudir a uno donde los invitados lleven la cara descubierta.

—Pero es anónimo, nadie sabrá...

—No.

—Será mejor que me marche, para que podáis discutir la cuestión como merece. —La voz de Julian devolvió a ambos hermanos a la realidad del momento, y enrojecieron ligeramente al haber olvidado a su invitado.

—No hay nada que discutir. No acudirá y no hay más que hablar.

Algo en los ojos de la joven le dijo a Julian que la discusión apenas había comenzado.

—En todo caso, solo venía a entregarte esto, Wilerbrough.

Julian entregó a James una carta con su nombre y su sello. No era la misma que había escrito cuando bailó el vals a solas con April, pero sí una similar que había vuelto a redactar la noche anterior, guiado por su corazón. Después de besarla, sus palabras eran más vehementes, como lo eran sus deseos. Pero también más honestas. El respeto por aquella mujer crecía, y no merecía sino la verdad de su situación.

—¿Podrías entregárselo, por favor?

No era necesario decir a quién, ambos lo sabían.

En cuando la hubo depositado en sus manos se marchó, con una única idea en mente, que acababa de regalarle aquella jovencita sin saberlo. Tenía tres días. Tras él, dejó una discusión que probablemente alcanzaría magnitudes insospechadas.

Todo un carácter, aquella Nicole Saint-Jones. Volvió a reír, imaginándola casada con Richard.

Sin saber que Julian se reía en aquel preciso instante de él, ni en el drama que iba a encontrarse, Richard golpeaba la aldaba del número veinte de South Street, con un bien trazado plan en su mente. Tras indagar un poco, había descubierto que la supuesta damisela era en realidad una criada, lo que añadía mayor sorpresa a su hallazgo. Que el marqués de Wilerbrough estuviera intimando con la dama de compañía de su tía era insólito. Y divertido. Y excepcional, también.

Iba a tratar de seducir a aquella sirvienta. Sería entretenido enfurecer a James. Seguro que se lo tomaría con cierta deportividad. Si era una criada, el romance no podía ser serio, y por Dios que hacer perder la compostura a su amigo era casi imposible. Bien merecía la pena intentarlo, si además una hermosa mujer estaba de por medio, también.

Extrañado, volvió a llamar, con más fuerza esta vez. Oyó alboroto, unos pasos rápidos, y la mujer que había ocupado sus pensamientos apenas momentos antes, se le apareció, con las mejillas enrojecidas y los ojos llenos de preocupación.

April abrió la puerta angustiada, para encontrarse una mirada del color del chocolate y una sonrisa encantadora. Solo había visto a aquel caballero una vez, pero era inolvidable.

—¿Lord Sunder? Gracias a Dios. —El hecho de que fuera amigo íntimo del marqués de Wilerbrough le dio cierto sosiego, y este se reflejó en el respiro sofocado que fue su voz—. ¿No vendréis, por un casual, con lord James? No, ya veo que no. Habéis venido en calesa... ¿tampoco? Una lástima. Parece que la fortuna no está hoy de mi parte.

Desconcertado, tanto por el extraño comportamiento de la joven como por el hecho de que no le ofreciera entrar, se olvidó de sus planes de seducción y la tomó por los hombros, en un gesto que supo tal vez demasiado íntimo, pero que la hizo callar y centrar su atención en él.

—¿Sois la señorita April, no es así? Decidme, por favor, ¿qué ocurre?

Poco después ambos iban en el carruaje de la condesa en busca del doctor Grenson, médico también de la familia Illingsworth. La joven le contaba que su señora no se había levantado bien, y que después de comer había empeorado. Asustada, había decidido llamar al médico.

—Tal vez debiéramos avisar a Wilerbrough —comentó Richard, más para sí que para ella.

—Todavía no. —La voz de ella sonó segura—. Lady Johanna me pidió que no lo hiciera. Faltaré a mi palabra si el doctor lo considera necesario, pero no antes.

Sunder asintió, sin estar seguro, pero sin querer dejar en entredicho a la joven. En todo caso bien podía él acercarse después a Park Lane. La joven no faltaría a su promesa y él cumpliría con su deber como amigo avisando al sobrino de la enferma. Actuaría en consecuencia de las palabras del galeno, en quien por cierto confiaba plenamente. Grenson era también el médico de los Illingsworth.

Dos horas después, Richard volvía a casa con sensaciones encontradas. Nunca había sido el adalid de una mujer. Nunca había ayudado a ninguna, ni siquiera a su hermana, pensaba ahora avergonzado. Y en cambio para aquella joven su llegada había sido providencial. El doctor había visitado a la enferma y había declarado que no parecía grave, pero que si empeoraba se le avisara de inmediato.

Más tranquila, April, como le había pedido que le llamara tras su memorable asistencia, le había invitado a tomar el té, y habían departido un buen rato.

Y curiosamente se había sentido bien con ella. Muy bien. No recordaba haber hablado nunca con una señorita por el placer de hacerlo. Por un momento se había olvidado que deseaba seducirla, incluso, mientras ella le hablaba de sus impresiones sobre Londres, al deducir él por la suavidad de su acento que no era de allí. Pero el nombre de Wilerbrough había sido pronunciado, y su memoria había cobrado vida. Había pasado la última media hora tratando se atraer a la muchacha.

Y apesadumbrado reconoció que no lo había logrado. Aunque en su defensa debía decir que no se había empleado al máximo, por temor a incomodarla.

Pero no desistiría. Era cuestión de perseverancia. Y reírse del marqués bien merecía el esfuerzo.

17

Aquella misma madrugada James recibía una nota de April en la que se le requería con urgencia. Solo veinte minutos después salía hacia la casa de su tía, ansioso. Subió directamente a la primera planta y encontró a la dama de compañía en la antesala de la recámara, lívida, esperándole. Se levantó en cuanto le vio, pero olvidó cualquier formalismo o reverencia.

—El médico está con ella. Disculpe que le haya hecho llamar de madrugada, pero me dijo que le avisara si... —No quiso decir que lady Johanna estaba grave, no se atrevió—. Tiene fiebres altas. No lo comprendo, esta tarde el doctor dijo que no era grave, que parecía estar bien. Su amigo, el vizconde de Sunder, vino a visitarla, y avisamos al médico. —Si a James le sorprendió la visita de Richard, se abstuvo de hacer comentarios al respecto—. Apenas cenó, y cuando la ayudé a acostarse sentí que tenía la temperatura más elevada, así que me quedé con ella. He pasado la noche en su habitación, y hace un rato comenzó a decir cosas sin sentido. Le toqué la frente y ardía, así que volví a llamar al doctor y envié a un mozo a Park Lane con una nota para vos y...

La congoja le cerró la garganta. James se acercó a ella y la abrazó. April se dejó envolver. Estaba asustada, y aquellos eran los únicos brazos que le ofrecían consuelo, bendito fuera James Saint-Jones por tenerla en cuenta, aun siendo una criada. Había visto a lady Johanna muy enferma. Durante unos minutos se dejó reconfortar.

Cuando el médico salió se apartó rápidamente, avergonzada. ¿Qué pensaría al verla semejante posición? A James, en cambio, no le importaba lo que aquel hombre pudiera opinar. En aquel momento le parecía lo más natural del mundo consolar a la joven que tanto se preocupaba por su tía. Había algo indescriptible que les enlazaba; no sabía si era por lady Johanna o por sus deseos de unirla a Julian, pero la sentía cercana, en cierta forma, parte de su vida cotidiana.

Y sabía que el galeno guardaría silencio. Era el mismo médico que le había colocado la clavícula cuando se le salió, a los siete años; el mismo que le diagnosticó unas fiebres que lo tuvieron en cama durante semanas... Era, en fin, el médico de los Saint-Jones en la ciudad, y ni juzgaría ni levantaría rumores.

—Doctor Grenson, ¿cómo se encuentra ella?

El médico estrechó la mano que le tendían con fuerza, y sonrió apenas.

—Un ataque de fiebre, su gracia. Pero no creo que haya nada de lo que preocuparse si pasa bien las próximas horas. Si no fuera así, en cambio... Pero esta muchacha —señaló a April con admiración— ha estado poniéndole paños frescos durante la noche, asegurándose de que tomara algo de líquido, y me ha llamado en el momento adecuado. Si quiere saber mi opinión, la condesa se levantará mañana algo dolorida, y el jueves estará ya buscándole una esposa, milord.

James acompañó a Grenson hasta la salida, asegurándose de que nada grave subyacía, y volvió a la primera planta. La encontró al lado de la cama de su tía, acariciándole la mejilla mientras esta dormía.

—Deberías descansar, April, es obvio que estás agotada.

Que la hubiera tratado de usted, después del momento de intimidad compartido en la antecámara, hubiera resultado paradójico cuando menos.

—No podría dormir.

—¿Me acompañarías con una taza de té, antes de que regrese hacia Picadilly?

No obtuvo respuesta, pero la vio encogerse de hombros débilmente, ponerse en pie y dirigirse hacia la puerta, donde se detuvo a esperarle.

James se acercó por el otro lado del enorme lecho, besó la arrugada frente como tantas otra veces, y ambos salieron, dejándola al cuidado de Martha, una de las doncellas.

Poco después estaban en la salita, acomodados.

—Me asusté muchísimo, por un momento creí...

De nuevo no se atrevía a decir las palabras en voz alta, temerosa de invocar a la dama oscura y su guadaña.

—Sé lo que creíste. E hiciste bien en avisarme. Es más, te agradezco muchísimo que lo hicieras.

—Si le ocurriera algo, si ella...

Vio que no era su futuro el que le preocupaba, sino el de su tía. Entendió que Julian la admirara tanto. Recordó que con las prisas se había puesto la misma chaqueta que llevara esa tarde, y que el sobre seguía dentro del bolsillo interior.

—El día que ocurra, pues ella ya no es precisamente una jovenzuela, ten esto presente, April: mi tía habrá vivido la vida que quiso vivir, apartando normas sociales que la encorsetaban y alejándose de todo aquello que le constreñía. Se habrá bebido sus días con pasión y alegría. Será genio y figura... sí —se entristeció por un momento—, hasta la sepultura. Pocos, hombres o mujeres, nobles o plebeyos, podrán decir que han disfrutado de la vida como lady Johanna Hendlake.

April sorbió un poco de té, tomándose su tiempo para asumir la verdad de aquellas palabras. ¿Acaso podría decir ella lo mismo el día que le llegara la hora? De nuevo la insidiosa pregunta volvía a ella.

Era extraño como una situación tan extrema hacía plantearse a personas tan jóvenes el rumbo de sus vidas, pues los pensamientos de James seguían los mismos derroteros.

April esperaba llegar a vivir de su pluma, pues había apostado toda su felicidad a una sola carta, y esperaba además que dicho as le diera la felicidad que parecía habérsele negado a Radscliffe, Wollstonecraft o Hays.

Vio que le tendían una carta sellada.

—Bensters me ha dado esto para ti.

Tomó la carta, y cuando vio su nombre en el sobre, alzó la vista, dubitativa.

—Creo que subiré unos minutos a ver cómo sigue mi tía, y

bajaré después a despedirme, por si debo dar alguna respuesta. La que sea.

Se acabó su té de un trago, y la dejó sola.

Con dedos temblorosos y el estómago lleno de mariposas lo abrió con cuidado. Observó la firmeza de los trazos, las curvas y las líneas de una caligrafía clara pero indudablemente masculina. Inició su lectura obligándose a ir despacio, tratado de imaginar su tono, de escuchar el timbre de su voz, como si Julian estuviera sentado a su lado, susurrándole al oído cada palabra.

Querida April,

No voy a juraros amor eterno, no voy a hablaros de un sentimiento que apenas conozco de oídas y que jamás me ha alcanzado, ni a abusar de vuestra inocencia llenándoos el pecho de esperanzas infundadas sobre un futuro que ambos sabemos que no existe para nosotros.

Como os dije aquella noche en la ópera, vos os respetáis tanto como merecéis, y yo he descubierto que admiro y comparto ese respeto. Me he visto atrapado en vuestra persona, en una mujer joven pero sorprendentemente sensata. Y yo soy un hombre honesto, incapaz de mentir para obtener lo que deseo. Pues no dudéis que es a vos a quien deseo, y ninguna otra podría cubrir mis expectativas. Solo vos.

Sois la única a la que anhelo ver en mi lecho, la única cuyo color de piel quiero descubrir y saborear, la única a la que deseo unirme... Pero por primera vez necesito también saber de una mujer más allá de los confines de mi recámara: quiero saber qué os hacer reír y qué os entristece, vuestro autor favorito, la comida que detestáis y, en fin, cualquier detalle que me ayude a entender a la dama que me tiene hechizado.

Sí, dama, pues en el ejército aprendí que la valía de los hombres se mide por sus actos y no por su nacimiento, y vos, con vuestra honestidad y decoro, habéis demostrado ser la más respetable de cuantas mujeres había aquella velada en los palcos del Royal Opera House.

Y sin embargo a los ojos del mundo vos sois una dama de compañía y yo un conde, y solo de noche, ocultos en algún jardín, podemos robarle momentos a la realidad y olvidarnos de quienes debemos ser, y ser únicamente quienes deseamos, y abrazarnos, y puedo contaros con mi cuerpo aquello que mis labios no saben expresar. Pues no encuentro palabras para deciros lo honrado que me siento al saber que soy el primer hombre que ha despertado el deseo en vos, el primero que ha saboreado vuestra boca. Honrado, privilegiado, pero nunca halagado, pues vuestra ofrenda fue mucho más que un beso, fue vuestra confianza lo que recibí aquella noche. Pero tal vez sea mejor así, quizá sea preferible que no haya un poeta en mí capaz de expresarse, porque no deseo presionaros. Os quiero a mi lado, sí, pero libre y dispuesta.

Ojalá mis deseos se unan a los vuestros, ojalá algún día sintáis que este anhelo que me desborda os alcanza, os llena y os supera también, y olvidéis todo reparo y os acerquéis a mí y nos dejemos llevar, sin pensar en un futuro más allá de nuestras propias esperanzas.

No dudéis que mi respeto por vos sería exactamente el mismo, si no mayor, pues sé que si lo hicierais, si vinierais voluntariamente a mí, la vuestra sería una decisión tomada tan a conciencia como lo es la negativa que ahora me dais.

Vuestro,

JULIAN

La leyó dos veces más, emocionada. No le prometía nada, y sin embargo era el mensaje más hermoso que hubiera podido recibir. Era sincero, directo, real. Era fiel reflejo de lo que Julian era, y todo lo que April deseaba.

Gozaba de la respetabilidad de Anne Elliot, la protagonista de *Persuasión*, se dijo irónica. Y, afortunadamente, también de su deseo. Julian era, en ese sentido, su capitán Wentworth. ¿Se atrevería a gozar también de algo más? No lo sabía.

Carpe diem. Aprovecha el momento.

Recordó a la mujer que luchaba por su vida en la planta de arriba, por una vida en la que se había conducido sin miedos, de forma plena, en la que no habría arrepentimientos ni remordimientos.

No quería gozar de un capitán Wentworth, se reconvino, sino de Julian Cramwell, en la suya. Y se proponía averiguar hasta qué punto quería arriesgarse.

Cuando James regresó, ella le esperaba.

—Decidle a Julian que venga a visitarme mañana por la tarde, si puede, y si el doctor está en lo cierto y lady Johanna ha mejorado lo suficiente.

—¿Estáis segura? —le preguntó, recuperada toda compostura, olvidado ya el abrazo íntimo que compartieran en los momentos de temor.

—No, en realidad no. Pero tenéis razón respecto de las acciones que ha ido realizando vuestra tía y cómo ha sobrellevado sus consecuencias. —Le miró con decisión—. Y yo no quiero abandonar este mundo con remordimientos.

18

Fue una noche larga, pero con los rayos del amanecer, cual girasol que se abre al día, lady Johanna despertó visiblemente mejorada.

James se había marchado a casa a descansar, y April, desoyendo las órdenes del ama de llaves y las doncellas, cuyo cariño se iba ganando a pasos agigantados con sacrificios como aquel, ayudó a la dama a tomar un baño.

Mientras, la estancia fue ventilada y la cama levantada. Para cuando regresaron, la alcoba olía a primavera: jarrones con flores se habían dispuesto aquí y allá, y una bandeja con el desayuno las esperaba. Como vaticinara el médico, lo peor había pasado, y la enfermedad se había marchado con la luna. Aun así, durante la mañana estuvo dormitando, al igual que April. Ninguna había descansado aquella noche.

Después del almuerzo lady Johanna dijo sentirse más despejada; su testarudez así lo atestiguó.

—¡He dicho que me niego a pasar un segundo más encerrada en mi alcoba! Cuando sea una inválida incapaz de caminar, podréis obligarme a hacer aquello que no deseo, pero hasta entonces si no me ayudáis, bajaré yo sola.

Y puso un pie en el suelo, dispuesta a cumplir sus amenazas. Pero su agotamiento la hizo trastabillar. Ante su debilidad física y su firmeza de carácter, la vistieron y la bajaron a la salita acostumbrada, donde la joven continuó leyéndole escenas de la novela de Jane Austen, a la espera de que llegara su visita.

James llamó a la mansión de Grosvenor Street con impaciencia. El mayordomo le abrió después de más de medio minuto esperando.

—Su gracia, no lo esperábamos.

—Tal vez por eso has tardado tanto en abrirme, Camps —respondió, malhumorado, tras la mala noche pasada.

El mayordomo se hizo a un lado, con gesto estoico, y le cedió el paso.

—Por eso, y porque está lisiado, Wilerbrough. —La voz de Julian fue dura—. Perdió un pie luchando contra Napoleón, de ahí su ineptitud. Para que nosotros podamos vivir sin sacrificios otros tuvieron que sacrificarlo todo. Pero si me lo pides tal vez le despida, si vuelve a molestarte tener que permanecer en la puerta de mi casa unos segundos.

Tuvo el placer de verlo enrojecer. El sirviente, violento, iba a disculparse cuando fue interrumpido.

—Eso será todo, Camps, yo me encargo de su gracia.

James reaccionó.

—Camps... —este se volvió, solícito— lo lamento. He pasado una mala noche, no le aburriré con lo que solo son excusas. Pero lo lamento de veras.

Y le tendió la mano. Sorprendido, este la tomó, contrito, y le hizo una leve reverencia.

—No tenéis por qué disculparos, milord. Después de todo, efectivamente, he tardado demasiado en abrir.

—Un momento... —dijo Julian, incrédulo pero bromeando, para romper la tensión reinante, aunque no se arrepentía de haberla generado—. Le dispensas de sus justificaciones, le das la razón y te disculpas tú, aun sabiendo que ha sido grosero. ¿Qué he de hacer yo para ganarme semejante prerrogativa? —se preguntó, mirando al cielo.

—Disculparos, milord.

La carcajada de James resonó por todo el recibidor, y acompañó a Camps mientras se retiraba, orgulloso de su señor.

—¡Para eso tendría que equivocarme alguna vez! —gritó a la espalda que se alejaba.

E hizo a su visita seguirle a la biblioteca.

—Un día de estos despido a la mitad del servicio. Comienzo

por el mayordomo y continúo por el estirado de John, mi ayuda de cámara.

—Avísame cuando lo hagas. No me vendrían mal un mayordomo nuevo, pues solo Dios sabe lo insoportable que es el mío, y un valet que anude los lazos como el tuyo. Eres el hombre mejor vestido desde que Brummell huyera del país.

—Tu vanidad no podría convivir con su irreverencia. Y hablando de irreverencias, ¿a qué se debe el honor de vuestra visita, vuestra gracia? Lo habitual es que exijáis mi presencia en vuestro palacio.

El marqués alzó una ceja con arrogancia, antes de suspirar y mostrarse agotado.

—Anoche estuve hasta altas horas de la madrugada en casa de mi tía. Hubo momentos en que creí que la dama no vería la luz de un nuevo día.

Julian le ofreció sus simpatías y le dijo que tomara asiento, pidiéndole que le contara todo lo referente a su enfermedad.

Solo al terminar, le habló James de la carta que le había entregado a April, y del deseo de la joven de verle aquella tarde.

—Me dirijo hacia allí ahora, para ver cómo se encuentra Johanna, aunque he recibido a las ocho y a mediodía sendas notas con noticias tranquilizadoras sobre su salud. He creído que, dado que la otra noche te invitó a la ópera, querrías acompañarme en mi visita para saber de ella.

—Has creído lo correcto.

Y cinco minutos después, ambos caballeros salían hacia South Street.

April pidió té para los cuatro y se sentó erguida en un sillón, algo apartada del resto, tal y como correspondía a su posición.

Mientras la conversación fluía con agilidad sobre la salud de la anfitriona, y esta sonreía orgullosa al verse tan bien atendida, Julian y April se cruzaban miradas rápidas cuando creían que los otros no les veían.

Una vez llegó la bandeja con una humeante tetera, y dulces y sándwiches, Johanna despidió a la doncella y al lacayo que permanecía en la habitación y pidió a April que sirviera ella. Primero, como correspondía, vertió en una taza para su señora, con leche y sin azúcar, y preguntó luego a los caballeros cómo lo tomaban.

—Sin leche y con dos cucharadas de azúcar, por favor —pidió James, y recibió la taza de fina porcelana poco después.

—Con leche y una sola cucharada de azúcar, si sois tan amable.

Al acercarle la taza, Julian se puso en pie para recibirla. April se acercó y pudo oler su colonia de bambú, mezclada con el olor a limpio de su jabón. Cuando tomó el recipiente, él rozó sus dedos, acariciándolos con delicadeza en toda su longitud. Se oyó el suave tintineo de la taza contra el plato ante el ligero temblor que el contacto inesperado produjo en ella. April no intentó alzar la vista, aunque sintió sus ojos azules clavados es su rostro.

Se alejó y se sirvió su té, solo, y volvió a su sillón. Únicamente desde la seguridad de aquella distancia se atrevió a observarle a hurtadillas.

Tras varios minutos de sonrisas disimuladas y cruces de pupilas, Julian dejó su servicio y se puso en pie.

—Hace una tarde preciosa, April. Quizá podríais enseñarme los jardines, si a lady Johanna no le importa prescindir durante un tiempo de vuestra compañía.

La señora sonrió con indulgencia.

—Llévatela, Julian. Se ha pasado el día encerrada conmigo, y temo que apenas haya dormido esta noche, velándome, como si fuera yo a tener el mal gusto de morir durante la temporada. —Recibió las miradas estupefactas del resto, y rio—. No heredarás de esta, James, no de esta. Márchate con ella, Julian, y déjame a solas con mi sobrino, para que discuta con él sin interrupciones sobre su tendencia a exagerar mis dolencias.

Ofreciéndole el brazo, salieron por la marquesina hacia los jardines, cuidándose de volver a entornar las puertas para evitar que el frío entrara en la estancia y perturbara a la enferma.

Johanna apenas esperó diez segundos antes de comenzar a hablar precipitadamente, molesta.

—Tu otro amiguito, el vizconde de Sunder, estuvo aquí ayer

por la tarde. ¿Y se puede saber para qué has traído a Bensters sin consultarme primero? Deberías tener a los mosqueteros bajo control. Creí que tu serías Athos, al menos.

—Y vos no deberíais bromear sobre la fecha de vuestra muerte, tía.

—¿Acaso no me has oído, James? Richard Illingsworth estuvo aquí.

—Maldita sea, tía, sí, os he oído. No estoy sordo.

—No te atrevas a maldecir delante de mí, jovencito.

—Tía, por favor. —Su tono rayaba el desespero.

Johanna se compadeció de él. Algo ocurría, algo que no tenía que ver con ella. Aun así, se obligó a decirle, fuera o no cierto:

—James, si es por mí, estoy bien, de veras.

Él le apretó la mano con cariño y la miró a los ojos, sonriente. Aquella mujer le gustaba, y esperaba que estuviera allí para el debut de su hermana Nick. No es que la familia tuviera una gran relación con ella, pero cuando llegara el momento de ser presentada no delegaría su acompañamiento a nadie, sería de su brazo del que acudiría a todos los bailes, aunque eso le supusiera la molestia de tener que apartar a las hordas de madres que querrían presentarle a sus hijas casaderas. Y quería que su tía Johanna estuviera cerca, para contrarrestar la figura de su madre, demasiado estricta.

—Ya lo veo, tía. Pero por favor no volváis a asustarme así.

La mujer mayor sonrió.

—Entonces ¿qué ocurre?

—Que mis amigos deciden comportarse como asnos justo en el momento en que mi vida se complica.

Y le explicó el viaje que acababa de emprender su padre, y que escandalizó incluso a la excéntrica lady Johanna, más que por el carácter de la huida, por la incalificable irresponsabilidad de esta.

Fuera, lejos de los ojos de cualquier curioso, Julian y April paseaban a solas. La joven se sentía tímida, a pesar de no arrepentirse de su decisión de pedir verle. Fue Julian quien, intuyendo sus reservas, rompió el silencio.

—Temí que mi carta te asustara, que no prometerte un cuento de hadas hiciera que no quisieras volver a verme.

—No es la franqueza lo que me asusta, Julian, sino las mentiras. Por eso decidí...

Calló. Calló porque en cuanto había pronunciado aquellas palabras se había sentido mal. Ella también era una mentirosa, después de todo. Era ella quien decía ser quien no era. Pero intentó justificarse: lo hacía bajo su responsabilidad. Si su historia avanzaba, dejarían de ser un conde y una dama de compañía para pasar a ser dos iguales, un conde y la hija de los vizcondes de Watterence, libres para... no quiso ir más allá, no quería pensar en nada que no fuera el presente. Y si finalmente no arribaban a ningún sitio, él no se vería obligado por el entorno, ni por ella y sus circunstancias. Después de todo, sus mentiras no eran sino una pequeña omisión, lo mejor para una relación incipiente.

April pretendía justificar sin saberlo el que sería su mayor desliz, el único que Julian, tal vez, no podría perdonarle.

Sintiéndose culpable, le sonrió.

—Y lo cierto es que no me has dicho nada que no supiera.

La detuvo, tirando apenas de ella con la mano, y la miró con los ojos, la devoró con ellos.

—¿Quieres oír algo que quizá no sepas? Me vuelves loco. —El tono ronco de su voz la hizo temblar—. Desde que te conocí no he dejado de imaginar, hasta quedarme dormido, qué haría cuando te tuviera en mi lecho, cuando al fin pudiera sentirte, desnuda, entre mis brazos. Y desde que te besé, la otra noche, desde que probé el dulce néctar de tus labios, que esa misma necesidad, ese deseo no me deja dormir.

Hipnotizada, sin recordar dónde estaba, se le acercó, embebida de sus palabras, y pegó sus labios a la boca de él, de la que fluía tan enloquecedora voz.

Julian la tomó por la nuca sin delicadeza, ansioso, y la pegó a su pecho, sabiendo que nadie podría verlos donde estaban, ocultos en los jardines, con las marquesinas de la salita cerradas. La devoró con pasión, su lengua invadió la de la joven y conquistó cada recoveco de su boca. Succionó sus labios, los mordió, y cuando la oyó gemir contra él abandonó la presión de su cuello para que sus manos vagaran a placer por su espalda, fijándola a su torso, a su virilidad, inflamada.

April se dejó llevar por la experiencia de Julian, por el sendero de pasión por el que la conducía. Con sus pequeñas manos palpó su pecho plano, se aferró a las solapas de su chaleco y tiró de él, queriendo unir sus almas a través de sus cuerpos.

—Dios, April, me vas a volver completamente loco. De veras lo harás.

En su voz se mezclaba la reverencia con la incredulidad. Se sentía arder. La separó de sí, buscando recuperar el aliento y la cordura, intentando no ir más allá. Si no se detenía, terminaría tumbándola sobre la hierba fresca. Y aunque dudaba que fueran interrumpidos... sacudió la cabeza, negándose a pensarlo siquiera.

April le miró, con una sonrisa temblorosa, reconociendo en él el mismo estado arrebolado que sentía. Cuando recuperó la voz, le increpó, bromista:

—Eres tú quien ha comenzado, diciendo que querías decirme cosas que no supiera...

Aprovechó para marcar distancia entre ambos, en más de un sentido.

—También te dije que quería saberlo todo de ti, y tampoco mentía. Cuéntame qué haces cuando no estás pensando en mí.

Con una sonrisa picaresca, la instó a seguir paseando.

Medio en broma medio en serio, ella le preguntó:

—¿Estás seguro de que no prefieres más besos?

Julian le pellizcó la nariz con cariño.

—Embaucadora. No, no estoy seguro. Es más, esta noche me arrepentiré, solo en mi cama, pensando en ti y sin poder tenerte. Pero también quiero saber qué has decidido, eso que me ibas a contar cuando has callado, abruptamente. —Le guiñó el ojo—. Especialmente si esa decisión me incluye.

—¿Quién pretende embaucar a quién, ahora? —Puso los brazos en jarras.

Julian le dio un sonoro beso en la boca, más divertido que sensual, y siguió caminando.

—No te hagas de rogar y cuéntame cosas sobre ti, por favor. Dime qué te gusta hacer en tus ratos libres.

April confesó su entusiasmo por la lectura, sin darse cuenta de que hablaba con aquel hombre como nunca lo había hecho con nadie, ni siquiera con Sigrid. Todavía no se había percatado de que con él se sentía cómoda, segura, respetada, amada incluso. Tanto, que casi le cuenta su pasión por escribir.

—Te asustaré —dijo de pronto, a punto de revelar su más íntimo anhelo.

—¿Me dirás que tras leer una novela de Austen has decidido buscar fantasmas en los desvanes?

Le dio un golpe en el hombro, que tuvo poco de cariñoso. Como recompensa, recibió un quejido.

—Austen no escribe novelas góticas, debieras saber eso, al menos.

Al ver que ella sentía algo más que una ridícula ensoñación por la autora que tan en boga estaba, sino que la admiraba realmente, buscó redimirse.

—Ahora ya lo sé, y te estaré eternamente agradecido por instruirme en ello. ¿Y bien, qué has decidido después de leer a la señorita Austen?

Que la llamara señorita, que la reconociera, le gustó, así que le besó ligeramente allí donde le había golpeado.

—Lo cierto es que mi decisión es anterior a Austen, ella solo la refuerza. —Tomó aire, se detuvo y le miró—. Quiero ser escritora.

Si se hubiera espantado, no se lo habría perdonado. Si se hubiera reído, tampoco. Y si su semblante se hubiera tornado pétreo, buscando reprimir cualquier emoción, hubiera desconfiado de él. En cambio, en sus ojos encontró verdadera curiosidad.

—¿Y crees que podrás hacerlo? Escribir una novela, quiero decir.

Sonrojada, le respondió que había escrito varios relatos. Y que tenía más de la mitad de una ya escrita.

—Es una historia de amor que transcurre durante el medievo. Y en esta sí hay un espíritu maligno, por cierto. —Quiso restarle importancia, pues él parecía impresionado con su habilidad para escribir, y ella se sentía sobrevalorada.

Julian no sonrió, sino que le inquirió, serio:

—Háblame de ella.

—¿Que te hable de qué? —preguntó, confusa—, ¿de mi novela?

Se sulfuró al entenderle.

—Por favor.

Y lo dijo tan suavemente, que lo hizo. Le habló de Ranulf, de Reina, de la corte de Guillermo II y de su amor imposible. Le habló con voz soñadora de las escenas, de los paisajes, de las conspiraciones de la corte... Y la escuchó, y le preguntó aquí y allá, y después le robó algún beso alegando que debía incluir también pasión en su historia.

—En estas novelas no hay besos apasionados, Julian.

—¿Estás segura? —le preguntó mientras la acercaba a su cuerpo.

—Completamente.

Pero estaba perdiendo el hilo de la conversación. Se hallaba entre sus brazos de nuevo, y a diferencia de las otras caricias o pequeños besos que se habían estado prodigando mientras hablaban, su contacto volvía a contener cierta urgencia que estaba aprendiendo a identificar.

—Creo que deberías saber bien en qué consiste, solo por si acaso...

—Creo que estoy bien instruida, Julian, pero no creas que no agradezco tu interés, aunque sea meramente académico.

Este rio por lo bajo, y lo sintió relajarse. Alzó la mano y le acarició la ceja derecha, mimosa, esperando deseosa un beso que no tardaría en llegar.

—Cierra los ojos —le pidió Julian entonces.

Extrañada, los abrió más, sin entender.

—Solo ciérralos —repitió, en un susurro cargado de promesas.

Y cuando sus espesas pestañas se unieron en una única línea, pudo sentir el aliento cálido de Julian, que reconocería en cualquier lugar, justo antes de que sus labios la rozaran con infinito cuidado, y se mantuvieran después cerca, muy cerca de ella.

Tras un pequeño silencio, donde el estómago de April se encogió tanto como lo había hecho en los minutos anteriores, le oyó hablar de nuevo.

—Será mejor que entremos.

Abrió los ojos, y sintió pesar.

—Pero...

—Hemos pasado demasiado tiempo a solas, April. Debemos entrar. —Su voz también dejaba entrever la resignación que sentía.

—Apenas has hablado, he acaparado toda la conversación con mis tonterías.

La miró fijamente.

—No tildes de tonterías tus sueños, April. O no delante de mí, por favor.

Se quedó muda, emocionada.

—Aun así no te he permitido hablar...

—Si quieres saber más de mí, entonces no tendrás más remedio que permitir que te visite otro día, ¿no te parece?

—Embaucador —le acusó, mirándole con devoción.

Rio, mientras abría la marquesina y la dejaba entrar delante de él a la salita donde James y Johanna les esperaban, pacientes. Si les sorprendió ver a April con las mejillas enrojecidas y los ojos brillantes, u oír a Bensters reír, nada dijeron.

19

James y Richard compartían una cena ligera en uno de los reservados del White's, y departían con tranquilidad. No se habían visto desde que este regresara de Stanfort Manor. Uno estaba muy ocupado con su hermana en casa, que en apenas dos días más sería internada en un colegio de élite, y la enfermedad de su tía; el otro prefería esperar a que la hermana en cuestión desapareciera.

Esporádicamente algún miembro de edad del club se acercaba a saludar al marqués y a preguntarle por su escaño. La quinta interrupción fue la que venció la curiosidad de Sunder, que por un momento había olvidado al duque y su travesura.

—¿Cómo es posible que de pronto te hayas vuelto tan solicitado entre la eterna juventud del lugar, Wilerbrough?

—Sesiones del parlamento —masculló de forma casi inteligible.

Casi. El otro le entendió, y su ceja se alzó inquisidora, copiando a la perfección el gesto favorito del marqués. Había comenzado a imitarle únicamente por fastidiarle cuando apenas tenían catorce años, dado lo arrogante que le parecía al hacerlo; y ahora, cuando ya habían cumplido los veintisiete, le era tan inherente como al otro.

—¿Y puede saberse qué haces preocupándote por las próximas sesiones del parlamento? —Acababa de recordar la respuesta junto con el viaje de perversión de su padre, pero prefería escucharla de su boca—. No sabía que el marquesado tuviera representación en la cámara. Creí que era un título de cortesía, como el de Bensters o el mío.

Una vez más James sintió la pesadez de la responsabilidad sobre sus hombros.

—Su excelencia el duque de Stanfort está en las Indias Orientales —ironizó, obviando la relación con su progenitor.

James le miró con curiosidad. ¿De veras no sabía nada de lo que había ocurrido en Stanfort Manor? Los rumores habían llegado a la capital, de ahí que los tories se le acercaran para conocer sus inclinaciones. Y él sabía perfectamente lo que acaecía a cada momento en Westin House, a través del servicio, tan íntimo como la familia. Pero la cara de Sunder era la viva imagen de la ignorancia. Y era plausible que aquel cabeza hueca no se hubiera enterado todavía. Avergonzado, le explicó lo mismo que le contara a Julian la otra tarde.

Richard estaba disfrutando de lo lindo del bochorno de Wilerbrough, y no tenía intención de ahorrárselo y confesarle que conocía del viaje de su padre, al igual que todo Londres.

—Ahora entiendo —dijo cuando el otro terminó, manteniendo su fingimiento de ignorancia— tu invitación a cenar. Necesitabas explicarme lo importante que te has vuelto.

James no soportaba la insolencia. No cuando recaía sobre su persona, al menos. Solo a Bensters se lo permitía, y porque no podía impedir que le pusiera en su sitio con su seco sentido del humor, ni deseaba tampoco hacerlo. Le venía bien que le recordaran su propia arrogancia. Pero Sunder no era Bensters, así que se alejó de cualquier sutileza.

—No me he vuelto, sino que lo soy. Importante, quiero decir. Pero no es ese el motivo de mi invitación. Te he hecho llamar —remarcó la orden— para sugerirte que te mantengas alejado de la dama de compañía de mi tía Johanna.

Le había molestado su visita por sorpresa, tanto como había desconcertado a su tía, y no quería que se repitiera. No sabía qué tenía en mente, pero conociéndole, seguro que nada que ayudara a su causa. April era para Julian, así lo había decidido, y no quería que nadie se interpusiera. Y menos que nadie Sunder, con su adorable sonrisa y su capacidad para enamorar a cualquier dama que se propusiera.

Hubo un momento de tensión, que se diluyó al tiempo que Richard sonreía.

—¿Acaso tu tía te ha solicitado que me aparte de su casa? Permíteme dudarlo, siendo que ella me tiene un especial cariño. Tal vez alguien está interesado en dicha dama de compañía. Interesado y celoso de la atención que yo recibo. —Se burlaba de él abiertamente—. Quizá cierto noble, aspirante a duque, no puede soportar que un mero vizconde le supere en el corazón de las mujeres. Quizás ese caballero pretende ganarse a la dama alejando cualquier competencia, dado que no puede hacerlo con sus nimios méritos.

El mal humor de James crecía con la misma rapidez con la que lo hacía el regocijo de su invitado. Richard, inconstante, había renunciado poco después a la joven dada la falta de interés que esta había mostrado durante el té que tomaron, a pesar de que hizo lo imposible por seducirla. No tenía intención de visitarla de nuevo, de hecho, convencido de su derrota frente a James. O no la había tenido hasta ese momento, se corrigió. Si Wilerbrough le exigía que se alejara era porque no tenía a la dama. Si le pedía que se apartara era porque no estaba seguro de poder conseguirla. Un poquito de competitividad no le vendría mal a su arrogancia. Si bien era cierto que la señorita April no había mostrado ningún interés romántico en él, a pesar de que hubieran pasado un rato agradable en su mutua compañía, el otro no tenía por qué saberlo.

Sí, se regodeó en silencio, regresaría cuantas veces fueran necesarias hasta hacer perder la paciencia a James. Incluso se lo diría a Bensters. ¿Quién quería un alijo de brandy, cuando había una señorita de por medio? O mejor, cuando podían tener ambas cosas, el licor y a la mujer.

Continuó sin piedad, hablándole de forma directa, molestándole todavía más.

—Tal vez no puedes soportar que la joven te ignore, al tiempo que me entrega a mí sus atenciones. Vive con un miembro de tu familia, pero es a mí a quien invita en solitario a tomar el té. No teme siquiera ofender a su señora rechazando a su sobrino favorito. Seguro que por eso acudes tanto a verla últimamente, según la joven me contó, sin demasiado interés, por cierto. Cielos, tal vez incluso lady Johanna confabula contra ti, y le dice a

April que eres un libertino sin escrúpulos. O peor todavía, le explica que ahora eres un hombre aburrido que incluso acude a las sesiones del parlamento. Le dirá...

—Es por Bensters, Sunder.

Aquellas palabras detuvieron el tiempo por unos segundos. James deseó haberse mordido la lengua nada más pronunciarlas. Pero ya no había posibilidad de desdecirlas.

Julian... ¿y April? Richard no supo cómo encajarlo. ¿Julian, interesado realmente en una mujer? ¿Lo suficiente como para pedirle a un amigo que se alejara? No, aquello no había ocurrido nunca. Aunque bien pensado, la joven era del tipo de Bensters. Algo parecido a la alegría le invadió, lo que era absurdo. El conde había jurado no casarse, y si cambiaba de opinión, no lo haría con una sirvienta. Cayendo en la cuenta de que era Wilerbrough quien se lo decía, y no el propio interesado, replicó, iracundo:

—¿Te ha pedido él que me retire? ¿Acaso no puede él venir personalmente a explicarme que ella es su amante?

La falta de confianza le hirió, e hizo que el enfado creciera en él a cada palabra que pronunciaba. Se sintió menos amigo de Julian que James.

—Bensters no sabe que estoy aquí. Y April no es su amante.

Durante unos minutos degustaron sus platos en silencio, concentrados en lo que James acababa de decir. En lo que ambos habían dicho.

—¿Por qué tengo la sensación de que me estoy perdiendo algo?

Siempre había sabido que Sunder no era un cabeza de chorlito, sus conocimientos en geografía, sus notas en Cambridge así lo atestiguaban. ¿Por qué tenía que confirmárselo justo ahora?

—Porque te lo estás perdiendo, en realidad.

—Cuéntamelo. —No era una petición.

—No.

—No soy uno de tus súbditos, su gracia, soy tu amigo, y te estoy pidiendo que me lo cuentes. —Rara vez la voz del vizconde se tornaba cortante como el filo de una navaja.

—No puedo.

A pesar de la consternación que vio en cada gesto de James,

Richard soltó el cubierto y fue a levantarse, enfadado de veras. Él nunca fallaba a un amigo. Podía ser impulsivo, equivocarse a menudo, pero siempre estaba cerca cuando se le necesitaba. Que lo hicieran de lado le dolió tanto como le encolerizó. James le tomó del brazo y le miró, dividido, casi suplicante. Fue esa chispa de agonía que vislumbró la que hizo que tomara asiento de nuevo, aunque su talante no se suavizó.

—Desvelaría un secreto que no me pertenece.

—Julian es mi amigo también, James. Y también quiero lo mejor para él.

Utilizaban sus nombres de pila en contadas ocasiones, en las más íntimas. Siempre eran Wilerbrough, Bensters y Sunder. La conversación estaba al filo de su amistad, y ambos lo sabían.

—Lo sé, pero no es suyo el secreto que desvelaría.

Se hizo un duro silencio, en el que se planteó una vez más marcharse. Finalmente, entendiendo que el secreto era de ella, y que como caballero James no podía contárselo, claudicó.

—Entiendo. —Pero masticó cada letra, dejando patente su disgusto con la situación.

—Gracias, Richard. —La sinceridad y el alivio fueron un pequeño consuelo para el otro, que se sentía desplazado.

Siguieron callados durante un tiempo. Finalmente el vizconde habló, con su legendaria sonrisa picaresca.

—Volveré a visitarla.

El marqués sopesó las consecuencias, y sonrió con malicia.

—De acuerdo.

—Y tengo intención de ser encantador con ella.

La sonrisa del otro se ensanchó.

—De acuerdo.

Brindaron. Fuera lo que fuera, Bensters pagaría las consecuencias, y tenía el consentimiento de Wilerbrough, lo que significaba que todo estaba bajo control. Él podía limitarse a divertirse a costa del otro sin preocuparse de nada. Como siempre, era el marqués el que mantenía los límites de la cordura en las estupideces que los tres cometían.

Cuando salieron, James se dirigió hacia su mansión en el centro, satisfecho. Con Richard de aliado, aun involuntario, las posibilidades de éxito aumentaban.

El otro, por su parte, volvió a casa silbando. Estaba confabulando contra Bensters con Wilerbrough no sabía muy bien cómo, y contra Wilerbrough con Bensters por la muy justa causa de un magnífico alijo de brandy de contrabando, robo que pretendía volver a instigar.

La vida era sencilla y maravillosa.

A la mañana siguiente, temprano, Julian bajó de su calesa en New Bond Street y pidió a su cochero que le esperara en la puerta. Había salido en carruaje cerrado sin blasón alguno. Rara vez utilizaba aquel en concreto, pero rara vez acudía a la modista, y no al sastre. Era, en realidad, su primera vez.

Había hecho el encargo dos días antes mediante una nota, y se había acordado que aquella tarde le sería entregado el paquete en Grosvenor Street, a tiempo para la velada. Pero había soñado que este no llegaba, que se confundían las direcciones, y se había despertado sudoroso, desconfiado. Y decidido a recogerlo él mismo. Lo que había encomendado le era demasiado preciado para arriesgarse a no recibirlo.

Así que tras asearse allí estaba, frente a una modista, rezando porque a aquellas horas la tienda estuviera poco concurrida. O mejor todavía, que estuviera vacía. El día anterior había habido cenas y veladas musicales en algunas mansiones, y aquella noche era la gran fiesta: el baile de máscaras. Toda la nobleza debía estar descansando, así que las modistas tenían que estar tranquilas en aquel momento, ¿no?

La campanilla de la puerta anunció su entrada. Deseó chistar para que el badajo cesara su alegre tintineo. Tras esquivar rollos de tela, cintas y algunos enseres que no supo identificar, divisó el mostrador, y en él a una pequeña figura pelirroja, con voz casi suplicante.

—No me importa el color, no me importa la talla, de veras. Solo deseo un dominó para esta noche, y una máscara lo suficientemente grande para que nadie pueda reconocerme. Seguro que debe tener algo, mire de nuevo, si es tan amable. Quizás alguien que no pasó a recoger algún disfraz el año pasado... —rogó, esperanzada.

La dependienta negó imperceptiblemente con la cabeza antes de volver a entrar en la trastienda. Solo la calidad de las ropas y las joyas de la muchacha habían logrado que simulara buscar, una vez más, algo que sabía que no tenía. Aquella era una jovencita muy rica y no debía ofenderla, pues en el futuro podía ser una magnífica cliente. Pero no podía ofrecerle nada. Todos los disfraces que había en la tienda estaban pendientes de ser enviados o recogidos.

Julian hubo de controlarse para no soltar una grave carcajada que delatara su presencia. Se acercó con sigilo al mostrador, y cuando estuvo al lado de la señorita, solos los dos, se dirigió a ella en voz baja.

—Si os parece bien, esto será lo que haremos, lady Nicole. Vos no le diréis a vuestro hermano que me habéis visto, y a cambio yo tampoco lo haré. A cambio de eso, claro, y de vuestra palabra de que os marcharéis a casa escoltada y olvidaréis el ridículo plan de ir al baile de máscaras.

Nicole Saint-Jones se sobresaltó, antes de sonrojarse y mirar al amigo de su hermano, el conde de Bensters. Su sonrojo fue debido tanto a lo embarazoso de la situación como a su apostura. ¿Por qué los amigos de James eran tan atractivos? ¿Y por qué la sorprendían precisamente ellos cuando hacía algo inapropiado, y prometían no contárselo a su hermano?

—De acuerdo —refunfuñó.

—Quiero vuestra palabra.

Nunca dudaría de la palabra de un Saint-Jones, fuera dada por un hombre o una mujer, si esta se asemejaba a James, y así lo parecía.

—Os doy mi palabra, milord.

—¿Tenéis cómo volver a casa?

—¡Desde luego! ¿Acaso pensáis que saldría sin la seguridad apropiada? —Se cruzó de brazos, ofendida—. ¿Y puedo preguntaros que hacéis en una modista, por cierto?

—No, no podéis, y ahora marchaos.

Y la vio salir, furibunda, con sus ojos verdes echando chispas.

Cuando la dependienta volvió, si echó en falta a la joven o le extrañó ver a un caballero, nada en su gesto la delató. Entregó el encargo, tomó nota de dónde enviar la factura, y le abrió la puerta para que pudiera salir cómodamente, con su paquete en brazos.

Julian subió al coche, sonriendo todavía por la desfachatez de la jovencita, al tiempo que acariciaba el envoltorio de su regalo.

El baile estaba siendo todo un éxito, a tenor de la cantidad de gente que había acudido. Más de trescientos invitados se hacinaban en el salón de baile. Las puertas de los balcones y terrazas habían sido abiertas, y desde los jardines entraba la brisa nocturna para aliviar el ardor de los bailarines, que bajo sus máscaras y antifaces suspiraban acalorados.

Lady Johanna había acudido a la mascarada, a pesar de no estar totalmente recuperada. Aquel tipo de fiestas siempre le sorprendían, pues con la excusa de un anonimato que no era tal, ya que todos sabían quién se ocultaba bajo cada disfraz, los excesos se sucedían durante toda la noche y se olvidaban en el salón de la siguiente velada, quedando relegados a pequeñas especulaciones en las salitas vespertinas de las matronas de la ciudad.

April se sentía especialmente nostálgica, pues aquella fiesta la transportó a otra, once años antes, en la que sus padres se acercaron a besarla, estando ya acostada, antes de marchare precisamente a un baile de máscaras. Su padre iba disfrazado de Luis XVI y su madre de María Antonieta. Hacían una hermosa pareja, y aunque entonces no pudiera saberlo, cualquiera veía en ellos a un matrimonio enamorado. April les había rogado acompañarles, y su madre, cariñosa, le había acariciado la mejilla y le había prometido que cuando cumpliera los dieciocho años le prestaría ese mismo disfraz para que lo vistiera en una fiesta similar, si así lo deseaba.

Y en aquel momento deseaba más que nunca poder vestir ese disfraz de reina, o cualquier otro por burdo que fuera, y poder disfrutar, solo por una noche y oculta tras una máscara, de los derechos que su malvado tío le negaba.

Paseaba por los jardines, evitando a las parejas que buscaban ocultarse del resto, deseando que una pequeña piedra impactara en ella. Claro, se dijo irónica, que si Julian tardaba mucho en acudir, no quedaría un solo rincón de los jardines desocupado.

Porque él la buscaría, no tenía ninguna duda. No después del tórrido beso que habían compartido. No después de los sueños que ella le había confesado. Si después de aquello él no asistía, su corazón probablemente se rompería en mil pedazos.

¿Su corazón?, se preguntó. ¿Desde cuándo su corazón tenía algo que ver con sus paseos y sus besos con el conde de Bensters?

Escuchó un silbido cercano. Su pecho comenzó a martillear con desenfreno. Se amonestó al instante, irritada. ¿Acaso solo un hombre silbaría en los jardines? ¿Acaso cualquier pequeño silbido sería para ella? Y aun así, su irrefutable lógica no podía disminuir el ritmo de sus latidos, su ilusión.

Miró a su alrededor, pero no vio a nadie. Reprochándoselo, siguió paseando, con el ceño fruncido. Y no obstante, sus pasos se ralentizaron.

De nuevo, escuchó el silbido, más insistente. Y de nuevo su corazón traidor echó a correr sin permiso.

Siguió mirando a su alrededor, casi enfadada. Si era Julian, ¿dónde diantres se escondía?

—April —le oyó susurrar—. April, aquí arriba.

Alzó la vista y entonces le vio, en una de las ventanas de la primera planta.

—Sube.

Le lanzó una mirada admonitoria, como si estuviera chiflado.

—No puedo subir ahí arriba.

Julian oteó a un lado y otro de los jardines, asegurándose de que nadie pasaba por allí, antes de contestarle, en voz baja pero audible:

—Por la entrada del servicio, las primeras escaleras, segunda puerta a la derecha.

—¿No lo entiendes? No puedo encerrarme contigo en una habitación, Julian. —Intentaba hacerse oír aunque sin gritar demasiado.

Le vio poner los ojos en blanco, y le imaginó chasqueando la lengua.

—Ya pasamos por esto una vez, ¿recuerdas? April, por favor, confía en mí. —Bajó la voz, repitiendo su ruego con suavidad—. Por favor.

Recordó el vals que bailó con él, y la idea de volver a hacerlo la entusiasmó, venciendo sus reservas.

—¿Qué ocurrirá si me sorprende algún sirviente?

—Eres escritora. Has dado vida a Ranulf y Reina. ¡Improvisa! —Viendo la victoria en su sonrisa, se permitió ser exigente—. No tardes, te espero aquí.

Y sin más, desapareció de su vista.

Mirando al vacío como una boba, ordenó a sus pies dirigirse hacia la puerta de servicio. ¿Quién iba a negarle la entrada? Ella era parte de dicho servicio, se recordó. Si alguien la detenía, alegaría que iba a por algo para su señora, explicación más que plausible. Así que entró, saludó a los ayudantes de cocina, esquivó a los segundos camareros, a un par de doncellas que corrían como si las persiguiera el diablo, tomó las escaleras, y en el primer rellano giró y llamó a la segunda puerta de su derecha.

Cuando esta se abrió, se lanzó a los brazos de él y le besó, sin prestar atención al decoro, ni a lo que se esperaba de ella. Estaba en una habitación a solas con él, a fin de cuentas. Le había añorado en aquellos dos días, pero no se había dado cuenta de cuánto hasta que no había contemplado la posibilidad de no verle esa noche. Hasta que su corazón no le había dicho lo que su mente no quería saber.

Pero ahora sabía. Ahora entendía. Ahora sus sentimientos tenían nombre.

Y él no se asustó cuando le habló de su deseo de escribir. Un pequeño rayo de esperanza...

Julian la apartó de su cuerpo. Retiró sus pequeñas manos de su cuello y la separó de él con determinación.

Su desaire la hirió en lo más profundo de su ser. Sintió como el rechazo, convertido en cuchillo de afilada hoja, se le clavaba en el alma.

—¿Julian?

—Llegaremos tarde.

—¿Tarde? ¿Adónde? —preguntó, desorientada.

—¡Vístete!

April le miró, completamente desconcertada ahora, segura de que Julian le omitía algo, algo importante.

Emocionado como estaba no se dio cuenta de que no le había entregado su regalo. Se acercó a la silla, tomó un paquete y se lo tendió, colocándolo en los brazos que ella extendió en un acto reflejo.

—Ábrelo.

April seguía inmóvil, sin entender.

—Ábrelo, deprisa.

Y comenzó él a tirar de las cuerdas del envoltorio.

—¡Julian! —le amonestó, olvidado todo rechazo, emocionada al entender que le había comprado algo que le emocionaba, tanto o más que a ella.

Él le dio un sonoro beso, tomándola por las mejillas, y le urgió:

—Tienes menos de un minuto para desenvolverlo o lo haré yo mismo.

Apoyó el paquete en la silla de nuevo, tiró de los lazos, y apartó la tela que lo cubría, para encontrar un dominó blanco y negro y una máscara que cubría media cabeza.

Le miró, sin estar segura de comprender.

—Es muy ancho. Y no porque no conociera las medidas —le susurró, insinuante—, que las conozco bien. Sino para evitar que lady Johanna pueda reconocerte. Por esa misma razón la máscara cubre casi toda tu cabeza. Si de mí dependiera, sería de tu hechura exacta y un antifaz apenas cubriría tu rostro. Pero dudo mucho que lo aceptaras así, April.

—Oh, Julian. —Apenas pudo hablar, enternecida, temerosa de que las emociones la desbordaran.

No tenía más palabras. Iba a acudir a un baile. Iba a acudir a un baile de verdad.

No lo haría como lady April, pero sí de la mano de un lord. Aunque fuera disfrazada, debutaría en los salones de Londres.

—Julian.

Quiso besarlo, pero de nuevo este se apartó.

—En menos de diez minutos comenzará un vals. He tenido

que bailar con una muchacha que me ha pisado dos veces... Ah, no; no te atrevas a reírte, April, dos veces... para poder mirar su carnet de baile y saber cuándo podría bailar contigo. —La miró admonitorio—. Podríamos besarnos si hubieras pasado antes por debajo de esa ventana. Pero como no lo has hecho, ahora tendrás que elegir, jovencita. Besos o baile.

Tímida, señaló el dominó. Con un exagerado y lastimero suspiró, Julian bromeó una vez más:

—Lo sospechaba. No me quieres lo suficiente.

Si él supiera, pensó April, tentada de dejarse arrastrar por la alegría del momento y confesarle cuánto significaba para ella.

La ayudó a ponerse el disfraz por encima de su sencillo vestido de algodón.

—Cuando termine el baile, Cenicienta, vendrás conmigo a los jardines, y allí te despojaré de él y de la máscara. No, dulce April, lo lamento profundamente, pero no podrás quedártelo de recuerdo, lady Johanna sabría de tu aventura. Mañana iré a visitarte y nos reiremos de esta pequeña ocurrencia. Será nuestro secreto, ¿de acuerdo?

April seguía sin encontrar su voz.

La colocó frente a un espejo para ponerle la máscara en su sitio. Después se pondría él su antifaz. La besó debajo de la oreja con reverencia, antes de comenzar a cubrirla. Lo vio tras ella, completamente vestido de negro, con los ojos azules llenos de vida, y reconoció la misma ilusión que había en los suyos, la misma emoción, el mismo ensueño. Y se enamoró más de él. Perdidamente, irremisiblemente, y para siempre.

¿Cómo no amar a un hombre al que había rechazado y aun así cumplía su sueño más profundo, aquel que ni siquiera le había confesado? ¿Cómo no amar a un hombre que por una noche la devolvía a su lugar, al que le correspondía por nacimiento?

Una vez fijada su máscara, le pidió ponerle ella el antifaz. Julian aceptó, encantado, y se agachó apenas para estar a su altura. Lo hizo volverse y se deleitó con el tacto de su cabello, con el de sus mejillas, recién rasuradas, con su olor. Anudó el pañuelo y lo giró. Apenas podía besarle con su máscara, así que depositó en sus propios dedos un beso y los apoyó en los labios masculinos.

Julian los besó con fervor, antes de tomarle la mano y guiarla hacia la salida.

—Gracias —le susurró, la dulce voz femenina entrecortada.

—Siempre —le respondió él, tan emocionado como ella.

Aquel siempre encerraba promesas que ella no se atrevía a implorar, ni él a proferir.

Abrió la puerta con una floritura, y bajaron las escaleras hacia el salón, guiados por la música, que advertía a los bailarines que comenzaba el vals.

Su vals.

20

Las parejas estaban ya alineadas cuando llegaron a la pista. Se colocaron los últimos, acercaron sus cuerpos y esperaron a que las notas los arrastraran.

April se embebió de lo que la rodeaba, de los vestidos sinuosos de las damas, de la riqueza del salón, engalanado para la ocasión con arreglos florales... Vio, incluso, que había pequeñas palmeras emplazadas en las esquinas. Si su vida hubiera sido otra, se dijo soñadora, sus padres estarían allí aquella noche, con ella, mirándola con orgullo; tal vez fuera aquel su debut. Pero, se recordó, podría igualmente estar bailando en los salones de Prusia en lugar de en los de Londres, y con un hombre de casi ochenta años que sería su esposo, y no con su amado Julian.

Buscando olvidar sus circunstancias y disfrutar del presente, del inesperado cuento de hadas que le había regalado, se fijó en su compañero de baile, ebria de felicidad, hasta caer en un pequeño detalle que la escandalizó.

—Julian, ¡no llevas guantes!

—¿Qué importa? —Se encogió de hombros, despreocupado—. Nadie sabe quién se oculta tras el antifaz.

—Todos conocen la identidad de cada uno de los presentes, lo sabes tan bien como yo, ¡y nos están mirando! ¿Qué has hecho con ellos? Busca un pañuelo al menos, por el amor de Dios, pero no me tomes de la cintura con las manos desnudas... —Se estaba poniendo muy nerviosa.

—Olvida los guantes e intenta disfrutar, April. Este es tu

momento, no permitas que una pequeña norma de cortesía te lo arruine.

Sabía que tenía razón, pero sentía los ojos de todos los miembros del salón sobre ella. Acostumbrada a ser ignorada, comenzaba a verse superada por tanta atención.

—Nos están vigilando, de veras que lo están haciendo —dijo, desesperada.

Julian apretó la mano con la que sostenía su cintura acercándola a su cuerpo, obligándola a mirarle a los ojos. Solo cuando supo que le escucharía, le habló, en voz baja, cargada de ternura.

—No saben nada de guantes, querida. Te miran a ti, y te ven tan hermosa que se sienten intrigados, como me ocurriera a mí aquella madrugada, en Hyde Park.

—La única intriga es averiguar quién me pondrá nombre primero, cuál de las matronas será la cotilla mejor informada —le respondió con modestia.

Con aquel dominó que le estaba ancho nadie podía verla hermosa, pensó. Y no obstante Julian parecía hacerlo. Y le bastaba, con él le bastaba. No necesitaba que nadie más la encontrara bella.

Sintió que había vuelto a relajarse en sus brazos. Sonreía, e incluso pareció que iba a volver a bromear. Satisfecho, se dejó llevar también, dispuesto a escucharla.

—En realidad —dijo ella—, lo que se preguntan es por qué uno de los tres mosqueteros me ha pedido bailar precisamente a mí.

—Lo que se preguntan, April, lo que en realidad no entienden, es por qué has aceptado.

Y entonces sí, la música comenzó a sonar, y el resto del salón se desvaneció y solo quedaron ellos dos, como cuando bailaron en una habitación, ocultos, unas noches antes. No vieron a otros bailarines apartarse un poco para permitir girar mejor a la pareja que tan bien se compenetraba en la pista. No vieron las miradas envidiosas de muchas jóvenes, ni las apreciativas de algunas matronas de solera, al encontrar a un hombre y una mujer tan absortos el uno en el otro, tan conscientes de ellos mismos, y tan ausentes de lo que les rodeaba. No vieron a los caballeros inquirir entre ellos sobre la elegante dama cuya figura, a pesar de que las telas la ocultaran, se adivinaba perfecta en cada movimiento.

Y no vieron a lady Johanna sonreír con orgullo, garabatear una nota rápidamente y entregársela a un lacayo con precisas instrucciones, así como tampoco la vieron salir del salón. La señora se quedó oculta tras una esquina hasta que los acordes cesaron, el tiempo necesario para ver cómo Julian y April se detenían al tiempo que la música, y cómo el lenguaje de sus cuerpos decía aquello que tal vez sus bocas no se atrevieran a pronunciar. Desapareció antes de que la descubrieran.

La melodía cesó, y ellos a su vez. April abrió los ojos, que había mantenido cerrados los últimos minutos, para encontrarse perdida en una inmensidad azul. Durante unos segundos se quedaron quietos, con las manos unidas, incapaces de separarse el uno del otro.

—Temo que es hora de irnos, mi dulce April —le susurró Julian, detestando tener que devolverla a la realidad.

—¿Temes eso, o temes que venga otro caballero a solicitarme un baile? —replicó, con las mejillas sonrosadas de placer y una preciosa sonrisa bailando en sus labios.

La carcajada vibró a su alrededor, y olvidando cualquier protocolo, le besó la mejilla sobre la máscara, delante de todos los presentes. Le tomó la mano y la condujo con paso firme hacia las puertas que daban a los jardines, mirando al frente, sin permitir que nadie los detuviera.

Ya fuera, alejados del salón, en la seguridad que la oscuridad ofrecía, se arrancó el antifaz y retiró la máscara de ella con impaciencia, deseoso de besarla. Pero antes, se controló, debía quitarle el dominó, para borrar cualquier evidencia de lo ocurrido en la pista de baile. Nadie debía reconocerla, o relacionarla con la bailarina misteriosa.

Apartado el disfraz, y desaparecido todo rastro de su Cenicienta, la tomó por los hombros con avidez, esta vez sí, dispuesto a darse un festín con su boca.

Un lacayo apareció sigiloso a su lado, interrumpiendo sus deseos. Julian, por instinto, la colocó tras él, evitando que fuera reconocida. Frustrado, preguntó qué quería con brusquedad.

—Disculpe la intromisión, milord. Tengo instrucciones de entregar esta nota a la dama de compañía de lady Johanna. —Y dirigiéndose a ella se la tendió, junto con cinco chelines—. ¿Sois April? Hace casi una hora que os busco...

Y haciendo una sutil reverencia, evitando mirarla a los ojos, se marchó por donde había venido, sin volverse ni una sola vez.

La perversión de la alta sociedad londinense, que surge en cuanto el buen gusto se oculta tras un diminuto antifaz, pues tan sutil lienzo es suficiente para cubrirlo, es ya incapaz de sorprenderme. En mi mortal aburrimiento, he huido a casa en el carruaje de lady Ingham, a quien aquejaba una fuerte jaqueca. Espero que para el servicio el entretenimiento fuera mejor. Si es así disfrutad de la noche, y regresad en un coche de alquiler.

JOHANNA

Lady Johanna no la había visto bailar, comprendió, pues hacía más de una hora que se había marchado, según aquellas líneas. Y así, nadie la esperaba allí, ni tampoco en casa. Perdió el hilo de sus pensamientos cuando Julian la giró y arrasó su boca en un húmedo beso que los dejó jadeantes al separarse. April trató de pegarse a su cuerpo de nuevo, pero él la mantuvo a un brazo de distancia, recuperando la respiración.

Y esta vez, lejos de sentirse rechazada, supo que la alejaba porque no quería propasarse, porque le había prometido respetarla y estaba al límite de su control.

Aquel respeto manifiesto, aquel vals que era el regalo más romántico que jamás soñó, los besos tiernos y los más crudos, la tarde compartida hablándole de sus fantasías y de los protagonistas de su historia, y el amor recién descubierto, no le hicieron dudar.

—Llévame contigo.

Lo vio levantar la vista, sin querer creerla, sin atreverse a creerla.

—Lady Johanna hace más de una hora que se fue a casa. Nadie me espera. —Lo besó, atrayéndole. Julian se dejó hacer, mas no se movió—. Llévame contigo —le repitió.

—¿Estás segura? Necesito que lo estés, April, porque si te llevo a mi casa, si llegas a mi alcoba y una vez allí descubres que no es esto lo que quieres... —Su voz sonaba desesperada, transida—. Dios, no estoy seguro de que pueda devolverte entonces. No esta noche.

No le creyó. Julian lo haría, lo supiera él o no. Si le pedía que volvieran, la llevaría a su casa. Y esa seguridad le hizo amarle más.

—Llévame contigo, por favor.

No necesitó otro ruego. Tomándola de la mano, la condujo hacia la parte trasera de los jardines, el lugar por el que había llegado, escondiendo el dominó blanco y negro, y donde se hallaba su coche.

Subieron al carruaje en el mismo silencio que les había acompañado durante el camino. A ninguno de los dos parecía importarle, no obstante. Las palabras sobraban en aquel momento. La dejó pasar antes de entrar él, y, sin embargo, en vez de sentarse frente a ella, lo hizo a su lado, girándola hacia la ventana, cuya cortinilla comprobó bien echada, justo de espaldas a él.

Se puso nerviosa al no poder verle. Pero entonces sus brazos la rodearon, pegaron su espalda contra el duro torso masculino, y sus temores de evaporaron. Su capacidad para pensar fue detrás poco después.

Las manos de Julian descansaban sobre sus costillas, moviendo perezosamente sus dedos sobre ellas, cerca de sus generosos senos, pero sin llegar a tocarlos.

«Pronto», se prometió.

Pero eso no significaba que fuera a permanecer quieto. Acercó su cara a la oreja de la joven, y susurró de nuevo su nombre, exhalando su hálito caliente contra ella, haciéndola estremecer.

—Llevo noches despierto soñando con esto, soñando con todo lo que haríamos si algún día tenía tu cuerpo enredado en mis sábanas, abrazado al mío. —La sintió estremecerse—. Esta noche comenzaré a resarcirme.

Su lengua sustituyó a su aliento, y bajó por su cuello hacia el nacimiento de su cabello, y después por su columna hasta que la orilla del vestido le impidió seguir avanzando. Sus manos, mientras, volvieron, como ya hiciera una vez, a posarse sobre sus pechos, sin excesos, presionando sin moverse. Un leve gemido de frustración brotó de lo más hondo de la necesidad de April, al tiempo que vencía el peso de su senos hacía delante, hacia las manos que los rodeaban.

Y la sintió rendida, tanto como él se había rendido a ella.

El carruaje se detuvo, y también lo hizo Julian. Por un momento temió que cambiara de idea, que la ilusión del momento se hubiera desvanecido y la razón, y no el corazón, le pidieran que la llevara de vuelta a casa de lady Johanna. Se sintió aterrorizado ante la noción de perderla cuando la tenía tan cerca. No recordó haber temido nada con tanta ansiedad en toda su vida.

April se volvió hacia él, obligándolo a soltarla, y lo miró profundamente, queriendo leer su alma. Apoyó su frente contra la suya, recta y ancha, y le sonrió, recatada pero segura. Le habló despacio, con devoción.

—Llévame dentro, Julian. Llévame contigo.

Aliviado, abrió la portezuela del otro lado, y le tomó la mano ayudándola a bajar los escalones. La condujo desde la entrada de su casa, donde Camps esperaba con impavidez manteniendo la puerta abierta, directamente a sus habitaciones. Sin correr, sin precipitarse, escalón a escalón. Iba a tenerla de la misma forma, se prometió, paso a paso.

Tan centrado estaba en ella, y tan atenta la joven al escaso mobiliario, que ninguno de ellos vio la mirada de engreimiento del mayordomo mientras les veía subir las escaleras.

April absorbía cada detalle de lo que iba viendo, curiosa, impresionada. Por un momento casi olvidó lo que iba a hacer allí. Casi.

Una casa grande pero no exagerada, con un hall en techo de doble altura, una escalera imperial de mármol cubierta con una alfombra en tonos magenta, algunas esculturas de tipo romano... pero ningún cuadro, ningún tapiz antiguo, heredado de antepasados. Nada que delatara quién vivía allí. Parecía de hecho la casa de un extraño.

Lo mismo le ocurrió cuando entraron en las habitaciones de Julian. Todo era impersonal. De nuevo ningún retrato, ni miniatura. Era elegante, sí, pero ausente. Cualquier otra persona podría dormir allí. Nada delataba quién era su morador.

Escuchó cómo se cerraba la puerta, sintió la mano de Julian en su espalda, y se olvidó de todo lo que no fuera el calor de aquel contacto. En lugar de girarla, fue él quien la rodeó, poco a poco, siguiendo con sus dedos el movimiento de su cuerpo, deslizándose por la espalda, las costillas, hasta el pequeño canal entre sus senos, dejando una estela de ardor a su paso. Una vez frente a ella, la tomó de las manos y bajó la cabeza hasta la altura de la suya, pegando sus labios.

Si el contacto fue ligero en un principio, ganó en intensidad gradualmente. El movimiento experto de la boca y la lengua de Julian la subyugaron, y se dejó hacer. Cuando sintió que tomaba su labio inferior entre los dientes y succionaba con suavidad, trató de acercarse, pero él se lo impidió, al tensar los brazos y fijar su cuerpo desde sus muñecas. Gimió de necesidad, y él premió su anhelo introduciendo la lengua en la oquedad de su boca. April se tornó entonces parte activa en el beso. Arrastrada por la necesidad, abrió más los labios y ladeó la cabeza, ofreciéndose, buscando mayor profundidad.

Julian se recordaba que la joven era inocente, y que esa mezcla de inocencia y deseo que le habían cautivado podían hacerle perder el control, que debía ser cuidadoso. Que si él era suyo, aquella noche ella era suya también, y que era su compromiso que para April fuera inolvidable. Soltó sus manos y la rodeó en un tórrido abrazo, fundiéndola contra su cuerpo, convirtiéndose en uno solo a través de sus besos, de la mezcla de sus alientos.

Sus pequeñas manos tomaron vida propia y palparon el cuerpo duro de él. Su cuello primero, su espalda después, y su trasero finalmente, que presionó contra su propio anhelo. Como recompensa a su temeridad, lo escuchó gemir, y la complació meciéndose contra ella al ritmo de sus caricias, aumentando el placer y la necesidad de ambos vertiginosamente.

En un momento separó ambos cuerpos y sus bocas, pegando su frente contra la de ella, y le sonrió, cogiéndola de las manos una vez más. Necesitaba algo de espacio, o se abalanzaría sobre la joven y la tomaría allí mismo, en pie, contra la puerta. La miró a los ojos y le susurró.

—Me haces sentir... distinto. Mejor.

April apenas le entendió, mas agradeció el descanso, pues necesitaba adaptarse a lo que estaba sintiendo, al calor que la invadía cada vez con mayor exigencia. Sentía que se estaba precipitando, pero que lo hacía con él, y que por tanto no podía ser peligroso.

Julian, más relajado, se apartó de su frente y dejó un reguero de besos por su mejilla, su cuello, sus clavículas. El vestido le molestaba, así que con las manos, mientras subía con la boca a conquistar el lóbulo de su oreja, acarició su espalda hasta dar con el lazo del vestido, que deshizo con premura, aplicándose después con los botones. April no supo, quizás afortunadamente, apreciar hasta qué punto era él un experto en desvestir mujeres.

Hipnotizada por sus besos, se dejó llevar. Cuando sus ropas cayeron, inertes, alrededor de sus tobillos, dio un paso atrás, apartándolas de sí, sin vergüenza ni temor a verse exhibida.

El nuevo espacio fue aprovechado por él para mirarla a placer. Con la camisola apenas cubriéndole las rodillas, y las medias, estaba arrebatadora. Preciosa. Su dulce April. Se arrodilló frente a ella.

Por un momento se puso tensa, al verlo allí, postrado ante sus pies. Pero cuando levanto una de sus piernas y la colocó sobre los músculos de su muslo, deslizando con suavidad el zapato y la media, desterró la timidez y se deleitó con el tacto de sus manos. El otro zapato, y la media, corrieron la misma suerte.

En pie una vez más, la rodeó de nuevo, se colocó a su espalda, y fue soltando, horquilla a horquilla, su cabellera. Una, dos, tres, cuatro... todas fueron cayendo al suelo con un suave tintineo. Cuando el glorioso cabello restó libre, Julian lo acarició, se maravilló con su sedoso tacto, lo besó y olió, memorizando cada matiz, cada tono, su aroma a violetas. Después masajeó con sus yemas el cuero cabelludo, relajándola. Cuando la sintió lánguida se pegó a ella, haciéndole sentir su deseo contra la parte baja de su espalda, y le mordisqueó la nuca y el cuello. Deseosa de besarle de nuevo, se giró, le tomó las mejillas con infinita ternura y unió sus labios a los de él, tan hermosos y delineados.

Julian se permitió dejar de contenerse durante unos momentos, y la saqueó, marcándola como suya. April se sintió caer, para de repente verse alzada en sus brazos y depositada en la cama. A pesar de la pasión que estaban compartiendo, no hubo nada de brusco en sus maneras al tenderla. La tumbó, de hecho, como si fuera su más preciado tesoro.

Y lo era, en aquel preciso instante no existía nadie más que April, con su hermosa melena esparcida sobre las almohadas de seda, con su magnífico cuerpo hecho a su medida, perfecto para su deseo. Creado para su pecado y su redención, para su tortura y su salvación.

Mientras la miraba se deshizo de su chaqueta sin prisas, y continuó con el nudo de su pañuelo. Nunca se había mostrado así a una mujer, nunca se había desnudado frente a una despacio, manifestándose de esa manera. Pero del mismo modo que él la había descubierto poco a poco, y la seguía descubriendo, imaginando el tesoro que hallaría bajo la camisola, pensó que quizás ella tuviera el mismo deseo. Y en lugar de creerse ridículo, se sintió sensual.

No se equivocó. April se embelesó con su lentitud, con cada parcela de su cuerpo que iba desnudando. Cuando vio su torso desnudo, cubierto apenas de vello rubio, quedó extasiada. Y cuando los pantalones, las medias y los zapatos desaparecieron, quedando únicamente los calzones, comenzó a impacientarse.

Temeroso de asustarla con la crudeza de su desnudez, se tumbó en la cama sobre ella, sin descubrirse del todo, procurando no aplastarla con su peso. Sus rostros estaban casi pegados, y sus miradas se encontraron una vez más, a menos de un centímetro sus ojos, oscurecidos por el deseo.

—Dime que me deseas. Necesito oírtelo decir. No sabes cuánto...

El tono encendido de su voz, sumado a su propia necesidad, la hicieron responder con pasión:

—Te deseo, Julian. Ni siquiera sé decirte cuánto, pero siento que te necesito, que me estoy derritiendo...

No pudo seguir, su boca se lo impidió. Se devoraron el uno al otro. Se convirtieron en una maraña de brazos y piernas. Los tejidos molestaban, y la camisola y los calzones desaparecieron casi sin que lo pretendieran. Estaban desnudos y aun así no tenían suficiente el uno del otro. Habían perdido el control, y ya no había vuelta atrás, no lograrían recuperarlo hasta que no estuvieran completamente saciados. Y quién sabía si entonces recobrarían la cordura, o quedarían hechizados el uno por el otro para siempre.

La urgencia se volvió casi angustia de pura necesidad. Julian le mordió la cúspide de sus senos llenos, y ella le arañó la espalda.

Y de la manera más natural, más sencilla, la joven tenía las piernas enroscadas sobre su cintura, con la cadera alzada para recibirle, y él se estaba sumergiendo en ella.

El dolor fue considerable, tanto que gritó, y los detuvo a ambos. April se apartó y le miró, no sin cierto rencor.

—Lo siento, lo siento. Te he hecho daño. —Había un sufrimiento casi desesperado en su ronca voz.

Asintió. No podía hablar. La magia había desaparecido.

Le acarició la mejilla, la frente, el cabello.

—Dios, mi amor, me vuelves loco, es lo único que puedo decir, que me haces perder la conciencia. Lo lamento. Déjame repararlo, por favor. Te lo suplico. El dolor ya ha pasado, ya ha pasado. A partir de ahora solo habrá deseo. —Le pareció que cedía—. Te lo prometo.

Y April cedió. Y se dejó hacer. Porque necesitaba confiar en él. Porque le necesitaba. Porque le amaba.

Esta vez Julian fue más despacio. Honró sus senos con lentitud ahora, lamiendo, succionando, suspirando suavemente sobre ellos, perezoso. Introdujo en su centro, ávido de nuevo, un dedo, y lo movió con cuidado, haciéndola desear más, para introducir después un segundo que la acostumbrara a su invasión.

Y sustituyó después, de la manera más espontánea, los dedos por su boca.

Ella estaba rendida ante su tenacidad, y se dejaba llevar, desterrada cualquier vergüenza, ausente a todo lo que no fuera el hombre que la subyugaba.

Tras unos minutos de delicioso placer, de nuevo Julian se posicionó entre sus piernas, pero esta vez sus movimientos fueron más calmados. April no se asustó, creía en él, en su promesa de no hacerle daño. Estaba, además, transida de deseo. Tal y como le prometiera, no hubo dolor, solo deleite. Una vez estuvo tan unido a ella como dos personas podían estarlo, le apartó un mechón de la mejilla, la miró a los ojos, orgulloso de su valentía, conteniéndose.

—¿Estás bien?

En cuanto la vio asentir, casi sin dejarle tiempo a decir nada más, comenzó a moverse dentro de ella, de pura necesidad.

Las olas empujaron a April hacia el cuerpo de Julian, la arrastraron, la engulleron, la ahogaron, y la devolvieron a la superficie con un placer indescriptible, haciendo que sus jadeos se tornaran gritos, repitiendo su nombre mientras se perdía en él.

A Julian, por su parte, le abandonó la conciencia. Se olvidó de ninguna precaución, se olvidó de su propio nombre hasta que ella se lo recordó, desesperada, inundada en su propio deseo, y se dejó llevar, vaciando su simiente, y su propia alma, en el cuerpo de su amada.

La miraba desde lo alto, apoyado sobre un codo, feliz.

Ella no sonreía, en cambio, y él se preocupó ante la seriedad de su rostro. La veía debatiéndose entre hablar o callar. La dejó decidirse, respetando lo que optara por hacer; y escuchó cuando ella quiso contarle lo que fuera, temeroso de sus palabras, de aquello que la joven pudiera decirle una vez recobrada la conciencia.

—Julian, te amo.

El ambiente se volvió tenso, difícil. Él estaba inmóvil, con el rostro pétreo. Ella prosiguió, en absoluto acobardada, segura de lo que quería decir, tanto como de lo que quería callar.

—No digo que esté enamorada de ti, no digo que te vaya a amar siempre. Solo te digo que esta noche, durante estos momentos de felicidad, te he amado. Quizá mañana ya no te ame, o tal vez sí. Lo cierto es que no me importa. Solo quiero que sepas que hoy, durante unos instantes, esta mujer te ha amado.

Julian se apartó, acongojado, recostándose hacia arriba, mirando al techo, sin ver.

A pesar del temor que vio en su cara, April no se amedrentó, ni se arrepintió de sus palabras. No sabía qué depararía el mañana, pero no quería que en ese mañana hubiera arrepentimientos por no haber sido sincera. Le había entregado su cuerpo, su corazón y su alma. No decirlo en voz alta no cambiaba ese hecho, no suponía ninguna diferencia.

Se giró, imitándolo, y se apoyó sobre un codo, sonriéndole sin temor, frotándose la nariz con la suya, cariñosa, diciéndole sin voz que no esperaba respuesta alguna por su parte.

Nadie había amado jamás a Julian Crespin Cramwell. Nadie. Sintió un nudo en la garganta que le impedía hablar. Sintió tantas cosas a la vez, tanta emoción, que temió llorar. Él no sabía nada del amor, pero estaba convencido de que lo que ella había ofrecido esa noche no tenía nada que ver con el amor que Sunder proclamaba, con el que las jóvenes leían en sus novelas góticas, con el amor de los poetas.

Aquel amor que le había regalado durante unas horas era un sentimiento inmaculado, limpio, puro.

Y se sintió indigno de él, pero también privilegiado. Ella le había acariciado el alma, un alma que él mismo había supuesto, hasta la hermosa ofrenda de su amor, vacía y yerma.

April, segura de sí, y no esperando nada a cambio de su confesión, se sintió feliz. Le besó con suavidad antes de levantarse de la cama.

—¿Adónde vas? —le preguntó.

—Adónde vamos, Julian —le corrigió con una sonrisa, tranquila—. Adónde vamos. Porque doy por sentado que me llevarás a casa personalmente, y que no mandarás a algún sirviente a acompañarme. A hacer lo que te corresponde a ti.

Asintiendo, orgulloso de la serenidad de su joven amante, se levantó también. Se vistieron entre risas y caricias, y pidieron el carruaje.

Y de nuevo se perdieron la mirada de Camps, y la de John también, el ayuda de cámara, que había sido avisado por el mayordomo y observaba oculto en el vestíbulo.

21

Tres semanas después

April colocó por tercera vez el volumen de Shakespeare sobre la mesilla en la misma página en la que lo había dejado el día anterior. Solicitó permiso para pasear y salió a los jardines, ensimismada. Estaba más alterada que de costumbre, y sin razón aparente. Su señora no la había mirado ni una sola vez, ni había hecho tampoco ni una ligera insinuación sobre dónde pasaba algunas de las noches de la semana, como hiciera tras la primera vez en que desapareciera, protegida por la oscuridad. No había habido reproches en su tono cuando le sonsacara. La joven hubiera dicho, incluso, que la dama aprobaba su decisión.

Aun así se había sentido tan avergonzada que lady Johanna había dejado de indagar tras su segunda fuga.

Desde el baile de máscaras había seguido encontrándose con Julian con asiduidad, siempre en casa de este y siempre cuando era noche cerrada, en la más estricta clandestinidad. Lady Johanna nunca salía las veladas de los lunes, miércoles ni domingos, así que después de cenar la joven desaparecía en un coche negro sin distintivo alguno que la esperaba en la calle, y regresaba de nuevo antes de que la ayudante de cocina se levantara a encender los fuegos de las chimeneas de la primera planta. Las otras noches, aquellas en las que salía a alguna fiesta como acompañante, conversaba en los jardines con otras doncellas, pues ya no se arriesgaban a ser sorprendidos juntos en público.

Con seguridad todos en el número veinte de South Street sabían de su romance, su señora incluida, aunque dudaba que ni siquiera lady Johanna supiera que se trataba del conde de Bensters. Afortunadamente, nadie en la casa comentaba nada al respecto. Otras doncellas tenían también novios, y aunque el ama de llaves no gustaba de los amoríos, los toleraba si las jóvenes servían bien y siempre que no influyeran estos en los horarios de servicio.

La noche anterior se había entregado a Julian de nuevo. No, se rectificó al punto. Se había rendido a él una vez más. Era huérfana, la familia lejana de su padre la había rechazado, y la de su madre la había confinado en un internado lejos de ellos, lugar en el que nunca se había sabido aceptada. Ahora sentía que pertenecía a alguien, a algún lugar. La habitación de Julian, masculina e impropia, era su hogar, su pequeño espacio en el mundo. Y el hombre que la moraba, su refugio.

No le conocía lo suficiente para saber si también él se sentía así con ella, a pesar de lo mucho que habían hablado durante aquellas noches, acercándose más el uno al otro. No quería que sus percepciones se confundieran con sus deseos. Le amaba, y no tenía intención ocultárselo. No compartía la idea de otras mujeres de callar sus sentimientos y esperar que fuera el hombre quien diera el primer paso. No se avergonzaba de lo que sentía, y no consideraba su relación una competición en la que, quien menos controlara lo que su corazón gritaba, fuera el perdedor.

Pero se resistía a confesar dicho amor, pues tampoco deseaba verse expuesta desde el inicio, ni estaba segura de desear compartir con nadie todavía, ni siquiera con él, la causa de su felicidad.

Y aun así, si él se le declaraba, si le decía que la amaba, le confesaría quién era en realidad, se arriesgaría a hablarle de sus padres, y de su tío. Si la quería, podrían casarse, podrían formar una familia. Nada en su linaje avergonzaría a los Woodward, y si bien la sociedad hablaría al principio de su situación inicial como dama de compañía, tal vez con la ayuda adecuada lograran girar las tornas y hacer de su huida de Prusia una hermosa historia de amor.

Porque lo que estaba viviendo era, y siempre sería, pasaran el resto de su vida unidos o no, una hermosa historia de amor.

Si Julian llegaba a amarla podría tenerlo todo, amor, hijos y su pluma. Podría...

—¿Señorita April?

La voz la sobresaltó. El vizconde de Sunder estaba frente a ella, con una sonrisa de disculpa por haberla asustado.

Desconcertada, apenas atinó a hacer una reverencia. Richard aprovechó su azoramiento para tomar su mano, besarla con ternura y colocarla sobre su brazo. La instó a pasear con él.

Si en su primera visita había sido especialmente encantador, si en la segunda le había hablado abiertamente de sus intenciones de conquistarla, y en la tercera había tratado, honestamente sin demasiado empeño, y desde luego sin éxito, de besarla, era igualmente cierto que no había vuelto a hacer ningún avance desde entonces. Y la semana anterior, incluso, cuando la había tomado del brazo, como hacía en aquel momento, lo había hecho de un modo casi fraternal. No había inocencia en sus modos, pero tampoco lujuria. April estaba desconcertada, pero debía reconocer que recibía con simpatía las visitas del vizconde, que acaecían un par de tardes a la semana. No era, desde luego, comparable al ansia que la recorría cuando se acercaban las noches de los lunes, miércoles y domingos. Sin embargo, ya fuera por la cercanía de edad, por sus gustos similares en historia, literatura y geografía, o porque la trataba como la dama que era aun sin saberlo, aquel hombre le gustaba. Tanto como le gustaba James, aunque de distinto modo, pues su relación con el marqués tenía otro cariz, basado en la relación que les unía con la señora de la casa.

Y, no obstante, al igual que ocurriera con el sobrino de lady Johanna, se sentía respetada por él. La escuchaba, sabía cuando debía callar y cuando interrumpir, y era también un magnífico conversador.

A pesar de que casi le cuesta la vida, había sido la fortuna quien había puesto en su camino a aquellos caballeros una mañana en Hyde Park. Aquel lance le había presentado a tres hombres maravillosos: al marqués de Wilerbrough, al vizconde de Sunder y a Julian.

Si un caballero y una sirvienta, si un hombre y una mujer pudieran ser amigos, April lo sería para él. En las tres últimas semanas la había visitado con intención de molestar a Bensters, sí, pero lo cierto era que aquella joven le había fascinado con su forma de ser, directa y honesta, humilde pero no servil; con lo que hablaba y lo que callaba, con las conversaciones que mantenían sobre otros lugares y otros tiempos. Para ser sincero la visitaba en parte por el mero placer de disfrutar de su compañía. Incluso él le había comentado sobre su familia, del amor de sus padres, de su hermana Judith, a la que apenas conocía y que vivía ahora al otro lado del océano.

Había llegado a preguntarse, incluso, si Judith se parecería a April, si tal vez pudo haber sido un hermano más cercano. La muchacha le hacía querer ser mejor persona.

Era, en definitiva, una pésima influencia para él, pensó divertido.

Deseaba y temía el momento en que ella contara al conde de sus visitas y se viera obligado a alejarse de aquella casa, pues había dos cosas que sabía con meridiana claridad. Dos hechos por los que Bensters le exigiría que se mantuviera alejado de April.

Una era que la joven sentía algo por el afortunado de su amigo. De vez en cuando, al hablar, sacaba su nombre a colación, comentando alguna anécdota sobre su viaje por el continente, o sus estudios en la universidad, y podía ver cómo los enormes ojos grises se agrandaban y cómo su interés crecía, por más que tratara de fingir indiferencia.

Y la otra cuestión que sabía sin lugar a dudas era que entre Bensters y aquella mujer estaba floreciendo algo; algo hermoso, sospechaba. Hacía ya casi cuatro semanas que no veía a su amigo, lo que solo podía significar una cosa: que este tenía una amante, lo que era un hito, pues Julian no tenía amantes, no más allá de dos o tres noches. Y dado que según Wilerbrough solo una mujer le interesaba, y que esa misma mujer parecía cada día más enamorada, solo había que sumar dos y dos para darse cuenta de que estaban juntos.

Cómo lograban burlar la vigilancia de la señora o si esta lo sabía, y hasta qué punto era la muchacha conocedora de lo precario de su posición, no lo sabía. Como también ignoraba si era

Julian consciente de sus sentimientos, de que por primera vez se acercaba a una mujer que realmente merecía la pena. Ojalá no fuera Bensters un conde empeñado en no casarse, o fuera ella algo más que una dama de compañía.

Mientras dilucidaba sobre ello se dio cuenta de que April no había dicho nada, sino que se había mantenido a su lado, callada también, perdida probablemente en sus propios pensamientos, quizá consciente como él de lo imposible de su relación más allá del secretismo al que estaban condenados. Ante su silencio reaccionó con preocupación.

—¿Queréis contármelo?

Ella negó con la cabeza suavemente. Algo en sus gestos, que comenzaba a descifrar, le hizo insistir por primera vez.

—¿Estáis segura?

¿Lo estaba?, se preguntó April. No, y aun así no podía hablar a Richard de Julian. Si se hubiera tratado de otro caballero, sí hubiera compartido sus pensamientos, aun sin revelar ningún nombre. O si la situación hubiera sido distinta. Si hubiera tenido dudas, o problemas con él.

Algo le decía que si las cosas iban mal podía confiar en lord Richard Illingsworth, que, a pesar de su apariencia infantil e impulsiva, era un hombre íntegro.

Pero era también amigo íntimo de Julian, y no quería ponerle en un compromiso.

Además, no había nada que contar. Todo iba bien, sencillamente se sentía algo... inquieta, extraña. Consecuencia seguramente de no dormir, se dijo, de pasar tres noches a la semana prácticamente en vela.

Volvió a agitar la cabeza, con más energía esta vez.

—De acuerdo. Si no queréis hablar —sonrió, como siempre hacía—, entonces hablaremos de mí, que es sin duda mi tema preferido y, no, no intentéis negarlo, también el vuestro. ¿Os he contado aquella vez en que James y Julian quisieron robar el libro más antiguo de la biblioteca de Cambridge? Afortunadamente allí estaba yo para aportar cordura a tan insólita situación. El libro más antiguo de la universidad no era el que aquellos dos ignorantes habían escogido, sino otro. ¿No? Veréis, debíamos tener dieciocho años cuando...

Y así transcurrieron la siguiente hora, bajo la atenta mirada de Johanna, quien había vuelto a hablar con su sobrino sobre la extraña situación que se vivía en sus jardines un par de tardes a la semana.

Por más que James se empeñara en que no había de qué preocuparse, algo le decía que aquella situación degeneraría. Y, desgraciadamente, no se equivocaba.

James, por su parte, estaba demasiado ocupado para inquietarse por la ausencia de sus dos mejores amigos. No sabía que no tenían contacto entre ellos como tampoco lo tenían con él. Tampoco podía saber, entonces, que aquellas visitas que en principio iban ser una broma divertida que ya debía haber sido revelada, descubriendo así Bensters los celos y la posesividad, y que sus sentimientos estaban más comprometidos de lo que pensaba, se seguían sucediendo.

Pero la gestión de la heredad Saint-Jones consumía gran parte de la agenda de James, y no tenía tiempo para inquietarse por todo ello.

Claro que, de sospechar el marqués lo que estaba por venir, hubiera estado más atento.

En su recámara, ambos desnudos y las sábanas revueltas, Julian la miraba fijamente, con seriedad.

—No estoy seguro de querer saber dónde has aprendido a hacer eso.

Si bien no había mal humor en la profunda voz masculina, el comentario no terminaba de resultar divertido, a pesar de la sonrisa que su boca dibujaba. Pensativo, se presionaba el lóbulo de la oreja derecha mientras la miraba. April se estiró en la cama, coqueta, sabiéndose inocente de cualquier acusación velada que él le hiciera. Tres semanas antes se hubiera precipitado en explicaciones, pero tres semanas antes apenas le conocía. Ahora, en cambio, sabía que era un hombre directo, que decía aquello que cavilaba sin ambages. Si realmente pensara mal de ella, se lo diría abiertamente.

—No te lo diré, entonces.

Y dejó caer la tela que se había enredado en sus pechos, juguetona. Julian adoraba su cuerpo. Y a pesar de saberse demasiado robusta, con él se sentía hermosa. La mirada devoradora de él fue tan poco sutil como lo había sido su propio gesto al apartar la sábana de sí.

—Me arriesgaré —contestó simulando fastidio y chasqueando la lengua—. ¿Dónde aprendiste a hacer... eso?

La carcajada ronca de ella inundó el dormitorio.

—¿Eso? —No podía dejar de reír—. ¿Eso, Julian? ¿Así se llama?

Ahora sí estaba molesto. Se sentía ridículo, de hecho. Media hora antes April le había pedido con valentía, a pesar de que se la veía cohibida, que le dejara hacer. Era la primera vez que tomaba la iniciativa. Siempre había respondido a sus avances con entusiasmo, e incluso había explorado su cuerpo en los momentos más apasionados, pero esta vez quería ser ella la seductora. Al principio las manos de la joven habían sido cautelosas, pero ante su evidente complacencia había ido ganando en confianza. Las caricias habían sido sustituidas por besos, y tras trazar un reguero suave con sus labios por su torso hasta su ombligo, había seguido descendiendo hasta alcanzar su virilidad, y su boca se había concentrado en ella. Julian se había rendido con placer.

Se incorporó, rodó sobre el enorme colchón y la besó con rudeza, acallando sus carcajadas. No tenía ninguna intención de ser soez delante de April, y no se le ocurría ninguna palabra amable con la que describir lo que le había hecho unos minutos antes de que él, transido de deseo, le hiciera el amor con salvaje desenfreno. Se separó de su boca y regresó al cabezal de la cama, cogiendo la copa de champán que había abandonado, dejándola a ella a los pies. A su preciosa amante le encantaba abrir las sábanas por el otro lado, apoyar la espalda en uno de los postes y contemplarle desde allí.

—¿Y bien?

Se encogió de hombros, mermando importancia a la respuesta, a pesar de que ahora se avergonzara un poco.

—Algunas de las chicas con las que paso las veladas de los bailes, a veces, hablan.

Se atragantó. Cuando segundos después recuperó su voz, repitió, incrédulo:

—¿Hablan? ¿Qué quieres decir con que hablan? ¿Y de qué hablan esas muchachas, si puede saberse?

Sintió que la ira la invadía, y se obligó a serenarse antes de responder.

—Esas muchachas son lo más parecido a amigas que tengo, Julian. —No es que tuviera una relación cercaba con ninguna de ellas, pero se vio impelida a defenderlas, dado que eran tan criadas como ella era. Se sintió herida en su orgullo—. Y hablan, hablamos, de muchas cosas. De hombres, sí, pero también de nuestras obligaciones, nuestras vidas, nuestros sueños. ¿Qué espera la nobleza que hagamos, mientras sus excelencias se divierten? ¿Adoraros, acaso?

Julian le tendió su copa como ofrenda de paz, aun sabiendo que como siempre no bebería, dándose tiempo también para reflexionar sobre su respuesta. Ella esperó, paciente, sabiendo que él no le daría una contestación rápida para aplacarla, sino una opinión sincera.

—Bueno... —se pellizcó el lóbulo de la oreja —supongo que es lo lógico.

—Es lo lógico —corroboró, sin rebajar su beligerancia—. Existe vida más allá de Mayfair, querido.

No se sintió querido en absoluto, a pesar de que ella se lo dijera. Se sintió elitista. Y ridículo, también. Había prestado atención a los antiguos combatientes, pero tal vez se había olvidado de las mujeres de su casa, que también habían sufrido la guerra a su manera. Debería aplicarse en ello, en lugar de sentirse un gran hombre por su servicio doméstico. Pero se emplearía en otro momento, ahora prefería hablar de otra cosa que le tenía intrigado.

—¿Y puede saberse de qué habláis?

Ella rio de nuevo. Si el estoico caballero supiera que él era tema de conversación con asiduidad, perdería seguro su imperturbabilidad. Traviesa, y dispuesta a reírse a costa de él y su probidad, contestó:

—De las señoras a las que servimos, de los mozos de cuadras y de los palafreneros, de algunos caballeros —enumeraba con los dedos—, de los vestidos de las damas, de las novelas que se van publicando... y de los tres mosqueteros.

Un destello de alarma brilló en sus ojos azules.

—April, tú no les habrás hablado de... nosotros.

Una brizna de dolor le atravesó, pero se repuso al punto. El tema ya no le resultaba divertido.

—Por supuesto que no, Julian. —Aun así había amargura en sus palabras, y él la percibió—. Que no sea una dama con una reputación que mantener no significa que no tenga dignidad, o que no valore mi propia intimidad.

De nuevo se acercó a ella, besándola con ternura esta vez.

—Lo lamento.

Lamentaba haberla ofendido, lamentaba no haber pensado cómo era su vida, lamentaba tanto secretismo. Lamentaba no poder prometerle un futuro juntos.

Y ella sabía de todas esas lamentaciones.

La vena práctica de April resurgió. Nunca miraba atrás, ni suspiraba por lo que no podría ocurrir nunca. Era su técnica para ser feliz. Y él parecía en verdad arrepentido.

—No lo lamentes. Estoy algo irascible estos días. Imagino que es el cansancio.

Se dio cuenta entonces que, a diferencia de él, ella tenía obligaciones que la arrancaban temprano de los brazos de Morfeo.

—Deberías descansar más.

Cayó el silencio, ante lo ridículo de la afirmación.

Ambos fueron conscientes de cuán distintos eran sus mundos, de cuán diferentes sus vidas. De lo limitado de una relación que no debía rebasar los confines de aquel dormitorio, que era el paraíso prohibido y apenas un atisbo de este, a la vez.

Si ella fuera una dama, conjeturó Julian...

Si ella fuera una dama no podría tenerla. Debía ser una sirvienta, pues de otro modo no podría estar con ella. Pero aquellas tres noches a la semana no le bastaban. Dudaba que todas las noches de su vida fueran suficientes.

Sin atreverse a profundizar en aquella afirmación, se dejó llevar por sus deseos sin pensar en las consecuencias de sus palabras.

—Déjame mantenerte.

—No.

Apenas había terminado de decirlo cuando ella respondió.

No se sintió insultada, pero no le gustó la propuesta. Ella estaba con él porque así lo deseaba. Era una dama, una aristócrata. Tal vez nadie lo supiera, quizás hubiera caído en desgracia en todos los sentidos de la palabra, pero se respetaba a sí misma, dándose libremente sin recibir nada a cambio. Y que él la mantuviera... la sola mención del sustento, de ser amancebada, la irritaba. La hacía sentirse indigna.

Tenía planes para su propia vida, más allá de él. Quería ser una escritora respetada, una mujer respetada, de hecho. Y ser la amante del conde de Bensters no ayudaría a su causa. No, se repitió, jamás sería su mantenida.

Julian no insistió. Algo en su aseveración, en la rapidez y el disgusto de esta, le detuvieron. Otra mujer hubiera aceptado, pero no su April. La admiró por ello, aunque, pensó con abatimiento, hubiera sido más conveniente que tuviera menos principios. Podrían pasar más tiempo juntos. Aunque el hecho de que ella se entregara a él sin más lo hacía sentirse importante.

«Solo quiero que sepas que hoy, durante unos instantes, esta mujer te ha amado.»

Las palabras volvieron a su mente de nuevo. No había vuelto a hablarle de amor, y en cambio en aquel momento se sentía amado. Más de lo que se había sentido nunca.

—Lo lamento.

Lo dijo en un susurro apenas audible. Había tantas cosas que lamentaba, al parecer.

Deseosa de no estropear la noche, April volvió a la conversación anterior. Había algo que deseaba saber, aunque también temía saberlo.

—¿Has hablado tú sobre nosotros?

No había un nosotros, reflexionó hueca, pero era él quien lo había utilizado con anterioridad, no ella.

—Por supuesto que no. —El tono de ofensa era patente.

Se armó de paciencia, olvidando que él le había hecho momentos antes la misma pregunta, y que era su prerrogativa devolverla.

—Por supuesto que no lo harías. No hablo de que lo comentes en un salón, Julian...

—Desde luego.

—Hablo —continuó, como si no la hubiera interrumpido— de tus amigos.

Algo en el tono de la joven le mantuvo ojo avizor.

—Bueno, tal vez Wilerbrough lo sepa, dado que vives con su tía. —Se pellizcó la oreja, sopesándolo—. Y que te entregó una carta en mi nombre, y tú le pediste que me visitara.

April enrojeció, pero se mantuve firme, mirándole, interrogándole.

—Es posible.

—Pero nadie más. —Más que solemne, sonó preocupado.

April quería creerle. Pero también quería estar segura de ello.

—¿Sunder?

Su amante reaccionó a la defensiva, molesto, incluso.

—¿Qué sabes de Sunder?

De nuevo los celos le abofeteaban, aun después del tiempo que había pasado desde la madrugada de Hyde Park. ¿Cómo había averiguado el nombre del tercer implicado en aquella aventura matutina? Tal vez Wilerbrough... pero lo dudaba. Por la razón que fuera, James estaba de su parte en aquello, y solo a él le había revelado el paradero de la joven; que Richard entrara en escena no ayudaría a su causa. ¿Acaso estaría ella interesada en Sunder? La madrugada en que se conocieron, ella había visto de lejos al vizconde, distancia suficiente para apreciar su apostura y sus facciones, que tanto gustaban a las mujeres, a todas las mujeres. No tenía dudas de que ella no había sido una excepción y por un momento había quedado hechizada bajo el célebre influjo de su amigo. Pero también estaba seguro de que, tras posar sus ojos en él, el maldito favorito de todas las damas había sido relegado al olvido. Al menos al olvido de su April. Tal vez se había equivocado. Tal vez a pesar de lo que compartían, una pequeña parte de ella aún pensaba en Richard.

Posesivo como nunca, la miró, intentado que no se leyeran sus sentimientos en su gesto. Pero ella le conocía bien, conocía su rostro, y se sintió importante para él. Para relajar la tensión, bromeó.

—¿Que qué sé yo de Sunder? Pues que es el tercer mosquetero.

Lo absurdo de su afirmación disipó su rabia. Rio, incluso.

April se acercó a él gateando sobre la cama, y depositó con suavidad un cálido beso en la comisura de su boca. Retrocedió después, acomodándose una vez más contra el poste, y le miró con seriedad. No quería que Julian se enfadara, pero necesitaba saber en qué consistía el juego del otro.

—¿Lo sabe? —Silencio—. Julian, ¿lo sabe Richard?

—No, no lo sabe, maldita sea. Así que no entiendo a qué viene tanta insistencia por tu parte —le dijo de mala gana.

El malestar de él se trasladó a ella, que le contestó con la misma indolencia.

—Mi insistencia se debe a que si estás tan seguro de que no lo sabe —su voz sonó tan cortante como la de él momentos antes—, ¿por qué me visita dos veces por semana en casa de lady Johanna?

Nada en Julian se movió. Ni el gesto, ni la mirada, ni sus labios. Pero en un momento la atmósfera cambió. Cayó el silencio en la habitación, y se heló el ambiente. Sus ojos no revelaban nada, y aun así se adivinaba cada pensamiento suyo.

April sabía que era un hombre serio, grave. Conocía su pasado en la guerra de la independencia española, por lo que intuía que no era un hombre inocente. Pero en aquel momento le temió. No pensó que pudiera hacerle daño, pero sí atisbó la rabia de un hombre peligroso, que se esforzaba por mantenerse en los márgenes de la indiferencia, por no rebasar sus propios límites y mostrar su cara más cruenta, aquella que debió quedarse en la península Ibérica.

Su voz sonó monocorde, ajena a cualquier sentimiento. Masticó cada sílaba.

—¿Richard te ha estado visitando?

Asintió despacio, temerosa de lo que pudiera decir poco después.

Pero no dijo nada. En un ágil movimiento saltó sobre ella, la tomó por la nuca y la besó con fiereza, con los labios, la lengua y los dientes. Arrasó su figura con las manos, presionando sin delicadeza en los rincones adecuados de su cuerpo, y se zambulló en ella sin previos aviso, embistiéndola con fuerza.

No la amaba, ni siquiera la conquistaba. La estaba reclamando como propia, con la rudeza de Atila, con la sagacidad del

César, con la autoridad de Alejandro el Magno, con la implacabilidad de Wellington.

Sobrepasada por la experiencia de él, April perdió la conciencia de lo que la rodeaba, y para cuando la hubo recuperado todo había finalizado, y reposaba sobre su pecho. Un sentido de la pertenencia que nunca había tenido se había apoderado de ella, acompañado de la dulce rendición de su éxtasis.

Julian, con más experiencia en las relaciones humanas, no durmió aquella noche.

22

A la mañana siguiente Julian seguía preocupado. La víspera, durante apenas unos segundos, había perdido el control sobre sí mismo. Una furia arrolladora le había superado, y habría sido capaz de cualquier cosa. Si en aquel momento hubiera tenido a Richard frente a él, le hubiera golpeado. Y no hubiera sido una lucha entre caballeros, precisamente.

Necesitaba calmarse, y era incapaz de hacerlo. Había salido a cabalgar hasta Saint Albans, azuzando su caballo hasta la extenuación. Había acudido después al Jackson's a practicar con los puños. Tras derribar a dos *sparrings* en apenas cinco golpes, el dueño le había pedido amablemente que regresara otro día.

Se había planteado, incluso, visitar a su padre en la finca, al norte del país, asegurándose así la descarga de toda su frustración.

Debía separarse del vizconde hasta que estuviera convencido de poder comportarse como el caballero que era. No quería perder una amistad como aquella, no cuando solo contaba con otra igual. Sunder no tardaría demasiado en abandonar su obstinación por April. Hablaría con James si era necesario, aunque para ello tuviera que humillarse. Pero no se acercaría a él. Hacía casi un mes que no le veía, y ahora más que nunca se mantendría alejado.

A diferencia de lo que el otro pudiera sentir, para él ella era mucho más que un capricho. April se le había metido bajo la piel, en algún lugar muy profundo. Se había hecho un hueco en su corazón. Algo que nunca había sentido comenzaba a crecer en su alma, y creía que podría albergarlo allí, junto a ella, para siempre.

¿Sería aquello el amor? No podía saberlo, pues no lo había conocido antes.

Desde luego, si era amor, no era un amor cortés, como el que Byron y otros describían. No era un tibio aleteo de mariposas a su alrededor. Su cuerpo era un volcán por cuyas venas la lava rugía con ímpetu, calcinando cualquier indicio de sentido común.

Por ella lo dejaría todo, su pasado, su presente, su futuro, para saborear cada instante como si fuera el último.

Y podía hacerlo, reflexionó, sereno de repente. Nada se lo impedía.

Podían pasar juntos el resto de sus vidas. Podían instalarse en cualquier lugar, en Inglaterra o en el extranjero. Si ella renunciaba a sus rectos principios y consentía en ser su amante públicamente, también haría él renuncias. No la sometería a la crueldad del *beau monde*, no la llevaría de su brazo a la ópera, pero a cambio tampoco él viviría rodeado de dichos lujos. Abandonaría Londres y sus convencionalismos, y al diablo con las consecuencias. Acudir un par de veces al año a la corte del rey sería suficiente para mantener las justas apariencias, y con seguridad sus amigos le visitarían igualmente, fuera el conde de Bensters, o sencillamente Julian. Fuera la anfitriona de su mesa y su casa su esposa, o simplemente la mujer con la que deseaba compartir su vida para siempre, sin más juramentos que los que se dieran el uno al otro en la intimidad de sus aposentos privados.

—Cielos, April, esta vez te has superado.

Estaba sola, en una de las habitaciones del desván, sentada en el suelo, demasiado nerviosa para saber si estaba feliz o aterrada. O para apreciar que su mala costumbre de hablar sola había regresado, y para quedarse durante un buen rato. Mientras no lograra relajarse, nada tendría sentido para ella.

—Decir que estás metida en un aprieto es quedarte corta. —No reconocía su propia voz—. Dios mío, Dios mío.

Aquella mañana se había despertado a la hora habitual, después de regresar de madrugarda de casa de Julian, aunque se sentía más cansada que de costumbre. Hacía casi un mes que se relacionaban, y las noches en vela le estaban comenzando a pesar. Se había vestido con presteza para no llegar tarde al desayuno, pero había subido primero a la última planta en busca de un libro antiguo que la señora había mencionado por casualidad la tarde anterior. Johanna le reclamaba que descansara durante más tiempo en las mañanas, insistiendo en que, para recibir visitas, le bastaba con una camarera adecuada que supiera servir correctamente el té. Pero ella se mantenía en su perseverancia, queriendo estar presente en cada cita. Era su dama de compañía, y eso era lo que se suponía que hacían las damas de compañía.

Se disponía a salir del pequeño cuartucho con el volumen en la mano cuando un pequeño detalle se había posado en su mente, deteniéndola de repente, y haciéndole perder la compostura. Había caído sobre las baldosas, arrodillada, y se había sentado momentos después en el suelo, incapaz de mantener el peso de su cuerpo.

—Cielo santo, April. Cielo santo —repetía sin cesar.

Estaba embarazada.

Hacía más de una semana que debería haber estado indispuesta, pero no había llegado el día.

Embarazada. Embarazada. Embarazada. Embarazada.

La palabra repiqueteaba en su cabeza, obligándola a asumir la realidad de lo que significaba.

—Dios.

Siguió jurando, dejada caer en el suelo de cualquier manera, llenándose la falda de polvo.

Tenía que hablar con Julian. La idea la tranquilizó. Él se haría cargo de todo. Del niño y de ella misma. Su mano se deslizó inconsciente por su vientre, liso todavía, meciéndola con mimo sobre el lugar donde crecía una nueva vida. Sería madre, y el padre de su hijo sería el hombre al que amaba. Se sintió privilegiada.

Tendría que dar muchas explicaciones, al propio Julian, pero también a su futuro suegro y a Johanna, si es que esta última no sabía ya quién era en realidad.

Hubiera querido confesarle su amor más adelante, en un momento romántico, y haberle dado tiempo a él para reconocer también el suyo, pues sospechaba que a Julian le costaría más aceptar sus sentimientos, por alguna razón que no alcanzaba a comprender, y que él parecía no querer compartir. Pero el destino se les había adelantado, tomándolos por sorpresa. Quería hablarle de lo que le hacía sentir, decirle que estaba enamorada de él. Ahora podría hacerlo, pero tendría que contarle muchas otras cosas, además. La suya sería una declaración oportunista cuando menos, se lamentó.

Se puso en pie al tiempo que se abría la puerta. Lady Johanna entró en la estancia, casi sin aliento.

—¿April, estás bien?

La dama tenía el rostro ceniciento, y su respiración era casi un silbido por el esfuerzo de ascender hasta la tercer planta.

—Señora —la amonestó, preocupada—, no deberíais subir tantos tramos de escalera. Y menos aún sin tomaros un descanso por el camino.

—No bajabas y me extrañé. Sí, sí, ya sé que llevo semanas diciéndote que descanses, pero no lo has hecho ni un solo día, y al acercarme al rellano me pareció oírte gritar y...

Hubo de callarse, carente de resuello. La voz apenas brotaba de su garganta.

—Siéntese, por favor.

La acercó a la única silla de la estancia, que sacudió con vigor, y la colocó en ella con delicadeza. Intranquila, tomó la novela que había encontrado y la abanicó con suavidad.

Diez minutos después la señora afirmaba encontrarse ya completamente recuperada. April la miró con ojo crítico. A pesar de que había recobrado el color, por un momento le había parecido muy enferma. De hecho el rubor no había subido de nuevo a sus mejillas. Pidió llamar al médico, pero las negativas fueron profusas. Tras insistir enérgicamente, logró convencerla para que se tumbara a descansar en su alcoba durante la mañana. La acompañó hasta allí y la ayudó a ponerse el camisón.

—Prométeme que no acudirás al doctor Grenson —le pidió Johanna, a cambio de acostarse.

Asintió con calma, sin hablar.

—April, prométemelo —insistió.

—Prometido.

Tras aquellas palabras de confirmación, se quedó dormida.

Entornó la puerta con suavidad al salir de la recámara y pidió a Martha, una de las muchachas con las que compartía algún folletín y confidencias, que se quedara al lado de la señora hasta que ella regresara. Hablaría también con el ama de llaves, quien se encargaría de todo con eficiencia mientras ella hacía unas gestiones.

Había prometido no acudir al médico. Pero sí podía ir a hablar con el marqués de Wilerbrough sin faltar a su palabra. Que fuera este quien juzgara lo pertinente de mandar llamar a uno.

Julian se había acercado a ver a James para pedirle que intercediera entre April y Richard. Detestaba tener que pedírselo, pero no quería que nadie la molestara, y nada tenía que ver ello con su posesividad de la noche anterior. Se había dado cuenta de que sus celos eran infundados, además de insultantes para ella.

¿Acaso era April el tipo de mujer que se dejaría llevar por la pasión sin el amor? ¿Acaso se hubiera entregado a él de tener a otro hombre en su corazón o en su mente, aunque fuera en un lugar recóndito?

¿Cómo podía haberla insultado así?

Aquella revelación le había hecho sentirse un miserable, pero también el hombre más afortunado sobre la faz de la tierra. Y el más feliz. La mujer a la que amaba, sí, a la que amaba, pues ya no podía ni quería seguir negándolo durante más tiempo, le correspondía con el mismo fervor. Y se lo haría confesar, aunque tuviera que besarla hasta hacerle perder la reserva, la cautela con la que siempre se conducía.

Después de hablar con Wilerbrough acudiría a una cita en el Lincoln's Inn con su abogado. Pretendía encontrar una casa a menos de tres horas a caballo de Londres donde residir con April. La noche siguiente le propondría que pasaran el resto de su vida juntos.

No era cierto, se corrigió. Le pediría mucho más que eso. Le rogaría que compartiera el resto de su vida con él. Que le amara por siempre como había hecho durante una noche. Le prometería, a cambio, amor y fidelidad hasta el mismo día en que muriera. Y una vida cómoda y digna después, si ella le sobrevivía.

Sonreía ahora, contento tanto por lo que estaba por venir como por el giro de los acontecimientos. El estirado mayordomo de James le había conducido hasta el estudio de su señor como si le llevara a la puerta de los cielos. Y nada más poner un pie en tan sagrada estancia, sin tiempo siquiera para saludar, su amigo se había disculpado por su larga ausencia a pesar de no haber abandonado la ciudad, alegando exceso de trabajo. Recibir una disculpa por parte del marqués de Wilerbrough era excepcional, y no porque no se excusara cuando creyera obrar mal, sino porque rara vez consideraba haberse comportado de un modo incorrecto. Pero, se recordó, no era culpa de James, sino de aquellos que educaban a futuros duques. Les hacían creer que estaban por encima del bien y del mal. De todos los que conocía con tan altísimo título, o aspirantes a tal, James era con diferencia el menos insufrible. Era agradable, incluso, se dijo divertido. Así que decidió que aquella disculpa era un buen augurio, una señal de que le diría que sí y comenzarían una nueva etapa, juntos.

Departían sobre ella con una taza de café humeante, pues era temprano para cualquier otra bebida. James le interrogaba, más que preguntarle, sobre la joven, aunque no era para menos después de su increíble revelación. Julian le había confesado que iba a pedir a April que vivieran juntos, y le explicaba lo que eso supondría socialmente, las repercusiones que sin duda tendría sobre el apellido Cramwell. Por supuesto, su amigo se había sentido encantado con la noticia y le había dicho que les visitaría con frecuencia, indiferente a la relación que le uniera con la mujer con la que enlazara su destino, o el origen de esta. En honor a la verdad, James hubiera dicho exactamente lo mismo hubiera sabido o no del pasado de April.

Julian, por su parte, no pensaba contarle lo enamorado que se sentía. Y no por orgullo, o por vergüenza. Ni siquiera para evitar que se riera de él, como ambos habían hecho tantas veces cuando Sunder se confesaba enamorado. No. La realidad era que no deseaba compartir con nadie más sus sentimientos. Aunque fuera egoísta, sentía que si los compartía serían menos propios, menos secretos, menos íntimos. Eran de April y suyos. De nadie más.

Ni falta que hacía que le confesara sus sentimientos, pensó James. Julian estaba perdidamente enamorado de la dama, y sabía que ese amor poco tenía que ver con el que su otro amigo juraba profesar, convencido, a distintas mujeres, tres o cuatro veces al año. Cuando hablaba de arrastrar su linaje con semejante indiscreción no lo hacía movido por el rencor hacia su padre, sino por el ferviente deseo de compartir su vida con aquella mujer. Se debatía entre confesarle quién era ella en realidad o esperar. Aunque probablemente April se lo diría en cuanto él le propusiera vivir juntos. Esperaba que Julian no fuera tan estúpido como para rechazar un matrimonio basado en el amor solo porque fuera la joven óptima como condesa. Confiaba en que el odio que sentía hacia su progenitor no le cegara.

Una vez más estuvo tentado de descubrirle lo que sabía, y una vez más se contuvo. La suya era una historia privada, y debían ser ellos quienes la vivieran. Ya se reiría más tarde de él por haberle tendido tan inteligente trampa. Podría reírse incluso de Sunder, que había añadido emoción a la relación sin saberlo siquiera.

Maquiavélico, pensó que del vizconde sí podía hablar, y tensar un poco más la situación y sus nervios, para conocer la resistencia de su amigo.

—Por cierto, no sé si debería contarte esto, pero Sunder la ha estado visitando con frecuencia, según mi tía.

Julian le miró con sorna.

—Quisiera saber qué más te habrá contado lady Johanna.

Probablemente Wilerbrough sabría de su relación a través de su tía, y solo simulaba enterarse ahora. Y debía haberse reído de los dos, de Sunder y de él mismo, al saber que pretendían a la misma mujer. Maldito arrogante.

Iba a replicar con mordacidad, cuando fueron interrumpidos por el mayordomo y su pompa.

—Su gracia, disculpe que me vea en la obligación de perturbar su desahogo, pero una dama pregunta por vos, y parecía apurada.

James miró a Julian y puso los ojos en blanco, divertido por el fausto de su sirviente.

—Tendré que disculparte, puesto que ya me has interrumpido.

Aquel hombre carecía de sentido del humor, y se creyó reprendido. Fue turno de Julian de burlarse a expensas del mayordomo, con una cara igual de cómica, que este no supo cómo interpretar. Indeciso, volvió la mirada a su señor.

—¿La hago pasar entonces, milord, o le pido que venga en un momento más propicio? —dijo, incapaz de entender la ironía.

—Cielos, hágala pasar de una buena vez, señor... ¿Cómo diablos se llama tu mayordomo, Wilerbrough? —le preguntó exasperado, una vez este se hubo retirado.

—No tengo ni la menor idea —rio—. No, no me mires como si fuera lerdo. Estoy convencido de que su madre no le puso nombre de pila, porque nació ya anticuado, en desuso y estirado. Pero al menos yo le tuteo, a diferencia de lo que acabas de hacer tú.

Julian asintió en silencio, sin nada que decir frente a la verdad que encerraban las palabras de su amigo. Había hablado de usted a un sirviente al que había visto cientos de veces, y ello porque no sabía cómo dirigirse a él. Aquel dichoso hombre los tenía intimidados a los tres, James, Richard y Julian, y sin siquiera proponérselo. Había que reconocerle el mérito.

Definitivamente, y solo por darse el placer, le dormirían el día que robaran el brandy, pues Sunder y él volverían a ser amigos en cuanto el asunto de April quedara aclarado, y retomarían sus antiguos planes.

Fue precisamente April quien entró en la estancia en aquel momento, interrumpiendo sus pensamientos.

—James, disculpad que me presente sin haber sido invitada y sin previo aviso, pero me temo que es vuestra tía. Lady Johanna...

Calló al ver a Julian en la sala, fruto su silencio abrupto tanto de la sorpresa de su presencia como de la satisfacción que esta le produjo.

Durante unos segundos todo pareció desvanecerse para ambos, hasta el punto de que se sintió un intruso en su propia biblioteca. En otras circunstancias se hubiera marchado, cerrando la puerta tras de sí y asegurándoles la intimidad de la que ya disfrutaban con solo mirarse. Pero la mención de su tía le urgió a romper el momento.

—April, por favor, dime: ¿qué ocurre?

Más que sus palabras, fue el tono imperioso el que la devolvió a la realidad. En apenas un minuto le había relatado lo ocurrido, James se había disculpado por su marcha, les había invitado a que se quedaran allí el tiempo que desearan, asegurándoles que no serían molestados, y había salido de la estancia gritando órdenes, y poco después de la mansión, camino de casa de lady Johanna.

El sonido seco de la puerta al cerrarse dio paso a una intensa quietud. Julian se deleitó mirándola. Tenía las mejillas sonrosadas, con toda seguridad consecuencia del sofoco por el esfuerzo de llegar hasta casa de James lo antes posible. Sus ojos se encontraron, y ambos hablaron a la vez.

—Julian...

—April...

Sonrieron, pero él insistió. Necesitaba decirle que la amaba, que quería pasar el resto de su vida con ella.

—Disculpa que no te ceda la palabra como el caballero que debería ser, pero realmente quiero hablar contigo, y no puedo esperar a decirte lo que necesito que sepas.

Respiró profundamente, dándose un segundo antes de confesar sus sentimientos. Quiso sentir por un momento el cosquilleo de la anticipación, el instante precisamente anterior al estallido de felicidad.

Y aquel segundo que se tomó, aquel pequeño lapso de tiempo, fue suficiente para cambiar el resto de su historia, de la historia de ambos. Si hubiera hablado sin interrumpirse, ni siquiera para tomar aire, ella le hubiera escuchado, y la conversación que iba a tener lugar hubiera sido diametralmente opuesta.

Sin embargo, no fue así. El momento que Julian se tomó fue aprovechado por April para hablarle ella, para exponerle lo que acababa de descubrir. Si la joven hubiera imaginado que, buscando al sobrino de Johanna, iba a encontrarse con su amado, hubiera planeado una mejor manera de contárselo. Para desgracia de los dos, no lo había sabido, no había estado preparada, y habló abruptamente, sin pensar.

Un pequeño respiro, y una falta de planificación fruto del desconcierto, fueron la perdición de los enamorados, con la ayuda de un destino que parecía conspirar contra su amor.

—Estoy embarazada.

23

Las palabras, pronunciadas deprisa pero con claridad, tardaron en penetrar en la mente embotada de Julian. Rebotaban con violencia dentro de su cabeza, golpeando contra un cráneo que de repente parecía demasiado pequeño para albergar apenas dos vocablos.

Cayó hacia atrás sobre el sillón en el que momentos antes había estado tomando café con despreocupación, despatarrado de cualquier manera, ausente. Aquella casa, aquel mundo, su propia vida, ya no parecían ser los mismos.

No podía pensar. No podía hablar. La impotencia le estaba ahogando. Era imposible que nada de aquello fuera real. Ella no podía estar embarazada.

Dentro de la vida que había planeado para ambos, la que deberían estar celebrando ahora; dentro de sus planes, de sus sueños para un futuro juntos, no había habido nunca un hijo. Hacía tantos años que había asumido que no sería padre, que ni siquiera había barajado la posibilidad. Estuvo convencido, primero, de que no sobreviviría a la contienda en España, y decidido, después, a dejar morir con él su estirpe.

Se supo un estúpido. Siempre había sido muy cuidadoso cuando yacía con una mujer. Con April, en cambio, se había dejado llevar sin pensar en las consecuencias. Con aquella mujer todo era diferente. Incluso él era distinto. Pero no lo suficientemente distinto como para asumir la paternidad, ni las consecuencias que un hijo acarrearía en su vida, en su planificada venganza.

—¿Julian?

El susurro fue tan suave que apenas le llegó. Parecía retirado de la realidad que le envolvía. Se llevó las manos a la cabeza y se atusó el cabello, como si con la fuerza del movimiento pudiera arrancar de su mente las palabras que había escuchado. Bajó la cabeza e intentó controlar las lágrimas.

Ni siquiera sabía qué las provocaba, pero las sentía dentro de sus ojos, fiel reflejo del goteo constante de su corazón, que destilaba sangre a cada latido.

Cogió la taza de café, ya fría, y tomó el pequeño sorbo que quedaba, buscando en aquel gesto volver al presente, y a ella, que tan pacientemente le esperaba.

«Estoy embarazada.»

Entonces sí, las palabras llegaron a él.

—April —dijo con voz desgarrada—, no puedo.

Y no dijo nada más, porque no había nada más que decir.

Tal vez porque de manera natural April siempre buscaba el equilibrio, o tal vez porque no entendía el calado de las palabras de Julian, pero la serenidad la invadió. Se le acercó con sigilo, temerosa de ahuyentarle, pues parecía desvalido, capaz de salir corriendo a ninguna parte si le asustaban. Cuando llegó a él este no levantó la vista, así que alzando las faldas, que crujieron con suavidad al verse suspendidas, se sentó en el suelo y le tomó las manos amorosamente, infundiéndole ánimos. Y esperó.

Pero esperaba en vano. Tras varios minutos de silencio, preguntó:

—¿Qué no puedes, Julian?

Se encogió de hombros, descarnado. Aquella preciosa mujer que le miraba con adoración sabía tanto de él, y tan poco a la vez. En apenas un mes le había hablado de sí mismo y de sus pensamientos con la confianza que a sus amigos les había costado años ganar. Conocía cada rincón de su cuerpo y de su mente.

Y sin embargo no sabía nada de él, y del odio que corroía su alma.

Sintió que las dulces manos de April apretaban las suyas. Tal vez lo hiciera para animarle a hablar, o tal vez solo fuera el placer de tocarle, como tantas otras veces, pero aquel íntimo gesto, tan suave, le infundió aliento.

—No puedo tener un hijo.

Ella sonrió, consecuencia de lo absurdo de su afirmación.

—Me temo que sí puedes, Julian. —Le besó el dorso de la mano con devoción—. Y que vas a tenerlo, de hecho.

Separó sus manos, mayores que las de la joven, y la miró a los ojos con tristeza. Le pasó ese mismo dorso, el que besara ella momentos antes, por la mejilla, con infinita ternura, y prosiguió, temeroso de romperle el corazón:

—No puedo reconocerlo. No me es posible.

Fue su turno de apartar los ojos, avergonzada. Si él le confesaba ahora que no podía reconocerlo, no le estaba diciendo nada que no le hubiera contado ya en la carta que le enviara a través del marqués de Wilerbrough. Y ella había accedido a verle, se había entregado a él, sabiendo que no tenían un futuro juntos. No, siendo Julian un conde y ella una sirvienta.

Era April quien no había sido honesta.

¿Se molestaría cuando supiera quién era ella en realidad? Tal vez en el momento de sorpresa inicial se sintiera desconcertado, indignado incluso por la falta de confianza. Pero su enfado no podía durar, no cuando aquella declaración sería la mejor solución a su embarazo. La única solución posible, en realidad.

Se casarían. Y lo harían enseguida, dadas las circunstancias.

Quizá todavía no la amara, pero la amaría, se prometió. Iniciaría desde el momento en que se desposaran una campaña para ganarse su corazón. No habría rendición, ni derrota. Y al fin él entendería que el suyo iba a ser un matrimonio feliz, perfecto.

—¿Es por mi condición de sirvienta?

No había miedo en la pregunta. Aquella valentía sorprendió a Julian, quien la tomó por la barbilla y alzó su rostro hacia él. Con tristeza, le corrigió:

—No, dulce April, no es por tu condición de sirvienta. —Le rozó con el pulgar la mejilla—. Es por la mía de conde.

Por su condición de hijo despreciado.

Por su condición de heredero.

Aquella afirmación la desorientó. ¿Qué podía significar aquello? Tal vez, con el fin de no herirla, se atribuía él lo inadecuado de su nacimiento. Le amó más por ello.

Se puso en pie, y se acercó hasta el enorme escritorio de ébano. Acarició la superficie con admiración, tomándose su tiempo.

En el momento en que la había mirado a los ojos no había podido despegar la vista de ella. Se había fijado en la suavidad con la que acariciaba el buró de Wilerbrough, mientras parecía poner en orden sus pensamientos. Todo su ser esperaba la respuesta de April, aun sabiendo que cada palabra de ella sería una puñalada en su alma, una puñalada que merecía, a pesar de todo. En aquel instante se despreció a sí mismo por causarle dolor.

Hubiera hecho cualquier cosa por no romperle el corazón. Hubiera regresado al infierno de la península, a los días más cruentos de la contienda. Se hubiera devuelto a las palizas y los desprecios de su padre cuando era un niño y vivía en Woodward Park. Hubiera muerto por ahorrar el más leve sufrimiento a la mujer a la que amaba.

Pero no podía casarse con ella. Era lo único que no podía hacer. Podía infligirse tormentos a sí mismo, pero no dar a su progenitor aquello que tanto ansiaba. Nunca le daría la satisfacción de un vástago. El marqués no lo merecía, no se lo había ganado. Y jamás podría reconciliarse consigo mismo si era él quien se lo regalaba. Ni con Phillipe. La sola idea de traicionar el recuerdo de su hermano le hizo sentir enfermo.

Ni siquiera April, reflexionó con tristeza, su dulce y hermosa April, la mujer a la que amaba más de lo que ningún poeta pudiera describir, había podido sanar aquella parte podrida de su ser.

Ajena a los derroteros de la mente de Julian, y convencida de que era su falta de linaje lo que le impedía hacer lo que debía, lo que creía que deseaba hacer tanto como ella, se decidió a confesar. No le culpaba por no amarla lo suficiente como para obviar las normas socialmente impuestas. Era una mujer cabal, no una soñadora incurable. Y sabía que ningún noble, ni el más enamorado, ni tampoco el más irresponsable, dejaría de alimentar la ascendencia de su sangre con otra menos digna. Y Julian no era ningún irresponsable ni la amaba hasta tamaña locura. Todavía no, se corrigió esperanzada.

Con el orgullo que había sentido siempre que recordaba a

sus padres, que la hacía sentirse parte de alguien aunque hiciera tanto tiempo que ya no estaban con ella, tornó su rostro hacia Julian y le habló:

—Soy la hija de los vizcondes de Watterence.

La miró sin comprender. No sabía quiénes eran los vizcondes de Watterence, pero dado que nunca había oído hablar de ellos, y que la habían llevado siendo una niña a algún lugar en el centro de Europa, lo más probable fuera que aquellos vizcondes estuvieran muertos.

Si su mente hubiera estado mejor preparada para aquella noticia, o hubiera superado ya la confesión anterior, la de saberla embarazada, quizás hubiera entendido que debió haberlo sospechado. Que una dama de compañía no gozaba de la educación de April, que no se era institutriz de un colegio de élite con dieciocho años, que el porte que le era inherente no era el de una sirvienta, que su cutis, sus manos, toda su piel era suave y refinada, fruto de la falta de inclemencias.

Habría visto a la dama que no quiso ver antes, que la ceguera de la conveniencia le había impedido reconocer.

Pero no estaba preparado para entender nada. Lo único que supo con certeza fue que ella le había mentido. Que no era la sirvienta que le había dicho ser, la sirvienta de la que él se había enamorado.

La miró como si la viera por primera vez. La dama que le devolvía la mirada con orgullo, la que portaba en sus entrañas una criatura sangre de su sangre, sería su perfecta condesa. Y debía serlo, a tenor de las circunstancias. Si ella era noble y estaba esperando un hijo suyo, el matrimonio era inevitable. E inminente, también.

Aquella verdad le azotó con tanta fuerza que golpeó violentamente la mesilla de fina madera tallada en la que reposaba el café vacío, la cual cedió bajo el ímpetu de su puño y se astilló. La taza se rompió con un ruido sordo.

Los hilillos de sangre que corrían por sus nudillos le hicieron consciente de su vulnerabilidad, y marcaron un antes y un después en Julian.

El sonido agudo de la delicada loza al estrellarse contra el suelo, tras más de un minuto donde el tictac del antiguo reloj de pared había sido el único eco en la sala, y que acompañaba a un inmutable caballero y a una cada vez más aterrada dama, marcó asimismo un antes y un después en April.

—¿Julian?

Pudo discernir el miedo en sus palabras. No le sorprendió, en realidad. Se sentía engañado, estafado. Estaba fuera de control.

Le había mentido, le había dicho que era una sirvienta cuando no lo era. Si le hubiera sido sincera cuando se conocieron no se hubiera acercado a ella, se hubiera alejado, se hubiera marchado del país si hubiera sido necesario.

¿Por qué diablos lo había hecho? ¿Acaso había pretendido atraparle así?

Se negó a creerlo, se negó a pensar que ella fuera una mujer artera. Además, April no podía saber de su venganza, ni de su vida en Woodward Park.

Pasó más de medio minuto tratando de hallar una explicación, antes de dilucidar que solo llegaría a la verdad si le preguntaba. Pero la idea de dirigirle la palabra le indignaba tanto como le atemorizaba. Se sentía al filo de la razón. En cualquier momento estallaría y olvidaría todo lo que había querido decirle aquella mañana.

Su dulce futuro con ella había quedado relegado al olvido. La rabia de saber que su padre le había ganado invadía toda su capacidad de raciocinio.

Hubo de respirar hondo antes de alzar la vista para masticar, despacio, cada palabra; para no alzar la voz, poco dispuesto, en realidad, a escuchar antes de revelar nada sobre sus pensamientos, ya definidos e inamovibles.

April sintió el odio que su voz destilaba, así como el rencor de su mirada.

—¿Por qué estás haciéndote pasar por una sirvienta? ¿Y por qué aquí, en Inglaterra? ¿Qué pretendes?

Si bien su tono le inquietó un poco, no se ofendió. En realidad le debía una explicación.

—Soy lady April Elisabeth Martin, hija de los fallecidos vizcondes de Watterence, del norte de Yorkshire. —Le miró fijamente a los ojos, tratando de adivinar en ellos alguna reacción, pero los vio huecos, vacíos.

Por un momento una extraña nostalgia sobrevino a Julian, unida a la sensación de que algo se le estaba escapando. Lady April Elisabeth Martin... Pero su cerebro se llenó con la imagen de su padre riéndose de él, regocijándose con una nueva generación de Woodwards, y todo sentimiento que no significara odio se obliteró.

Ajena al hecho de que iba a ser prácticamente ignorada, April comenzó su relato, nerviosa al principio, más tranquila después, notando cómo se aligeraban sus hombros de la servidumbre de sus mentiras.

24

—Mis padres fallecieron cuando tenía once años, y fui enviada a Prusia con el hermano de mi madre, quien me internó en un centro para completar mi educación. —No buscaría su compasión explicándole que apenas la visitó cinco veces durante aquellos años; no la quería, tampoco—. De entre las compañeras del colegio trabé especial amistad con una de ellas, que resultó ser sobrina de lady Johanna. Cuando mi tío, el barón de Rottenberg, me... instó a contraer matrimonio con el antiguo prometido de mi madre, decidí huir y ocultarme aquí hasta cumplir los veinticinco años y poder cobrar mi herencia, que me permitirá vivir con cierta comodidad durante el resto de mis días.

—¿Cómo sabes que tu familia prusiana no la dilapidará?

A pesar de que Julian escuchaba a medias, la palabra herencia había llamado poderosamente su atención, como no lo había hecho en cambio la idea de un compromiso forzado con un hombre que bien podía ser su padre, como mínimo, a tenor de su escuetas aclaraciones.

Pero Julian sabía mucho de herencias y poco de compromisos.

—No puedo saberlo —le respondió con rencor, un rencor destinado más a su tío que a él, a pesar de que algo en la actitud de Julian comenzaba a irritarle—, pero hay alguien, alguien poderoso cuidando de ese legado. Solo puedo desear que cumpla su palabra y lo mantenga íntegro para mí.

De nuevo los celos abofetearon la poca tranquilidad que restaba en Julian, dejándolo al borde del abismo de su lucidez. Había un hombre, alguien de su confianza, guardando aquello que marcaría su futuro. ¿Quién sería aquel poderoso caballero, y por qué se preocuparía tanto por ella?

En todo caso fue su herencia, y el detalle de su guardián, lo único a lo que Julian atendió de su discurso.

Quizá porque la de April no era una historia excepcional, apenas prestó la escucha debida a lo demás. Muchos nobles eran criados por familiares que no les querían. Eton y Hertford estaban llenos de casos así. Al igual que había muchas damas a las que se las solía obligar a casarse con hombres mucho mayores, o crueles. No es que no lamentara la vida que le había tocado en suerte a April, desde luego que lo hacía, pero él no podía hacer nada por cambiar el pasado de la joven.

Y desgraciadamente no podía hacer nada por su futuro. Nada de lo que ella esperaba. No sin hacer feliz a su padre.

Y lo mataría antes que darle la noticia de que habría un nuevo Woodward.

Si hubiera estado más atento, se hubiera percatado de que callaba más de lo que contaba, de que le ocultaba cosas importantes. Pero estaba inmerso en sus propias meditaciones, ahogado en su rencor, culpándola a ella de su situación por haberle mentido. Desconcertado, desconsolado, angustiado. Frustrado como nunca se había sentido.

Y sabía muy bien a quién atribuir la frustración que le corroía.

—¿No crees que ese es un pequeño detalle que me hubiera gustado saber, antes de meterte en mi cama, *lady* April?

Estaba siendo cruel, pero había perdido el control de sí mismo, aunque no las formas, que curiosamente mantenía frías.

Insultada, bajó la vista. Sí, probablemente debió contárselo. Pero ¿acaso no había escuchado lo que le había dicho? ¿Quería que le contara también que estaba prometida de facto con un hombre cuatro veces mayor que ella, que el compromiso era un hecho y no una posibilidad? ¿Que su herencia, y por tanto su futuro, pendían de un hilo y de la bondad y eficiencia de un duque, que poco podría hacer si el asunto llegaba a los tribunales, si su tío osaba poner en riesgo su posición social? ¿Pretendía que le desnudara su alma hasta ese punto?

Si la hubiera consolado, o se hubiera al menos mostrado comprensivo con ella, le hubiera contado eso y mucho más. Le hubiera confesado que le amaba, que deseaba un futuro con él y con su hijo en brazos, que desde que sus padres murieran no había sido tan feliz como en el último mes. Que solo por él la vida tenía sentido.

Pero no lo había hecho; la ultrajaba abiertamente, en cambio. Así que se rebeló, aferrándose a lo único que podía, a sus insultos, pues de sus mentiras no podía defenderse.

—Tú no me metiste en tu cama, Julian, sino que fui yo quien acudió a ella voluntariamente, por si necesitas que te lo recuerde.

Julian deseó zarandearla. ¿Cómo osaba burlarse de él después de haberle engañado? ¿Cómo se atrevía a rebajar ahora lo que habían compartido?

En su odio no se percataba de que April no hacía nada que no hubiera hecho ya él, momentos antes.

—Por el más que justo premio de un condado ahora, y un marquesado en el futuro. —Aplaudió—. Una jugada maestra, milady. Supongo que la apuesta era alta, pero quien no arriesga no gana, ¿no es cierto?

De naturaleza tranquila, ella nunca había querido golpear a nadie, pero a punto estuvo de hacerlo. Abrió la mano y apretó los labios, pero afortunadamente no estaba cerca para hacer el ademán siquiera. Así que el momento pasó.

Por sus palabras, porque hablara de ganar un condado, entendía que iban a casarse, y esa declaración, aun en tan malos términos, la ayudó a calmarse. O más bien se forzó a calmarse, a imprimir cordura a una situación que de otro modo se desbordaría sin remedio.

—Julian, por favor, olvidemos cómo hemos llegado hasta aquí y pensemos en lo que haremos a partir de ahora. Por todo lo que te he contado no podemos publicar esponsales, pues mi tío me encontraría y... —De nuevo calló su compromiso—. Supongo que una licencia especial servirá. No deseo una gran boda. Excepto lady Johanna, no deseo a nadie más allí, en realidad. Avisa tú a quien...

Julian se acercó a ella cual pantera, midiendo cada paso.

—Das por sentado que habrá boda, April.

Le miró sin comprender.

—Tú has dicho que... —dudó, tratando de recordar las palabras exactas que él pronunciara momentos antes— que el premio era un condado.

Enrojeció al repetirlas.

—Efectivamente, querida. Pero me temo que no tendrás tu corona de laureles. —Y despacio, paladeando cada palabra con cruel placer, como si fuera a su padre a quien hablara y no a ella, declaró lo que no había dejado de decirse a sí mismo—. No habrá boda. No me casaré. Con nadie.

Se obligó a especificar que no la rechazaba solo a ella, sino a todas las mujeres. A pesar de que le hubiera mentido, a pesar de empujarle a una situación insostenible para él, a su averno personal, amaba a aquella mujer.

Recordó con ironía que le hubiera propuesto vivir juntos. Que era exactamente lo que iba a decir cuando se quedaron solos en la biblioteca si ella no se le hubiera adelantado. Pero los sueños que apenas una hora antes le parecieran magníficos, resultaban ahora deslucidos, y le dejaban en el estómago un amargo regusto a derrota.

El odio se marchó, dejando paso a la desolación. Se alejó de ella y volvió al sillón, a perderse en sí mismo, a regodearse en su angustia.

Una pequeña parte de ella, la que había recibido los peores golpes, le decía que se merecía la deshonra por no haberse cuidado de los hombres; que las mujeres indecorosas, damas o no, terminaban así antes o después. Mancilladas y solas. Pero no podía arrepentirse. No sabía cómo saldría adelante, pero sí sabía que nunca volvería a sentir la soledad. Ahora tendría un hijo del que cuidar, y se aseguraría de que aquel niño, o niña, tuviera la felicidad que a ella le había faltado, aunque carecería de los lujos a los que hubiera podido acceder por derecho. Le daría todo el cariño que sus padres le dieron a ella.

Julian alzó la vista y la determinación que vio en aquellos enormes ojos grises le dijo que la había perdido para siempre. Que aquellas cuatro semanas serían el único recuerdo dulce que contarle a Caronte* cuando la vida tocara a su fin. Iba a perderla, se dijo desesperado. De hecho, supo que ya la había perdido. Lo hizo en el mismo momento en que le dijo que no iba a casarse con ella. La joven huiría de él. Pero ¿adónde?

Una frialdad le sobrevino. April ya debía estar huyendo. ¿Qué hacía, si no, una dama de alcurnia, criada en algún otro lugar, sirviendo en Inglaterra, cuidando de una mujer tan excéntrica como lady Johanna? Se arrepintió de no haber prestado más atención a su relato, y no obstante la tranquilidad le dijo que tal vez no la perdiera, por la sencilla razón de que ella no tenía dónde ir. Le había contado algo de una pedida de mano, y de un malicioso tutor, ¿no? Y de que debía ocultarse durante años, hasta cobrar, quizá, su herencia.

Se puso en pie de nuevo, pero ella se apartó en cuanto adivinó sus intenciones de acercarse. Quieto, le contó los planes que tenía para aquella mañana. Como si ella no le hubiera dicho que estaba embarazada; como si no la hubiera insultado momentos antes; como si realmente creyera que no la había perdido.

Pero se olvidó del amor, de sus sentimientos, de la razón por la que deseaba acudir al Temple aquel día precisamente. Solo habló en tono monocorde, cansado:

—Nos iremos a vivir juntos, a no más de dos horas a caballo de la ciudad, y dejaré tu vida resuelta, y la del niño, mediante contratos. Pediré a mi abogado que busque una casa, y redacte la documentación...

—No seré tu amante —contestó, digna.

Julian se armó de paciencia, creyendo que hacía un gran gesto, sin entender que para April lo que le ofrecía era insultante, eran migajas para su dignidad como dama, pero también como mujer. En su ignorancia, él sabía que sería difícil, pero estaba convencido de que ella finalmente cedería. Solo dicha certeza le mantenía calmado esa vez.

Pero era tarde para ella. Después de todo lo dicho, April estaba fuera de sí.

---

* En la *Divina Comedia* Caronte era el barquero encargado de guiar a las sombras errantes de los difuntos recientes de un lado a otro del río Aqueronte hasta la puerta de los Infiernos.

—No es eso lo que te estoy ofreciendo. No te dejaré en el campo, convenientemente olvidada, sino que me trasladaré a vivir allí contigo. Fijaré mi residencia donde tú estés. Y criaré a tu hijo como si fuera mío.

—¡Es tuyo! —gritó, airada. ¿Cómo se atrevía a insinuarlo siquiera?

—Desde luego que lo es, April. Y como tal lo trataré.

No era tan inocente; sabía a qué se refería y a qué no se refería.

—Lo tratarás pero no lo reconocerás, quieres decir.

Suspiró y contestó en voz baja. Aquella sería la parte complicada

—Así es.

April comenzó a dar vueltas por la habitación, tratando en vano de serenarse.

—Veamos si lo he entendido bien —algo en sus formas impedía a Julian interrumpirla—, no me ofreces ser tu amante, pero me pides que viva bajo tu mismo techo sin casarnos; me dices que tratarás a nuestro hijo como tu hijo, pero no le darás tu apellido.

Julian volvió a tomar asiento, vencido por momentos. Dicho así, sonaba terrible, y no lo era. Hacía menos de una hora la idea de vivir juntos era maravillosa y, en cambio, en los labios de ella sonaba mísera, sórdida incluso. ¿Por qué le hacía sentir como un bastardo cuando era ella la que había propiciado toda la maldita situación al no decirle que era una maldita dama? La ira regresó para invadirle y se aferró a ella, sintiéndose mejor siendo el engañado que el desgraciado que abandonaba a April a su suerte.

—¡¿Es eso, Julian?!

Le estaba gritando, y probablemente todo el servicio estaría escuchando, pero no le importó. No estaba histérica, pero sí muy, muy enfadada.

—¡¿Lo es?! —insistió.

—¡Sí, maldita sea, lo es! —gritó Julian, desesperado.

Trató de acercarse a ella de nuevo. De un manotazo malogró cualquier intento de que la tocara. Respiró hondo varias veces, y cuando creyó volver a tener el control sobre sí misma, se giró hacia él y le respondió, modulando la voz para que sonara suave:

—Gracias, milord. Pero no, gracias, milord.

Y se dio la vuelta, camino de la puerta, sin saber dónde se dirigiría después, dado que probablemente lady Johanna la echaría de su casa. James sabría de su situación en algún momento, y su señora también, por ende. Tenía que hacer planes, y no perdería el poco tiempo que tuviera intentando convencer a Julian de nada. Aquel hombre nunca cambiaría de opinión. Se descubrió, más que decepcionada, profundamente triste por él.

No le suplicaría, tampoco. No por ella. Y esperaba no tener que hacerlo nunca por su hijo. Rezó por ello.

La certeza de no ser lo suficientemente amada le atenazó el corazón, y la desolación se apoderó de su alma, agobiándola. Sintió los brazos de él alrededor de sus hombros.

—No lo comprendes.

—Explícamelo entonces, por favor.

En sus alientos se filtraba la desesperación de saber que aquella sería, seguramente, su última oportunidad de estar juntos.

A pesar de su resolución, la voz le salió estrangulada por la impotencia. Necesitaba entenderle, necesitaba saber qué había de malo en ella para que la rechazara, a pesar de que todas las circunstancias estaban a su favor.

Julian la soltó como si le hubiera quemado. Dio unos pasos atrás y miró hacia el lateral de la habitación, sin fijar la vista. Sin embargo, contra la pared que miraba había colocado un enorme jarrón de similor que le devolvía su reflejo desfigurado, pero que no trocaba el desasosiego de sus ojos.

¿Qué podía explicarle? ¿Cómo narrar con palabras los horrores de su infancia? Ella nunca lo comprendería, ni le comprendería a él, tampoco. No merecía la pena intentarlo, ni el dolor de recordarlo.

Porque el dolor, como el amor a veces, era egoísta. Y donde se veía una historia habitual, como entendió Julian la vida de April, no se podía entender la propia como tal, pues si bien también April hubiera interpretado la infancia de Julian como la de muchos otros niños de la nobleza, para Julian la suya era excepcional, única. Y del mismo modo que él creía hacer el mayor esfuerzo para convivir con April renunciando a ser quien era y quien se esperaba que fuera, para ella su concesión no significaba nada.

La falta de entendimiento, fruto de las circunstancias de cada uno, y de una relación intensa pero reciente que les unía, los separaba de nuevo, en lugar de unirlos. Los silencios, los malentendidos, eran demasiada condena para tan fútil delito.

Ante la mudez de Julian, y el rictus de su boca que gritaba sin palabras que no diría nada más, se dispuso a marcharse, recogiendo la poca dignidad que le quedaba. Estaba enfadada, como no recordaba haberlo estado jamás. Pero Julian, evocados los recuerdos de su infancia y juventud, se hallaba en el mismo estado, y la situación terminó por desbordarse. Y como no podía ser de otra manera, dijeron cosas que no sentían realmente y que lamentarían durante mucho, mucho tiempo.

La atenazó con un brazo y la obligó a mirarle, alzándole la barbilla con la mano libre.

—Me temo, April, que tu orgullo no te llevará a ningún sitio.

—Me llevará lejos de ti, que es donde deseo estar.

—No ha sido así durante las noches de los lunes, miércoles y domingos del último mes, por cierto.

—Estaba confundida.

—¿Confundida?

—Sí, ¡confundida! Confundida contigo y conmigo, creyendo que yo podía ser otra persona, pero que también podías serlo tú.

Herido por sus palabras, le soltó la barbilla, dio un paso atrás y la miró con jactancia.

—Te quedarás conmigo, y no hay más que hablar. Olvídate de escenas y siéntate.

—No lo haré, y no creas que podrás obligarme.

Y aquella independencia, aquella libertad con la que la joven tomaba sus decisiones y era consecuente después, la determinación que había hecho que la admirara y la amara, le ofendieron entonces.

—No necesito hacerlo, April.

—Ni lo harás, tampoco.

La conversación había degenerado, olvidado ya cualquier

razonamiento, y rozaba lo pueril, con el fin absurdo de ganar la última palabra.

—Lo haré, y no necesitaré ningún esfuerzo, de hecho, para que vengas a mí suplicando.

Ella rio, histérica. ¿Suplicando? ¿Suplicando ella, que jamás había pedido clemencia? ¿Ella, que había soportado toda clase de humillaciones con dignidad? Antes moriría. Las carcajadas brotaban de su boca sin mesura.

Y aquella risa fue más de lo que el control de Julian pudo soportar.

—Lo harás, porque no tienes más remedio.

—Jamás —le juró en voz baja, cargada de odio, retándole con la mirada.

—Estás sola April, sola y embarazada. —Le hablaba con desprecio, tratándola como nunca la trató cuando la creyó una sirvienta—. ¿Crees acaso que Johanna te mantendrá a su lado cuando lo sepa? ¿Crees que Wilerbrough no me ayudará si se lo pido? ¿O acaso crees que Sunder, que juega a ser tu caballero andante, intercederá por ti cuando hable con él? No tienes a nadie, ningún lugar donde ir, ni medios para mantenerte, tampoco. Tomarás lo que te ofrezca y me lo agradecerás, además.

El sonido inconfundible de la carne contra la carne, en la violenta bofetada que April propinó a Julian como respuesta a sus palabras, tan ciertas como crueles, los detuvo definitivamente. A ella le escocía la mano por la fuerza del golpe: a él la nariz le sangraba profusamente.

Ambos estaban horrorizados por su propio comportamiento. April por la violencia de sus actos, Julian por la de sus palabras.

Pero tanto el uno como el otro debieron creer que era demasiado tarde para echarse atrás, para disculparse y tratar de comenzar de nuevo.

Sin más que hacer o decir, ella dio la vuelta y se marchó, deshecha, dejándolo con su níveo pañuelo marcado de rojo y su alma teñida de negro.

25

April escurría el lienzo de agua templada y lo colocaba amorosamente sobre la frente de lady Johanna, tal y como había estado haciendo todos los días, sin interrupción, durante la semana anterior. Desde que llegara de casa de James, tras su conversación y ruptura con Julian, no se había movido del número veinte de South Street.

—Descansa un rato, April, yo me quedaré.

Le miró, sonriendo con tristeza.

—¿Y qué hay de ti, James? Vienes a primera hora de la mañana a comprobar cómo ha pasado tu tía la noche, pasas las tardes aquí, y todavía encuentras después de cenar algún momento para regresar a ver si ha tomado algo de caldo.

—Sabes que aunque pase las tardes en esta habitación, lo hago revisando libros de contabilidad y respondiendo misivas. Poca atención le presto, en realidad. Eres tú quien se encarga de Johanna. Pero del mismo modo que yo necesito tomarme un descanso de tantos números, ahora tienes que tomarte tú un descanso de ella. Tienes el rostro demacrado. —Le devolvió la triste sonrisa—. Sí, es poco caballeroso por mi parte hacerte notar algo así, pero creo que hemos rebasado los límites de la cortesía, así que déjame que te diga que estás horrible, y que deberías dormir unas horas para recuperarte.

Tímida, reconoció que la angustia de la última semana, así como las horas pasadas juntos y solos, les habían unido de un modo especial.

—Pero... —protestó, reticente. No quería irse, el desenlace estaba cerca, y no se perdonaría no estar allí cuando ocurriera.

—April, aquí poco más se puede hacer ya, solo esperar. Has hecho todo lo que estaba en tu mano, más de lo que nadie hubiera hecho. Así que retírate a descansar, por favor. Mandaré avisarte si eres necesaria. Sí, te lo prometo.

Ataque al corazón. Aquellas habían sido las tres únicas palabras pronunciadas por el doctor Grenson. Y poco más se podía añadir. Si lady Johanna había advertido que su salud estaba mermando, había preferido callarlo. El médico no había sabido nada. Ni April. Ni el propio James.

Ya en su habitación, se recostó a descansar. Estaba exhausta, y aun así el sueño parecía burlarse de ella. Con la mano se acarició el vientre y se calmó.

Julian se lo perdía, se dijo. Él se perdía lo maravilloso que era saber que se estaba gestando una nueva vida, una vida creada con amor, y esperada con impaciencia.

No había podido hacer planes todavía. No cuando la vida de quien la había tratado como nadie en los últimos ocho años pendía de un hilo. Pero no podía evitar sentirse feliz. Tenía miedo, y sabía que las cosas iban a volverse muy complicadas, pero iba a ser madre. Nunca volvería a estar sola. Ni consentiría que su hijo conociera el significado de la soledad. Se tendrían únicamente el uno al otro, pero sería suficiente, se juró, rozándose con mimo el abdomen.

En breve ya no sería plano, sino que se volvería curvilíneo, y todos sabrían de su estado. Pero el resto hablaría de su desgracia, no de su alegría.

Debía hablar con James y confesarle su situación. No se hacía ilusiones de que intercediera por ella frente a Julian. Pero si iba a permanecer en casa de una mujer enferma, tenía que ser honesta y confesar su estado. Dudaba que el marqués de Wilerbrough la echara, pero merecía saber la verdad de sus labios, suponiendo que su amigo el conde no se la hubiera contado ya.

Julian.

Le añoraba con la misma intensidad con la que le odiaba. Irracionalmente. Hasta el desprecio, hasta la desolación. Hasta que su corazón se encogía de melancolía.

Nunca le había prometido nada, y nada podía reprocharle, pues era ella quien le había mentido. Pero eso no le impedía aborrecerle. ¿Qué clase de hombre era?

Antes de perderse en pensamientos que solo le harían daño, se levantó, se puso un chal y regresó a la habitación de su señora a hablar con James.

Este la recibió con una mirada de desaprobación llena de ternura, no obstante.

—Deberías descansar, April. Te he prometido que si...

Ella le puso el dedo en los labios, en señal de silencio, para no molestar a la enferma. Un gesto íntimo, entre dos personas que se habían vuelto íntimas durante la última semana. Le pidió con la cabeza que salieran, y él la siguió sin dudar. Otra doncella se quedó al cuidado de la paciente.

En la salita, April era incapaz de sentarse, lo que obligaba a James a mantenerse en pie. Ambos estaban incómodos, pero no podían hacer nada por aligerar la tensión, no sin que el nombre de Julian entrara en la conversación. Y ambos lo tenían vedado, cada uno por sus propias lealtades.

—Hay algo que debes saber sobre mí, y cuyo conocimiento tal vez signifique que me pidas que haga las maletas y me marche de la casa de tu tía en este preciso instante.

James lo dudaba, fuera lo que fuera. Le cogió las manos y la obligó a tomar asiento, imitándola al fin, pero no la forzó a hablar, sino que dejó que se tomara su tiempo para poner en orden sus ideas.

April se frotó las sienes. No había tenido ni un solo minuto para hilar dos pensamientos seguidos en los últimos días, lo que en parte agradecía. Pero la realidad imperaba en aquel instante, y había que afrontarla.

—Debería habértelo dicho hace una semana, pero con tu tía enferma no he encontrado el momento propicio. —Tomó aire, se giró y le miró a los ojos con toda la valentía que logró reunir—. El caso, James, es que...

—Sea lo que sea —prefirió interrumpirla—, ¿te hace menos válida para cuidar de ella? Por favor, April, piénsalo bien y sé honesta en tu respuesta. Porque en los pocos ratos de lucidez que tiene, mi tía siempre pregunta por ti, y no quiero decirle que te has marchado, que he tenido que pedirte que te marches.

¿La hacía menos apta un embarazo? Lo cierto era que no. Era la misma mujer, tan honrada o deshonrada como ocho días antes. Y desgraciadamente su señora no viviría el tiempo necesario para saber de su estado. Pero aquel era su punto de vista, que no tenía por qué ser compartido por el sobrino de su tía.

Suspiró, y se concentró en la pregunta, en la mirada de James, en sus ojos azul oscuro, directos, y en su rostro anguloso. Vio cómo mantenía la respiración. Y ese detalle la decidió.

—No. No he dejado de ser la misma mujer que era la semana anterior.

—Entonces no quiero saberlo, April. No, salvo que tú desees, o necesites, contármelo.

¿Era honrado lo que hacía? ¿Lo era? Sí, decidió. No es que callar fuera honrado. Era James Saint-Jones quien era honrado.

Se levantó, apoyó la mano en el hombro de él para que no se levantara como era preceptivo, y regresó a su habitación, con el ánimo mucho más liviano, a pesar de la gravedad de las circunstancias.

¿Qué demonios estaba ocurriendo? No había visto a Bensters desde que Johanna enfermara, pero no necesitaba verle para saber que no estaba bien. Su ausencia deliberada era motivo suficiente de preocupación. Ni una carta de ánimos, sabiendo que su tía favorita estaba a punto de fallecer, lo decía todo.

Y April estaba aterrada. Y acababa de descubrir que sus miedos no solo tenían que ver con la salud de Johanna, sino que había algo más detrás, algo que había estado a punto de confesarle, y que seguro tenía que ver con su romance. ¿Seguirían juntos? ¿Sería lógico que en aquella semana no se hubieran visto ni una sola vez, a pesar de la coyuntura?

¿Sabría algo Richard?

Él estaba demasiado ocupado con las propiedades familiares, la salud de su tía, confirmando que Nick estaba bien en el internado al que había sido enviada, la política, y otros menesteres inherentes a la casa Saint-Jones, para poder ser un buen amigo. La responsabilidad cayó sobre sus hombros, añadiéndole de repente diez años.

Hablaría con Sunder, a ver qué podía hacer él.

Julian no abandonaba su estudio más que para acostarse, y no siempre. Comía allí, y algunas noches se quedaba dormido en él. Habían pasado ocho días desde que le dijera que estaba embarazada, y todavía no había regresado a por él.

¿A qué esperaba la dichosa cabezota? ¿O acaso creía que debía ser él quien se arrastrara hasta ella? No era él quien había mentido.

Sabía que lady Johanna Hendlake estaba muy enferma, pero estaba convencido de que Wilerbrough no la tenía confinada en la casa. Bien podía enviarle una nota, al menos, diciéndole que cuando el fatal desenlace ocurriera podrían irse a vivir juntos.

¿Se habría perdido esa carta? Quizás ella se la había entregado al marqués y, como este tenía tantas ocupaciones desde que se hiciera cargo de sus fincas, se le había olvidado entregársela. Debía ser eso, porque no quería creer que fuera tan obtusa para no entender que no había otra posibilidad. Debía visitar a su amigo, y no solo para que le entregara la carta... pero no era buena compañía.

Además, se justificó, debía estar allí para cuando claudicara. Porque April claudicaría, ¿no era cierto?

Como en cada ocasión que pensó que tal vez hallara el modo de vivir sin él, de salir adelante sin su ayuda, el estómago se le contrajo, y se le heló el corazón.

No había hablado en serio cuando dijo que presionaría a James para que la colocara en una situación insostenible. Muchas de las cosas que había dicho habían sobrado. Se había ganado aquella bofetada con creces.

Ella sabía que no había hablado con franqueza, debía saberlo. Le conocía, sabía que no era un bastardo.

Ojalá hubiera sabido que April formaba parte del *Debrett's Peerage*,* solo así se hubiera mantenido alejado de ella. No es

---

* Libro que contenía la guía genealógica de toda la nobleza británica.

que la culpara por no contárselo. Y para ser honesto le hubiera costado muchísimo no acercarse a aquella dama, pues desde el primer momento lo había cautivado como ninguna otra. Pero no hubiera tocado a una mujer a la que no podía tener.

Era muchas cosas, pero no un depravado.

¿Y si volvía y le explicaba su plan original? ¿Y si se disculpaba por sus malas palabras y le explicaba que antes de saber que iban a ser padres ya pretendía desaparecer de Londres y pasar el resto de su vida con ella? ¿Aceptaría?

Padres.

La palabra lo llenó de tristeza. Julian no podía ser padre. Quería tener hijos con ella y solo con ella, pero no asumir su paternidad. ¿Tenía todo aquello algún sentido para alguien que no fuera él mismo?

La idea de criar a un hijo con la mujer a la que amaba le llenaba de orgullo. La imaginaba con un bebé en sus brazos, fruto del amor de ambos, porque no dudaba de sus sentimientos, y la ternura le invadía.

Pero ¿cómo explicar a ese mismo hijo que podía tenerlo todo excepto su apellido? ¿Cómo exponer, no a su hijo, sino al hijo de April, su dulce April, al estigma de la bastardía?

No, ella nunca aceptaría lo que él le daba. Y, honestamente, dama o criada, merecía mucho más de lo que él tenía para ofrecerle.

—Te amo, April —pronunció en voz alta. Y se dio cuenta, demasiado tarde, de que nunca se lo había dicho.

Rezó, como no lo hiciera por su vida en la guerra, porque ella le diera una oportunidad de confesarle ese amor.

—A ver si lo he comprendido. Tú, futuro duque de Stanfort, no tienes ni idea de qué está ocurriendo entre Bensters y su amante, y me pides a mí, un humilde vizconde al que consideras un cabeza hueca, que lo averigüe.

—¿Te diviertes, Sunder?

—Muchísimo..., aunque quizá me divertiría más si hubieras intentado negar lo de cabeza hueca. Un poco de humildad ayuda en estos casos, ¿sabes? —continuó su monólogo, inspirado—. No, desde luego que no lo sabes. Y no me esquives. ¿Es eso?

—Sí, es eso.

—Lamento haberme levantado algo sordo esta mañana. Será la inmodestia, que me tapona los oídos. ¿Decías que sí, que es eso?

—Sí, maldita sea, es eso —refunfuñó, evidentemente molesto.

—Ya. —Simulaba meditar su decisión—. Y se supone que voy a hacerlo por ayudar a Bensters, a pesar de que la dama me interesa especialmente, porque...

—Ambos sabemos que la dama no te interesa en absoluto.

—Lo cierto es que últimamente he visto en ella...

—¡No más que en otras, Sunder!

Diez frases parecía ser el límite de la paciencia de Wilerbrough, se dijo Richard divertido. ¿Sería capaz de llegar a quince la siguiente vez, antes de hacerle gritar de nuevo? ¿Sería capaz James de perder su inamovible compostura e intentar arrancarle la cabeza de cuajo? Por si acaso, recapacitó, por si iba a intentar llegar a quince cruces verbales, sería mejor alejarse unos metros.

—De acuerdo. Entonces me acerco a ver a Bensters, quien a estas alturas debe saber que he estado visitando a su amante porque cierto marqués no habrá sabido mantener la boca cerrada —James se sonrojaba, aquel era su día de suerte— y le pregunto qué ha ocurrido, y luego...

—¡¡Richard!!

El grito fue atronador. Nadie levantaba la voz en White's, ni siquiera el marqués de Wilerbrough. Una cosa era perdonarles alguna risotada, pero un grito estaba fuera de toda cuestión. No hizo falta que el administrador del club se acercara a pedirles silencio. Al menos una decena de miembros chistaron, incómodos tanto por el grito como por verse en la obligación de tener que llamar la atención en algo tan básico como la corrección mínimamente debida.

Por otro lado, ya tenía su otra respuesta. No, el límite de James eran diez frases cruzadas con insolencia, y eso en un buen día.

—De acuerdo. Mañana. Aquí. A la misma hora.

Sonaba teatral, pero le estaba tomando el gusto a confabular contra sus propios amigos.

—¿Acudirás a hablar con él?

Negó con la cabeza, al tiempo que se levantaba.

—Hablaré con April, si no te importa. —Valoró, antes de preguntar—: ¿Cómo está lady Johanna?

Fue turno de James de negar con la cabeza. Prefirió cambiar de tema, inseguro de que la voz le sonara firme si hablaba de ella.

—Parece que has desarrollado un gran apego a la dama de compañía de mi tía.

—A la dama, sí.

No hacía falta la apreciación, pero la agradeció igualmente.

—Yo también.

—Pero hago esto por Julian, no por ella.

A James se le atragantó la respuesta. Demasiadas emociones en muy poco tiempo.

Sin más, Sunder se marchó. Minutos después, habiendo recuperado el control de sí mismo, aprovechó que estaba rodeado de miembros del parlamento para cambiar de sala y buscar a algunos compañeros de la cámara, por más que le apeteciera regresar a casa y descansar. Tenían un par de temas sobre la asignación de Prinny que discutir.

A la mañana siguiente, Richard paseaba del brazo de April por el jardín, tras insistir James en que saliera a dar un paseo. La había encontrado muy demacrada, y sospechó, como ya hiciera su amigo, que no solo el estado de salud de Johanna influía en su malestar.

—Cuéntamelo, April, por favor —le suplicó, en un susurro, tras unos minutos de silencio.

La joven respondió de forma automática, como si hubiera ensayado la réplica cientos de veces en apenas una semana, a pesar de que nadie le hubiera preguntado ni una sola vez.

—Estoy preocupada por mi señora. Me temo que en apenas unos días todo acabará.

Recibió un cariñoso apretón de manos, y la misma frase, con mayor firmeza que la vez anterior, pero sin restarle ternura.

—Cuéntamelo, April, por favor.

Nunca sabría si fue el cariño de su tono, la comprensión que encerraba, un secreto demasiado tiempo soportado en soledad, la enfermedad de Johanna, la ausencia de Julian, o todo a la vez, pero rompió a llorar, y del mismo modo que de sus ojos surgió un torrente de lágrimas, de su boca brotaron las palabras, libres. Sentados en un pequeño banco del jardín, se confesó.

Pasó al menos una hora desde que ella terminara de hablar hasta que él la entrara en brazos a la casa. Una hora en la que estuvo abrazándola, susurrándole promesas con cariño que ella ni siquiera debió escuchar, una hora hasta que ella se quedó dormida. Una hora en la que una idea descabellada cruzó la mente de Richard, y quedó perfilada hasta dejar de ser una locura para convertirse en el plan perfecto.

Bensters iba a casarse, y él se encargaría de todo.

Cuando James los vio entrar, indicó que le siguiera. La depositaron en su dormitorio con delicadeza, y la dejaron sola. Tan exhausta estaba, que no fue consciente de nada de lo que ocurría.

Ante la pregunta muda de su amigo, solo dijo:

—Después, en el White's.

Por enésima vez, Julian llegó a la puerta de su estudio, y por enésima vez volvió a cerrarla. ¿Serviría de algo una declaración de amor?

Si no arrancaba la puerta y se plantaba frente a April, se le declaraba y la besaba hasta hacerle perder el sentido, era por la conveniencia de dicha declaración. La joven creería que la utilizaba, que intentaba manipularla hablándole de amor.

Entendía entonces que antes de pedirle que viviera con ella debió confesar que la amaba. La noche que le propuso que fueran amantes, aunque no lo hubiera reconocido para sí mismo, ya sabía que quería pasar el resto de su vida con ella.

¿Habría sido distinto si cuando ella hubiera anunciado su embarazo se hubiera sabido amada? ¿Habría entendido mejor la negativa de él? ¿Habría aceptado sus impedimentos de otro modo?

Tal vez no, pero no sentiría el pesar que le ahogaba, al saber que quizá no tendría la oportunidad de confesarle cuán profundos eran sus sentimientos por ella.

Y había una segunda duda que martilleaba su cabeza con más fuerza que la primera, a pesar de ser menos profunda.

Cuando le pidió hablar primero, cuando le dijo que le permitiera saltarse las normas de cortesía y ser él quien comenzara la conversación... Si no se hubiera detenido un segundo a tomar aire, a saborear lo que iba a decirle, ¿habría aceptado ella?

Quizá si le hubiera prometido renunciar a quien era por amor, April también habría renunciado a quien era en realidad por amor a él.

Ojalá pudiera entenderle.

Ojalá él mismo pudiera entenderse.

—Me dices que esté esta noche en mi casa, con Bensters y con mi mejor brandy preparado, antes de las nueve. Que tú llegarás poco después. Y que confíe a ciegas en ti, que no puedes explicarme nada, pero que te siga la corriente, digas lo que digas y hagas lo que hagas.

—Correcto —le confirmó Richard a James, ufano.

—Tú estás loco, Sunder.

El aludido no se ofendió.

—¿No confías en mí?

—¿Te sorprende?

Richard hizo un repaso mental de sus planes sorpresa en los últimos cinco años y se echó a reír. No, no le sorprendía en absoluto.

—No, incluso yo en tu lugar dudaría, siendo honesto. Pero esto resultará.

—Cuéntamelo. —En su exigencia había un deje de consternación.

—Si te lo cuento no funcionará. Bensters notará que lo sabes. Es muy intuitivo en estas cosas, el condenado.

James se planteó si de nuevo el vizconde le estaba haciendo la puñeta al negarle la información solo por placer. Pero parecía hablar en serio. Y parecía tener un plan brillante. Dado que Richard únicamente era peligroso cuando estaba enfadado, pues solo entonces, cuando alguien le hería, se comportaba de modo desmesurado e infantil, incapaz de medir las consecuencias de sus actos; y dado que él no tenía ningún plan, ni mejor ni peor, accedió.

Aun así, se quiso asegurar.

—Sunder, tu maravilloso método, sea cual sea, tendrá como resultado que Bensters pida matrimonio a April, ¿no es cierto?

Le miró como el gato que se ha comido al canario.

—Efectivamente.

—Haces que parezca fácil.

—No lo será. No te he dicho que él lo vaya a aceptar de buen grado. Ni siquiera al momento. Tal vez le cueste un poco reaccionar. De hecho —sonrió ladino—, con lo cabezota que puede llegar a ser, es probable que le cueste unos días doblegarse. Por eso no le he prometido nada a April. Ni siquiera le he contado que va a casarse con él. Creo que es justo que sea el novio quien anuncie a la novia que van a contraer matrimonio. O más bien que se lo suplique.

—Oh, sí —se relamió James—, cierto amigo va a suplicar.

Ambos rieron, confiados en que las súplicas tendrían el resultado deseado. No deseaban que Julian se humillara. Deseaban que Julian se humillara unos segundos para ser el hombre feliz que merecía ser durante el resto de su vida.

¿En qué estaba pensando para apartar de su lado a la mujer que amaba, estando esta embarazada y siendo perfecta para él y su linaje? ¿Tanto valía la venganza contra un padre?

—Pero funcionará, Wilerbrough. Funcionará.

Y este se dejó convencer. Aunque ninguno de los dos sabía hasta qué punto el plan iba a ser acertado, ni arriesgado tampoco. Ni que los colocaría a todos ellos en una situación insostenible. Ni que para cuando Julian reaccionara, necesitaría arrastrarse más de lo esperado.

Pero ambos estaban en lo cierto. Era el principio de un gran plan.

—Hasta esta noche, entonces.

26

Bebían en silencio. El reloj del estudio acababa de dar dos campanadas, marcando las nueve y media, y cualquier tema de conversación viable hacía al menos diez minutos que se había agotado.

Había preguntado educadamente sobre lady Johanna, pero poco se podía decir, menos aún sin mencionar a April, pues ni el uno quería pronunciarse sobre ella, ni el otro debía saber nada al respecto de su embarazo y ruptura.

Le había preguntado asimismo por las nuevas propuestas de ley que se debatían en el Parlamento, y tras dos frases, su anfitrión había vuelto a callar, componiendo una expresión malhumorada, y le había servido otra copa de brandy.

—¿Ha comenzado ya la trashumancia en Stanfort Manor? —improvisó Julian. Hablar de propiedades era siempre un tema seguro, y todavía no lo habían abordado.

—En apenas dos semanas subirán el ganado hacia los páramos de Yorkshire, y de ahí hacia la frontera con las Tierras Bajas.

Al parecer Wilerbrough no se lo ponía fácil. ¿Para qué narices le habría invitado, si no deseaba mantener una charla civilizada? La única razón por la que no se levantaba y se marchaba de allí era la vana esperanza de que le hablara de April.

—¿Y tu hermana, Nicole?

—Adaptándose. Pero no dudo que regresará preparada para Almack's.

De nuevo el diálogo se agotó.

Le vino a la mente Sunder, tal vez por la mención que hiciera de lady Nicole en su debut, y le embargó cierta melancolía. Desde que iniciara su romance con April no le había visto.

De hecho, en circunstancias normales, ahora mismo estarían los tres juntos, planeando la noche, divirtiéndose. Y en cambio todo el ambiente estaba enrarecido. Y si debía ser honesto, en gran parte era culpa suya. Se había enamorado de una mujer a la que ahora no podía tener, y había creado cierto cisma con sus amigos. Con Wilerbrough no parecía poder hablar de ella, a pesar de que eran íntimos y conocía James de aquella relación. Y a Sunder ni siquiera le había contado nada sobre April. Es más, le había mentido, e incluso traicionado en cierto modo, por ella.

Y todo para, finalmente, perderla.

Si perdía también a aquellos dos amigos, a las únicas personas a las que consideraba su familia, sería un muerto en vida.

Maldito fuera su destino.

Se oyó alboroto fuera. La voz sulfurada del mayordomo, y bendito fuera, la de Richard.

—Milord, tengo que insistir en...

—Y yo le insisto —imitaba el tono estirado del criado— en que estoy harto de que me anuncie cada vez que vengo. ¡Pero si paso más tiempo aquí que en Westin Manor, y es la finca de mi padre! Y allí créame que el señor Growne no me ha presentado desde que dejé de llevar pantalones cortos. No, no insista y hágase a un lado. Por favor, no me obligue a explicarle con un ejemplo práctico lo que es un *uppercut*.*

Quizás el mayordomo no supiera nada de cuadriláteros, pero comprendió el tono, pues lord Richard Illingsworth apareció sin escolta en la sala del marqués de Wilerbrough; sin boato alguno, de hecho.

Ambos le recibieron con una sonrisa, como era habitual. Aquel hombre sería un perfecto diplomático, siempre que nadie le hiciera enfadar. Con él, Napoleón no hubiera atacado Europa. Hubiera preferido el francés tomarse unos vinos con el vizconde de Sunder a hacer el esfuerzo de mover tropas.

* Golpe de boxeo.

—*Ecce homo*,* su gracia.

—Magníficas noticias, caballeros —dijo al tiempo que se quitaba la chaqueta y pedía a James que le sirviera un brandy—. Las mejores. Sublimes.

—Seguro que alguien ha vuelto a enamorarse, Bensters.

Richard rio, mientras se desanudaba la corbata y desabotonaba el chaleco, quedando vestido de un modo tan informal como sus compañeros.

—*Ecce homo*, Wilerbrough —repitió Julian, feliz de que los tres volvieran a reunirse, y de buen humor, al parecer. Solo con la aparición de Sunder todo se volvía alegre, tal era la capacidad de hacer felices a los suyos de aquel tarambana.

—Brindemos —pidió, tomando su vaso de inmediato.

Los otros dos se miraron, pero le siguieron el juego. Richard parecía encantado con lo que fuera. Y en cuanto se llevaron el licor a la boca, espetó lo que llevaba deseando gritar desde que entrara.

—¡Me caso!

Todo el brandy que James tenía en la boca salió disparado hacia fuera de nuevo. Julian, impertérrito, miró a Sunder, tratando de calibrar la verdad de sus palabras.

—Gracias por hacernos una demostración de la figura de la fuente, Wilerbrough.

Fue Richard quien habló, al tiempo que sacaba un pañuelo y se secaba la manga.

—*Ecce homo*, su gracia.

A pesar de que no lo dijo en el mismo tono que momentos antes, nadie apreció lo irónico del comentario, para su lamento.

Richard se sentó, sereno, como si hubiera anunciado que se esperaban lluvias torrenciales para la noche, y volvió a servir para todos.

—Salud.

Y de un golpe seco se bebió el suyo.

¿A qué apostaba Sunder?, se preguntó James. Pero había prometido seguirle el juego. Y al menos Bensters parecía interesado.

---

* «He aquí el hombre.»

Más que interesado, Julian estaba intrigado. No es que dudara de su amigo, pero no terminaba de convencerle. Tal vez aquel cabeza de chorlito realmente pensara que iba a casarse, pero dudaba que el compromiso, con quien fuera, estuviera cerrado. Un poco de cordura, el cruce con otra mujer, y el inconstante del vizconde cambiaría de idea. Por eso mantenía él la compostura, en lugar de acribillarlo a preguntas.

—Celebro que no preguntéis por la feliz dama, pues no confesaré su nombre hasta que no hayan caído, al menos, tres de esas estupendas botellas.

—¿Tres, dices? —La voz de James sonó una octava más aguda de lo que sería permisible en cualquier varón que se preciara.

—¿Qué te parece, Bensters? A Wilerbrough el compromiso de su mejor amigo no le parece razón suficiente para donar tres de sus preciadas reservas de brandy.

—Dejaré de lado toda discusión sobre quién es el mejor amigo de quién, hasta que uno de ambos arranque de tu cabeza la absurda idea de que piensas ponerte tu solito los grilletes del matrimonio. Solo entonces valorarás la verdadera amistad, Sunder.

Iba a ser una noche divertida, de las de antes, se dijo Julian, justo lo que necesitaba para olvidar a cierta dama. Así que se encogió de hombros y pinchó a Wilerbrough con el licor. Se sintió bien apoyando a Sunder en el desfalco de la bodega después de haberle hecho de lado durante semanas. Como en los viejos tiempos, recordó, tan poco viejos, tan recientes en realidad, y tan lejanos en su memoria. Le recordaría que después de la expoliación de la despensa llegaría el atraco.

—En fin, James, si yo fuera a confesar tamaño delito, bien necesitaría de tus reservas para tomar fuerzas.

James no estaba seguro de que fuera buena idea. Sabía más que Julian de las intenciones de Richard para aquella noche, y aquello le olía mal. Muy mal.

—Que confiese primero el nombre de la dama.

Incluso a él le sonó desesperada su voz. Intentó sacar de allí a Sunder con disimulo, mirándole y mirando hacia la puerta, y mirando después a Julian. Pero este hizo caso omiso. Bensters, que sí entendía lo que Richard definitivamente se esforzaba en ignorar, rio a carcajadas entonces.

—Creo que la vieja alcahueta Wilerbrough quiere saberlo antes que yo, Sunder.

—Tendrá que pagar en brandy, entonces. A ti, en cambio, te lo diré gratis. Es más, como tarde mucho en pedir las botellas, te pediré a ti que seas el padrino.

—¿Estás intentando decir que no ibas a hacerlo de todos modos? —Miró al otro, engreído—. Parece que Eton pierde puntos, su gracia.

El marqués no terminaba de decidirse. Algo le decía que nada iba a salir como esperaban.

Pero por primera vez en casi un mes estaban juntos, y se estaban divirtiendo. Así que se dejó llevar por la imprudencia. ¡Qué demonios!

—¡Tres botellas de brandy, ahora! —gritó, sabiendo que su mayordomo estaría detrás de la puerta, esperando cualquier orden.

—¡Mejor, que sean seis!

Se oyó vociferar a Julian.

Y durante más de dos horas, en la biblioteca solo hubo risas, bromas, viejos recuerdos y más risas.

Habían caído casi tres botellas, lo que era una cantidad considerable. Pero en honor de aquellos tres caballeros, había que decir que también una cantidad importante de comida que el servicio trajo en acompañamiento. Habían gozado con memorables historias sobre Cambridge, sobre Italia, y sobre cualquier otro asunto en el que se hubieran mezclado mujeres y escándalos.

Celebraban juntos. La pregunta era qué celebraban. Ninguno de ellos creía en el inminente matrimonio del vizconde, eso seguro.

Julian celebraba que tras una semana infernal volvía a sentirse bien, arropado entre los que consideraba sus hermanos.

James celebrara la tranquilidad entre Sunder y Bensters a pesar de que hubieran creído cortejar a la misma dama, aunque uno no lo hubiera hecho seriamente. Y también la distensión de aquellos momentos, después de una semana estresante.

Y Richard celebraba el futuro matrimonio de Julian.

—Bien, creo que si esperamos a bebernos las botellas que quedan, este cabeza hueca será incapaz de confesar quién es la dama en cuestión. Probablemente ni siquiera pueda pronunciar correctamente su propio nombre.

Fue Julian quien lo dijo, con voz pastosa. James aplaudió, aturdido. Confiaba en que la idea de Richard no hubiera sido intentar que el otro viera los puntos fuertes del matrimonio. Porque no había puntos fuertes en semejante institución, incluso él lo sabía. Y Julian tenía mejores razones que nadie para evitar casarse.

—Confiesa de una vez, Sunder.

Este no se hizo de rogar. Se puso en pie, sonrió feliz y habló:

—La feliz afortunada es April.

El rostro de Richard se mantuvo impertérrito. El de los otros dos, en cambio, demudó.

El ambiente se tensó al máximo. El vaso que el conde portaba en la mano estalló al estrujarlo en exceso, pero ninguno de los tres pareció darse cuenta. Julian y Richard se miraban, desafiantes. James intervino, casi suplicó:

—Supongo que no te refieres a April, la dama de compañía de mi tía. No, no es ella, ¿verdad que no lo es, Sunder?

—Por supuesto que no.

Pero la respuesta no tranquilizó a ninguno de los tres. Algo en su tono lo desmentía. James se preocupó de veras. ¿Qué pretendía aquel loco, que Bensters lo matara? Aquellos dos seguían sin quitarse los ojos de encima. Richard le miraba jocoso. La sonrisa de Julian era casi asesina.

—Me alegra saberlo —siguió James, a la desesperada.

—Pues no debería alegrarte en exceso. Es lady April Elisabeth Martin, hija de los difuntos vizcondes de Watterence, con quien voy a desposarme.

Más silencio. Richard se sentó con tranquilidad y apartando la vista de los demás se sirvió otro vaso, sabedor de que dos pares de ojos le perforaban la cabeza.

—Estoy decepcionado. ¿De veras que nadie va a felicitarme?

Y bebió.

Julian tomó otro vaso finamente tallado del mueble bar, midiendo cada paso, asegurándose de que nada delatara la furia que rugía en su interior. Cuando regresó a la mesilla auxiliar, se sirvió una copa con los mismos movimientos pausados. James trató de impedírselo, alegando que todos habían bebido más que suficiente ya, pero este le apartó de un manotazo.

Por primera vez el marqués de Wilerbrough estaba preocupado de veras. Había perdido el control de la situación en su propia casa. Temía que de él dependía el final de aquella historia y se sabía demasiado borracho como para estar a la altura. Borracho y cansado.

El plan de Richard era bueno, eso era indudable. Si aquello no hacía reaccionar a Julian, nada lo haría. Pero era arriesgado. Muy arriesgado.

¿April casada con Sunder?, se preguntó Julian. Por encima de su cadáver. O mejor por encima del cadáver del vizconde.

—Enhorabuena. —La felicitación de Bensters sonó tan falsa como una moneda con dos caras—. ¿Para cuándo el feliz acontecimiento?

—Oh... —movió el aludido la mano, restándole importancia—, para la primavera del año próximo, tal vez. No tenemos prisa.

—¿Estás seguro de que no la tenéis, Sunder?

—Absolutamente, Bensters. —Levantó la vista, retador—. ¿O acaso sabes algo que yo ignore?

El tono de ambos era tan afilado como la mejor navaja de afeitar.

—Nada en absoluto.

—Brinda por mi felicidad, entonces.

Se llevó el brandy a los labios, y a punto estaba de beber cuando replicó con acidez, llevando la tensión más allá, y haciendo perder la paciencia al único que todavía no había hablado.

—Aprovecharéis entonces para celebrar nupcias y bautizo, entiendo. Una idea novedosa. Será algo escandaloso, pero la dama en sí no ha sido circunspecta, así que la nobleza tampoco le dará demasiada importancia.

El vaso de James salió disparado contra la pared de enfrente, de pura frustración.

—Suficiente.

Pero no le escucharon, tan enfrascados estaban el uno en el otro.

El mayordomo abrió para preguntar si había sido requerido.

—¡¡Largo!!

Gritaron tres voces a la vez, desde distintos puntos de la sala.

James los dio por imposibles. Como si de una tragicomedia se tratara, se acercó al mueble bar como ya hiciera Julian antes, tomó todos los vasos que pudo con deliberado cinismo, por si decidían romper más, y los dejó en la nueva mesilla, que había sustituido a la que Bensters rompiera la semana anterior. Se sirvió y esperó.

Que ocurriera lo que tuviera que ocurrir. Él se lavaba las manos.

—¿Insinúas que mi prometida está embarazada, Bensters?

—¿Necesitas que te lo insinúe, Sunder?

—Yo no la he tocado, así que no entiendo cómo puede estarlo.

Más le valía, pensó Julian. Si ponía un dedo encima a April era hombre muerto.

No cayó en la cuenta de que, en cuanto se casara con ella, haría mucho más que ponerle un dedo encima. Solo podía pensar en el presente. Se ahogaba. Richard le estaba asfixiando.

—Pues la dama afirma estar embarazada.

Devolver el golpe, hostigarle, era su única defensa.

Esta vez fue el vaso de Richard el que voló. Pero no por rabia o frustración como en los casos anteriores, sino con total deliberación, de forma lenta, mostrando a Julian que su furia estaba bajo control, lo que aumentó la del conde. Se puso en pie, se le acercó y le preguntó:

—¿Afirmas, entonces, que mi prometida no es pura?

Y aquella fue la gota que colmó la paciencia de Julian, que por cierto era bien poca.

—¡Maldito seas, sabes de sobra que no lo es! No sé a qué estás jugando, pero es obvio que te has enterado —miró acusador a Wilerbrough— de que April y yo...

No quiso hablar de ella. Seguía sin querer compartir lo que habían vivido aunque ya no existiera.

¿Habría sido James? ¿O se habría escudado April en Sunder en busca de ayuda? ¿Tan desesperada estaba? ¿Tan confundida? Porque si hubiera querido presionarle para que se casaran, el marqués era una mejor vía. Contárselo a Richard debía ser fruto de la desesperanza, del miedo, de la desesperación, de la soledad...

Él se sentía exactamente igual, se recordó, y no había acudido a nadie. En el instante en que lo pensó se sintió un bastardo.

Él contaba con amigos y con recursos. April no. Y no era a él a quien la sociedad recriminaría nada, sino a ella.

April. Todo el dolor le golpeó de nuevo, sumado a saber que definitivamente la había perdido, que ya no había esperanzas de volver a tenerla, de abrazarla, de envolverla entre sus brazos y sus piernas.

Richard tenía dos opciones. La primera y la más lógica era reprocharle que no se casara con ella, sabiendo entonces del embarazo y de la idoneidad de April como esposa.

Pero ni iba lo suficientemente ebrio como para actuar con lógica, ni, para ser justos con lo que haría, hubiera surtido efecto. A fin de cuentas no le diría nada que el propio Julian no se hubiera dicho ya a sí mismo.

Así que Sunder, un hombre tranquilo que cuando se enfadaba o se sentía frustrado explotaba de la peor forma posible, tomó el camino equivocado.

Porque a Richard le dolía que Julian se infligiera daño a sí mismo. Aquel testarudo, que parecía tener un ladrillo por cabeza, había encontrado en April lo que él llevaba buscando desde siempre, lo que sus padres, los condes de Westin, habían tenido. Y lo rechazaba por ser incapaz de superar el pasado. Frustrado, susurró:

—Lo repetiré una vez más, Bensters. ¿Insinúas que mi prometida no es doncella?

—No, no lo insinúo...

James soltó el aire que estaba conteniendo. Por un momento había temido un duelo.

—Lo afirmo, de hecho —terminó Julian.

Habría duelo. Malditos fueran los dos, como no se detuvieran en aquel instante no habría marcha atrás.

—Debería exigirte una satisfacción por esto.

Definitivamente, habría duelo.

Ni siquiera dos amigos íntimos pasaban por alto semejante afrenta.

Richard no esperaba semejante desenlace, ni lo había contemplado, tampoco, pero no se hizo atrás. Julian no llegaría tan lejos. Además, todo el mundo sabía que en los duelos nadie moría. Si se elegían espadas, al primer rasguño se daba el honor por satisfecho, pues casi nunca se escogía un duelo a muerte; y si eran pistolas, estas estaban tan manipuladas que rara vez la bala acertaba a menos de cincuenta centímetros del blanco apuntado. La idea de que los padrinos revisaran las armas y las precintaran era cuestión del pasado.

—¿Espadas o pistolas, Sunder?

¿Realmente llegaría tan lejos Julian por April? La mente embotada de Richard le dijo que aquello era buena señal. Retar a un amigo íntimo por una dama significaba que la dama en cuestión le importaba. Al día siguiente, en lugar de presentarse al campo de honor, pediría a April en matrimonio. Feliz, respondió sin vacilar:

—Pistolas. Es más rápido. ¿Para qué prolongarlo? Mañana donde tú decidas. Sin padrinos, dado que Wilerbrough no puede ser el de ambos.

—Que sea nuestro juez, entonces.

James se sentía ajeno a todo. Brindó al aire, con la voz tintada de risa histérica.

—¡Contad conmigo para lo que sea! ¿Qué no haría yo por vosotros dos, mis mejores amigos, mis únicos amigos? Será un placer poder llevar la cuenta de los pasos y comprobar las armas que me harán perder a uno de ambos.

Pero Julian parecía no tener suficiente. Se sentía furioso, completamente ido, a pesar de lo sereno de su apariencia. Ahora sería Richard quien tuviera derecho a consolar a April. A abrazarla, a besarla, a hacerle... No pudo continuar pensando.

Tendió su mano para cerrar el duelo, pero cuando este se la apretó en señal de asentimiento, en lugar de soltarla, presionó más.

—¿Para qué esperar a mañana, Sunder? —Su voz sonó suave, pero no engañó al otro—. O según tus propias palabras, ¿para qué prolongarlo? Hagámoslo ahora.

El vizconde alzó la vista y le miró a los ojos.

No podía echarse atrás. Si lo hacía, no solo su orgullo saldría malogrado. Si se echaba atrás, Julian y April jamás se casarían.

Y su pundonor nunca se repondría. ¡Qué demonios!

—Hagámoslo, entonces.

—Wilerbrough, saca las pistolas de duelo de tu abuelo, si no te importa.

—¿Por qué habría de importarme que mis dos mejores amigos quieran matarse en la biblioteca de mi casa? —dijo irónico, al tiempo que abría un armario del estudio y sacaba un estuche de roble. Dentro, el cofre forrado en terciopelo rojo contenía dos armas idénticas, en ébano y plata. Dos tesoros de orfebrería mortales fabricados en Toledo.

Aquellos dos inútiles no podían hablar en serio. Comenzó a enfadarse, al tiempo que cargaba las armas. Buscó los sacos de pólvora y balines. ¿Cuántos años tendrían aquellas pistolas?, se preguntó, al tiempo que las preparaba.

—Necesitaremos más espacio. ¿Te importaría llamar a tu fiel mayordomo para que apartara algunos muebles?

—Pues precisamente eso sí que me importa, Bensters —respondió molesto, como si estuviera de acuerdo con el resto del plan—. Si vais a dispararos el uno al otro, trabajo más que suficiente tendrán después para limpiarlo todo, así que si queréis espacio...

Y abrió el brazo en arco, en muda orden, mostrando la habitación, y continuó con las armas.

De manera ridículamente civilizada Julian y Richard se ayudaron con los objetos más pesados. Se dieron las gracias en los momentos adecuados, se acercaron el brandy cuando se tomaron un pequeño respiro, se burlaron incluso de si sabría el marqués cargar una pistola antigua correctamente, o si sería un buen juez, dado que aún no había sentenciado sobre la carrera de Hyde Park.

Como si no fueran a batirse en duelo en unos minutos. Como si no fueran a dispararse el uno al otro al instante siguiente.

Tal era su cinismo, su insensatez, o su embriaguez.

James, por su parte, iba a golpes con todo. Cuando dejó su vaso casi lo rompe; cuando soltó el arma faltó poco para que se le dispara; cuando apartó una silla cayó esta al suelo.

Condenados idiotas.

Pero no sería él quien hiciera nada. Tenía suficiente con su tía, su hermana, su madre, el infeliz de su padre, el título, las propiedades... No era la niñera de aquellos dos mentecatos. Que se arrepintieran al día siguiente.

Cuando todo estuvo dispuesto, la responsabilidad le espoleó. No quería cargar con la mala conciencia de no haber tratado de evitarlo, un intento al menos.

—Solo lo preguntaré esta vez, pues me veo en la obligación de recordarte, Sunder, o de recordaros a ambos en realidad, que tú mismo dijiste que en el caso de un hipotético duelo Bensters sobreviviría. Lo tildaste de inmortal. —Un lúgubre silencio siguió sus palabras—. ¿Estáis seguros de entender las consecuencias de lo que vais a hacer? ¿De poder vivir con ellas?

Ninguno de ambos se retractó, y aquello fue respuesta suficiente.

James se colocó en medio de la habitación, con ambos amigos de espaldas a él. Se decidió contar hasta siete, ya que la habitación no daba para diez pasos en cada sentido sin tropezar con alguna estantería, y entonces se dispararían. Obviamente ganaría el que no resultara herido. O muerto.

Lo que difícilmente ocurriría con unas pistolas que no se habían utilizado en al menos cincuenta años y que probablemente tendrían el final del cañón desviado. Suponiendo que se dispararan. Dudaba que lo hicieran, se dijo James. Regresaría el conocimiento antes.

No fue imperativo decir que el ganador del duelo no sería necesariamente el que tuviera razón, pues los tres sabían que April no era doncella, y que el padre de la criatura era Bensters.

—Uno... dos... tres... cuatro...

Poco a poco Julian y Richard fueron alejándose el uno del otro, espalda con espalda, dejando a James a la mitad exacta de distancia.

—Cinco... seis... y siete.

El sonido seco de dos armas al dispararse rompió el tenso

silencio precedente, haciéndose eco en la estancia, y en toda la casa.

Y a este le siguió el grito de un hombre y el estruendo de un cuerpo al caer. Una carrera, y la voz de otro hombre desesperado, suplicando.

—¿Esta muerto? ¡¡Dios, dime que no está muerto!!

27

Ambos corrieron hacia el cuerpo, que yacía despatarrado en el suelo y con los ojos cerrados. El olor a pólvora inundaba la habitación. En sus oídos aún resonaba el rumor de las dos armas al dispararse.

—¿Está muerto? ¡¿Está muerto?! —repitió, preocupado por la falta de respuesta.

El otro colocó sus largos dedos en el pulso del cuello de la figura inerte y lo sintió latir, firme. La manga izquierda de la camisa, empapada en sangre, no le tranquilizaba en absoluto, sin embargo.

—Maldita sea, contéstame, y dime si está muerto.

No podía creer que no estuviera vivo por lo que su voz, más que desesperación, reflejaba disgusto por el silencio de su amigo, que suponía que callaba solo por preocuparle.

—No, no lo has matado, si es eso lo que te preocupa. Por el momento respira. Pero la herida del brazo le sangra profusamente, lo que me hace pensar que le has propinado un buen balazo.

—¿Yo? —le respondió, ofendido—. ¿Y cómo sabes que he sido yo quien le ha dado? Bien podrías haber sido tú.

—Si hubiera apuntado a dar, Richard, estoy seguro que serías tú quien estaría tendido en el suelo, y sin pulso, por cierto. —No se molestó en levantar la cabeza para responder, pero su voz era dura.

Sunder, en cambio, no se sintió intimidado. Estaba fuera de

sí, asustado ahora por lo que podría haberle ocurrido a James y enojado por su estupidez, por la cabezonería de Bensters, y por la incapacidad de Wilerbrough de mediar paz. Malditos majaderos, los tres.

—¿Y se supone que debo darte las gracias por seguir respirando, Julian?

—¿Debo darte yo las gracias por pretender casarte con la madre de mi hijo?

Y allí seguía, el condenado testarudo, empecinado en no casarse con April, ni en permitir que otro lo hiciera, pensó con rabia. Pues no sería él quien cediera, no hasta que el cabeza de alcornoque no reconociera que era él quien debía casarse con la dama, y dejar de lado rencores del pasado que no hacían sino pudrirle un alma ya corroída de por sí.

—Si insistes en la impureza de mi prometida —respondió airado— tal vez debiéramos tomar de nuevo las armas, cargarlas y...

—Y entregármelas a mí directamente. Yo mismo os dispararé esta vez, en la sien y a bocajarro, para asegurarme de que ninguno de ambos salga vivo de mi biblioteca. —La voz de James sonó cansada, al tiempo que abría los ojos.

—Gracias a Dios.

El susurro suspirado de ambos amigos, ninguno de ellos devotos creyentes, resultó muy significativo.

El hecho de que se trataran por sus nombres de pila, a pesar de la dureza con la que se dirigían el uno al otro, tranquilizó al marqués. Si no le ardiera el brazo trataría de recordar la última vez que se habían sentido lo suficientemente unidos para usar sus nombres y no sus títulos, como era habitual.

Fue aquel el momento elegido por el mayordomo para asomar la cabeza por el marco de la puerta.

—Señor, me ha parecido...

—¡¡Lárguese!!

Gritaron Julian y, en menor medida, James. Richard, en cambio, lanzó la licorera directamente contra el impresionado sirviente.

Este se retiró con celeridad.

—James —prometió Richard con solemnidad, hablando deprisa, temeroso de no tener otra oportunidad de explicarse—, tienes mi palabra de caballero de que apunté al cuadro de tu padre que hay a la derecha de la habitación, a más de tres metros de Julian. Aborrezco ese cuadro.

El anfitrión sonrió con debilidad. La herida le quemaba. Su amigo de la infancia detestaba al duque de Stanfort casi tanto como él, y por los mismos motivos. El cuadro estaba allí para evitar que dicho odio decayera.

Mientras, Julian arrancaba una tira del bajo de su camisa y la ataba un centímetro más arriba del balazo, a modo de torniquete, como tantas otras veces hiciera durante la guerra, pero sin aplicar ahora presión en exceso, solo la suficiente pare detener la hemorragia temporalmente.

—James —habló con el mismo tono, aunque sus ojos habían perdido el brillo asesino de minutos antes—, te garantizo que apunté a Richard.

La provocación no ofendió al vizconde, quien no la creyó ni por un momento, y no solo porque momentos antes le hubiera dicho precisamente lo contrario. Por más enfadado que Bensters pudiera estar, jamás trataría de matarle. De hacerle daño, tal vez sí. Pero de matarle, nunca.

Para decepción de Julian el otro no se molestó, sino que dejó correr el comentario y se mantuvo en silencio, esperando a que James impusiera algo de cordura a la situación, como era su costumbre. Y este no les decepcionó.

Los efectos del alcohol, por descontado, habían desaparecido, sustituidos por la adrenalina primero, y el tremendo susto después.

—¿Acaso no sabéis, pedazo de alcornoques, que las armas de duelo están trucadas para evitar que nadie muera en ellos? ¿Que hay que apuntar correctamente para asegurarse el fallo en el disparo?

Julian rio y aplaudió, para estupor de los otros dos.

—Entonces, dado que yo apunté al cabeza hueca, es obvio que fue él quien te dio, pues es quien menos se acercó al objetivo. Porque tu te hiciste un paso atrás para apartarte de la trayectoria de las balas, ¿no es cierto, James?

En aquel momento entró de nuevo el mayordomo, acompañado de un médico, evitando una respuesta embarazosa. James habló con comedimiento:

—Señores, tengan la bondad de salir y no volver a entrar hasta que sean llamados. No duden que serán reclamados en breve, pero necesitamos todavía de unos minutos a solas antes de poder atender a cualquier visita.

—Pero milord... —quiso insistir el mayordomo ante la obviedad de lo ocurrido momentos antes.

—Que no se diga que no lo intenté primero de la manera más educada —suspiró James resignado, mirando a sus amigos—, en las formas que se esperan de un futuro duque, de un auténtico caballero. Pero ¿qué se puede hacer cuando el otro no entiende de sutilezas?

—¡¡Fuera!!

De nuevo dos voces, las de Julian y Richard, atronaron, mientras otra licorera alzaba el vuelo, con la ayuda del brazo derecho de James, pues era el izquierdo el que había recibido el disparo.

Mayordomo y doctor huyeron despavoridos.

Solos de nuevo, James continuó como si no hubiera sido interrumpido, tal era su arrogancia en ocasiones.

—En primer lugar no llames a Richard cabeza hueca, o no hoy, al menos. No, Richard, no te hinches como un pavo, se lo pido sencillamente porque esta noche su comportamiento se ha rebajado al tuyo, y no porque tú hayas sido un ejemplo de inteligencia precisamente. Y en segundo lugar, Julian, lamento comunicarte que no me he creído ni por un momento que hayas apuntado realmente al cabeza de chorlito... sí, yo sí puedo llamarte así, Richard, dado que he recibido un balazo. En realidad podríais haber sido cualquiera de ambos. Así que me consideraré disparado por los dos, y pienso explotar vuestro sentido de la culpabilidad a placer durante el tiempo que os ocupe. Que, confío, como hombres de honor que sois, sea un período muy, muy largo, dada la indignidad de vuestros actos esta noche.

Le satisfizo ver aflicción en sus caras.

Costaría que aquellos dos volvieran a confiar el uno en el otro, pensó con tristeza, después de lo que acababa de ocurrir. Pero esperaba en que en algún momento la vieja camaradería regresara. No quería tener que elegir entre uno de los dos.

—Por lo demás, estábamos borrachos, limpiando las armas de duelo de mi abuelo solo sabe Dios por qué razón surgida de nuestras embotadas mentes, cuando se ha disparado una y me ha dado en el brazo. ¿Queda claro?

Ambos asintieron como niños pequeños.

En aquel momento les podría haber pedido que juraran castidad durante un año y hubieran dado su palabra, pero no era tan cruel. Además, ¿con quién se hubiera ido él de conquistas, con Hanks, Marlowe y Stevens, los tres sosos del reino?

—Ahora, Julian, será mejor que te vayas, quiero tener unas palabras a solas con Richard. No, estúpido, no pongas cara de triunfo, que no voy a darte precisamente la enhorabuena por tu supuesta boda. Y además habrás de esperar hasta que el estirado de mi sirviente y el médico acaben su visita para que hablemos, y lo harás sin protestar. Pero Julian, mañana espero verte por aquí, temprano, y tendremos una larga charla. Al salir diles al mayordomo y al doctor que pueden pasar.

Lo trataba como a un criado, pero no le importó. Se sentía como un bastardo, y no le sorprendía que pidiera quedarse con el otro. A fin de cuentas ellos se conocían desde siempre, y a él únicamente desde la universidad.

Asintió, y estaba ya en la puerta cuando habló, sin poder resistir la tentación de ser irónico con él, según su costumbre, a pesar de las circunstancias. Tenía la sensación de que todo y nada había cambiado aquella noche.

—Serás un gran duque, James. La lástima es que no nacieras en el siglo XII. Entonces hubieras sido más que un gran duque. Hubieras sido un duque excelente, capaz de mandar a la horca a un hombre cada día por el menor de los delitos y ejercer el derecho de pernada con cada doncella del ducado recién desposada. Practicas el ordeno y mando mejor que Liverpool.

—Incluiría a April en el derecho de pernada, no lo dudes —le confirmó, medio divertido, medio amenazador, al tiempo que una tercera licorera volaba desde el mueble bar. Pero Julian no habría sobrevivido a una guerra sin unos buenos reflejos. Se hizo añicos contra la madera de roble de la puerta.

El doctor Grenson limpió la herida. La bala había traspasado una zona vana, en la que no había hueso ni músculo, y salido limpia por el otro lado, tocando apenas carne y tejido ligamentoso. Aconsejó al paciente un reposo que obviamente no cumpliría, cosió cinco puntos, y recibió la conveniente explicación sobre lo ocurrido. Una vez despedido, fue el turno del mayordomo.

James narró al estirado administrador de la mansión el accidente, y se le hizo responsable de cualquier rumor distinto que pudiera propagarse. ¿El desorden de los muebles? ¿A qué desorden se refería el mayordomo? Le miraron, inocentes. Habían practicado algo de boxeo, por eso estaban a un lado la mesa y los sillones, pero de ahí a hablar de desorden era exagerar...

Iba a haber rumores, pero esperaba que se redujeran a meros cuchicheos que ningún miembro de la casa confirmaría. Todo quedaría en otra leyenda sobre ellos, una de tantas. Tal vez la más escandalosa, pero nunca confirmada. O eso esperaba James.

Subiría el sueldo a sus sirvientes, y no solo a modo de chantaje, sino también por la lealtad que iban a mostrar a partir de aquel momento. Él premiaba la fidelidad tanto como la calidad en el trabajo. Y, pensó con desconsuelo, tendría que tragarse a su dichoso mayordomo hasta que Tunewood, el mayordomo de los Stanfort, aceptara trabajar para él, harto de lady Evelyn y sus exigencias. Ya vería entonces, cuando al fin el viejo accediera a gobernar su casa, qué hacer con el lechuguino que lo hacía ahora.

Al fin, se encaró a Richard. Le miró durante varios minutos. Sunder aguantó su mirada, estoico, a la espera de recibir su reprimenda, sin intentar justificarse. Sabía que las cosas no habían salido como él esperaba, tanto como James sabía que la intención había sido buena. Se dio cuenta de que no tenía ni idea de qué decir. Con ternura, la que siempre despertaba aquel condenado, suspiró.

—¿Qué diablos voy a hacer contigo, Richard?

El aludido se encogió de hombros y bajó la vista, claramente arrepentido. James alcanzó a ver sus ojos de color chocolate algo acuosos. Aquel cabeza de chorlito había hecho lo correcto al llevar a Julian al límite. Y lo había hecho de la mejor manera posible. Cualquier otro hombre en las mismas circunstancias hubiera reaccionado de forma violenta, sí, pero con sus dos mejores amigos presentes, hubiera terminado por razonar y claudicar, y al día siguiente, si no esa misma noche, se hubiera declarado a su dama. Pero no Bensters. Con él todo tenía que ser complicado, enrevesado. Imposible.

—¿Perdonarme?

El tono de voz le desgarró el alma. Esta vez no lo preguntaba con su legendario encanto infantil que le hacía librarse de cualquier correctivo. Ahora había desesperanza en su pregunta, sabedor de que, tal vez, había cometido un error de consecuencias irreparables. Se levantó y le envolvió con el brazo derecho con fuerza. El otro, contra todo pronóstico, rompió a llorar. Y antes de que James se diera cuenta, también por sus mejillas corrían lágrimas, no sabía si por lo cerca que había estado de morir, por lo que sería de la amistad que había unido a los tres durante la última década, o por la tristeza a la que se condenaba Julian.

28

Un minuto después se separaron, y como si no hubieran estado llorando, Richard, que era el único que tenía los dos brazos útiles, tomó un par de vasos y acercó dos sillas, mientras James cogía una botella de brandy.

—Disculpa que no sirva en licorera, sino directamente de la botella. Curiosamente no encuentro ninguna de las tres que acostumbra a haber en la sala.

Ambos sonrieron, obviando definitivamente lo que acababa de ocurrir.

—¡Qué grosería por parte de un futuro duque! Pero te guardaré el secreto, para que no se me relacione con semejante amistad.

—¡Cuánta magnanimidad!

Y brindaron.

—Richard...

—Vas a sermonearme.

Condenado Sunder, siempre tan embaucador. Pero sí, iba a abroncarle, y no se libraría con su sonrisa.

—Siempre que pones ese tono es porque me vas a llamar la atención. ¿Qué he hecho ahora?

La insolencia le molestaba, y más aquella noche. Le ardía el brazo, y el cabeza de alcornoque aún se atrevía a preguntar. Se alegró de que la rabia regresara. Quería ser severo en sus palabras. Tanto como taxativo.

—Para empezar frecuentar a la mujer de Julian. Y no, no me

vengas con pamplinas de que yo te di mi beneplácito, lo hiciste por fastidiar, y lo lograste, empeorando la situación justo antes de llevarla al límite. —Levantó una ceja y le miró con arrogancia, deteniendo lo que fuera a responderle—. No te atrevas a interrumpirme, un balazo me da todo el derecho a estar enfadado. ¿Por dónde iba? Ah, sí. Estoy de acuerdo en que Julian debió decirte que mantenía un romance con April y no lo hizo, lo que ahora, tras tu actuación, no le puedo reprochar. ¿En qué estabas pensando al prácticamente cortejarla? Creí que la visitarías un par de veces por seguir la broma, ¡no dos tardes a la semana durante un maldito mes!

—Solemos molestarnos los unos a los otros desde la universidad. Tú mismo, James, nos dijiste tras la madrugada de Hyde Park que no recordabas nada de ella, cuando en realidad era la dama de compañía de tu tía —protestó, intentando aplacar su cólera.

—¿Alguna vez habías visto a Julian así por una mujer? Pues por eso, Richard, debiste mantenerte al margen. Y cuando descubrimos que ha perdido a la que probablemente es la única mujer a la que realmente ha amado... Sí, aunque sea porque es un estúpido, un asno que no ve más allá de la venganza de su pasado. Pero entonces, en lugar de ponerte de su lado, como hemos hecho siempre en los momentos duros, abrazas la causa de April. Muy caballeroso, enhorabuena, Richard. Pero equivocado. Julian habrá llegado a la conclusión de que aprovechabas la coyuntura para tenerla, para tener lo que considera suyo.

—¿Julian habrá creído eso? En ese caso sería un estúpido. ¿Estando embarazada de él? Lo siento, James, pero no tienes razón, no en ese punto. A pesar de que no di grandes esperanzas a April, sí le dije que me diera algo de tiempo para intentar solucionarlo. Quería asegurarme de que la joven no cometía una locura, como desaparecer para siempre, mientras el majadero de Julian se daba cuenta de su error. Por eso prometí ayudarla. Incluso tú puedes ver por qué lo hice.

James sabía que el vizconde estaba comenzando a entender su cadena de errores. Y lamentaba tener que seguir presionándole. Pero no tenía intención de callar hasta no haber dicho todo lo que tenía que decir. Esa noche a uno y al día siguiente al otro.

—Tal vez, pero no era yo quien tenía que darme cuenta. Julian se ha encontrado con un amigo que ha estado persiguiendo a la única mujer que realmente le ha importado, sospechando finalmente que sabías que mantenía un romance con él. Y apareces esta noche para decirle que... —Silencio—. ¿Ves como sí tenía razón? —apostilló, sin poder remediarlo, cuando vio que el otro al fin comprendía. Y después calló para que le respondiera. Pero Richard siguió sin hablar, así que tomó aire y continuó su homilía, implacable. Quería escucharle reconcer su error—. Exacto, que ibas a casarte con ella. Y tú, cuando ves que la situación está a punto de desbordarse, en lugar de buscar la manera de relajar el ambiente, ¡le retas a duelo! No, Richard, yo estaba aquí también, ¿recuerdas? El agujero en mi brazo lo atestigua. Fuiste tú quien habló de satisfacción.

—Bromeaba —protestó de nuevo, con bochorno—. Fue él quien me tomó en serio.

—¡Porque creía que te ibas a casar con April! Uno de los dos tenía que ser razonable, y dado que el que había tratado de conquistar a la amante de Julian eras tú, y el que se felicitaba porque iba a casarse con la mujer a la que Julian ama eras tú, ¿quién crees que debía ser el adulto?

Richard se desesperó.

—El razonable siempre eres tú. Y en cambio nos animaste a hacerlo. Cargaste las armas con diligencia, incluso, en lugar de hacer desaparecer los balines. ¿Por qué demonios no nos detuviste?

—Porque estoy cansado de ser siempre el que os llama la atención. Y enfadado por vuestra actitud. Así que no te atrevas a culparme.

Entendiendo ahora la magnitud de su error de cálculo, se frotó la cara, intentando buscar un nuevo plan para arreglar aquel desaguisado. No podían dejar de ser amigos, no concebía Londres sin los otros dos, se dijo Richard. Pensaría algo, lo que fuera, para solucionarlo. Se disculparía una y mil veces, si hacía falta.

James se compadeció de él. Sabía exactamente qué estaba pensando.

—Te perdonará cuando entienda que estás de su parte. Toma tu brandy, y deja de pensar. Ya has cavilado bastante por lo que queda de semana.

Bebieron en silencio durante un rato, como bebían los cansados.

—¿April sabe que va a casarse contigo? —Richard negó con la cabeza, divertido—. Cuando Julian le pregunte...

—Si Julian se acerca a la dama, créeme que no será bien recibido. Dudo que ella le deje pronunciar una sola palabra antes de lanzarle algo a la cabeza. El desgraciado la llamó mentirosa, le amenazó con...

Y le contó lo que April le dijera, que volvería a él porque no tendría donde ir. James negaba con la cabeza a cada palabra que oía. Julian parecía haber cavado su propia tumba. La situación era más complicada de lo que había esperado. Probablemente no tendrían que lidiar únicamente con un conde testarudo, sino también con una dama muy ofendida, si querían un final feliz para ambos.

—¿Qué haremos? —dijo James, más para sí que para él.

—He estado pensado...

—Era una pregunta retórica.

Richard se echó a reír, obligando a su amigo a hacer lo mismo. Sunder era un hombre estupendo. Con mal genio, algo infantil, pero un gran hombre, con el que se podía contar. Alguien que se preocupaba por los suyos.

—Dado que Julian a mí no quiere ni verme, yo me encargaré de que April esté bien, y tú de que él cambie de idea.

—Richard, entiendes que April es para Bensters, ¿no?

—¿Otra vez con la misma cantinela? ¡Está embarazada de él! Por el amor de Dios, James, solo quiero que Julian se case y sea feliz, y hasta que él pueda hacerse cargo de su esposa y su hijo, tendremos que hacernos cargo nosotros. Sí, April me pareció hermosa la madrugada en que la conocí, pero valoro demasiado nuestra amistad como para echarla a perder por una mujer.

—Parece que él no —se vio obligado a decir James, a su pesar.

—Lo que indica que, definitivamente, es la mujer de su vida.

Admiró a Sunder. Quizás él no sería tan comprensivo en las mismas circunstancias. A pesar del embrollo, Bensters le había disparado.

—Si mi tía fallece —se tomó un segundo para respirar y asimilarlo—, como parece que ocurrirá en breve, me llevaré a April a Stanfort Manor para que acompañe a mi madre mientras el duque se divierte en las Indias Orientales.

—¿Crees que aceptará?

Alzó la ceja, incapaz de creer que las cosas no salieran como él dictaminaba.

—Aceptará.

—En ese caso Julian no podrá verla.

—Sí, si cierto amigo le invita a su finca, colindante a la mía.

—Y Julian se traga el orgullo y acude a dicha finca.

—¿Y qué hay de tu orgullo, Richard? ¿Le invitarás?

—¿Qué significa una disculpa por un error de cálculo, si luego puedo verle arrastrarse durante semanas frente a April, y recordarle durante el resto de su vida que fue gracias a mí que está casado y es feliz?

Ambos rieron y brindaron por los orgullos maltrechos.

—Una cosa más, Richard.

—¿Sí? —preguntó con tiento. Temía el tono, de nuevo.

—Que quede entre nosotros, pero debiste darme tú. Sí, apuntarías al cuadro, no lo dudo, pero las pistolas estaban trucadas. Y estuve vigilando a Julian, pues no confiaba en él, y lo vi disparar al techo. Debió ser tu pistola. No te culpo, pero creo que deberías saberlo.

Cuando Richard se fue y James se acostó, antes de dormirse dio gracias por haber sido bendecido con la amistad que los unía. A pesar de lo ocurrido, seguían siendo íntimos. Tal vez costaría que Richard y Julian volvieran a tratarse como siempre, que volvieran a confiar ciegamente el uno en el otro, pero algo le decía que finalmente lo lograrían.

Habían pasado demasiadas cosas juntos como para no superar esto. Solo esperaba que April colaborara. Si ella no aceptaba a Julian, si finalmente este no la recuperaba, entonces todo estaría perdido, pues Bensters se amargaría para siempre y culparía a todos, y especialmente a sí mismo, de lo ocurrido.

Julian no podía dejar de dar vueltas en la cama. Se había levantado y acostado más veces de las que podía contar. Quería salir de allí, volver a casa de James y saber de él, pero este le había echado, prefiriendo la compañía de Richard. Y no podía culparle.

Podía también ir a casa de Richard, aunque fuera a decirle que era un estúpido, que ambos lo eran. Pero seguramente Sunder no querría saber nada de él.

Se frotó las sienes. La cabeza parecía querer estallarle.

Desesperado, bajó al jardín. Tenía un pequeño estanque artificial. Se quitó el batín que portaba, el pijama y, completamente desnudo, se lanzó el agua. Estaba helada, y aun así se obligó a mantenerse dentro durante unos minutos. Braceó, pues la alberca no era lo suficientemente grande para nadar.

Un par de sirvientes se asomaron, pero se abstuvieron de comentar nada. Solo Camps se quedó, echando al resto. Estuvo allí el tiempo necesario para dejar una muda y un pijama limpio, así como una toalla, y asegurarse de que no cometía ninguna estupidez. Se mantuvo, no obstante, en las sombras. El ceño de su señor al entrar le había preocupado. Desde los abusos que vinieron tras la noche del sitio de Badajoz no lo había visto tan preocupado.

Podía casarse con April, se dijo Julian, dentro del estanque. Ella era, después de todo, la mujer a la que amaba. No le había confesado su amor por temor a generarle unas expectativas imposibles de cumplir, pero quería pasar el resto de su vida con ella. Que fuera una dama lo complicaba todo, o lo simplificaba, según se mirase.

En cualquier caso, ya encontraría la forma de que su padre no obtuviera lo que tanto ansiaba. Si lo que portaba April en el vientre, si su hijo era una niña... sintió una oleada de ternura al pensar en April con una niña en brazos. Y si era un niño, siempre podía renunciar a la herencia. Consultaría con sus abogados al respecto. Hallaría el modo de tener lo que quería. Si no había deseado antes casarse y tener hijos era porque no había sabido nada del amor. En su vida no había habido afecto, solo odio. Pero ahora sabía, y no pensaba renunciar a él.

—¿No fue Descartes quien dijo que no se puede desear aquello que no se conoce, Camps?

—Me temo que fue Voltaire, si me permite contradecirle, milord —dijo el sirviente, ávido lector, saliendo de detrás de un arbusto.

—¿Creías acaso que me ahogaría?

—Nada tan drástico, milord. Sencillamente que se le podría olvidar bracear en algún momento.

—Ya.

Le miró escéptico, al tiempo que tomaba la toalla que le ofrecía el sirviente y se secaba enérgicamente. Después, se puso el pijama.

—Pues eso era exactamente lo que me había ocurrido a mí, Camps. Nunca había deseado la felicidad porque no la había conocido hasta que una dama preciosa se cruzó una madrugada, más que en mi camino, en un sendero de Hyde Park.

El mayordomo sonrió con condescendencia. Hacía semanas que la misma dama venía tres veces por semana a visitarle, y hacía el mismo número de semanas que su señor ya no era el mismo hombre. Quizás él no se hubiera dado cuenta, pero estaba de buen humor con más frecuencia, y en ocasiones se le veía ausente, ensimismado, y sonriendo solo porque sí.

Julian vio la risita resabiada de Camps, pero la obvió. Iba a recuperar a April. Pasaría el resto de la noche ensayando un discurso para convencerla.

El ejercicio y el frío le sentaron bien.

Cuando regresó a su habitación el fuego estaba encendido y había un poco de queso y algo de pan, así como una botella de vino, que desechó mentalmente. Agua, y nada más que agua.

¿Sería cierto que Richard iba a casarse con April?

Lo pensó detenidamente, y llegó a la conclusión de que no era posible.

April le amaba a él, y si finalmente hubiera decidido casarse con otro hombre, lo habría hecho por su propia culpa, por colocarla en una situación insostenible, porque como bien le dijo, no era a los caballeros a quien la sociedad señalaba en un embarazo, sino a las mujeres, como si no fuera necesaria la participación de un hombre para que ocurriera. La había amenazado con hacer que la echaran, con... Era un bastardo, y se merecía todo su desprecio. Y aun así April era más fuerte que todo eso. No se casaría con Richard por evitar la vergüenza.

Y Richard no se casaría con la mujer que llevaba en su vientre al hijo de Julian. Sí la cuidaría, y cuidaría de la criatura. Sí haría aquello que él, infeliz, había jurado no hacer, porque Richard era un amigo de verdad. Probablemente había forzado la situación para abrirle los ojos, para hacerle ver lo que él no era capaz de entender, que April y él estaban hechos el uno para el otro.

Y él le había retado a duelo. Incluso había jurado haber apuntado a su cuerpo, lo que por supuesto no era cierto. Había perdido a la mujer que amaba, y a los que consideraba sus hermanos, para siempre.

Se puso en pie de golpe, beligerante.

Se negaba a darlos por perdidos. A ninguno de los tres. De los cuatro, se corrigió, dado que iba a tener un hijo.

Su padre podía irse al mismísimo infierno, y sus hermanos mayores podían estar ya allí, en lo que a él concernía, pero por James, Richard y April, y por su hijo, lucharía lo que fuera necesario. Contra ellos y contra sí mismo.

El recuerdo de Phillipe le dolió por un momento, pero supo que su hermano aprobaría su decisión. Su hermano nunca entendió de rencores ni quiso saber de venganzas.

Al día siguiente visitaría a James a primera hora de la mañana, para saber cómo se encontraba, y después acudiría a ver a April, y le pediría que se casara con él.

No, se dijo.

Le anunciaría que iban a casarse. Y que tratara de negarse si se atrevía.

—Quiero que seas la última persona que vea al final de mi jornada, y la primera que vea al despertarme.

¿Demasiado cursi, tal vez? ¿Y él qué sabía del amor? Nada, a fin de cuentas era la primera vez que se enamoraba. Bien podía preguntar a Sunder, que era un experto en la materia. ¡Y un cuerno le pediría consejo!

—Disculpe, milord. —Su ayuda de cámara entró en la habitación sin llamar.

—¿Es que en esta casa ya no se valora la intimidad, John? —vociferó a su valet, escondiendo la hoja en la que estaba escribiendo. Se había sentado en su buró a buscar el discurso prefecto, pero una hora después seguía sin dar con él.

—Lo lamento, milord —se veía a la legua que no lo lamentaba en absoluto—, pero Camps me ha mandado que le traiga esto, por si le es de utilidad. Milord.

De veras que Julian comenzaba a detestar la palabra milord en boca de sus dos asistentes más fieles.

Dejó varios ejemplares de poemas de Byron, Scott, algunos sonetos de Shakespeare... No quiso seguir mirando. Condenado servicio, que lo sabía todo de él.

—¡Largo!

Haciendo una reverencia, su ayuda de cámara se dispuso a salir. No obstante, ya en la puerta, no pudo resistirse.

—Si me permite un consejo, milord, olvide lo de la última mujer a la que ver cuando se acueste y a la primera cuando se levante. Está demasiado oído.

—¡Estás despedido! —le gritó, al tiempo que hacía una pelota con el papel y se la lanzaba furibundo. El sirviente lo dejó solo—. Dios. ¿Cómo voy a convencerla de que la amo si apenas acabo de descubrir qué es el amor?

Julian sintió que la desesperación se apoderaba de él. ¿Cómo decirle que no podía vivir sin ella? ¿Que aquella semana de ausencia había sido una agonía? ¿Que si pudiera, retrocedería los relojes y cambiaría cada una de las palabras que dijo? ¿Que la amaba más que a su vida? Las palabras no acudían a su garganta, ni a sus dedos, se atascaban en su estómago, se hacían una bola y le provocaban náuseas.

A la mañana siguiente el ayuda de cámara, que desde luego no se había dado por enterado de su destitución, lo encontró dormido sobre el buró, con un montón de hojas de papel arrugadas en el suelo y los dedos manchados de tinta.

29

—El conde de Bensters, milord.

Por primera vez en su vida Julian temió no ser bienvenido. Pero el mayordomo le pidió que le siguiera hasta las habitaciones de su señor en la primera planta. Ser recibido en los aposentos privados era considerado un privilegio, más aún si el anfitrión iba en bata. Según las normas de cortesía debía pues Julian considerarse favorecido, y sin embargo el brazo en cabestrillo del marqués y su rostro adusto desmentían cualquier distinción.

—Temí que no se me permitiría la entrada en Park Lane, y mucho menos en tu recámara.

No había humildad en su tono, pero sí sinceridad. Realmente estaba convencido de que ya no sería aceptado en aquella casa. James se sintió importante para Julian, pero no por ello fue menos duro con él.

—Si no te permito entrar, no podré decirte cuán estúpido eres.

Una tímida sonrisa bailó en la boca de Bensters.

—¿Por el lío que armé anoche?

Pero James no le siguió la broma. Julian nunca lo había visto tan serio, ni siquiera cuando lo trasladaron de la península a Inglaterra, tras sufrir el ataque en Salamanca, le había mirado así. Se preparó para lo peor, y aun así fue más difícil de lo que esperaba.

—¿Te das cuenta que desde que volviste del entierro de tu

hermano John has estado intentando morir? Ni Richard ni yo sabemos qué ocurrió durante aquellas seis semanas en las que te ausentaste de la universidad tras su muerte, pero cuando regresaste ya no eras el mismo. Tu imprudencia se había convertido en vandalismo. Era como si tu vida careciera de valor. Por momentos nos sentíamos más tus niñeras que tus amigos.

Aunque se ofendió porque creyeran que había necesitado de ayas, Julian sabía que efectivamente el final de sus años universitarios había sido salvaje, así que no lo negó, pero tampoco quiso confirmarlo. No deseaba hablar del pasado, ni Wilerbrough le estaba pidiendo explicaciones.

—Pero cuando regresaste de la guerra en la península, y nos fuimos a divertirnos por Europa, tanto Sunder como yo tuvimos la sensación de que los horrores de España, la madurez, la disipación del *Grand Tour*, o lo que fuera, te habían devuelto la perspectiva. Volvías a comportarte con cierta prudencia.

Continuaba en silencio, sin saber qué decir. Había esperado que Wilerbrough le echara de su casa por forzar un duelo con Sunder y presumir después de haber disparado a matar. Atravesado el umbral de la puerta, había esperado una buena reprimenda que desde luego merecía.

Pero lo que veía en el rostro de su amigo era decepción y preocupación. Y eso le dolió más que cualquiera de las otras cosas que hubiera previsto. Porque contra ellas no podía luchar, carecía de las armas necesarias.

—En cuanto regresamos a Inglaterra juraste no casarte ni tener descendencia, movido por una absurda venganza hacia tu padre. No, no me cuentes que tu vida fue dura, Julian. La tuya, la mía y la de casi todos los que fuimos a Eton, a Cambridge o a cualquier otro colegio o universidad, fue dura. La de cualquier heredero o no heredero fue dura. Todas las casas con título padecen de padres malnacidos y todos hemos sobrevivido, mejor o peor, a progenitores que nos han ignorado, o exigido hasta el extremo, golpeado, castigado, insultado... lamento decirte que no tienes el monopolio del dolor.

—No te atrevas a decirme que no odie a mi padre...

—No me atrevo a decirte que no odies a tu padre, ni osaría hacerlo tampoco. Yo aborrezco al mío, de hecho. Lo que sí me atrevo a decirte es que no permitas que ese odio guíe tu vida. Y me atrevo a decírtelo, entre otras cosas, porque anoche me disparaste y hoy te he permitido entrar en mi casa.

A pesar de saberle en lo cierto respecto de haber sido recibido allí, se justificó. Necesitaba explicarse.

—No disparé a dar. Me sabes incapaz de algo así. —Su tono sonó seguro.

—No dudo que jamás lo harías a conciencia —le confirmó—. Pero vigilaba a Richard mientras os girabais, pues no me fiaba de él, y lo vi apuntar al cuadro de mi padre. Las pistolas estaban trucadas, me diste, aun sin querer.

Era un golpe bajo, y más cuando ya le había dicho a Richard que había sido él quien le hiriera, pero pensaba tenerlos a ambos acongojados durante algunos meses. Sería divertido, pensó. Y justo, también.

Sin embargo, antes tenía que hacer entrar en razón a Julian. Aunque no podría utilizar esa arma eternamente, pues como caballero y amigo no podría sostener el embuste demasiado tiempo, con que le escuchara hoy sería suficiente. Bensters no era tan obtuso.

El conde tuvo que tragarse el orgullo y callar.

—En un mes nos has propuesto una carrera a caballo ebrios hasta decir basta por Hyde Park, que bien podría habernos costado la vida. Curiosamente como murió tu hermano John. Y ahora retas a Richard a un duelo. Curiosamente, también, como murió tu hermano Edward.

Estaba enmudecido por la sorpresa. ¿Estaría tratando de morir, aunque lo hiciera de manera inconsciente?

James le conocía y sabía que cada palabra estaba haciendo mella en él. Sabía que debía ir con tiento, y no presionar en exceso. Decidió aderezar con un poco de humor la conversación, antes de hablar sobre April.

—Si vas a tratar de matarte, Julian, te agradecería sinceramente que no incluyeras a tus amigos en tus planes. Bueno, te agradecería que no me incluyeras a mí, que soy un hombre importante, un futuro duque. En el caso de Richard, los dos sabemos que no sería una gran pérdida.

Ambos rieron, lo que hizo que Julian se levantara y recolocara los cojines a James, pues el movimiento le había causado dolor en el brazo. Volvió a su silla antes de preguntar:

—¿Estás bien?

—Estaría mejor si no me hubieras disparado, la verdad.

—Te repito que no fui yo.

—Puedes seguir insistiendo hasta la saciedad, si quieres, pero sé lo que vi.

—Asumiré la responsabilidad —dijo, contrito. Su mirada era disculpa más que suficiente. James la obvió, así que Julian se permitió bromear—: Si no se lo dices a Richard. ¡Que sufra también él!

Sonrieron de nuevo. Más seguro de la reacción de Bensters, Wilerbrough volvió a la carga.

—Y ahora que podrías dejar atrás todos los rencores que han estado corroyéndote, ahora que podrías ser feliz como pocos hombres tienen la oportunidad de serlo, que has encontrado una mujer insólita y con el mejor de los linajes, que te ama por lo que eres y no por lo que tienes, que se te ha entregado sin pedir ni esperar nada a cambio, la denigras como a la peor de las delincuentes.

Julian se levantó como un resorte. Se sintió insultado como no se había sentido cuando dudó del odio que profería a su padre. Si no salió de la habitación fue por la certeza de que no sería bienvenido de nuevo.

Necesitaba además que alguien le dijera que todo iba a salir bien, que le infundiera valor. Sabía que era un muestra clara de debilidad, pero lo necesitaba igualmente, y no iba a avergonzarse por amar a April hasta el extremo de temer perderla, de estar aterrado.

—Nunca me perdonará —dijo en voz baja.

—Lo hará —le respondió James, confiado—. Es solo que te hará suplicar primero. Entiendo que has deducido que no se casará con Richard, que nunca estuvieron prometidos, y que fue todo una invención del cabeza hueca.

—Sí, lo había imaginado. De todas formas actuó de buena fe.

Por alguna razón inexplicable, necesitaba defender a Sunder.

—Olvídate de Richard y céntrate en April. —No quería que se desviara del tema que les ocupaba—. Te repito que te perdonará, pero no sin hacerte sufrir antes. Y, créeme, que mientras Richard y yo te ayudamos, pensamos apostar al respecto de cuánto tardará en hacerlo. Y tenemos la intención de divertirnos mucho viéndote arrastrarte, también.

Julian se giró, pero ahora sonreía.

—¿Richard? Dudo mucho que se implique en esto.

Que Sunder pasara por alto la noche anterior en aras de la amistad que tenían era posible, pues cuando al vizconde se le pasaba el enfado por algo volvía a ser la mejor persona de todo el Imperio británico. A pesar de que probablemente jamás recuperaran la vieja camaradería, no después de haberse disparado, podía ocurrir que gracias a James volvieran a ser compañeros en alguna correría. No obstante, que fuera a ayudarle a recuperar a April le parecía imposible. Ni siquiera Richard era tan poco rencoroso.

—¿Se puede saber qué haces aquí todavía, en lugar de estar ya besando los pies de cierta dama, para que ella te patee el trasero después?

Julian se acercó a la puerta y giró el pomo, dispuesto a marcharse.

—Veremos si lo hace, o es ella quien se arroja a mis pies, James. Ya lo veremos.

Obviamente ninguno creyó que April fuera a perdonarle, al menos no tan pronto. Pero como mínimo el orgullo de Julian sirvió para que ambos rieran una vez más.

Mientras Julian visitaba a James, April despertó a solas en su habitación, en penumbra, y con la cabeza embotada. Tenía la sensación de que su cerebro estaba relleno de algodón, de tan abrumada como se sentía. La cara de lady Johanna se le cruzó cual relámpago, y aterrada trató de incorporarse para ir a atenderla, pero un dolor lacerante en el abdomen y los riñones la detuvo. Se recostó de nuevo, despacio, intentando controlar las náuseas.

El recuerdo de la visita del médico la noche anterior le golpeó la mente. Todo lo que había ocurrido le sobrevino de repente y vomitó en la bacinilla, sin poder ni querer, tampoco, evitarlo.

Había perdido al bebé que esperaba.

Mientras cuidaba a su señora había comenzado a sentirse mal, tan mal que el ama de llaves la había mandado a su habitación y Martha la había relevado. Cuando la misma ama de llaves la había visitado un rato después para que sustituyera a la doncella de nuevo, pues tenía esta que atender un asunto en las cocinas, la había encontrado hecha un ovillo sobre la colcha, en tal estado que tras ayudarla a acostarse, había ordenado que enviaran al médico tras la habitual visita vespertina a lady Johanna para que la reconociera también a ella.

Cuando el doctor Grenson había apartado las sábanas había descubierto una enorme mancha carmesí a la altura de su pelvis. Unas pocas preguntas después todo el asunto había sido aclarado. Le había dado unas medicinas y algo de láudano, había prometido guardarle el secreto y la había dejado, asegurándole visitarla a la mañana siguiente para ver cómo seguía.

Al ama de llaves le dijo que tenía una fuerte infección y que necesitaba reposar durante al menos treinta y seis horas. Pero las sábanas revelarían la verdad, se angustió April. Afortunadamente sería esa misma gobernanta quien las cambiaría, ocultando su vergüenza y guardando silencio. Como vaticinara la señora una vez, había terminado por ganarse el afecto de aquella mujer.

A pesar de saber que haber perdido a su hijo le facilitaba mucho el futuro, se sentía desolada. Habría querido ser madre, aun soltera, si el padre era Julian. Dos gruesas lágrimas brotaron de sus ojos grises antes de que pudiera detenerlas. Por primera vez en años, dejó que corrieran libres por sus mejillas.

Aquella mañana el doctor había vuelto a visitarla. Se encontraba débil pero estaba mejorando rápidamente. Debía mantenerse en reposo y alimentarse, por más que insistiera en que no tenía hambre. Regresaría de nuevo por la tarde.

Y debía haberse quedado traspuesta tras su visita, pues al abrir los ojos ahora, de nuevo el dolor de su pérdida la golpeaba de lleno en el corazón, como si no lo hubiera sabido antes, como si fuera consciente de ello por primera vez. Y antes de que pudiera lamentarse de su desgracia, un sonido en el corredor impidió que se ahogara en la compasión. La cabeza del vizconde de Sunder, y su perenne sonrisa, asomaron por la puerta.

—Soy consciente de lo impropio de esta visita, estando sola, en tus aposentos y en camisón. Pero dado que he hecho cosas mucho más inapropiadas, aunque no contigo —le guiñó un ojo, flirteando con descaro—, y dado que mis intenciones son absolutamente inocentes. ¿Puedo pasar, April?

Esta sonrió a pesar de la tristeza de momentos antes, tristeza que todavía invadía una parte de su alma. Aquel pillastre tenía el don de hacer felices a quienes le rodeaban. La mujer de quien se enamorara sería una dama muy afortunada. Aquella de la que se enamorara realmente.

Señaló una silla cercana a su cama, y en silencio le invitó a acercarse. Acomodado, le explicó que sus planes para que Julian aceptara casarse con ella no habían salido exactamente como él esperaba, sin entrar en más detalles. Pero que no desesperara, que era cuestión de días que Bensters cambiara de idea. No quería que la joven supiera hasta qué punto se habían complicado las cosas la noche anterior. La muchacha se encogió de hombros, pensando para sí que la urgencia por casarse había desaparecido con la pérdida del bebé. De nuevo sus ojos se humedecieron.

Richard, confundiendo el origen de su pena, le tomó ambas manos y se las besó, con cariño.

—Pero eso no significa que él no vaya a claudicar, o que no te ame, tesoro. Significa únicamente que tardará un poco más de lo esperado. —Besó de nuevo sus manos, y las soltó después para secar las lágrimas de sus mejillas con su pañuelo, que dejó sobre su mesilla de noche—. Porque Julian te ama, April. Que no te quepa ninguna duda sobre ello. Le conozco lo suficiente como para afirmar que te ama como nunca ha amado a nadie. Como rara vez un hombre ama a una mujer. El vuestro es un amor excepcional, y cuando llegue el momento, seréis felices como pocos llegan a serlo. Ten fe por los dos, hasta que él aprenda a creer, a confiar.

—Pues si de verdad me ama, tiene una extraña forma de demostrarlo.

Lo dijo intentando sonreír, buscando valentía en su flaqueza, fuerza en la debilidad que sentía, esperanza en la desesperación que la invadía.

—Debiste enamorarte de mí cuando tuviste oportunidad, jovencita —le reprochó Richard con voz resabiada, haciéndolos sonreír a ambos—. No puedo explicártelo, April, pero Julian juró a su padre no darle nunca un heredero. Por eso reaccionó como lo hizo. Pero te ama. —Los ojos grises se abrieron, enormes. Continuó con tiento, sabiendo que hacía lo correcto—. Tampoco puedo contarte cómo estoy tan seguro, pero como que estoy sentado aquí confesándote secretos que no son míos que Julian te ama incluso en contra de su voluntad.

Siguieron unos momentos de silencio. April se debatía entre contarle a Sunder que había perdido al bebé o callar. Y aunque su conciencia le decía que debía ser honesta, y evitar así que forzara a su amigo a un matrimonio que ya no era necesario, no se sentía con ánimo para hacerlo, no sin deshacerse en lágrimas. Lo haría en otro momento, quizá mañana. Hoy solo lograría abrumarle con su dolor. Un día no supondría ninguna diferencia, no en la decisión de Julian, y aquel hombre ya había sido amable en extremo acudiendo a verla. A fin de cuentas era amigo íntimo del conde de Bensters, y en cierto modo le traicionaba al ponerse de su lado.

Llegó una de las ayudantes de cocina para dejarle un plato con caldo de ave y advertirle que tenía órdenes estrictas del ama de llaves de no moverse de allí hasta que no se lo hubiera tomado todo. El vizconde le besó la mejilla y se marchó.

Poco después regresó el doctor, pues lady Johanna había empeorado, y aprovechó la visita para verla también. Tras una noche de reposo y una segundo reconocimiento pudo diagnosticarla mejor, y declarar que al haber sido una pérdida temprana no debía temer consecuencias negativas en próximos embarazos. Le aconsejó ser más cuidadosa en el futuro, lo que la hizo enrojecer violentamente, y le confirmó que la volvería a ver aquella tarde.

Cuando ella le preguntó por lady Johanna las noticias no fueron tan halagüeñas. La dama estaba peor. La respiración era dificultosa, apenas hablaba, pasaba más tiempo inconsciente que lúcida, y dudaba que su situación se alargara mucho más tiempo.

Tras mucho insistir, le dijo que sí, que si aquella tarde la encontraba mejor, no veía por qué no podía ocuparse personalmente de ella a partir de la mañana siguiente.

Y con esto, se marchó.

Ignorando abiertamente las instrucciones del médico, April acudió a ver a su señora en cuanto este salió de la casa. Encontró allí al ama de llaves.

—¿Cómo está ella?

El ama de llaves se olvidó de reprenderla en cuanto le vio la cara. Estaba lívida por el esfuerzo. La compadeció, pero la admiró también. La vieja sirvienta llevaba en la casa más de treinta años, y quería irremediablemente a lady Johanna, no solo porque fuera una buena señora, sino por todo el tiempo compartido. Aquella joven, en cambio, le tenía una lealtad absoluta. Si bien era cierto que desde el principio la dama la había favorecido, causando envidias entre el personal, no era menos cierto que April sentía devoción por ella, y que estuviera allí lo demostraba una vez más. Por eso había ocultado su vergüenza, y por eso cuidaría de la joven.

—Ha pasado la noche muy inquieta, se ha despertado a menudo, quejándose de no encontrarse cómoda en ninguna postura. Y está muy débil. Ha preguntado por ti, y le he dicho que estabas preparando tú misma su caldo. —Ambas sonrieron con tristeza—. El médico nos da pocas esperanzas. Pero ¿qué sabrá el médico de lady Johanna? —preguntó, refunfuñando.

April le tomó la mano con afecto.

—Poco. Lady Johanna se recuperará única y exclusivamente por llevarle la contraria.

—A ella y a su sobrino. Le dirá al señorito James: «¿Ves como no había nada de lo que preocuparse? Eres un exagerado.»

Ninguna creyó aquellas palabras, pero por un momento les ofrecieron consuelo. La señora estaba mal, y difícilmente se recuperaría.

April pensó en el marqués de Wilerbrough. Era extraño que no estuviera allí. Justo en aquel momento sonó el timbre. April sonrió. Sin duda sería él. Se disculpó con el ama de llaves, se levantó despacio, y salió en su busca, a pesar de la mirada reprobadora de la otra, que le decía sin hablar que debería estar en la cama. El marqués y April tenían muchas cosas de que hablar. Quisieran o no, había un funeral que preparar.

Pero cuando llegó al recibidor no era la figura oscura de Wilerbrough quien la esperaba, sino la más clara del conde de Bensters. Por un momento se quedó quieta, sin saber qué hacer, instante que Julian aprovechó para observarla a placer.

Llevaba más de una semana sin verla, y su cercanía le extasió, aunque al mismo tiempo le hizo sentirse mal. Tenía ojeras y estaba pálida. Le miraba, además, asustada. Su corazón se encogió de culpabilidad. Era él quien la había empujado a tal estado. Era él quien le había provocado insomnio, miedo y malestar. Era él, el desgraciado que la había llevado al límite de su resistencia negándose a casarse con ella y a reconocer a su hijo, al hijo de ambos.

Y en cambio era ella quien padecía las consecuencias.

Se consoló pensando que también él había sufrido su ausencia, y que iba a solucionarlo, a pesar de que su sufrimiento era ínfimo en comparación al de April. Sabía que llegaba tarde, que no podía hacer desaparecer la agonía que le había provocado, que no podía retroceder el tiempo. Pero se prometió compensarla por ello durante el resto de su vida. Iba a jurar amarla, y mientras viviera tenía intención de honrar dicho juramento.

—April.

—Bensters —le respondió, al tiempo que le hacía un reverencia. A diferencia de él, que había pronunciado su nombre con dulzura, ella lo hacía con la deferencia que correspondía, como si no le conociera. Sin embargo, no se ofendió; esperaba resistencia. Había llegado dispuesto a suplicar lo que fuera necesario.

April valía mucho más que su orgullo.

—¿Podemos hablar a solas, por favor? Creo que la sala de recibir en las mañanas está vacía, ahora.

—Estoy ocupada. La señora necesita de muchos cuidados. Por si no lo sabes, está muy enferma. Si has quedado con el marqués de Wilerbrough, no debería demorarse en llegar. Puedes aguardar allí, si quieres. El mayordomo enviará a un sirviente para que se asegure de que la espera te resulta cómoda.

Él suspiró, se quitó el gabán, el sombrero y los guantes, y se los entregó al lacayo, pidiéndole a su vez que les dejara solos.

—Wilerbrough no vendrá esta mañana, me temo que anoche hubo... —enrojeció— un accidente con un arma antigua.

—¿James está bien? —preguntó, alarmada, acercándose involuntariamente a Julian.

—Sí —respondió este, tomándola sin pudor del codo, aprovechando su preocupación—, me temo que el gatillo era especialmente delicado y Sunder no lo tuvo en cuenta. Pero no hay que culpar al vizconde, fue un maldito accidente y afortunadamente la bala apenas le rozó.

—¿Cómo? ¿James recibió un disparo?

Julian aprovechó para rodearla con ambos brazos, aun sin llegar a abrazarla. Era curioso que hacerle daño por su rechazo le doliera, y en cambio mentir sobre Richard le resultara divertido. A fin de cuentas, estaba seguro de que, dijera lo que dijese Wilerbrough, quien había disparado a James era el cabeza de chorlito.

—Quedó todo en un susto, querida. Todos estamos ilesos, a excepción de una pequeña herida en un brazo.

Para cuando April quiso darse cuenta, Julian la envolvía, y se sentía sosegada en sus brazos. Como si todo fuera bien; como si Johanna no estuviera al borde de la muerte; como si no hubiera perdido al bebé que esperaba; como si no la hubiera rechazado; como si no la hubiera tratado peor que a una mujerzuela, asegurándole que le rogaría volver con él porque se cercioraría de que no le quedara más remedio.

Atribuyéndolo a un momento de debilidad, y sintiéndose una necia por ello, lo apartó de un empellón.

Julian sintió frío al verse alejado.

—Celebro que el marqués goce de buena salud. Pero me temo, como te he dicho, que estoy ocupada. Así que si me disculpas...

Iba a marcharse cuando él la tomó del hombro, frenando en seco su salida.

¿Por qué los hombres eran más fuertes que las mujeres? ¿Por qué solo con su físico podían dominarlas, tenerlas a su merced? Esa misma acción le había supuesto, cuando le anunció que no aceptaría al bebé como propio, escuchar todas las atrocidades que le dijo sobre que volvería a él porque no tendría más remedio, porque pediría a James que intercediera ante Johanna para que la despidiera, porque Sunder no la ayudaría. Cuando la rechazó de plano ella quiso irse, pero él, como ahora hacía, la atenazó y la obligó a quedarse con el único objetivo de humillarla. ¿Eran conscientes los hombres de lo frustrante que resultaba a las mujeres la falta de libertad de movimientos en aquel sentido?

Desesperada ante semejante injusticia, le miró con odio.

Ante su mirada Julian retrocedió impresionado, pero no la soltó.

—No he venido a ver a James, sino a ti. Y no me iré hasta que hablemos, April.

De un estirón se soltó, seguramente porque Julian aflojó. Pero permaneció en el recibidor, retadora.

—No tengo nada que decirte, Julian.

—Lo que no me sorprende, después de todo lo que yo te dije a ti.

Ella alzó la vista, sorprendida. No esperaba una disculpa. Pero aquello no era una disculpa, se corrigió.

—Lamento mucho lo que te dije, April. Todo lo que te dije. —Vaya por Dios. Eso sí era una disculpa. Una en toda regla—. Ojalá pudiera echar atrás los relojes y volver al momento exacto en el que nos encontramos en la biblioteca de James. Ojalá me dejaras enmendar cada una de mis palabras.

Dichosa su suerte. ¿Por qué le decía ahora lo que había soñado con escuchar durante toda la semana?

—¿Puedo, April, por favor?

No, no podía. Porque si le dejaba hablar, cedería. Y si cedía terminaría perdiendo lo único que le quedaba: su orgullo.

—April, te lo suplico.

Su corazón se saltó un latido ante su súplica. Julian eran un hombre orgulloso, tanto o más que ella. Y le entregaba su orgullo a cambio de una oportunidad. Le escucharía, se dijo. Pero después le rechazaría con elegancia y volvería con lady Johanna, que era con quien realmente debía estar. Aquel hombre la había denigrado, se recordó, la había tratado peor que a una cualquiera y no merecía por su parte un trato mejor ahora.

—Cinco minutos, Julian. Y después te marcharás. —Se felicitó ante la firmeza de su voz.

—Gracias —le respondió en un susurro.

Y su agradecimiento fue tan sincero, su voz tan profunda, que April se pasó todo el camino hasta la salita recordándose que aquel caballero arrepentido, que la miraba con adoración, era el mismo hombre que la apartó de sí en el momento en que más lo necesitaba.

Si se le olvidaba, caería rendida a sus pies, tal y como él le advirtiera unos días antes, justo antes de que ella le abofeteara.

30

Accedió a la salita, y sin esperar a ver qué hacía él, se sentó en uno de los pequeños sillones, evitando así la *chaise longue* en la que cabían ambos. Era demasiado íntima, y estaba decidida a evitar cualquier peligro. Sin mirarle, esperó.

Julian entró tras ella, cerró la puerta y se dirigió directamente a la chimenea, en el otro extremo. Apoyó el brazo en la repisa y la miró.

Por todas las campanas del infierno, ¿cómo era posible que no se hubiera dado cuenta antes de que era una dama? No había más ciego que aquel que no quería ver. Y él desde luego había preferido no mirarla atentamente. Estaba sentada en el borde del asiento, con las piernas juntas y en ángulo recto, y los pies algo desplazados hacia el lado derecho, enseñando apenas sus bien contorneados tobillos. Las manos reposaban, refinadas, sobre los muslos, con los dedos relajados pero estirados, mostrando su elegante longitud. La espalda, completamente recta, con los hombros algo retirados, mostraban un cuello exquisitamente curvado. Y la cabeza, en perfecta simetría con la columna vertebral, mostraba un semblante calmado, dulcificado por una mirada serena. Era el perfecto parangón de una dama. El gran retratista español, Francisco de Goya, hubiera pagado por plasmarla en un lienzo.

Y era hermosa, por Dios que lo era. Su cabello rubio claro, sus enormes ojos grises, su pequeña boca, que se moría por besar día y noche hasta robarle el alma a través de ella... Dejó que su mirada vagara a placer por el cuerpo femenino que tan bien conocía, moldeado para él, de modo que cada curva, cada recoveco de April, cupiera en el suyo.

Y recordó entonces que dentro de aquel cuerpo que tan bien conocía estaba creciendo una nueva vida. Su bebé. Iba a tener un hijo con April. Deseó que fuera una niña, tan hermosa como su madre. Y si finalmente era un niño, ya vería cómo lo solucionaba respecto al tema de la herencia del marquesado. Siempre podía renunciar a ella, pues tenía una fortuna propia. O irse a América. Pero iba a ser padre. Padre.

—Julian.

No supo por qué le interrumpió. Tal vez porque estaba nerviosa ante su examen, tal vez porque deseaba escuchar lo que tenía que decirle, ya que a pesar de su firme decisión de rechazarle, necesitaba oírle decir que se había equivocado, que la amaba tanto como ella a él, que la ausencia le estaba matando poco a poco, que no tenerla le corroía el alma, que agonizaba. Que se sentía tan mal como ella misma se sentía.

Pero eligió el peor momento para detener sus pensamientos, pues Julian dejó de razonar en voz baja y sencillamente compartió en voz alta el hilo de sus reflexiones justo donde los había dejado.

Y sus palabras fueron la desesperanza, el sufrimiento, el fin de cualquier ilusión que la joven pudiera tener.

—Quiero tener ese hijo, April. Quiero ser padre.

Si le hubiera interrumpido antes, hubiera escuchado lo mucho que la amaba, y si lo hubiera hecho después, probablemente Julian le hubiera contado todos los planes de futuro que tenía para los tres, planes que incluían una boda, y otros niños, y amor, y esperanza, y una vida plena y feliz.

No obstante, ella escogió aquel pésimo instante, y él jamás sospechó que ella pensaría que era el bebé lo único que le interesaba.

April sintió por un momento que perdía la visión. Creyó que era porque lloraba, pero sus ojos estaban secos, tanto como su alma. Lo cierto es que estaba tan destrozada que era incapaz de enfocar. Desorientada, tardó unos segundos en volver en sí y poder interiorizar lo que él había dicho, y lo que significaba.

O, más bien, lo que creyó que significaba. Esta vez el error fue suyo, pues no preguntó, sino que dio por sentado que ella carecía de valor para él a pesar del tiempo que habían pasado juntos. Probablemente saber que ya no iba a ser madre, y percatarse de que en breve lady Johanna se iría, la superaron, y dio a Julian también por perdido sin preguntar siquiera. Fue su error, sí, pero nadie podría culparla después de todo lo que le había ocurrido en los últimos dos días.

—Pues me temo que tendrás que resignarte a hacer otro, Julian. El mío lo perdí anoche.

Decirlo así fue una crueldad por su parte, pero Julian no se lo tuvo en cuenta. No, porque la conocía y supo que tras su voz endurecida, tras sus ojos inertes, ella sufría. Así que se acercó a April despacio, se sentó en el suelo, a sus pies, le tomó una de sus manos, apoyó la barbilla en sus rodillas y la miró con cariño. Con la otra, le acarició el cabello. La sintió tensa, así que con las yemas de los dedos le presionó suavemente, y sintió que ella se tendía hacia su mano, atraída por el leve masaje que estaba recibiendo. Con la otra, su dedo pulgar le acarició haciendo pequeños círculos sobre su palma, y al poco fue él quien apoyó su cabeza sobre los muslos de la joven, y le besó las piernas por encima de la falda.

—¿Estás bien?

Por un momento estuvo tentada de dejarse consolar. Por un breve instante quiso ser débil, permitirse compartir su dolor, dejar que la abrazara y le prometiera que todo iba a salir bien, que él la cuidaría, que el sufrimiento se alejaría y la felicidad regresaría a su vida. Pero hacía años que nadie la reconfortaba, tantos, que ya no recordaba cómo podía dejarse llevar. Así que le apartó con cierta brusquedad, se puso en pie, se acercó a la chimenea donde había estado Julian momentos antes, colocándose de espaldas, y respondió con voz monocorde:

—Estoy bien. Yo siempre estoy bien, Julian. A pesar de todo lo que me ha ocurrido desde que mis padres tuvieron aquel fatal accidente, llevo toda la vida estando bien.

Estaba dolido porque no fueran a tener el bebé, tanto como por el sufrimiento de April. Le había costado hacerse a la idea de ser padre, y en honor a la verdad que ella no estuviera embarazada le facilitaba ciertas cuestiones. Sin embargo, sintió la pérdida profundamente. Se había imaginado con una preciosa niña rubia en brazos, y ahora ya no veía la imagen en su cabeza ni en su corazón. Aun así la amaba y quería casarse con ella igualmente, por lo que los hijos llegarían, antes o después. Se acercó, la tomó por los hombros, y a pesar de su resistencia, la giró y la miró durante mucho tiempo, el que fue necesario hasta que ella le devolvió la mirada.

—Cásate conmigo.

Se separó de él, buscando espacio.

—¿No me has oído, acaso? He perdido al bebé. Ya no es necesario que nos casemos.

Él se arrodilló frente a ella, consciente de que no se lo había pedido correctamente. Le tomó la mano y lo intentó de nuevo, esta vez como marcaban los cánones.

—Lady April Elisabeth Martin, ¿me haríais el honor de aceptar mi mano en matrimonio y ser mi esposa?

April le miró, ansiosa, tentada de aceptar. Sería tan sencillo decir que sí, tan fácil aceptar y vivir una historia de amor como la de su novela.

Pero su lado pragmático regresó al punto para recordarle que los cuentos solo eran eso, cuentos, y que la vida real era lo que imperaba, y ella precisamente la había vivido en la primera línea de fuego.

Julian no esperó su respuesta, vio la negativa en sus ojos. Se levantó, pero no perdió la esperanza. Había llegado dispuesto a luchar, y ella le amaba, no le cabía duda.

—¿Podría saber por qué no te parezco adecuado? ¿Quizás he sido un poco anticuado en mi petición? ¿Tal vez esperabas flores? —Se echó la mano a la frente, tratando de hacerla reír, de aliviar la tensión del momento—. Un poema. Es eso, ¿verdad? Querías un poema. Pero sabes que soy pésimo rimando. ¿No preferirías dulces? Puedo ir a Bond Street y traerte una cesta entera, si quieres.

Ella rio, a su pesar.

—¿April? —insistió.

Ella cedió a su pregunta, y recuperó la seriedad.

—Tú no quieres casarte conmigo. No realmente.

—¿No? —Trató de que su voz sonara neutral.

—No —le confirmó ella, al tiempo que negaba con la cabeza, con la mirada errante.

—Y ya que sabes más que yo al respecto de mis deseos —intentó sonar disipado, pero no estuvo seguro de conseguirlo—, ¿podrías decirme entonces por qué me he arrodillado a pedírtelo, entonces?

Ella dudó, pero finalmente contestó:

—Porque eres un caballero. —Su voz destilaba congoja, pero no se amedrentó.

Julian se apiadó de ella, pero se cuidó de demostrarlo. Si algo había aprendido en los últimos diez minutos era que April no soportaba la compasión. Continuó, con tiento:

—Y soy un caballero al pedirte en matrimonio porque...

—Porque ahora sabes que soy una dama, y me has comprometido. Y eso es lo que hacen los caballeros cuando comprometen a las damas, pedirles matrimonio. —Le hablaba como a un niño pequeño, pero no le irritó.

Aun a riesgo de recordarle su horrenda actuación, y predisponerla todavía más en su contra, le respondió:

—También sabía que eras una dama la otra mañana, cuando me lo confesaste, cuando todavía estabas embarazada —dijo esto en voz susurrada, acariciándole el labio inferior mientras le hablaba—, y no fui precisamente un caballero.

Calló ante la obviedad de sus palabras.

Julian insistió:

—¿No quieres saber por qué te pido que me aceptes como esposo?

Silencio.

—¿April?

Más silencio.

—Te lo diré igualmente, quieras o no. —Le amenazó medio en broma medio en serio, al tiempo que le acariciaba las costillas.

Ella le apartó la mano con cierta brusquedad. Se sentía atrapada. Temía su respuesta. Temía que le dijera que la amaba, y temía que le dijera que lo hacía porque se sentía obligado. Ninguna de ambas opciones iba a satisfacerle. No después de lo ocurrido la semana anterior.

—Habla, pues.

Julian se hizo un paso atrás para admirarla mejor, a pesar de perder su cercanía. Estaba convencido de que cuando acabara de hablar, sería ella quien cerraría el espacio que los separaba.

—Te pido matrimonio porque quiero pasar el resto de mi vida contigo. Porque quiero jurar antes aquellos que conozco y ante cualquier desconocido que quiera venir a nuestra boda que voy a amarte y honrarte todos los días de mi vida. Te pido matrimonio porque no puedo pasar un día más sin ti. Eres mi verano, mi domingo lluvioso, mi noche estrellada, mi mar en calma. Te pido en matrimonio porque te amo, April, porque no supe lo que significaba amar hasta que te conocí. No entendía qué simbolizaba el amor hasta que te entregaste a mí, hasta nuestra primera noche juntos, donde fui tanto el seductor como el seducido. Ningún poeta, ningún bardo, ha hablado nunca ni podrá describir lo que tú me haces sentir. Contigo existe la esperanza, el mañana. Y te juro que si me aceptas, pasaré el resto de mi vida intentando hacerte sentir lo mismo, intentaré hacerte tan feliz como tú me haces a mí.

El cuerpo de April comenzó a temblar de manera involuntaria, tanto que apenas era capaz sostenerse. Julian, preocupado, la tomo en brazos y la depositó con suavidad en la *chaise longue*. Por un momento April recordó su primera noche juntos, cuando la tumbó en la cama con infinito cuidado.

—April, sé que me amas. Sé que no solo me amaste aquella noche, durante unas pocas horas. Me he sentido amado desde entonces.

Una lágrima desobediente rodó por su mejilla.

—Sería más sencillo si me lo contaras tú. Desgraciadamente tus lágrimas no quieren decirme qué tienes.

La joven se encogió de hombros, intentando hallar su voz.

—A veces amar a alguien no basta, Julian.

Él se echó hacia atrás, espantado.

—¿Quieres decir que tu amor no es suficiente?

De nuevo cayó el silencio.

Julian se sintió estafado. Y se enfureció. La amaba con todo su ser, y ella no le correspondía, o no lo suficiente, según sus propias palabras. Se puso en pie, se atusó el cabello y dio un par

de vueltas por la habitación, tratando de serenarse. De acuerdo, April no lo amaba lo suficiente. Todavía, se dijo. Esperaría. Cada uno tenía sus tiempos. Ella se había declarado primero. Él la amaba más ahora. La adoraría con su cuerpo y su alma hasta que se rindiera a él. Se acercó de nuevo.

—No importa. No me mires así, desde luego que importa. Y me duele, me duele mucho, tanto que por un momento creí que no sería capaz de volver a respirar. Pero ya me amarás hasta lo que tú consideres suficiente. Lo que tenemos es especial, y haré que sientas lo mismo. Te lo he prometido antes y te lo repito ahora. Si me aceptas pasaré el resto de mi vida intentando hacerte tan feliz como tú me haces a mí. Y llegarás a amarme lo suficiente. Te lo prometo.

Una segunda lágrima resbaló por su mejilla. La desesperación se apoderó de él.

—Dios, April, ¿qué es lo que ocurre?

—Es tu amor, Julian, el que no basta.

Si le hubiera abofeteado, el efecto no hubiera sido menor. Se echó atrás de nuevo, se levantó, y, en fin, repitió de nuevo la escena anterior, mucho más nervioso. Y como ocurriera en otras ocasiones, la perturbación de él representó la serenidad de ella, quien también se puso en pie, mucho más tranquila. Su sosiego lo puso histérico.

—¿Cómo te atreves a juzgarme? ¿Cómo osas decidir si te pido matrimonio porque estás embarazada, o porque soy un caballero? ¿Cómo te aventuras a medir la intensidad de mis sentimientos y a calificarlos de insuficientes?

Estaba herido y no atendía a razones. Aun así April intentó hacerle ver su punto de vista.

—¿Qué ocurrirá si tenemos hijos, Julian?

Era una bajeza, lo sabía, pero también era su peor temor, y aquel era el momento de afrontarlo.

Él la miró furibundo.

—¿Qué crees que ocurrirá si tenemos hijos, April?

—Sé que juraste a tu padre que no...

—No sé quién te ha dicho lo que hablé con mi padre, aunque dada tu reciente amistad con mis mejores amigos, no es muy difícil averiguar cuál de ambos ha sido. En cualquier caso, April, ya he pensado en ello. —Su voz era cruel, le hablaba como si fuera dura de entendederas—. Ya he contemplado la posibilidad de que tengamos hijos si nos casamos, dado lo mucho que me gusta acariciarte, besarte, hacerte el amor.

Al decir esto su voz perdió beligerancia, y su mirada ganó en calidez. Ambos se relajaron un poco, evocando las imágenes de lo que él recordaba.

—¿Y qué harías, si tuvieras un hijo varón, Julian? —insistió.

De nuevo él se enfadó, pero menos que la vez anterior. Incluso se permitió ser sardónico.

—¿Quién crees que soy, April, el maldito Cronos?*

April hizo un amago de sonrisa, al imaginarlo comiéndose a sus propios hijos. Pero no se dejó convencer.

—Le darás a tu padre un heredero.

Ahora fue Julian quien calló.

Tras más de un minuto de silencio, April se sentó, a la espera, jurándose que no le interrumpiría, que esperaría a que él hablara.

Julian esperó a que ella continuara, a que dijera cualquier cosa, lo que fuera, que desviara el tema, pero sus esperanzas fueron en vano. Así que, resignado, contestó.

—Renunciaré al título.

Ella ahogó una exclamación.

—En primer lugar —respondió airada—, no es tan sencillo como piensas, y en segundo lugar, no puedes renunciar a él en nombre de tu hijo.

—Gracias por la lección de derecho sucesorio —le respondió, seco.

—La aprendí de la forma más dura posible, perdiendo el linaje de mis padres y mi herencia. De nada, en cualquier caso —señaló ella, con rencor.

Julian volvió de nuevo a la chimenea, se acomodó en la repisa y comentó:

—Tal vez, si nos marcháramos a Estados Unidos...

—¡¿Qué?!

* Dios Griego, rey de los dioses tras derrocar a su padre, y que se comía a sus hijos recién nacidos para evitar que alguno de ellos tratara de destronarle.

Ella se levantó, se puso detrás de él, lo giró y lo encaró, enfadada como nunca. La ira le daba la fuerza que su pérdida le había quitado.

—¡Repite eso!

—Con un no me bastaba. —Algo en su mirada gris le acobardó. Supo que esta vez había rebasado los límites, sin saber cómo exactamente.

—Hablas de negar a tu hijo su herencia y de exiliarlo. Tú no sabes de que hablas, Julian, pero yo sí. Yo —se golpeó el pecho— perdí a mis padres siendo una niña, y mi título volvió a la Corona. Las tierras de mis antepasados, las fincas, los arrendatarios, los escudos de armas... todo aquello que nos había definido como vizcondes de Watterence, todo aquello que nos había hecho existir, desapareció. Fuimos eliminados de la historia sin misericordia. Un día existíamos, y al siguiente ya no éramos nadie. Y yo —de nuevo se golpeó el pecho— tuve que abandonar mi casa, mi país, y toda la gente a la que amaba y que me adoraba, para irme a un lugar extraño en el que no me querían, en el que no conocía a nadie, y en el que nadie hablaba mi idioma.

—April, no lo entiendes.

—Eres tú quien no lo entiende. Si crees que voy a hacer pasar a mis hijos por el infierno que pasé yo, es que estás completamente loco.

Julian la miró fijamente, evaluándola. Hablaba en serio, decidió derrotado, hundiendo los hombros. No se iría con él a ningún lugar, ni renunciaría a nada. Y no lo hacía por su herencia, no lo hacía por ella ni porque tuviera ninguna ambición personal, sino por los hijos que tal vez tuvieran algún día.

Y desde luego no sería su amante, evitando así descendencia legítima. Ya se lo había pedido una vez, preguntárselo ahora sería cavar su propia tumba.

Desesperado, le repitió:

—April, te amo.

Le encaró furiosa, y sin embargo solo pudo responderle en un susurro contenido:

—¿Me amas más de lo que odias a tu padre, Julian?

Y él no pudo contestar.

Con una sonrisa triste, fue ella quien habló:

—Ya te lo dije al principio. Amarse, a veces, no basta. Y ahora, si me disculpas, lady Johanna me espera.

Y se dirigió hasta la puerta, dispuesta a marcharse. Tomó el pomo y se giró para mirarlo por última vez, y lo que vio la dejó tan destrozada que, sin poder evitarlo, se acercó a él, le tomó las mejillas con las manos, le secó las lágrimas que le fluían, libres, por sus preciosos ojos azules, y lo besó con suavidad. Él la tomó por la nuca y transformó el beso en un intercambio desesperado de amor, de esperanza, de deseo, de todo aquello a lo que estaban renunciando.

Fue ella quien poco a poco rebajó la intensidad hasta ponerle fin y apartarse.

—Y a pesar de que a veces no baste, Julian —le dijo, con voz llorosa—, yo también te amo.

Y entonces sí, se marchó sin mirar atrás, pues si lo hacía, aceptaría cualquier cosa que él le ofreciera.

31

Julian se revolvía dentro de su carruaje, inquieto. Aborrecía los coches de caballos, se sentía confinado en ellos, y costaba algo más de tres días llegar a Durham, por lo que a pesar de que quedaban apenas unas millas para arribar a su destino, estaba harto, tras casi cuatro días encerrado en un cubículo. En el momento en que estuvo en Grosvenor Street, después de que April le hubiera rechazado, a pesar de confesarle su amor y besarlo una última vez, había sabido lo que tenía que hacer. Le ofrecería todo lo que era y le demostraría que por ella era capaz de superar cualquier ofensa, incluso el peor de los pasados.

Se reprochó por enésima vez no haber ido a caballo, pues en apenas una jornada y media, cambiando las monturas cada medio día, hubiera llegado, y si todo se desarrollaba según sus planes, estaría ya cerca de volver. Sin embargo, sabía que esa vez no era posible acelerar el viaje. Pretendía pasar tres días en la finca antes de regresar a la capital. Lo que significarían, se recordó con fastidio, otros cuatro días más de carruaje. Pero no podía retornar a Londres a caballo y adelantarse así. Debía volver en ese mismo coche con el blasón del condado de Bensters en la portezuela y en las libreas del cochero y los mozos, pues en su itinerario iba a detenerse en una de las fincas familiares a entregar al segundo administrador de la familia Woodward una serie de documentos, y debía hacerlo personalmente y de la manera correcta. Y presentarse a caballo y sudoroso la primera vez que conociera a aquel hombre no era la forma adecuada de hacerlo.

No obstante, una parte de él se enojó de manera infantil. Prefería montar a recorrer aquellos caminos en carruaje.

Más aun cuando llegaría antes a April.

Razonó, para su consuelo, que a caballo no podía llevar ropa para varios días, ni algunos de los documentos que portaba, ni a John, su ayuda de cámara. Esta vez no era como la anterior, cuando juró que no pondría de nuevo los pies en aquellas tierras. Ahora pretendía pasar algunos días en Woodward Park, y si todo salía como esperaba, se establecería allí, una vez convenciera a April de que hiciera de aquel frío castillo un hogar en el que vivir juntos y criar un buen puñado de niños.

April.

Por partes, se dijo. Primero se encargaría de su padre. Y luego de convencer a su futura esposa de que se casara con él, para que entendiera que la amaba más que a sí mismo.

En una semana estaría de nuevo en Londres, y comenzaría su asedio al corazón de ella.

—¿Todo bien, milord? —preguntó su valet con voz grave, y era la tercera vez en cuatro jornadas que se preocupaba por su estado de ánimo.

El hecho de que John se hubiera mantenido callado durante aquellos días, limitándose a respetar sus silencios, debía significar que estaba tomando las decisiones adecuadas. En caso contrario, tanto él como su mayordomo le hubieran hecho saber sus opiniones de un modo u otro.

Le devolvió la mirada con la misma seriedad, pues ni la visita que planeaba era plato de su gusto, ni la conquista que después vendría tenía certidumbre alguna.

—Todo bien, John. Gracias.

El mismo día en que April se despidiera para siempre de Julian lo hacía también de lady Johanna Hendlake, o su señora, como siempre pensaría en ella.

Horas después el corazón, el enorme corazón de tan insólita dama, dejaba de latir mientras dormía plácidamente. La ausencia de dolor era el único consuelo al que podían aferrarse aquellos que tanto la habían querido en vida.

En el pequeño cementerio familiar April lanzaba una rosa sobre el ataúd de la que hubiera sido su única guía los últimos meses, al tiempo que otras pocas flores caían. Aquella mujer había sido un ejemplo en vida, y a pesar de las críticas recibidas por sus pensamientos adelantados a la época, a pesar de que algunas puertas le hubieran sido cerradas por ello, la iglesia atestada de gente durante la misa en su recuerdo así lo confirmaba. La antigua condesa de Hendlake había sido una mujer muy respetada.

Los sepultureros comenzaron a palear y cubrir el féretro hasta hacerlo desaparecer, ocultándolo bajo la tierra marrón. Acabada su tarea, dieron el pésame a los presentes en voz firme pero casi inaudible, respetando el dolor de los congregados, y se marcharon. El pastor pidió que oraran de nuevo por el alma de la perecida, y tras lo que a April le pareció una eternidad, dio el pésame y se marchó también. Los sirvientes, que habían acudido sin que faltase ninguno de ellos, se despidieron poco después. Fue el turno luego de la sobrina de la fallecida y de su esposo, única familia que había podido acudir, quienes tras despedirse de James y preguntar por la fecha de lectura del testamento, se alejaron por los senderos del cementerio.

Ningún otro familiar había acudido. El mayor heredero y actual conde de Hendlake, un sobrino, estaba en las Tierras Altas de vacaciones y no había sido localizado.

Nicole acababa de ser internada, y no tenía tampoco demasiada relación con aquella tía por orden de la duquesa, así que no había sido llamada desde el colegio. James se entristeció. Realmente hubiera deseado que su hermana hubiera podido verse influenciada de algún modo por lady Johanna durante su debut, hubiese sido la mejor de las consejeras.

Y su madre, lady Evelyn, estaba en el campo, huyendo de los rumores sobre su esposo. A pesar de que chocaban frontalmente en su forma de ver la vida, la duquesa hubiera debido acudir al funeral, ya fuera por afecto o por respeto. James se lo había exigido, pero esta, o bien no había recibido la misiva a tiempo, o la había ignorado. Prefirió no pensar en ello ahora. No era momento de rencores, sino de despedidas.

Si bien la homilía había sido muy concurrida, el entierro había sido íntimo, a petición del propio marqués de Wilerbrough. No quería que el último adiós a su tía fuera un circo.

Solos en el cementerio, James y April estuvieron un tiempo sin decirse nada, sumidos en sus recuerdos, todos ellos amables, de la difunta. El caballero se permitió acercarse a ella y pasarle el brazo por los hombros, acercándola a sí, y besarle la coronilla con cariño. Ella no se quejó por la intimidad de su abrazo; al contrario, se apoyó en él relajada, descansando su cuerpo y sus sentimientos en aquel hombre que parecía que siempre estaba cuando era necesitado.

—Tenía una sobrina en Kaliningrado, Herr Sigrid. Es ahora duquesa de Rothe. Mantenía correspondencia con frecuencia con tu tía. —Hubo de tomar aire para evitar llorar al hablar de ella en pasado—. Quizá debieras escribirle y anunciarle el triste desenlace.

Sigrid se sentiría devastada cuando se enterara de la muerte de su tía inglesa.

—Quizá sería mejor que lo hicieras tú, April —le respondió poco después—. Yo no la conocía, y estas noticias es mejor recibirlas de personas con quienes se ha tenido relación.

April desearía poder hacerlo, lo deseaba con todas sus fuerzas. Pero si le escribía su tío la descubriría. De un modo u otro daría con ella. Ahora mismo no tenía dónde ir, y tendría que acudir a una agencia de colocación. Aquello iba a dar ventaja a su tutor, le sería más sencillo encontrarla, pues iba a dejar rastro. Una carta desde Inglaterra sería como ponerse ella misma la soga al cuello.

—No creo que eso fuera correcto —se excusó—. A fin de cuentas Johanna era tu tía, y yo su dama de compañía.

—Tal vez sí. Pero tal vez Sigrid prefiera leer la noticia de tu puño y letra, y no del mío.

Ella se sintió agobiada. Detestaba mentir. Pero no podía dejar de hacerlo, no sin correr demasiados riesgos.

—Sigrid era una de las señoritas del internado, y yo una doncella. Apenas teníamos trato, y...

—Sigrid le contó tu historia a mi tía, y esta me la contó a mí, April.

—Oh.

No se le ocurrió nada más que decir.

Lady Johanna siempre lo había sabido. Una parte de ella se alegró, aunque no supo descifrar la razón.

James le dio un apretón cariñoso en el brazo, confundiendo su silencio.

—Lo hizo por tu bien. Ambas lo hicieron por tu bien. ¿Lo sabes, no es cierto? —le dijo con voz suave. No quería que se sintiera traicionada, menos todavía por su difunta tía.

—Lo sé —respondió, y se tomó un tiempo antes de continuar—. Y en el fondo me alegro de que lo hiciera, de que ambas lo hicieran. Tu tía fue muy generosa conmigo. Lo era con todos los sirvientes, pero conmigo lo fue especialmente. Y tú, James...

—Y tú con ella, April.

No quería oírle decir que también él había sido amable. Desde el día en que le prometió con solemnidad, como los hombres se daban su palabra de honor en un pacto, que cuidaría de su tía, James se había prometido que cuidaría de la joven cuando su tía no estuviera.

No obstante, nunca pensó que fuera a dejarles tan pronto. Estaba convencido, a pesar de sus temores, de que viviría todavía algunos años más. Que en la temporada siguiente aconsejaría a Nick y le haría la vida imposible a él, buscándole esposa en cada velada, en cada salón, en cada dama con la que bailara.

Miró a April con reconocimiento.

—Nunca estuvo tan bien cuidada, ni tan animada, como en estos últimos meses. Desde tu llegada ella fue feliz. Murió feliz.

Vio como la joven se esforzaba porque las lágrimas no brotaran de sus preciosos ojos, pero hizo como que no se había dado cuenta. Si ella no quería mostrar sus sentimientos en público, a él le parecía bien. No por no llorar se sufría menos.

Pero sus palabras habían surgido de lo más profundo del corazón. Con April su tía había rejuvenecido. Antes de que llegara estaba más apagada. Ninguna dama de compañía la satisfacía, se sentía hastiada, no tenía ganas de acudir a fiestas, ni de recibir visitas. Desde que la joven viniera de Prusia, en cambio, se había prodigado socialmente, probablemente pensando más en su dama de compañía que en ella misma, pero había sido propicio para las dos. Lástima que su corazón no hubiera soportado más tiempo de esparcimiento. Sin embargo, y para alivio de todos, el médico les había asegurado que hubiera sufrido el ataque igualmente, hubiera guardado cama o bailado todos los valses de la temporada.

Solo por la felicidad de aquellos meses, James estaría agradecido de por vida a la mujer a la que tomaba por los hombros en aquel instante.

—Lamenté tener que mentir —se disculpó April una vez recuperó la voz—. Y no obstante volvería a hacerlo. Mi tío me está buscando. Y aunque es cuestión de tiempo que dé conmigo, pues el barón es como el mejor de sus perros de caza, trataré de dilatarlo al máximo. Va a casarme con un marqués que bien podría ser mi abuelo. ¡James! —le amonestó, sonriendo sin saber por qué, solo porque el otro también sonreía—, no debieras reírte de mis desgracias. Y menos en un día como este.

No sabía qué le hacía reír. Quizá la disculpa de la muchacha, para afirmar acto seguido que volvería a hacerlo, tal vez la intimidad del instante compartido, que ella se le estuviera confesando. Pero sonreía porque dentro de la tristeza del momento lo hermoso que había entre ellos seguía creciendo, en lugar de menguar hasta desaparecer, como se suponía que ocurriría una vez desaparecido aquello que los unía. Y sonreía por lo irónico de la situación que April le contaba, también.

—Lo lamento, de veras que sí. Disculpa que mis labios no puedan dejar de elevarse, debe ser alguna manía nueva, y tienes razón, no es momento ni lugar. Pero no puedo evitar pensar que Julian algún día será marqués, y que a diferencia de tu impuesto prometido, Bensters no podría ser ni tu padre, de hecho tiene los años adecuados para casarse con una muchacha casadera como tú. Tal vez debieras reconsiderarlo y aceptar... ay —protestó, ante el codazo en las costillas, pero también ella sonreía, aunque la tristeza no la abandonara del todo—. De acuerdo, de acuerdo, ya me callo. Se acabaron las bromas sobre marqueses en edad de merecer. —Pero era demasiado tentador para negárselo, y aquella joven tenía algo que hacía felices a quienes la rodeaban. Así que se dejó llevar—. Por cierto, ¿te he comentado que yo ya soy marqués?... ¡ay!

Tras un simpático forcejeo, cuidándose de no rozar siquiera

el brazo izquierdo de él, herido todavía, volvieron a acercarse el uno al otro. Esta vez James no la tocó, pero ella se sintió con la confianza suficiente para tomarle el brazo y acercar de nuevo su cabeza al ancho hombro.

—Por eso no puedo escribirle a Sigrid, y tendrás que hacerlo tú. Mi tío lo descubriría y seguiría la pista hasta encontrarme.

—¿Y si la escribes tú y la remito yo?

Ella negó con la cabeza, apesadumbrada.

—Lo sabría.

—Tu tío debe ser un auténtico bastardo, si me disculpas la expresión y que insulte a un familiar tuyo.

Una pequeña carcajada resonó en el silencioso lugar.

—No me importa. Ni la expresión, ni que le insultes. La realidad es que no le conozco. Me mandó al internado nada más llegar a Prusia, y apenas me visitó allí. He pasado siete años en aquel colegio, y solo algunas veces en casa de la sobrina de lady Johanna. Pero jamás en la finca del barón de Rottenberg.

James recordó sus primeras navidades en Eton, siendo aún un niño, pues en el centro se admitía a un pequeño número de alumnos menores de diez años, y él fue uno de los elegidos. Otro de aquellos tristes desafortunados fue Sunder. Se conocieron al pasar las Navidades juntos allí, pues por razones bien distintas ninguno de ambos fue reclamado por su familia.

—Estoy seguro de que no te perdiste nada.

Tras otro tiempo de silencio, April preguntó en voz alta, más para sí que para él.

—James, ¿crees que ella se enfadaría si nos viera ironizar frente a su lápida, nada más dejarnos?

—Lo dudo, dado su espíritu vivaz. Pero volvamos a casa, de todas formas. Parece que va a llover, mi cochero nos espera, y tengo que hablar contigo sobre un par de asuntos.

Ya en la salita azul, la preferida de lady Johanna, y frente a una taza de té, James habló de los temas más prácticos del fallecimiento, como el cabeza de familia que estaba aprendiendo a ser.

—Mi tía no cambió su testamento, April. El que tenía era de

hacía más de tres años. Supongo que no esperaba fallecer ahora, no cuando se sentía tan viva.

La frase los dejó a ambos reflexionando durante unos minutos, recordando ella todo lo que sabía de la dama, y James los últimos meses, preguntándose si no hubiera debido insistir más sobre su salud, cuando la veía tan cansada. No podía evitar sentirse algo culpable.

April se encogió de hombros sinceramente.

—No esperaba nada, James. Me dio más de lo que debía mientras vivió.

—Aun así estoy convencido de que si hubiera tenido tiempo de planificar su marcha, te hubiera tenido en cuenta.

De nuevo le restó importancia.

—No te preocupes por mí. Recogeré mis cosas y buscaré otro empleo. Sé que quien hereda esta casa es un hombre mayor sin familia que...

—Mi primo Edmund, pobre como las ratas, pues el condado apenas tiene propiedades para mantenerse, y el dinero en efectivo y las joyas se las cedió mi tío Lewis a su esposa al fallecer. Tía Johanna le deja la casa y una renta para mantenerla, a ella y al servicio, pues es el más necesitado de todos sus herederos, además del legítimo conde. Bueno, ya sabes que éramos dos sobrinos y tres sobrinas. Edmund es un buen hombre, de unos sesenta años...

—Que no necesita una dama de compañía, lo sé. En todo caso me alegro por el resto de los miembros de la casa, todos ellos se merecen seguir trabajando en el número veinte de South Street. El ama de llaves me hará una carta de referencias, y tengo entendido...

—Nadie tiene por qué saber que mi tía no te dejó nada, April. Yo podría darte dinero suficiente para que vivas con dignidad hasta que cobres tu herencia, y tú puedes decir que fue un legado de Johanna.

Ni siquiera pensó antes de responder.

—Te lo agradezco de veras, James, pero no soy el proyecto de caridad de nadie.

—No he dicho que te done el dinero, April —respondió exasperado, al tiempo que se levantaba. Comenzaba a simpatizar con Bensters—. Creo haber dicho claramente que podías devolvérmelo cuando cobraras tu herencia.

—No es seguro que la cobre. Si mi tío no me encuentra, tratará de hacerme pasar por fallecida. Así tendría acceso al dinero, y se lo gastará todo, que no te quepa duda alguna de ello. La baronía no pasa por su mejor momento. Y sería además su venganza contra mí. Para él mi huida es algo personal. Y si me encuentra tampoco podré devolvértelo, pues será mi dote.

—Por eso se dice que el préstamo conlleva un riesgo, ¿sabes? Porque a veces no se cobra.

El tono de James empezaba a asemejarse al tono del marqués de Wilerbrough, arrogante, altivo, orgulloso. April no lo había escuchado hasta entonces, pero reconoció que no le gustaba.

—Insisto en ganarme mi propio sustento trabajando, James, pero te agradezco desde lo más profundo de mi alma tu preocupación.

Lo oyó refunfuñar, de hecho creyó decir algo similar a que compadecía o comprendía a Julian... prefirió no investigar. Se levantó, y le tomó de la mano.

—Pero sí puedo decirte esto. Si algún día me encuentro en apuros, si no encuentro trabajo, me despiden, si no tengo nada que echarme al estómago o un lugar donde dormir, te prometo que acudiré a ti.

James se giró a mirarla, serio.

—Preferiría que me prometieras que acudirás a mí antes de que la situación se vuelva tan desesperada, pero conociéndote sé que es todo a lo que puedo aspirar.

Ambos sonrieron. Habían llegado a conocerse tan bien en tan poco tiempo... La joven sirvió más té. Parecía que no había ningún problema que en Inglaterra no pudiera solucionar un té dulce.

De repente James recordó su conversación con Richard, aquella fatídica noche. ¿Cómo podía haberlo olvidado? Tenía la solución perfecta.

—April, disculpa que me inmiscuya, pero ¿de qué buscarás trabajo?

—James, tienes más derecho que nadie a inmiscuirte —respondió con afecto—. Preferiblemente de dama de compañía.

Pero si no es posible, de institutriz, doncella, o cualquier otro empleo que surja. No puedo permitirme ser selectiva.

James arrugó la nariz al imaginarla como institutriz, recordando todas las jugarretas que él le había hecho a la suya, o peor aún, recordando las que su hermana Nicole había hecho después a la pobre señorita Arabella.

Y de doncella... ¡ni hablar! Ella era una dama. Y en un futuro próximo, o eso esperaba, sería la condesa de Bensters. Como que él era el marqués de Wilerbrough que ella no iba a servir a nadie.

—Mi padre se ha marchado a las Indias Orientales por... por negocios. Y mi hermana Nicole acaba de ingresar en un internado, pues será presentada el próximo año. Actualmente mi madre, lady Evelyn Saint-Jones, duquesa de Stanfort, requiere de una dama de compañía. —Ante la evidente ilusión en sus ojos, se alarmó, y añadió, apurado—: Pero me temo que mi madre no se asemeja en nada a mi tía, April.

Rio, ante su tono de preocupación.

—Tu tía es... era una mujer excepcional.

—Mi madre también, pero en el peor de los sentidos. —Estaba horrorizado ante sus propias palabras, pero no hallaba una explicación mejor.

—¡James Saint-Jones! No deberías hablar así de tu madre.

—Te autorizo desde ahora a que hables así de ella conmigo cuando necesites desahogarte en el futuro. Sé que solo lo harás conmigo, que no osarías criticarla con nadie más. —Los ojos de April ardían de indignación, así que se justificó al punto, sintiéndose cuestionado—. Lo digo de veras, pues es mi madre, y aunque la quiero, conozco mejor que nadie sus defectos. Ella vive únicamente para la vida social. Se cree la élite.

—Es una duquesa, James. Es la élite. Y lamento decirte que tú también lo eres.

—Bien. —Movió la mano él, restándole importancia—. Te volverá loca con cotilleos, te intentará inculcar normas absurdas, te dominará, te acaparará todo el tiempo, intentará que hables, actúes y pienses como ella desee que lo hagas, te hará de menos, querrá...

—Querrá que sea su dama de compañía, James. Y eso es lo que se pretende de una dama de compañía.

—Ojalá conociera a otra señora que necesitara una acompañante y que fuera menos insufrible. Quizá si contáramos con más tiempo. ¿Cuánto tiempo tardarías en...?

—James —le interrumpió, con voz dulce—, acabas de conseguirme sustento durante al menos un año y un escondite seguro. Lo que me ofreces es mucho más de lo que esperaba.

—Por todo el tiempo que necesites, en realidad. Aunque mi padre vuelva, Nicole necesitará también una dama que la acompañe en su debut. Y cuando se case, estoy convencido de que os habréis convertido en íntimas —mentía; para entonces April ya estaría casada con Bensters— y deseará que estés con ella durante los primeros años de su matrimonio. Mi hermana es un poco... adorarás a mi hermana.

—¿Se parece a ti?

—¡En absoluto! Nick es...

—Entonces no dudo que me gustará —le interrumpió, burlona.

Como castigo, James alzó una ceja con altanería. April no se amilanó.

—El lugar, me temo, tiene otra desventaja, a pesar de que efectivamente es difícil que tu tío te encuentre allí.

—¿Otra desventaja? ¿Tu finca familiar, que según he oído es una mansión que rivalizaría con el palacio de Saint James? —Sentía verdadera curiosidad.

James se sintió orgulloso de Stanfort Manor. Le guiñó un ojo.

—Richard Illingsworth vive a apenas quince minutos a caballo.

April se emocionó. Su otro amigo, el vizconde de Sunder, también podría visitarla.

Esta vez la ceja que se alzó fue la de April, pero aunque pretendió parecer adusta, la acompañaba una enorme sonrisa.

—Gracias, James.

—Gracias a ti, April, por todo lo que hiciste por mi tía, y por lo mucho que vas a soportar de mi madre.

En un acto sin precedente para ella, pues rara vez sentía la necesidad de mostrar afecto, se levantó y besó a James en la mejilla. Este enrojeció violentamente, como un colegial.

32

Tras la sorpresa inicial, el marqués había gritado al servicio que dispusieran con premura de las habitaciones que antaño fueran de la marquesa, y que se hallaban en el ala este de la casa, alejadas de las del marqués, para que su hijo se acomodara en ellas. Julian había pedido un baño y una cena ligera en su recámara con el pretexto de haber viajado durante todo el día y necesitar de reposo. Se reuniría con su padre en el estudio para hablar después, una vez se hubiera repuesto.

Una parte de él hubiera preferido esperar al día siguiente, pues ese se sentía derrotado tras casi cuatro días de encierro y quería estar en un estado óptimo cuando dijera aquello para lo que había acudido a Woodward Park. Pero por otro lado sabía que no lograría conciliar el sueño mientras no aclarara el asunto que le había llevado al norte, a pesar de jurar que nunca volvería a pisar aquella finca.

Así que la inquietud había vencido, y tras una tina bien caliente con la que intentó relajar los músculos, agarrotados tras el viaje, y una cena a base de fiambres fríos, se vistió de manera informal y bajó al estudio donde unos meses atrás culminara su venganza. Aquella a la que esa noche renunciaría.

No, se corrigió, solo la remodelaba. Quizá ya no sería completa, pero tendría que bastarle.

Escalón a escalón se decía cuán poco le había durado su victoria, pero a cada paso que daba se alegraba de claudicar, pues con su renuncia lograría lo que siempre quiso y que nunca supo que podía tener, que podía existir: el amor desinteresado de una mujer. De su dulce April.

Cuando llegó a la enorme puerta de acceso al despacho, al santuario de su padre, no se molestó en llamar, dándose el placer de ser insolente como nunca antes se lo había permitido. El marqués, en un arranque de prudencia sin antecedentes, no protestó por su falta de cortesía.

Julian se sentó frente a él con parsimonia, tranquilamente, con el único fin de molestarle, rechazó el vino que le ofrecía el mayordomo, y le pidió que los dejara solos. Este miró a su señor, quien consintió, y salió cerrando tras de sí.

—¿Y bien, hijo? —La voz sonó esmeradamente neutra.

Algo se revolvió en él al oírle llamarle así, se sintió prácticamente insultado, pero lo ignoró. No había acudido a Woodward Park para discutir. Le entregó una serie de documentos en una carpeta cerrada y se limitó a esperar.

El marqués le miró interrogante, mas él no dijo nada, sino que se entretuvo ojeando los volúmenes que su padre tenía sobre la mesa. Resignado a su silencio, el viejo apartó el forro que los cubría y sacó los pliegos. Debía haber unos diez folios en él, escritos a mano. Comenzó a leer.

Debió tardar unos veinte minutos en completar su estudio. Julian, mientras, no se movió de su asiento, ni le miró directamente a la cara para que no creyera que le estaba provocando. Su único deseo consistía en que firmara el maldito contrato para poder desaparecer de allí e ir en busca de April.

Tenía en sus manos un ejemplar de *El Quijote* cuyas páginas pasaba leyendo líneas sueltas aquí y allá, curioseando mientras aguardaba la reacción, que sería sin duda violenta.

Cuando lord Edward terminó, alzó la vista. Su rostro no traslucía ninguna emoción. Continuó mirándole largo rato, antes de recoger los folios y volverlos a leer de nuevo. Julian no estaba seguro de si lo hacía por poner a prueba sus nervios o porque quería cerciorarse de haberlos entendido correctamente, pero en ninguno de ambos casos le pareció una mala señal.

Que se mantuviera en la misma habitación que él tras leer lo que le proponía era en sí un buen indicio, y también la confirmación de que el marquesado estaba por encima de todo para el marqués, tal vez incluso sobre él mismo. El saber que las decisiones tomadas por su padre durante el pasado, y que tanto le habían afectado, no eran algo personal, le alivió en cierta forma.

Cuando lord Edward hubo leído la propuesta una vez más, rellenó su copa de vino y bebió un buen trago antes de hablar.

—A ver si lo he entendido bien. Te cedo en vida el mayorazgo, compuesto por la finca y sus arrendatarios, es decir, te cedo el derecho a decidir sobre cualquier propiedad que vaya asociada a la casa Woodward, sea cual sea.

—Así es —corroboró, dirigiéndole una fugaz mirada antes de volver a las páginas del volumen que tenía en las manos.

El marqués releyó la siguiente cláusula, antes de volver a dirigírsele.

—Te cedo también las propiedades de la familia, y sus derechos reales, no sujetas a mayorazgo y por tanto no transmitidas por el marquesado, que ambos sabemos que igualmente vas a heredar por ser el único Woodward vivo además de mí mismo, pero que son necesarias para las tierras de labranza. Te cedo por tanto todas las fincas que obran en mi poder para que dispongas de ellas a tu arbitrio.

—No tendría sentido tener unas tierras sin las otras. Se necesitan todas ellas para que puedan subsistir de forma autónoma —corroboró Julian.

Los marqueses se habían casado durante generaciones con damas que les aportaran tierras, ganado o los aperos necesarios para que cada porción de su herencia fuera autárquica.

El tono de lord Edward era monocorde, como si aquella conversación le resultara tediosa en extremo. Solo el brillo de su mirada delataba su interés. Prosiguió:

—Además tendrás en propiedad, no en cesión sino en propiedad a título de donación, la casa de Londres, tanto como la de Edimburgo, Bath y Bristol.

—Efectivamente.

—Así como la fortuna familiar, las joyas, las cauciones, avales y préstamos a favor de la familia, las acciones, los bonos...

—La masa pecuniaria, sí —resumió Julian, y esta vez sí se detuvo unos segundos a mirarle, antes de regresar al libro.

El marqués no hubo de bajar la vista para leer la cláusula que restaba.

—Y te cedo también, de manera vitalicia e irreversible, mi escaño en el parlamento. ¿Es correcto? —La ironía se dejó entrever por primera vez.

—Es correcto.

Julian se cuidó de no mostrar ningún sentimiento en su tono, pero sus ojos no regresaron ya a ninguna página. Cerró *El Quijote* y esperó.

—No entiendo por qué no solicitaste también el título de marqués de Woodward, ya que te sentías tan exigente el día que pediste que se redactara esto —pronunció con desprecio.

—Ya tengo un título, no ansío heredar otro, pues el de conde ya me concede privilegios suficientes y no siento vergüenza al nombrarlo.

Lord Edward se puso en pie, agraviado. Y como ocurriera unos meses antes, volvió a sentarse, recapacitando. Se frotó las sienes. La cabeza iba a estallarle, tanto de dolor físico como de pura rabia.

—Y a cambio de ello aceptarás casarte y tener un heredero —le espetó, sabiendo que su hijo había horadado en su talón de Aquiles.

—O dos, o los que lleguen. —Su voz era tranquila, disipada, incluso—. Lo habéis entendido perfectamente, si era esa vuestra preocupación.

El marqués se levantó de la mesa, demasiado tenso para permanecer inmóvil. Con el pretexto de servirse un vaso de whisky, fue hasta la licorera, miró a su hijo, ofreciéndole otro que fue declinado, se sirvió generosamente y regresó, algo más sereno.

—¿Así, sin más? ¿Me juras que serás el último marqués de Woodward, desapareces, prometiendo no volver, y menos de cuatro meses después me ofreces un acuerdo como este? ¿Y esperas que tenga una fe ciega en ti?

—Que confiéis en mí o no es cosa vuestra, a mí me trae sin cuidado ese detalle. Y no es confianza lo que os ofrezco. De hecho soy yo quien no se fía de vos, y por esa misma razón os traigo un contrato por escrito, que celarán mis abogados. Os recuerdo, por si en las veces que lo habéis leído lo habéis pasado por alto, que os comprometéis también a alejaros de mí y de los míos. Tal vez para vuestra gracia sea un detalle ínfimo, pero para mí es importante que no os acerquéis a ningún miembro de mi familia.

Veladamente lo excluía como tal.

—Si crees que voy a consentir que elijas como marquesa de Woodward a cualquier...

—Mi *condesa* de Bensters será quien yo decida —su mirada fue deletérea—, y en ese punto, como en el resto, no tendréis nada que decir al respecto. Nadie os consultará sobre la heredad, ni sobre la educación de los futuros marqueses...

—Arruinarás el marquesado, te casarás con una bastarda, o con la hija de algún comerciante, y tendrás hijos simplones que no sabrán con qué escopeta se cazan los faisanes.

La desesperación de lord Edward, su velada aceptación, le dijeron a Julian que había ganado. Se consoló sabiendo que aunque la venganza contra su padre no fuera la que planeó durante tantos años, le haría sufrir un poco igualmente, aun en su estúpida vanidad.

—Podéis ser el último marqués de Woodward y garantizaros que se extinga el linaje con la dignidad muy elevada, o confiar en mi criterio y asegurar una nueva generación. —Clavó sus ojos azules en él sin piedad—. Es vuestra decisión, pero tendréis que tomarla ahora, pues no tengo intención de pasar más tiempo del necesario aquí. Otros asuntos me esperan en la ciudad.

El marqués tomó un sorbo de su whisky y se tomó su tiempo antes de contestar. Probó otra táctica, una en la que para tener lo que quería no tuviera que perder todo lo demás.

No cayó en que aquel era precisamente el axioma que había guiado su vida.

—Escucha, hijo, sé que en el pasado no hice las cosas correctamente contigo...

—No os disculpéis, no he venido a por una disculpa ni la quiero.

No iba a darle el placer de limpiar su podrida alma pidiendo perdón. Que se fuera al infierno con remordimientos, si es que realmente tenía alguno. Una cosa era dejar atrás el pasado para tener un futuro, y otra muy distinta hacer como que nada había ocurrido. Olvidarlo.

Se debía más que eso. Y, sobre todo, se lo debía a su hermano. Y al menos esa satisfacción se la ofrecería, aunque fuera a título póstumo.

—De veras, Julian...

—No he venido a hablar, padre. O me cedéis las propiedades familiares y os quedáis con el título de manera honorífica, o me mantengo firme en mi decisión de dejar morir vuestra estirpe conmigo. —Como muestra de la veracidad de sus palabras, consideraba ajena esa misma estirpe, excluyéndose a conciencia de ella—. Esa es la única oferta que obtendréis. Sé que para vos el título está por encima de todo, incluso de vuestros propios hijos...

—Julian...

—No es un reproche, no en este caso. Sé que sois el mejor marqués que han tenido estas tierras, que tenéis un administrador aquí y otro en Nottingham, a quien tengo intención de visitar cuando me marche, en tres días, si es que decidís firmar. En caso contrario partiré mañana al alba. —El mensaje era claro: tenía que decidir esa noche, antes de que él abandonara la estancia—. Me consta que son ambos competentes y responsables, que los elegisteis e instruisteis vos personalmente para que cada finca diera lo mejor de sí misma sin extenuarla. Quiero que entre ambos me enseñen a manejar el marquesado. Si voy a hacerme cargo de todo esto, deseo hacerlo bien. Me gustaría finalmente amar mi herencia, como al parecer os ocurre a vos. Aunque —su voz se tornó lúgubre ahora— no permitiré que se convierta en mi obsesión, no consentiré que el señorío sea lo único que pueda amar, y que me aleje así de mi familia, de mis seres queridos.

La cara de lord Edward no mostró arrepentimiento, pero tampoco Julian lo esperaba. El marqués estaba sopesando sus palabras, especialmente aquellas en las que decía que si iba a hacerse cargo de todo, deseaba hacerlo bien.

Julian cedió un poco más, y decidió extenderse en sus explicaciones, por más que le desagradara apaciguar los temores de su padre. ¿Era eso el amor? ¿Sacrificar el orgullo por la persona amada? Pero necesitaba que aquel bastardo firmara para tener alguna opción de que April cediera.

Aquella era la primera parte de su empresa, se recordó, y en teoría la más sencilla de lograr. Si con su padre estaba haciendo concesiones en su vanidad, ¿qué no le obligaría a hacer ella?

Cruzaría ese puente cuando llegara a él, se repitió. No quería precipitarse y dar por ganada una batalla que todavía no tenía vencida.

—Voy a casarme —o eso esperaba— con una joven inglesa de linaje impecable, y espero tener hijos, muchos, de hecho.

Casi vio a su padre relamerse mentalmente. Así que apostilló, tanto como advertencia como por el placer de contrariarlo de nuevo:

—Y, no obstante, a pesar de su valía, mi futura esposa renunciará al título si así se lo pido, tal es el amor que me profesa. —El marqués le miró sopesando sus palabras, valorando un farol como el mejor jugador de naipes—. Conoce mi pasado, conoce vuestros excesos con cada uno de vuestros hijos, fruto de vuestra obsesión por el marquesado, y nada le aterra tanto como la idea de que podáis inculcar tan mefíticos valores a nuestros hijos de un modo u otro. Sabe de vuestras palizas a Phillipe mientras este estaba enfermo y yo en la guerra. —Aquí el rostro del marqués demudó, tornándose lívido, consciente del salvajismo de aquellos sucesos, que con crudo desprecio le escupía Julian—. Tengo una fortuna propia, cuantiosa y que no depende más que de mí mismo. Emigraríamos a Estados Unidos si se lo pido, a Boston, probablemente, donde la sociedad es similar a la de Londres, y vendríamos a Inglaterra a pasar algunas temporadas.

—Julian, todo lo que hice lo hice por el bien de...

—No os atreváis a justificaros. —Masticaba cada palabra.

Su voz hubiera helado el infierno. Realmente no quería oír una excusa, ni una disculpa, ni nada que saliera de su boca. Aquel viejo, se repitió, no merecía limpiar de su pecho sus pecados.

—Vos decidís.

—Me dejarás con una renta apenas digna, una pequeña casa en Kent, cinco criados, un carruaje y cuatro caballos —así se estipulaba en los documentos que pasaría el resto de sus días el marqués de Woodward, desposeído de todo— y sin la posibilidad de acudir a la capital ni a mis tierras. ¿Cómo podría hacerlo sin someterme al ridículo de ser un marqués sin nada más que un título de papel? Julian, déjame al menos...

—Nada de lo escrito es negociable. O lo tomáis o lo dejáis.

El marqués lo miró durante mucho tiempo. De nuevo Julian se negó a mirarle a la cara, y retomó *El Quijote*, abriéndolo al azar.

No quería verlo hundirse. No quería verlo, en realidad.

Estaba harto de vivir con rencor, harto de sus deseos de venganza. Quería mirar al futuro, no al pasado. April había logrado que deseaba llenar su vida de hermosos recuerdos, y deseaba hacerlo allí, donde su infancia había sido una tortura continua. Solo así sanaría su alma.

Y solo así lograría, además, recuperarla. Aquella sería la demostración que ella le reclamaba, la manera de demostrarle que el mayor sentimiento que abrigaba, aquel que imperaba en él, era el amor que le profesaba.

Y aun sin ser consciente, lo mejor de ese gesto era que no solo lo hacía por ella, sino por ambos. También Julian sería más feliz, a título individual. Tal vez ahora no fuera capaz de valorarlo, no con tantas emociones encontradas en tan poco tiempo, y no sentado frente a su padre. Pero el tiempo, que todo lo reposaba, también le haría entender esa perspectiva.

El otro tomó la pluma y, resignado, firmó.

—Me quedaré tres días para que me presentes a los arrendatarios y al administrador. Después me iré y regresaré cuando finalicen las sesiones de octubre en el parlamento. Para entonces deberéis haberos marchado ya. Es tiempo más que suficiente.

Recogió los documentos y regresó a su dormitorio. Curiosamente no se sentía victorioso, ni exultante tampoco. Se sentía extrañamente en paz, como nunca se había sentido.

Tres días después, el carruaje estaba de nuevo lleno y en la puerta de Woodward Park, esperándole para marchar. Durante los tres días había sido presentado a los arrendatarios por el administrador, pues su padre se había negado a vivir la humillación de aceptar que estaba siendo relegado. Y Julian había descubierto dos cosas: que el marqués era un buen terrateniente, preocupado no solo por el título y sus privilegios, sino también por las obligaciones que estas acarreaban; y que el administrador era un hombre competente en el que se podía confiar.

Siempre lo había sospechado, pero confirmarlo le animó, se le presentó como un reto. Quería ser un hombre mejor que su padre en todos los sentidos. En muchos sería sencillo; en el de marqués de aquellas tierras, en cambio, habría de esforzarse. No sintió, sin embargo, orgullo filial alguno.

Deseaba volver y comenzar a administrar las propiedades. Quién le iba a decir a él que terminaría por desear ser el marqués de Woodward. James y Richard iban a divertirse mucho a su costa, pero no le importaba. Que rieran lo que quisieran. Ellos se mofarían, divertidos, pero el feliz sería él.

«Ni un colegio entero de burlones podría quitarme el buen humor. ¿Creéis que me importa mucho una burla o una sátira? No, ya que estoy decidido a casarme, nada me importa lo que el mundo entero pueda decir por ello, y por tanto será inútil oír lo que yo dije antes contra ello, pues el hombre es un ser muy voluble. Y con eso ya está todo dicho.»* Aquellos versos, que tan bien servían para la ocasión, se los había enseñado su amada. Como tantas otras cosas.

Esperaba que April se acostumbrara al clima más frío del norte. Si la fortaleza reconvertida en finca solariega le gustaba le alegraría. Y si no era el caso, bien podía modificarla entera, desde la primera hasta la última piedra. Mientras lo sintiera su hogar, a él le parecería bien.

La portezuela del coche estaba abierta, y se disponía a entrar cuando tuvo un ataque de conciencia. ¿Es que aquella mujer iba a convertirlo en un maldito santo? Bajó del carruaje, dio media vuelta y regresó a la casa.

Lord Edward estaba en la sala de desayunos. Se levantó al verle entrar.

—¿Has olvidado algo? —Ni siquiera había rencor en sus palabras. Solo el conformismo del vencido.

* Discurso final de Benedict en *Mucho ruido y pocas nueces*, de Shakespeare.

—No volveremos a vernos nunca.

—Nunca.

Había cierto pesar en las palabras del marqués. Julian prefirió no tratar de adivinar si eran por remordimientos o por lo que perdía. Se acercó a su lado y le tendió la mano. El otro, sorprendido, le tendió la suya a su vez. Le dio un apretón con vigor.

—Adiós, padre. Y buena suerte.

Y dicho esto, se marchó por donde había venido, subió al coche y puso rumbo a Londres, lleno de esperanzas.

—La última vez, para que me quede claro. Tú desapareces con April a Stanfort Manor en medio de la temporada sin más explicaciones, a ver a tu madre, que ha decidido que esta temporada no quiere venir a Londres.

—Sabes perfectamente, Sunder, tú y todo el *beau monde*, que la razón por la que la duquesa no ha venido a Londres es que mi miserable progenitor el duque está en las Indias Orientales experimentando... nuevas sensaciones. ¡Cállate, Sunder! Si bromeas con lo de mi maldito padre te devuelvo el balazo.

—Fue Bensters quien te dio, no yo.

—Te repito que vi al conde disparar al techo...

—Y mientras April hace de dama de compañía de tu madre —le interrumpió, pues prefería que dejara el tema del duelo, que solo divertía a Wilerbrough— y tú les haces compañía a ellas, yo espero aquí a Bensters para indicarle dónde puede encontrar a su amada.

—Correcto.

—Y no solo eso, sino que además le invito a pasar unos días, unas semanas, o el tiempo que sea necesario, en mi finca, para que pueda estar cerca de ella y así reconquistarla.

—¿Te das cuenta? Lo has entendido perfectamente.

—Y en tu magnífico plan, por casualidad, ¿no se te habrá olvidado tener en cuenta que el condenado intentó matarme?

—Pero tú eres un buen amigo, nada rencoroso, y lo vas a olvidar, como ya hablamos la noche en que *tú* intentaste matarme a *mí*.

—Soy un buen amigo, y nada rencoroso, eso es cierto. Y

quizá te diera la razón aquella noche porque estabas sangrando. Pero francamente, ahora ya no estoy tan seguro de ser olvidadizo hasta el punto de no querer recordar que me disparó a matar, según sus propias palabras.

—O, pero esta vez lo serás, Sunder.

—¿Puede saberse por qué, Wilerbrough?

—¿Porque él te ha sacado de un montón de apuros? En Italia, por ejemplo, cuando te metiste en la habitación de aquella baronesa y su marido casi entró mientras tú...

—Lo recuerdo, lo recuerdo bien —respondió, sulfurado.

Se había librado por los pelos, y porque Julian había entretenido al barón justo en la puerta, haciéndose el borracho y tirándole una copa de *amaretto* por encima, con lo que se llevó un buen derechazo en la mandíbula.

—Pero aun así, Wilerbrough —volvió a la carga—, Bensters ha intentado matarme. Eso es digno de recordar. Olvidar un intento de asesinato sería dramático, una auténtica tragedia. —Su propio tono era teatral, como el de las brujas cuando profetizaron a Macbeth que iba a ser rey de Escocia.

—Y aun así, Sunder, lo olvidarás. ¿Quieres saber por qué?

—Déjame adivinar, Wilerbrough... ¿Porque serás duque algún día y me lo ordenas ahora?

—No, aunque sería también una buena razón —rio, engreído—. No te pongas difícil. Sabes perfectamente por qué lo olvidarás. ¿O de veras prefieres que te diga yo la causa?

Resignado, contestó refunfuñando.

—Lo olvidaré porque te disparé en el maldito brazo.

—Lo has acertado, Sunder. La verdad es que no sé porqué narices te llamamos cabeza de chorlito.

Y así, los mejores amigos de Julian planearon cómo facilitarle el camino de su reconquista. Pero no recordaron, o no quisieron recordar, dejarle aviso de sus planes, por lo que cuando este regresó a la ciudad, se encontró a una April desaparecida, y a unos amigos esquivos.

33

Julian entró hecho una fiera en el Jackson's tras pasar la mañana cosechando un fracaso tras otro. No lograba localizar a April, y ni siquiera sabía dónde comenzar a buscar. O, más bien, no deseaba preguntar al único que sabría decirle el paradero de ella con toda seguridad. Quería pensar que tenían a April oculta para protegerla de su malvado tío, y no para esconderla de él.

Maldito Wilerbrough por desaparecer, y maldito Sunder también por quedarse en Londres para amargarle el día obligándole a acudir a él. Y no se quedaba quieto en un sitio para que la humillación fuera rápida, no. Había acudido a su casa, donde le habían informado de que lo encontraría en el club. En Chesterfield Street, sin embargo, lo habían remitido a su sastre, y de Old Bond Street, al fin, había llegado al club de boxeo. Esperaba francamente que estuviera allí. Sería más que nunca un placer cruzar unos golpes con él.

Mientras él partiera a solucionar su futuro como marqués de Woodward, en las tierras más al norte de Inglaterra, la tía de James había fallecido. Lo lamentaba profundamente, pues a pesar de lo mucho que pudiera reñirle cada vez que coincidían por su empeño en mantenerse soltero, admiraba a aquella señora que había sido capaz de hacer de su vida aquello que deseaba, desafiando los rígidos márgenes que la nobleza imponía.

El dichoso problema estribaba en que era un primo de James quien había heredado la mansión, y April, a diferencia del resto del servicio, no se había quedado para asistir al nuevo inquilino, dado que era un hombre soltero de edad avanzada que no precisaba de dama de compañía. Había tratado de hacer discretas indagaciones, pero nadie parecía saber hacia dónde se había marchado. El ama de llaves, la única persona que se había mostrado dispuesta a hablar un poco al respecto, le había comentado extrañada que, a pesar de que ella le prometió unas buenas referencias, esta no se las había pedido finalmente, sino que se había marchado al día siguiente del funeral, acompañada del marqués de Wilerbrough.

Había acudido a la mansión de James únicamente para que el estirado mayordomo le informara de que su gracia había decidido pasar unos días en Stanfort Manor acompañando a su madre ahora que su hermana, lady Nicole, había sido internada en un exclusivo colegio para señoritas. Todo ello mientras le miraba con desaprobación, supuso Julian que como consecuencia del pequeño alboroto que pudieran haber armado aquella noche y de la herida en el brazo de su señor.

Definitivamente aquel hombre era un pisaverde, y merecía recibir un buen escarmiento. Pero el mentecato sabía lo que ocurrió aquella fatídica noche, y probablemente habría de quedarse al servicio de su amigo durante el resto de su vida para que guardara silencio.

Lo cierto era que había sido este, James, quien no tenía responsabilidad alguna en nada de lo que ocurrió, el que se había llevado la peor parte de aquella majadería, y en todos los sentidos. Le compadeció, pero no se sintió culpable, no después de apartar a April de él.

Suspiró. Sunder desde luego no lo conmovía. Y estaba convencido de que si uno de los dos diablos se había llevado a April, el otro condenado debía saber dónde se encontraba. Como debió ocurrir con el brandy, pero en este caso era él la víctima y ellos los conspiradores. Más le valía al vizconde no haber intentado nada con su dama en su ausencia, o podía darse por... no quiso decir muerto, pero sí en un bote, y perdido en alta mar.

No tardó en hallarlo, en uno de los cuadriláteros. Acababa de noquear a un petimetre que no debía tener todavía veinte años. Lord Jackson aplaudió su destreza, lo que solía ser poco habitual. El dueño del local, quien no era, por cierto, noble, y solo se había ganado el apodo de lord por su gusto en ser visto con ellos fuera del club, gustaba de alternar con los socios mientras estaban en el gimnasio, animándoles a entrenar más unas veces, enseñándoles algún truco otras, pero rara vez felicitando a nadie por su maestría.

Pero Sunder era bueno; muy bueno, reconoció Julian. Aunque los tres lo eran, pues tanto James como él practicaban con frecuencia, para ser honestos había que aceptar que Richard era el mejor.

Pero él tenía mayor destreza con las espadas y con las pistolas. Por eso estaba seguro de no ser él quien disparara a Wilerbrough, dijera este lo que dijera.

Quitándose la chaqueta, el chaleco, el pañuelo que tan perfectamente le anudara John aquella mañana, y la camisa, se acercó al ring. El grupo que estaba observando a los pugilistas le abrió paso, y al ver quién iba a combatir, las apuestas se iniciaron y el dinero comenzó a agruparse en la mano de uno de los caballeros. La mayoría iban a favor del vizconde. Pero no contaban con su furia, se dijo Julian.

—¡Bensters! —Aquel tunante parecía contento de verle, incluso. ¿Acaso habría olvidado lo ocurrido la última noche que coincidieran?—. Llevo días esperándote.

Lo que era cierto. La ciudad sin sus compañeros de correrías le había resultado aburrida. Afortunadamente para él la camarera de una taberna había estado más que dispuesta a entretenerle.

Se estaba riendo de él, pensó. El público podría interpretarlo como una conversación entre buenos amigos, como todos suponían que eran, pero la realidad era que se estaba burlando de su situación, y Julian lo sabía, tanto como Richard sabía que le estaba molestando con su comentario. Quizá después de todo sí le estaban ocultando a April. Tal vez incluso había tratado de conquistarla. Su ira se inflamó y creció dentro de él, por más que su mente le decía que Richard no estaba interesado, y que había organizado aquella charada de compromiso ficticio únicamente para forzarle precisamente a él al matrimonio.

—Disculpa la espera. Confío en que no te hayas vuelto tan exigente como Wilerbrough con la puntualidad.

El tono jocoso engañó a muchos, pero no a quien le conocía

desde hacía una década. Estaba enfadado, y el otro debía conocer que era él el sujeto de su furia. Tomó unas vendas, y permitió que se las colocara adecuadamente un joven del local para poder competir.

—Sabes que eso es imposible. Nadie se pone tan insoportable como el futuro duque de Stanfort cuando se le hace esperar. Pero después de casi una semana bien podría darte dos o tres *uppercuts* como correctivo.

El dinero volvió a moverse, las apuestas subían.

—Puedes intentarlo, si tan optimista te sientes.

Para cuando le contestó ya le habían cubierto las manos, y ya podían comenzar. La mirada que le dedicó a su contrincante le hizo saber, por si le cabía todavía alguna duda, que estaba enfadado, al margen de las bromas que se pudieran cruzar, y que más le valía al otro saber la razón de su ira, y darle las respuestas que tanto ansiaba.

Richard conocía desde luego qué mal aquejaba a su adversario en el ring, pero no le preocupaba. Iba algo sudado, pues era el tercer combate de la mañana, así que, displicente, le ofreció algo de ventaja, ignorando lo que aquellos helados ojos azules le advertían.

—Dado que yo llevo sobre el cuadrilátero algo más de media hora y es obvio que tú acabas de llegar y estarás algo frío, ¿quieres que me deje golpear para que no te sientas en desventaja sobre mí?

Le lanzó una mirada asesina al tiempo que impactaba un directo sobre la mandíbula sin previo aviso, ni permiso del juez para comenzar. Sunder recibió el golpe, pero Julian tuvo la sensación de que no había tratado de esquivarlo, lo que le molestó bastante.

—¿En paz ahora, Bensters?

Quedó desconcertado. Tenía la sensación de que Richard se estaba refiriendo al duelo, y no a las circunstancias concretas del combate. ¿Acaso se disculpaba por forzar la situación aquella noche, y a él con ella? ¿Era Sunder realmente tan poco vengativo que había decidido pasar página, asumiendo la responsabilidad de lo ocurrido, además?

—¿Bensters?

¿De veras era tan magnánimo como para excusarse por mentirle sobre la boda y por iniciar un desafío, aun en obvia broma?, seguía elucubrando. A fin de cuentas fue Julian, y no Richard, quien tomó en serio el reto, obligando al otro del mismo modo a aceptarlo. Él no había pensado en disculparse, pero tal vez debiera...

Un derechazo en la mejilla seguido de un golpe seco en el estómago le dejaron sin respiración, y rompieron el hilo de sus pensamientos.

—¿Has venido a pelear o a hacerme de *sparring*, Bensters?

Maldito fuera. ¿Y él había llegado a considerar por un momento que era un caballero?

Aunque fuera menos hábil, tenía más altura y envergadura, lo que aprovechó para lanzar un buen directo, que fue esquivado limpiamente, pero que le permitió abrazarse a su contrincante y entonces sí golpearle con fuerza hasta que el juez les dio orden de separarse.

Richard le miró enfadado, pues no esperaba un ataque serio, ni inteligente tampoco. Julian supo que era una táctica de desgaste, pero no tenía otra opción si quería vencerle. Le costaría, pero lo lograría. Aunque fuera con el último aliento y en el último asalto. No obstante, para eso tendría que esquivar sus puños. Lo que no sería tarea fácil precisamente por su anchura. Sunder era mucho más ágil.

—¿Sabes que James se ha marchado a su casa solariega? Por lo que tengo entendido, iba bien acompañado.

Dijo estas palabras en voz baja, no quería que nadie más supiera de lo que hablaban, pero él las oyó, y su furia se incrementó. Sunder era un suicida, se dijo. Esquivó un golpe, y le propinó en cambio uno a Richard en la mejilla.

A este no le preocupaba recibir uno o dos puñetazos ese día. Tenía un as en la manga que le haría ganar el combate. Y mucho más que eso. Se acercó al rincón, bebió un poco de agua, se secó con una toalla y regresó al centro, donde Julian esperaba, paciente.

—¿Me estás diciendo que está en Stanfort Manor?

Le habló en el mismo tono moderado, para evitar que fueran escuchados. Aquel susurro discreto iba a ser el que se usara durante toda la conversación, incluso en las réplicas más mordaces o amargas.

—La madre de James necesita una acompañante.

—La madre de James es, según tus propias palabras, una elitista únicamente preocupada por el qué dirán.

—¿Dije yo eso?

—Sabes de sobra que sí.

Se miraron, midiéndose.

—Necesitaba un trabajo, un medio de subsistencia, ahora que Johanna ha fallecido. Y la duquesa precisaba de una dama de compañía ahora que la pelirroja malcriada se ha marchado a... —dudó— a donde sea que manden a las niñas para convertirlas en debutantes.

—No, April no lo necesitaba, solo tenía que casarse conmigo.

—Tal vez, pero no estabas allí para pedírselo.

—¿Me estás pidiendo explicaciones, Sunder? —le preguntó, amenazador.

—En absoluto, pero me las darás igualmente, antes o después.

—Antes preferiría...

—Bensters, Sunder, ¿peleáis o conversáis como mujeres? Porque hay apuestas cerradas y otros estamos esperando para usar el cuadrilátero.

Ambos fulminaron con la mirada al impertinente, que resultó ser el heredero de Kibersly, lord Preston. Un crío recién entrado en la universidad, que debía estar de vacaciones y que se creía mejor pugilista que el resto. Algún día uno de ellos le demostraría cómo se usaban los puños. Pero eso sería cuando dejara de ser un mocoso imberbe y se hubiera convertido en un hombre, pensó Julian.

Y cuando hubiera un buen motivo para apalearle, añadió Richard, que opinaba del mismo modo que su amigo.

El vizconde recibió con asombro un golpe muy cerca de la oreja.

—Peleamos.

Julian respondió al público con una enorme sonrisa en el rostro, tras haber cogido por sorpresa a Sunder. A pesar de todo estaba disfrutando con el combate. Si no fuera por el asunto de su dama se diría que eran los mismos de hacía cuatro meses.

Durante varios minutos se dedicaron únicamente a boxear, tratando de explotar cada uno sus puntos fuertes. No fue hasta que el juez les dio un descanso que siguieron hablando en el centro de la pista, ignorando las indicaciones de acercarse a sus respectivas esquinas para beber y secarse.

—¿Te das cuenta de que la habéis escondido en un lugar al que no tengo acceso? James no me invitará a su casa, no en plena temporada. No sería adecuado, ni lógico tampoco, que permaneciera como huésped en su casa de campo mientras él está en Londres. Cuando me case con April, porque pienso hacerlo —amenazó, por si acaso Richard tenía todavía algún interés...

—Cuando ella te acepte...

—Sí, cuando ella me acepte... —refunfuñó—. La gente rumorearía muchísimo al respecto de mi estancia allí. Lo que me hace preguntarme, se ha hablado del... —No quiso pronunciar la palabra. Le parecía demasiado dura, le abochornaba.

—¿Duelo? —Al parecer su amigo no tenía problemas en hablar de aquella noche, lo que le enojaba y le avergonzaba más todavía—. Sí, desde luego, algo se ha dicho, esto es Londres, Bensters. Pero nadie sabe exactamente quién participó ni por qué. Se implica tu nombre y se habla de una herida a Wilerbrough, pero nadie imagina que dos amigos íntimos pudieran retarse, ni se sabe de otro hombre que se batiera aquella noche, por tanto todo ha quedado en que fue por una dama, con la que él debe haber huido, pero nadie puede decir qué dama es, pues se sabe que James se encuentra ahora con su madre, y no llevaría a su amante a Stanfort Manor. Se habla también de que tú debías ser el padrino, dado que él fue el herido, por lo que suponen que yo debía estar también presente y ser el otro padrino de James, aunque nadie me vio... Y no saben nada del otro duelista, pero les extraña que fuera James quien resultara herido. Así que se especula con que el pobre desgraciado que se atrevió a batirse a pistolas con el marqués de Wilerbrough debe de estar muerto. Pero tampoco se echa de menos a nadie en las fiestas ni eventos de la temporada. Ni logran averiguar, para colmo de desgracias de los cotillas, dónde tuvo lugar. Todo es muy confuso, y las malditas *dragones* están desconsoladas en su ignorancia.

Lo que Richard le iba relatando, que April pudiera verse asociada a un duelo, que dieran a James por vencedor y por ende como asesino, que nadie pensara que dos amigos podían batirse en duelo cuando fue lo que ciertamente ocurrió, martilleaba golpe a golpe su conciencia.

Richard lo sabía, y no tuvo compasión. Ni en lo sentimental ni en lo físico. Mientras su amigo se lamentaba, de un fuerte golpe lo tumbó.

—Eso es jugar sucio —se quejó Julian desde el suelo.

Al tiempo que se levantaba y se limpiaba el hililo de sangre del labio, Sunder se encogía de hombros con indiferencia.

—Nunca podré llegar a ella. Malditos seáis los dos, que habéis apartado de mí lo que más deseo, lo único que he necesitado de verdad en toda mi vida.

Más monedas cambiaron de manos al ver el enfado del conde, aunque no pudieran escuchar sus palabras.

—Tal vez. Pero tu argumento tiene varios fallos.

—¿En serio?

Julian alzó ambas cejas. De los tres era el único que no levantaba solo una al preguntar con insolencia. De hecho solía reírse de los otros dos por hacerlo, tildándolos de ser peores que unos dandis amanerados que para colmo vestían siempre de oscuro.

—Desde luego.

—Ilumíname entonces, por favor. —Más que irónico, era cáustico en cada palabra.

—En primer lugar James se quedará allí para cubrir las apariencias, esperando tu aparición. En segundo... déjame seguir; no, no me interrumpas. Y ni se te ocurra golpearme ahora. —Más que amenaza, en su voz había un tono de enojada advertencia.

El juez les dio la orden de continuar por tercera vez, y por tercera vez la ignoraron.

—En segundo lugar él no te invitará a su casa, pues ella no quiere saber de ti y James no quiere que, permitiéndote entrar en su mansión, April se espante y se marche, desapareciendo para siempre. Entonces sí, no lograríamos hallarla en meses. Pero tranquilo, todas las mañanas cabalga un rato y por las tardes pasea durante una hora al menos, por lo que James me ha contado por carta. Podréis coincidir en algún lugar de la finca. La cuestión, volviendo a los errores de tu argumento, es que tiene un tío que la está buscando, y preferimos... Sí, James y yo, y tú también lo preferirás si no eres tan estúpido como nos has hecho creer hasta ahora en lo que a ella respecta, preferimos tenerla cerca por si la halla y la obliga a casarse con su prometido.

—¿Prometido? —Casi se ahoga al escuchar la palabra.

—¿Acaso no te contó nada de su pasado? Me dijo que sí lo había hecho...

Maldito fuera, debió atenderla el día que le confesó quién era, en lugar de pensar únicamente en sí mismo. Recordaba algo de una proposición, pero no que fuera un matrimonio en ciernes.

—Bensters, Sunder...

—O despareces ahora mismo de aquí, dichoso dandi de pacotilla, o te haré subir al cuadrilátero y te daré una lección de boxeo que no olvidarás en años.

Fue Richard quien habló, de nuevo al mismo impertinente. Rara vez se enfadaba, pero cuando lo hacía daba auténtico pavor, y su furia contra quien fuera podía durar días. El incauto pareció querer aceptar el reto. Fue lord Jackson quien se lo impidió, tomándole del hombro, negando con la cabeza y llevándolo a otra sala.

Algún día tumbaría al desgraciado de Preston Kibersly, se prometió Richard, antes de volver a la conversación, como si nada.

—Un marqués de setenta y ocho años, si no recuerdo mal.

—¡Maldita sea!

—Efectivamente. Maldita sea. Por si logra encontrarla, queremos tenerla vigilada. Déjame decirte que tu futura condesa es muy independiente y bien capaz de desaparecer dejando una nota de agradecimiento si se siente en peligro. —Julian sonrió, tanto por el hecho de que Richard la asumiera ya como su esposa, como por la descripción que de ella hacía. Sí, aquella increíble mujer era su April—. Y ella está feliz de poder estar cerca de nosotros. De James y de mí. Bueno, cuando llegue yo, convencido como estoy de que me está echando de menos. De ti, sin embargo, no quiere ni oír hablar.

Julian se desesperó. Aunque reconociera el tono de chanza en la voz de Sunder, sus palabras no eran menos ciertas. Le iba a costar meses que volviera a confiar en él. Agonizaría al tenerla tan cerca y sentirla tan lejos. Se pasó la mano por el cabello, sudado. Richard se acercó a su rincón y le lanzó una toalla. Bebió y le ofreció agua, que compartieron como si no se hubieran estado moliendo a golpes apenas cinco minutos antes, como si no se hubieran batido en duelo hacía menos de dos semanas.

—Necesito verla. Y una sola charla no bastará, por más que yo quisiera. Necesitaré tiempo para convencerla de que no soy el bastardo podrido de odio que cree que soy.

Si Richard se sorprendió por la definición que hacía de sí mismo, no dijo nada.

El público se fue dispersando, entendiendo que no había más que ver allí, y sin poder oír una palabra de las que aquellos dos hombres se decían, en busca de otro combate en el que apostar. Quizá no fuera de tanta calidad, pero al menos tendría más ritmo.

—Ese es el tercer error en tu razonamiento. Puedes verla, y tantas veces como desees.

—¿En el campo? ¿Cómo? Hasta donde yo sé únicamente hay una posada decente en todo el condado. Condado y ducado, quiero decir, dado que vuestras familias comparten casi toda la extensión de las tierras en Berks, a excepción de las reales.

—La posada del halcón y el jabalí —corroboró Richard. Y calló un poco solo por el placer de hacerle sufrir.

Julian no dejaba de buscar la manera de acercarse. ¿Con qué pretexto se hospedaría él durante meses en una posada indigna de un conde? Entendía que James se la hubiera llevado a Stanfort Manor. ¿Pero no podía devolverla a Londres, maldito fuera? Aunque para ello la duquesa debía acudir también a la ciudad, y después de la escapada de su esposo a las Indias Orientales, no le sorprendía que a lady Evelyn no le apeteciera acudir ese año a participar de la temporada. ¿Cómo iba a resolverlo?

Compasivo, su clandestino asociado lo liberó de su agonía.

—¿Tengo que recordarte que tienes un amigo que vive a apenas quince minutos a caballo de Stanfort Manor?

Julian alzo la vista, sorprendido y esperanzado.

—¿Y que dicho amigo —prosiguió Richard— está algo cansado de la temporada y de que le ofrezcan todas las matronas de la ciudad a sus hijas en bandeja de plata? ¿Y que cree, además, haber organizado escándalos suficientes para su primera temporada, y ha decidido volver a Westin House? Pues a ese mismo amigo le vendría bien compañía, pues su padre no dejará de exigirle que comience a interesarse por su herencia. Ya sabes, patrimonio y matrimonio. Así que Julian, disculpa que no me arrodille para pedírtelo, pero hoy me siento insolente. ¿Me harías el honor de ser mi huésped en mi humilde morada en el campo, por todo el tiempo que consideres necesario?

Julian no merecía unos amigos así. Ni una mujer como April. Era un malnacido con suerte. Pero si le permitían redimirse, lo haría con creces, con todos ellos. Incapaz de hablar, asintió con la cabeza.

—¿Cómo, Bensters, ya no tratas de golpearme?

—Quizá debiera poner la otra mejilla —respondió contrito, ofreciéndosela en broma.

Pero Richard no desaprovechó la ocasión, y de un buen *uppercut* lo tumbó. De nuevo.

—Eres un bastardo, Sunder.

—Tal vez, aunque lo dudo —dijo al tiempo que le tendía la mano para levantarlo del suelo por segunda vez, ayuda que el otro no se negó a aceptar, pues de hacerlo, hubiera sido guiado por un orgullo ridículo y fuera de lugar—. Pero ahora sí, definitivamente, estamos en paz.

¿Estaban en paz? Ojalá fuera cierto. Aun así, le debía una disculpa.

Mientras se vestían, Julian miró a Richard. Cuando este se percató de que estaba siendo observado, dejó de abotonarse la camisa y alzó una ceja, en muda pregunta.

—Respecto de aquella noche, Richard, no sé con qué palabras expresarte cuánto lamento lo que ocurrió. Me dejé llevar... —Le falló la voz.

Richard aprovechó su abrupto silencio para interrumpir un discurso que consideraba innecesario.

—Ambos nos dejamos llevar...

—Déjame disculparme, por favor.

Ante su súplica, recibió silencio.

—Lamento lo que ocurrió. Sé por qué lo hiciste y te lo agradezco. Me dejé llevar por mi mal genio, y porque sin April todo me parece deslucido, incluso mi vida, y pagué mi mal humor contigo. Después de lo que ocurrió en Salamanca...

Se le cerró la garganta. Richard se acercó y le tocó el hombro.

—Tú hubieras ido también a Salamanca por mí. Así que olvídalo. Todos nos hemos ayudado siempre, James, tú y yo. Dejémoslo en que aquella noche me equivoqué, y tú te dejaste llevar.

Si no se abrazaron fue porque estaban en un lugar público. Pero con mirarse fue suficiente para saber que todo estaba bien. Tanto que el humor seco de Julian afloró, pasando el momento de incómoda intimidad.

—Reconoce, Sunder, que me lo pusiste fácil para que fuera presa de mi mal genio.

El otro simuló ofenderse.

—Qué poco te ha durado el arrepentimiento. ¿Ya no vas a decirme que ahora soy tu mejor amigo, y que me consideras más inteligente, más importante, más digno que Wilerbrough?

Julian rio sin poder remediarlo. Aquel hombre era un desastre, pero era un gran hombre.

—Me temo que no.

—Me lo figuraba. —Chasqueó la lengua—. ¿Me dirás, al menos, que si fueras una dama me preferirías a mí antes que a él?

Ahora su tono era teatralmente lastimero.

—Lo cierto es que creo que preferiría un futuro duque a un futuro conde. Lo lamento, Sunder, pero sospecho que, si fuera una dama, sería una de las interesadas que buscaría el mejor partido de la temporada, y ambos sabemos que es Wilerbrough, e intentaría darle caza de la manera más rastrera. Sería una dama de las que es mejor huir.

—Estoy convencido, Bensters, de que si fueras una dama, lo serías únicamente de nombre, y no solo por lo que acabas de decir, sino porque tu virtud se habría perdido antes de lo debido, y la fidelidad no sería tu fuerte.

Las carcajadas de ambos reverberaron por todo el gimnasio.

A nadie le extrañó que aquellos dos nobles rieran a mandíbula batiente. Tal vez sí por parte de Bensters, que no era dado a mostrar hilaridad. Pero era habitual verlos, solos o con el marqués de Wilerbrough, divirtiéndose.

Para ellos, en cambio, el sonido de sus risotadas significó volver a la normalidad. Seguían siendo amigos. A pesar de todo, seguían siéndolo.

34

En uno de los salones más concurridos de la capital de Prusia, el barón de Rottenberg observaba con ira al duque de Rothe. Por culpa de aquel desgraciado no había podido dar a April por fallecida y disponer del dinero que su madre le dejara. Tampoco había podido tocarlo con el pretexto de invertirlo y aumentarlo. Los banqueros de la capital temían la cólera del poderoso noble.

¿Dónde se escondía su condenada sobrina?

Se percató, de repente, de que su duquesa no había bailado ni una sola pieza aquella noche. Siguiendo una corazonada, preguntó al respecto, con la debida discreción, a una de las amigas de su esposa.

—Guarda duelo. Aunque no vista de negro, si se acerca lo suficiente verá que lleva un pequeño crespón negro en la manga de su hermoso vestido. Es por una tía lejana que vivía en Inglaterra. Al parecer murió hace apenas una semana.

Y fue aquel pequeño detalle el que significó la perdición de April. El barón supo con certeza dónde encontrar a su sobrina, y esta vez decidió no dejar en manos de otro lo que él mismo podía hacer, como hasta ahora, pues había contratado a antiguos agentes de policía para buscarla por el continente, sin obtener ni una sola pista.

Saldría del país con discreción en menos de un día, en cuanto apartara ciertos asuntos que le retenían en la ciudad, y viajaría personalmente hasta Londres.

Para cuando llegara a la capital inglesa, no cejaría hasta encontrarla.

Y que Dios se apiadara de ella, porque él no pensaba hacerlo.

April exploraba aquella tarde una nueva zona de la finca. La propiedad de los duques era vasta, y cada día escogía una región por la que pasear. Por las mañanas montaba, costumbre que adquirió en el internado, y después de comer caminaba, como hacían todas las damas de la época que vivían o pasaban el verano y el invierno en el campo, y como también solían hacer las muchachas de los pequeños pueblos del condado. Pero no había visto a ninguna en el poco tiempo que vivía allí. Aún no sabía que aquellas jóvenes no se adentraban en las propiedades de sus señores, no más allá de los alrededores de cada villa. Solo las damas de alcurnia disfrutaban de la finca de los Stanfort.

Le pareció medieval cuando una doncella se lo explicó, pero en cualquier caso, efectivamente así era. Tal y como se le informó, con presta zozobra, cuando preguntó al respecto de los solitarios senderos a su nueva señora, no vería a ninguna joven campesina por aquellos parajes, ni tampoco a dama alguna que no hubiera sido previamente invitada.

—La belleza de estas tierras se hizo para que fueran visitadas por gentes con gusto suficiente, y no por vulgares aldeanos que no saben nada de refinamiento. Tú eres afortunada de poder pasear por ellas y ver nuestras praderas, lagos, ríos y bosques. Con el tiempo llegarás a apreciarlas, si te esfuerzas lo suficiente y sigues mis consejos sin vacilar. —Estas eran las palabras de lady Evelyn, que reflejaban sus pensamientos abiertamente, pensamientos que consideraba por cierto los únicos verdaderos—. En cuanto a damas de alcurnia, has de tener en cuenta que mi hija, descendiente de duques, hermana de James y por tanto hermana del futuro duque de Stanfort, está en un colegio de la mejor calidad, y de confianza, porque debía internarse como cualquier jovencita de cuna que se precie, y no porque lo necesite, pues lady Nicole Saint-Jones es un autentico diamante, y será sin duda la favorita en la temporada de su debut. Y dado que Judith

—añadió—, la hermana de lord Richard, el vizconde de Sunder e íntimo amigo de mi hijo, vecino desde antaño, se casó con un millonario americano, y vive en Boston, de ahí que ya no la llame, ni yo ni nadie que se precie de conocer las reglas protocolarias más básicas, lady Judith, sino Judith únicamente, nadie pasea por estas tierras. Por tanto, difícilmente coincidirás con alguien en tus paseos, si es que mi hijo prosigue con ahínco en animarte a dedicar tu tiempo libre a caminar, privándome de tus servicios.

La duquesa era capaz de hablar sin parar durante horas, mezclando unos temas con otros, aleccionando a todo el que no tuviera más remedio que escucharla. Aprovechaba además las ocasiones que se le presentaban para dar su opinión sobre la pobre boda de la hija de sus vecinos: la dama conocida, antes de caer en desgracia según su excelencia, como lady Judith Illingsworth.

—Porque aunque la muchacha no fuera una joven especialmente agraciada como mi Nicole, y vuelvo a referirme a Judith Ashford, como se llama ahora la antigua lady Judith, tampoco era demasiado fea, sino desgarbada, más bien. Se notó, y se sigue notando, la verdad, que en aquella casa faltó siempre una mano femenina. —Aquellas peroratas solían no tener fin, pensó April resignada, pero al menos aprendía algo de la familia de sus benefactores—. Lady Anne murió dando a luz precisamente a la joven, y lord John no quiso atender a razones y casarse de nuevo para dar una madre a la niña. Y eso se notó, posteriormente, y no para bien. Debió traerla aquí a diario. Yo podría haberla instruido, y hubiera cerrado para ella un matrimonio mucho más ventajoso. Bien podía haber elegido un noble, dada la cuantía de su dote. Un conde, con suerte. Desde luego ni la mejor asignación te garantiza un marqués. Y los duques como mi hijo están fuera del alcance de mujeres como la pobre Judith. Pero casarse con un americano... Y para colmo al parecer el hombre está ahora bastante enfermo, por lo que tengo entendido.

Aunque aquella gran dama nunca lo confesaría, sabía de los avatares de Judith Ashford a través de su servicio, que mantenía estrecho contacto con el de los Westin.

—Y la joven todavía no le ha dado un heredero —prosiguió

la duquesa sin piedad, ni hacia la joven de la que hablaba ni hacia la propia April, que deseaba gritar ante las injusticias que se estaba viendo forzada a escuchar— a pesar de que deben llevar al menos dos o tres años casados. Ya no recuerdo la temporada en que ocurrió. Eso sí, hay que concederle el mérito de que fue el primer matrimonio de aquel año. No el primer compromiso, pero sí el primer enlace. Lo que resultó sospechoso, pues se hizo con prisas. Pero no, no hubo, ni hay, vástagos precipitados.

April compadeció a la tal Judith, y pensó en preguntar amablemente a Richard por el estado de su cuñado en algún momento, cuando regresara.

Y en aquello consistía, esencialmente, su nuevo trabajo y en hacer compañía a lady Evelyn: en escuchar mientras la duquesa daba pequeñas puntadas a su bastidor. Costura, algo de lectura y muchas charlas quejumbrosas sobre lo que añoraba su arpa, instrumento que ya no podía tocar, pues sus dedos se estaban volviendo rígidos, a pesar de que no era una mujer de edad avanzada, y que era una desgracia para los demás, pues les privaba de su armonioso talento. Y para hablar de la vida de sus vecinos y conocidos desde la lógica preocupación, y no desde el chismorreo, como no dejaba de insistir ella, pues era habitual sentir intranquilidad por las vidas menos agraciadas de otros, y religioso compadecerse adecuadamente.

El marqués no le había mentido: su madre en poco se parecía a su tía, lady Johanna, que en paz descansara.

El dueño de la finca, bendito fuera James, le había dado la opción, cuando llegaron, de ser presentada como hija de los vizcondes de Watterence, pero ella se había negado al punto. Aun así creía que el mayordomo debía saber algo por el modo en que la trataba, más como una invitada que como una dama de compañía, y por ende obligaba al resto del servicio a que la trataran de igual forma. La duquesa, lady Evelyn, en cambio, no sabía nada de su pasado, estaba convencida.

No se le permitía, desde luego, comer o cenar con la familia. Sin embargo, sí podía desayunar con la duquesa, para organizar la agenda del día, que consistía en no hacer absolutamente nada.

La casa estaba magistralmente administrada por el señor Donaldson y su excelencia no se involucraba en obras de caridad de la zona más allá de cuestiones pecuniarias, para no mezclarse así con la nobleza rural, principalmente sires y baronets cuyas esposas, afirmaba, pretendían conocerla para presumir después en la ciudad de su relación. Lady Evelyn se contrariaba al pensar en ser asociada con alguien tan burdo.

La señora, por su parte, no estaba satisfecha con April, que entendía estaba demasiado consentida por su hijo. Desde luego no iba a cometer un acto tan improcedente como el de interrogar a este sobre su nueva e impuesta dama de compañía, y daba por sentado que este no sería capaz de traer a su amante para que conviviera, y solo Dios sabía qué otras cosas pudieran hacer, bajo el techo de su propia madre. Pero había algo en el trato entre ambos que le escamaba. Superaba la cordialidad. Si un hombre y una mujer pudieran ser amigos, lo que obviamente ella consideraba imposible, hubiera dicho que James y April lo eran. Y cuanto mayor era el afecto que su hijo profesaba a la joven, mayor era la ojeriza que la duquesa le tomaba, y con mayor resentimiento y altivez la trataba.

Así que aquella tarde de primavera, tras el discurso sobre la hermana de Richard, James le había rogado que se tomara el resto de la tarde libre para descansar de las impertinencias de su madre, que tanto le afrentaban a él. Sabía de cada conversación porque el mayordomo le mantenía al día, a petición propia, de la relación entre April y lady Evelyn. No había errado la joven, aunque no pudiera saberlo. Donaldson conocía su identidad.

Le aconsejó que tomara una montura y visitara un lago cercano, a apenas diez minutos a caballo, y que paseara alrededor de sus pequeñas riberas. Le aseguró que no se arrepentiría, pues podía elegir entre un corto paseo por la orilla, rodeada de praderas salpicadas de flores, o tomar un camino más largo hacia el oeste, itinerario sobre el que la animó fervientemente, pues descubriría un hayedo maravilloso. Reticente, pues sabía que eso le predispondría todavía más contra su nueva señora, terminó por aceptar, cansada de las peroratas.

Y no se sintió decepcionada. Había optado por el hayedo, y se había sumergido entre sus blanquecinos troncos y sus altas copas, plenas ahora de hojas que dificultaban incluso la entrada de la luz del sol, tal era su frondosidad. El sotobosque, plagado de enormes helechos, no permitía ver el suelo más allá del sendero que se mantenía, suponía, por el uso que los habitantes de las pequeñas villas hicieran de él. O quizá, decidió con menos lógica pero mayor acierto, los jardineros de la casa se encargaran de mantener un camino limpio por si algún miembro de la familia decidía pasear por allí, dado que, como recordó con sorna, aquel lugar era precioso, y nadie poco instruido podría disfrutarlo, por lo que no se le permitía el paso.

¿Serían conscientes de lo privilegiados que eran? Lo dudaba.

Deseó haber llevado papel y pluma allí. Parecía encontrarse en un lugar mágico, donde habitarían hadas, duendes y otras pequeñas y asombrosas criaturas. El marco perfecto para escribir una bonita historia de amor y misterios, donde una pareja podría dejarse llevar por la pasión. Ranulf y Reina podrían hacer el amor allí mismo, sobre la hojarasca, perdidos el uno en el otro. Caminaba sin mirar por dónde iba, sin importarle pasar tres veces por el mismo sitio. Ya se orientaría después para encontrar el lago. Ahora prefería imbuirse del ambiente, sin pensar.

Divagaba sobre su protagonista cuando el sonido de alguien tras ella la asustó. Sin pensar en si era conveniente hacerlo, sino guiada por la curiosidad natural, se volvió para ver de quién se trataba, sin creer que alguien deseara hacerle daño, no en aquel lugar, sin duda seguro.

Se quedó de piedra al ver la alta figura frente a ella, mirándola con intensidad.

Julian.

35

Julian estaba en pie frente a ella. ¿Lo estaría imaginando? Le había evocado tantas veces en su imaginación que le parecía imposible que él hubiera aparecido para hacer realidad aquello con lo que soñaba todas las noches antes de quedarse dormida.

Caminó despacio hacia ella, midiendo cada paso, tratando de que sus botas hicieran el menor ruido posible, por temor a que reaccionara y recordara cómo la había tratado cuando le dijo que estaba embarazada, o cómo le había ofrecido una vida de renuncias y exilio basada en el resentimiento. No quería que recordara el daño que le había infligido cegado por su odio.

Cuando estuvo frente a ella, le acarició la mejilla con cariño, pero dudó en arriesgarse a pedir más. Si ella se mostraba receptiva y la besaba, ya no podría razonar, y tenían que hablar.

Y si le rechazaba... Iba a rechazarle muchas veces antes de ceder, se recordó. Y seguiría levantándose y gritándole que la amaba cada vez. Pero no quería que aquel fuera el primer repudio. No cuando le miraba como lo estaba haciendo en aquel instante. Cuando todavía había calidez en sus ojos. Parecía un pajarillo asustado, era cierto, pero le observaba con devoción. Como si viera el hombre que ella deseaba que fuera, y no el bastardo a quien había conocido.

—April.

Susurró su nombre por el placer de llamarla, sin esperar respuesta. Con renuencia, apartó la mano de su rostro, pero no retiró su cuerpo de donde estaba, restándole espacio, manteniéndose cerca, sin tocarla pero traspasando sin duda los límites del recato. Y se deleitó impregnándose de ella, absorbiendo cada detalle de la mujer a la que había anhelado durante más de una semana.

—Julian.

Su respuesta fue igual de suave. Y la hermosa mano se alzó anhelante hacia la mejilla masculina, perfectamente rasurada. Estaba muy cerca de rozarle cuando se detuvo, dudó, y finalmente la retiró, dejando caer el brazo.

Él supo el momento exacto en que ella recordó todo lo que había sucedido entre ambos. Sus ojos se aclararon, su mirada perdió intensidad, y dejó de acercársele. Pero antes de que los dedos de ella se detuvieran, él lo supo. Tanto la conocía, tanto la había recordado.

—Se diría que ya ha olvidado que le mentí, milord.

Con sus palabras quiso herirle, zarandear su corazón tanto como su orgullo. ¿Dónde se había metido? ¿Por qué decirle que le amaba, si iba a desaparecer después durante días?

—Me alegro de que lo hicieras. De que me mintieras, quiero decir. Si me hubieras dicho desde el principio que eras una dama, si me hubieras confesado la verdad, jamás me hubiera acercado a ti.

—Y jamás te hubieras visto en la tesitura de tener que pedirme en matrimonio, que era lo que juraste a tu padre no hacer nunca. —El rencor inundaba su discurso—. Así que no me digas que te alegras de que te mintiera, Julian, porque no te creo.

Consideró una buena señal que le tuteara de nuevo. Una victoria cada vez, se prometió.

—No me sorprende que no creas nada de lo que diga en lo que a ti se refiere, no después de cómo te traté. Y aun así es cierto. Si no me hubieras mentido no te habría conocido, y no hubiera sabido del amor. —Por un momento se miraron, queriendo creer lo que los ojos del otro reflejaban. April bajó la vista—. Espero al menos que creas que si hubieras confiando en mí, jamás te hubiera traicionado. No hubiera hablado a nadie sobre tu identidad, ni sobre tu pasado.

Supo que eso era cierto. Que él no lo hubiera hecho, como no lo hizo James, como tampoco lo hubiera hecho Richard.

—De acuerdo, si tú confiesas que si te lo hubiera dicho hubieras huido despavorido.

Julian le sostuvo la mirada, pero supo, como ella antes, que también era cierto.

—Lo acepto. —Debía ser sincero; aun así presionó, suplicante—: Pero créeme, me hubiera arrepentido durante el resto de mis días de entender lo que no hubiera conocido al no tenerte. Al no perderme en tu cuerpo y en tu corazón, April.

Ella le miró unos instantes más antes de darse la vuelta y seguir caminando. Julian se colocó a su lado, asegurándose de no tocarla, satisfecho de que su compañía no fuera rechazada. Por el momento tendría que conformarse con ello.

Pasearon en silencio por entre las hayas durante más de media hora, hasta llegar a un claro. Julian la tomó con delicadeza del codo entonces, tratando de que ella no se sintiera obligada, y la acercó a una piedra enorme, donde podían acomodarse ambos.

Tal vez acomodarse no fuera la palabra adecuada, pero al menos ella podía sentarse y él mirarla a placer.

—Lamento muchísimo la muerte de lady Johanna. Sé que la tenías en alta estima. Lo único que me consuela es saber que James estuvo contigo, tanto como tú con él, en tan difícil momento. Que, por una vez, no estuviste sola en un trance complicado.

Ya fuera porque ni durante el tiempo en que duró el velatorio, ni en el funeral, nadie le hubiera dado el pésame por ser una mera sirvienta sin derecho a afligirse, ya fuera por la comprensión en la voz de él, una lágrima sucedió a otra, y de repente se encontraba sollozando sin poder contenerse.

Se vio abrazada por el calor del cuerpo masculino, cuyo olor a bambú tan bien recordaba, y dejó que su dolor aflorara. Lloró por Johanna, por el hijo que finalmente no pudo tener, por el amor perdido, lloró por sus padres. Lloró como hacía años que no lloraba con alguien.

—A veces tengo la sensación de que aquellos a quienes amo siempre terminan por abandonarme, antes o después. —Era difícil entenderla entre hipos y sollozos, pero él la entendió, y la abrazó con más fuerza.

—Yo sigo aquí, y te juro que nunca te abandonaré. —Su voz

le acarició el oído—. He venido únicamente para demostrártelo. Solo tú me has traído hasta aquí.

Entendía que era presuntuoso incluirse entre aquellos a quien amaba, pero también sabía que era uno de los privilegiados.

April continuó llorando sin consuelo hasta que no le quedó dentro nada más por lo que lamentarse.

Se separó de él, avergonzada, una vez recuperado el dominio sobre sí misma. Desde que sus padres fallecieran y su aya le diera la fatal noticia, no había vuelto a llorar abrazada a nadie. Miró al frente, y encontró su ancho torso, con el pañuelo empapado y arrugado.

Julian sonrió con suavidad, sabiendo que ella recordaba lo estricto que era su ayuda de cámara con los lazos. Sin apartar los ojos de ella desanudó la muselina que envolvía su cuello. Solo cuando fue imprescindible dejó de mirarla. Acudió a un riachuelo cercano, empapó la tela con el agua fresca que corría y se la tendió.

Una noche April le había contado que era el único método que conocía para disimular horas de llanto. Había rememorado cada frase, cada caricia, cada encuentro con ella decenas de veces durante la última semana.

Emocionada porque él lo recordara, tomó el pañuelo y se frotó la cara con el suave trozo de tela, borrando de su piel los signos de sus lágrimas saladas.

Él esperó paciente hasta que terminó de lavarse el rostro, y le tendió entonces un pañuelo del bolsillo de su chaqueta para que se secara. Lo aceptó también, devolviéndole el húmedo, y diciéndole sin que la sonrisa de su boca llegara a sus ojos:

—Te he echado a perder la corbata, y sé que es una de tus favoritas. —También ella recordaba, y había reconstruido durante el tiempo que habían estado separados cada momento juntos—. Tu ayuda de cámara se molestará contigo.

—Quédatela entonces, y le diré que la he perdido.

Ella sonrió de veras esta vez, y valiente siguió charlando. Quería saber. Necesitaba saber. Y solo había una manera de hacerlo: preguntando, por más que pudieran doler las respuestas.

—Seguro que no le sorprenderá que pierdas prendas de ropa, pero aun así se molestará. Sí si es este el lazo perdido.

Él la miró, solemne, antes de contestar.

—Tal vez en el pasado. Pero hace meses que no me desnudo en otra habitación que no sea la mía. Y solo una mujer ha entrado en mi alcoba. Ninguna otra podría. Yo no podría... —Se le rompió la voz, y hubo de callar.

De forma velada le confiaba que no había habido otra mujer tras ella. Aquello la reconfortó, pues sabía que ella era la única mujer a la que había llevado a su casa, y la única a la que llevaría. Le creía. Que sus deseos de venganza la dejaran a ella en un segundo plano no lo convertía en un mentiroso. Le creía, y se alegraba de que la hubiera esperado, hubiera o no un futuro para ellos.

Le alegraba, también, haberse atrevido a preguntar.

Tomo el pañuelo, lo plegó, amorosa, y lo dejó al lado de la piedra.

—Te he echado de menos. Muchísimo —se atrevió a decirle Julian.

Sopesó su respuesta, pero venció, como era habitual, su sentido común.

—Echarme de menos, amarme, no es suficiente.

Él asintió. Ninguno de los dos se movió, cada uno perdido en sus propios pensamientos, felices con la mera presencia de tener tan cerca al ser amado.

—Vengo del norte, de hablar con mi padre.

April alzó la cabeza al instante, extrañada y curiosa. Esperanzada, incluso, si era honesta.

Y el conde le contó lo que decidiera cuando pisó de nuevo Woodward Park. Le habló de hacer de aquella fortaleza reconstruida un hogar que llenar de hijos, con ella y solo con ella. Una casa donde crear hermosos recuerdos, en el lugar donde su vida siempre fue un infierno.

—Pero solo seré capaz de lograrlo si eres tú la mujer con la que construyo esos recuerdos, esa nueva vida.

Su garganta se atenazó ante el miedo a un rechazo. Ante su silencio, bajó la mirada, avergonzado no de decir lo que iba a decir, sino de lo que había hecho y por lo que se veía obligado a pedir perdón. Y por darse cuenta tarde, muy tarde. Pero rogó porque no fuera demasiado tarde.

Cuando Julian supo que podría seguir sin que la voz le fallara, pues no quería interrumpirse una vez comenzara, volvió a hablar.

—April, te negaste a ser mi amante, me rechazaste, y seguí amándote más por ello, por tus principios. Cuando estuviste embarazada te ofrecí todo lo que podía en aquel momento, lo que creí que podía ofrecerte, todo menos mi apellido, y me despreciaste. Y te amé más por ello, por mantener tu dignidad en los momentos más duros, a pesar de que luego perdiéramos los papeles. Lamento lo que te dije, lamento no haber sido el hombre que esperabas, que merecías. —La emoción en el rostro de la joven le permitió continuar con voz firme, convencida—. Pero después hablé con mi padre y te ofrezco ahora todo lo que soy, lo que tengo, y te amo más por ello, por querer hacer de mí un hombre mejor.

Su respiración profunda, y no un dulce y femenino suspiro, fue el único sonido que se escuchó en un buen rato.

April escuchaba lo que él decía, e intentaba asimilarlo. Eran exactamente las palabras que necesitaba oír para perdonarlo por lo ocurrido. Solo si reconocía que el odio le estaba amargando la vida, anegándolo todo sin dejar espacio para el amor que ella ansiaba entregarle; si le prometía tratar de superar ese arraigado resentimiento y mirar al futuro, le daría una oportunidad. Se la daría a ambos.

Únicamente si su amado comprendía el daño que le había hecho al rechazarla estando embarazada, abandonándola a su suerte a pesar de poder casarse con ella sin avergonzar a su familia, volvería a entregársele sin reservas. Solo cuando comprendiera cómo se había sentido, y reconociera que se había equivocado, tendrían un futuro.

No quería solo una disculpa, también necesitaba que él entendiera el punto de vista de ella, el averno que había vivido por su culpa, por su obcecación. Quería algo más que lamentaciones, necesitaba conocimiento, inclusión. Quería que viviera como propio el dolor que ella había sentido, para que aquello no volviera a repetirse nunca más, para que antes de volver a herirla fuera consciente del daño que le iba a provocar.

Estaba convencida de que si él lo comprendía, jamás volvería a lastimarla. Tamaño era el amor que Julian, estaba segura ahora, le profesaba.

—Una vez me preguntaste si te amaba más de lo que odiaba a mi padre, y callé. Lo hice porque no conocía la respuesta. Pero ahora puedo contestarte sin temor a equivocarme.

Tal y como hubiera presagiado, él estaba pronunciando cada palabra que ella había rogado a Dios escuchar durante días.

—¿Puedo decírtelo, April?

El silencio como respuesta le preocupó, por su falta de entusiasmo. Su mirada ya no se posaba en sus ojos, sino que se perdía entre la hierba. Pero tomó dicho silencio como una invitación a continuar.

—La respuesta es un rotundo sí. Te amo más que odio a mi padre, April Elisabeth Martin. Te amo más que a mi vida. Te amo como nunca había amado. —Su voz, apenas susurrada, era pura emoción contenida, tal era la honestidad de sus sentimientos. Le estaba desnudando su alma—. Porque es cierto, April. En mi vida nunca hubo amor. Conocí el afecto, la amistad verdadera, al llegar a la universidad, de la mano de James y de Richard. Pero jamás había amado, y jamás me habían amado.

Y eran tan perfectas esas palabras, tan acordes a sus necesidades, que temió que él las hubiera ensayado, pero que no las sintiera verdaderamente. Que fueran un discurso preparado. No con intención de retenerla para herirla, sino basadas en el convencimiento de poder convivir con su amor y el odio hacia su padre.

O bien Julian había capitulado en todo lo que ella deseaba sin necesidad de que se lo pidiera, tanto era el entendimiento del alcance del dolor de April, o bien Julian le mentía, quizá sin saberlo, para no perderla.

Necesitaba tiempo para estar segura, para entregarse. Una segunda equivocación, un nuevo fracaso, le dejaría el alma rota e incurable para el resto de su vida.

—Julian —quería decírselo con tiento, pero no había frases delicadas para lo que tenía que responder—, estoy segura de que estás convencido de lo que dices, pero no sé...

Calló, sin hallar las palabras adecuadas sin herirle. En cambio, él sabía perfectamente a qué se refería.

—No sabes si en tan poco tiempo mis sentimientos han podido cambiar tanto. No sabes si realmente podré mantener mi palabra de dejar atrás las humillaciones de mi padre y no permitir que me envenenen de nuevo. No puedes saber si en algún momento de debilidad me romperé y volveré a odiarle, y te arrastraré a ti conmigo, y te romperé también, hiriéndote como lo hice antaño, y provocándote un dolor inmensamente mayor ahora, por haberte devuelto la esperanza para robártela después.

Ella asintió, con sus hermosos ojos grises abiertos en exceso por la sorpresa. Conocía cada rincón de su mente y de su alma. Cada miedo y cada esperanza que albergaban.

—Tiempo, April, tiempo. Es la única opción que nos queda, por más que desee estrecharte en mis brazos, besarte para acallar cualquier negativa, y tomarte aquí mismo, entre los helechos. —Él no lo decía del todo en broma pero ella rio, pues había estado pensando en una historia similar mientras paseaba a solas. La seriedad de su mirada la alejó de la fantasía y la devolvió a la realidad, donde no cabía hacer el amor en aquel bosque—. Tiempo para hacerte creer, tiempo para que me conozcas de nuevo, y ames más a este Julian que tú has inspirado, que tú has mejorado.

Le ofreció la mano y la puso en pie. April cogió el lazo de muselina y anduvieron de nuevo hacia la montura de ella sumidos cada uno en sus propias esperanzas. Al llegar, reconoció al lado de su montura a *Marte*. La ayudó a montar, gentilmente, y esta le devolvió el pedazo de tela.

—Quédatelo, pues a mi ayuda de cámara le alegrará saber que lo perdí en manos de una mujer hermosa, rubia y de enormes ojos grises.

No obstante, le tomó la mano en la que tenía la prenda, la giró y le besó la muñeca, rozándola con la lengua ligeramente.

El ligero temblor que notó le satisfizo. Lo que tenían en común seguía en ella escondido en algún lugar. Con paciencia lo resucitaría.

—Te amo, April.

Y sin esperar respuesta, pues no deseaba ponerla en una situación comprometida, golpeó la grupa de su yegua, y el animal se puso en movimiento sin que ella tuviera tiempo de decir nada.

«Yo también te amo, Julian», pensó.

Pero agradeció no haber tenido la oportunidad de decírselo.

—Serán primero flores y después dulces.

—Será a la inversa. Bensters es tan patán en temas de cortejo que comenzará con chocolates.

—Cincuenta guineas a que son flores.

—Cincuenta guineas a que son bombones.

—De acuerdo.

James y Richard cerraron la apuesta como los caballeros que eran, con un buen apretón de manos.

—Ahora mismo deben de estar juntos, si es que ha logrado encontrarla.

—Cincuenta guineas a que no la conquista esta tarde.

—No pienso apostar cincuenta guineas contra eso, Wilerbrough. Es obvio que no lo logrará. Ella es una dama de orgullo.

—No es orgullo, sino dignidad.

—Como si hubiera mucha diferencia, en lo que a féminas se refiere.

—Algún día alguna mujer te dará una lección al respecto, Sunder.

—Hasta entonces, planeemos bien la tercera cita.

James lo miró, desafiante.

—¿No me crees? También tú te enamorarás, y espero que la dama te haga entender algo tan elemental como la diferencia entre orgullo y dignidad.

—Todos nos casaremos. Bensters, tú y yo. Deseémonos suerte y sigamos con lo que nos ocupa ahora.

El marqués asintió, dejando a sus futuras esposas de lado, y volvió a Julian y April, deseoso de mostrar que también él estaba implicado en el futuro enlace.

—He solicitado una licencia especial, para que cuando se decidan puedan celebrarlo al instante y aquí mismo, en la capilla de Stanfort Manor, ya que dudo que ninguno de ellos desee una boda multitudinaria, ni tenga demasiados parientes a los que invitar.

—Caramba, no pensé en eso. —La cara de suficiencia de James acompañaba una clara burla—. He tenido, sin embargo, una idea espléndida para la tercera cita, tras los dulces y las flores, que no la harán claudicar, no a ella...

—Flores y dulces.

—Ya veremos. Pero ahora escucha, en lugar de creerte el mejor de nosotros...

Poco después la risotada de James debió escucharse desde la salita en tonos dorados y salmón hasta la otra punta del ala este de la casa, donde su madre refunfuñaba por lo bajo de no tener a su dama de compañía con ella.

—Espero no tenerte nunca como enemigo, Richard Illingsworth.

Como cada noche, hubo apuesta. Y si estas no continuaron hasta el final del cortejo no fue porque Julian los descubriera y se ofendiera, sino porque antes uno de ambos quiso hacer trampas, y fue sorprendido de la manera más ridícula por el otro.

36

April apenas escuchaba lo que lady Evelyn le decía. Contaba los minutos para que James fuera a tomar el té, momento en el que ella se excusaría, pues a la duquesa no le parecía bien que una dama de compañía tomara el té. Y no lo hacía por lo mucho que se había encarecido el delicioso néctar con la subida de impuestos, de la que nada sabía ni se preocupaba una duquesa como la de Stanfort, con una riqueza inimaginable y ningún interés en la economía doméstica. Ni siquiera sabía si los criados tomaban té fresco o reutilizaban el de sus señores.

Lo que a la duquesa no le parecía correcto era que la dama de compañía tomara el té. No té, sino *el* té. El de media tarde, con sus pequeños bocaditos salados y sus dulces.

Aquel manjar era para quienes habían nacido para disfrutarlo. De hecho, cuando James regresara a la ciudad tal vez dejara de tomarlo ella, pues servía tanto de refrigerio antes de la cena, que cada vez se servía más tarde en un cambio a las costumbres modernas que le costaba aceptar, y que por descontado no se seguía en Stanfort Manor, como servía de acompañamiento en reuniones sociales. El té era todo un rito en la mansión Stanfort, y en cualquier casa con blasón que se preciara de tener alcurnia, elegancia y distinción. Y si no estaba su hijo, no tendría con quien tomarlo. No iba a enseñar a April la ceremonia del té, suponiendo que tuviera agudeza mental suficiente para comprenderla. Además, quizá si James se iba se la llevara, si sus sospechas eran ciertas...

—Buenas tardes —interrumpió este, justo cuando la campanilla del reloj de la entrada tañía cuatro veces—. Creo que llego en el momento esperado.

April se levantó, como correspondía a cualquier sirviente ante un marqués, y se disculpó. Por primera vez en toda la semana lady Evelyn pudo observar que la joven no se abochornaba por su salida. Lo que resultaba más interesante era que, incluso, se la veía animada, al salir.

Tras las apuestas la tarde anterior entre Richard y James, había llegado Julian, y a pesar de que no había contado nada sobre April, pues tal y como hiciera durante su romance en Londres mantuvo sepulcral silencio respecto de sus momentos con la dama, lo que le honraba, sí les habló de la conversación con su padre, y de sus planes para vivir en el norte si la convencía para que se trasladara con él convertida en su esposa.

Les había entristecido, a Sunder y a Wilerbrough, saber que dejarían de contar con su compañía, pero si era por un destino mejor, dijeron entenderle y apoyarle. Aunque una vez había subido a cambiarse para la cena, Richard y James coincidieron en que no existía destino mejor que el de la soltería y la irresponsabilidad.

Lo que James sabía después de ver a Julian era que se encontraba muy confiado en casarse con April. Su rostro había mostrado seguridad al hablar del futuro. Como nunca le había visto hacerlo. Se alegraba sinceramente por él, pues debía reconocer que durante un par de años le preocupó la falta de estima que tenía por su propia vida, y su falta de previsión, de planes.

Se prometió visitarle en el norte todos los veranos mientras pudiera, hasta que no tuviera él más remedio que fundar su propia familia. Julian bajaría para las sesiones del parlamento en primavera y otoño, y coincidirían por tanto otras dos veces cada año.

—¿Sin leche y con dos cucharadas de azúcar?

La voz materna, con un deje viperino, lo devolvió a la salita de recibir de las tardes. Extrañado, la miró.

—Llevo tomando el té del mismo modo desde que regresara de la universidad. ¿A qué viene dudar, ahora?

En cuanto hizo la pregunta, llegó el arrepentimiento. Había

estado ensimismado, y había hablado sin pensar. Ahora obtendría una respuesta. Y cuando lady Evelyn preguntaba algo obvio era para forzar una conversación que iba a ser desagradable. Desagradable para James, desde luego. La duquesa afirmaba hablar siempre en su condición de madre y buscando lo mejor para su hijo, pero eso no significaba que coincidieran en qué significaba *lo mejor* para él.

—Pregunto, pues parece que últimamente tus gustos han cambiado.

James alzó una ceja por costumbre e inmediatamente se lamentó. La dama lo tomó como una invitación a seguir hablando. Maldita fuera su estampa. Debía dejar de pensar en la felicidad de Julian por unos momentos y preocuparse de su salud mental.

—Mis gustos no han cambiado. —Su respuesta fue tan fría como su mirada azul cobalto—. No sé a qué te puedes estar refiriendo.

La duquesa pareció pensar si continuar, pero James no creyó en sus dudas ni por un momento. Lady Evelyn era conocida por su capacidad de estrategia. Se preparaba los sermones, no dejando nada al azar.

—Siempre oí que te gustaban las mujeres con el pelo menos claro. No morenas, pero tampoco rubias.

Hablaba con ensayada circunspección, tanta que no sabía a qué se refería, pero si era una conversación sobre sus gustos en cuanto a féminas, solo podía tratarse de buscarle esposa, o de hablar de amantes. Y dado que no ansiaba al primer tipo ni disfrutaba en aquel momento del segundo...

¿Realmente sería ella capaz de mantener una conversación sobre amantes? Aun arriesgándose a un sermón preguntó, a conciencia esta vez, tratando de avergonzarla:

—No sabía que te interesaran mis gustos, pero efectivamente suelen atraerme las castañas. ¿Lo preguntas por...?

Y alzó la ceja, esta vez con arrogancia.

Lady Evelyn reconoció su error demasiado tarde. Se había precipitado y ahora James estaba enfadado. E incluso ella sabía que era mejor retroceder cuando se enojaba.

—Estoy esperando. Y no soy conocido por mi paciencia.

Optó por atacar, creyendo que defendería mejor así su postura.

—¡Me parece una ordinariez que mantengas una relación con un miembro del servicio, James Andrew Christopher Saint-Jones!

Le costó unos segundos entender a qué se refería su madre. En cuanto lo supo, su furia no conoció límites. A punto estuvo de contarle quién era la joven, pero se refrenó a tiempo. No confiaba en su discreción. Pero se encargaría de que, cuando llegara el momento, lo supiera por él, aunque fuera únicamente por el placer de verla contrariada al no reconocer a la dama que convivía con ella. Su madre, que presumía de distinguir el abolengo allí donde lo había, creía que April era una sirvienta. Y su amante. La ira afloró de nuevo. Habló despacio, temeroso de perder el control.

—Escúchame bien, madre, pues no volveré a repetirlo. April es mi invitada. Si te hace compañía y es remunerada por ello es porque le hace sentir mejor. Pero es mi invitada.

En otra ocasión la duquesa hubiera replicado, pues resoplar no era femenino, pero se lo pensó. Nunca había visto a su hijo tan enfadado. Claro, que nunca se había relacionado con él, ni con su hija. Para el primero estaban los internados, y para la segunda las nodrizas y niñeras.

—La tratarás con dignidad o te marcharás de esta casa. No, no me mires con soberbia, pues puedo hacerlo si lo deseo, y mi soberbia supera la tuya con creces. Mientras tu esposo esté fuera —enrojeció la dama, al imaginar lo que se estaría diciendo en Londres al respecto del viaje de su esposo, pues el duque no había ocultado a sus amigos, poco discretos, el fin de este; no cayó, en cambio, en la forma en que James eludía el parentesco— yo soy el cabeza de familia, y las cosas se harán según mi entendimiento. No te obligaré a ir a Londres, dado que comprendo que debe ser insoportable para tu orgullo acudir a la capital para la temporada, cuando te negaste a ir para el funeral de un familiar, a pesar de que te lo *solicité* por escrito. Pero sí te enviaré a la casa de la duquesa viuda, donde vivió la abuela una vez padre se casó contigo. ¿He sido claro?

Lady Evelyn se estremeció ante la humillación de perder su

propia casa. ¿Qué pensaría el servicio? ¿Cómo lo afrontaría, cuando el duque volviera y hubiera de regresar?

—Madre, repito, ¿he sido claro?

Cuando esta asintió, James se calmó. Nunca había estallado así contra ella, y se arrepentía ahora. Se acercó y la besó en la cabeza, relajando el estado de ánimo de lady Evelyn, que parecía a punto de pedir sus sales.

—Gracias.

Y salió. No debió hablar mal a su madre, ni amenazarla, pero no quería pasar un minuto más allí mientras no se tranquilizara.

April salió hacia el lago, como hiciera la tarde anterior, pero con más prisa. Cabalgaba veloz, y con la inamovible intención de pasear por la orilla, tal y como el marqués le había recomendado cuando entrara en la casa tras su paseo a caballo de la mañana. James se dirigía a la biblioteca mientras ella lo hacía hacia su dormitorio, con el tiempo justo para cambiarse y bajar a la sala de desayuno puntual.

Nunca apuraba tanto sus salidas matutinas, pero sí, como hiciera siempre, había madrugado para poder trotar un buen rato antes de que la duquesa se levantara. Tras salir de los establos y alejarse por el único sendero posible antes de llegar a un primer claro, algo había resultado diferente, y se había llevado una grata sorpresa. Julian la aguardaba para acompañarla.

Apenas habían hablado, pero habían disfrutado en silencio de su mutua compañía. Cuando él le había propuesto una carrera ella había negado con la cabeza. En el internado galopaban con frecuencia, pero no tenían una gran superficie por la que correr, y además la silla de las damas no permitía hacerlo a velocidad suficiente como para competir de una manera justa. Esperaba que le ofreciera, gentilmente, cierta distancia de ventaja, sin embargo la asombró.

—Mañana traeré una silla de verdad —miró con disgusto la de ella—. Si tú no se lo cuentas a nadie yo tampoco lo haré. Y te enseñaré a montar a horcajadas. Así ambos disfrutaremos de la *cabalgada*.

Si eligió la palabra por su doble significado, o fue casualidad,

April jamás lo supo, pero la temperatura de su cuerpo subió ante lo que su mente imaginaba.

Así que aquella tarde trotaba hacia el lago llena de esperanzas.

Él la esperaba con un ramo de rosas. Le acarició la mano con los labios antes de entregárselas.

Sorprendida, las tomó y las olió, al tiempo que las agradecía con un beso en la mejilla que poco tuvo de casto y mucho de amoroso.

—¿Flores?

—Ajá. —Si su voz sonaba segura, su mirada se veía avergonzada.

—¿Me estás haciendo la corte?

De nuevo él asintió.

April rio de puro deleite. La cortejaba después de todo lo que habían compartido. Lo bueno y lo malo. Después de haber yacido juntos, le hacía la corte como si fuera una doncella.

Y aunque fuera ridículo, y absurdo, y poco práctico, le entusiasmó.

Aunque, recordó, ni las mejores rosas, chocolates o poesías le harían sentir como la Cenicienta, como la noche del baile de máscaras. Aquel había sido el gesto más romántico que un hombre podría hacer jamás por una mujer.

Pero eso no significaba que no pudiera disfrutar de un cortejo al uso, ese que hubiera tenido de haber debutado aquel año.

Vagaron por el lago cogidos de la mano. Julian le comentó algunas anécdotas ajenas, pues nunca había pasado allí las vacaciones. Era, de hecho, la primera vez que estaba en Berks. Pero conocía un buen número de relatos sobre Richard y James que hicieron las delicias de la joven.

Se sentaron después sobre la hierba. Él se quitó la chaqueta, galante, y se la ofreció como manta para que no se manchara ni se mojara si la tierra estaba húmeda.

—Cuéntame historias divertidas sobre tu infancia.

La petición cogió a Julian por sorpresa. No esperaba un ruego así. ¿Habría recuerdos divertidos en su niñez? Había cometido muchas salvajadas siendo un crío, pero los castigos posteriores restaban toda la diversión. Seguramente sí las habría, pero no las recordaba. Las pocas que tenía ya las había compartido con ella una noche, en Londres. Quizás el odio no le había permitido recordar más momentos agradables, que, sin duda, todo niño tenía. Recordó entonces cuando jugaba a ser pirata, pero no quiso contárselo. Prefería saber de ella.

—Cuéntame tú las tuyas hoy, y mañana prometo contártelas yo.

Ganaba tiempo, pues si no lograba recordar nada entretenido, siempre podía contar más vivencias de sus amigos cambiando los nombres. Ya le confesaría en el futuro que no eran ciertas.

—De acuerdo.

Y durante la siguiente hora, mientras él le acariciaba el cabello con descuido, April le contó un montón de historias que hicieron desear aún más a Julian tener una niña como ella.

No se le escapó, sin embargo, que todos aquellos recuerdos eran anteriores a la muerte de sus padres, y que no añadía ninguno de los años internada en Prusia.

Entendió entonces que tampoco ella había sido una joven feliz, no después de los once años. Y aun así no se había dejado vencer por el resentimiento, sino que había luchado contra él a base de optimismo y fortaleza.

Quizás, incluso, hubiera tenido una vida más desamparada que la de él, reflexionó afligido. Pues a diferencia de la joven, él fue un niño que no tuvo una familia, una estima que añorar, mientras que ella sí había sabido lo que era criarse en el seno de una familia feliz, y haber sido arrancada de sus padres repentinamente para comenzar una existencia gris en otro lugar.

Y entendió también, entonces, su negativa a casarse con él y marcharse lejos si tenían un hijo varón.

Se alegró de la fuerza de su dulce April. Quizás en algún momento esa convicción se hubiera vuelto en contra de lo que quería, pero era la de su amada la voz de la razón, y la suya la del rencor. Aquella mujer le hacía feliz solo con su presencia. Únicamente ella rellenaría las brechas de su pasado, y le ayudaría a olvidarlas.

Esperaba lograr compensarla por ello de otro modo, y que también April sintiera que él la complementaba, la ayudaba a sentirse colmada, mejor.

Tal vez por eso, o tal vez porque ella se había mostrado propicia durante su paseo y su conversación, cuando la tomó por la cintura para ayudarla a montar y tuvo su cabeza a la altura de la de ella, le robó un cariñoso beso, saboreando bien sus hermosos labios pero sin adentrarse en su boca.

Antes de que April pudiera reaccionar, apartándole o besándole con ansiedad, pues prefirió no arriesgarse a un rechazo, la tenía encaramada a la silla. Le besó la mano de nuevo, le guiñó un ojo, y con una sonrisa pícara, fruto del roce robado, mandó a la yegua hacia Stanfort Manor.

Ensilló a su castrado y puso rumbo hacia la propiedad de Westin House.

—Tus cincuenta guineas, Wilerbrough.

—Quedo satisfecho y reconocido, Sunder.

De nuevo, tras una copa de brandy, que había traído expresamente James desde las bodegas de Stanfort Manor, pues su famoso licor de contrabando viajaba con él cuando cambiaba de morada, Julian había aducido sentirse cansado y se había retirado. Solos, habían cobrado y pagado respectivamente su apuesta, y se habían vuelto a acomodar, mirando el sillón vació.

—Mañana madruga.

—Me agota solo la idea de cortejar a una dama.

—¿Tú madrugarías para poder cabalgar con una mujer, Wilerbrough?

—Define cabalgar, Sunder.

—Burdo. Divertido, pero burdo.

Había dado en el clavo como pocas otras veces. Al marqués le irritaba que le tacharan de vulgar. Y más si efectivamente había sido ordinario.

—Me disculpo por ello.

Richard aplaudió con sorna.

—¿Apostamos para mañana? —preguntó, hosco. Detestaba ser la diana de las bromas.

—Desde luego. Lógicamente serán dulces.

—Lógicamente.

—Y el tercer día nos aseguraremos de que sea un poema.

La sonrisa de James se ensanchó, al tiempo que respondía:

—Para lo que te espero mañana, antes del té, en mi biblioteca.

Paladearon por adelantado la broma pesada que iban a gastar a Bensters.

—Allí estaré, sin falta. Y la apuesta de hoy es...

—Mañana se besan.

—¿Al segundo día? Imposible.

James partía con ventaja. Richard solo conocía la versión de Julian, pues el poco tiempo libre que April tenía se lo dedicaba a él, no pudiendo aquel verla. Y Julian no solo no hablaba de cómo le iban las cosas, sino que además era poco expresivo.

James, en cambio, veía a April a diario, incluso alguna noche antes de la llegada de los vecinos habían tomado una infusión juntos en una de las salitas. Para ser exactos, la joven tomaba una infusión, pues no había bebido alcohol nunca con anterioridad y temía que le sentara mal, y él tomaba una copa de jerez. Y al haber tenido oportunidad de conocer mejor a la joven, intuía que estaba esta a punto de sucumbir, de dejarse llevar.

Y no solo por el cortejo de Julian, que estaba convencido de que estaría siendo torpe. No esperaba menos de su amigo. Sino porque ella, una dama con la cabeza en su lugar como pocas conocía, estaba deseando dejarse llevar.

—¿Aceptas la apuesta?

—Acepto.

Tras darse la mano, el vizconde preguntó:

—¿Y cómo sabremos que se han besado?

Con suficiencia, la suficiencia de un futuro duque, respondió James:

—Créeme, Sunder, si ocurre, lo sabremos.

En su cama, April trataba de conciliar el sueño, lo que era harto difícil ante el dilema que se le presentaba.

—Confiar o no confiar, he ahí la cuestión.

Volvía a hablar sola, pero se sentía demasiado feliz para notarlo.

Si Julian hubiera ido a ella con reclamaciones, se hubiera jurado verlo arrastrarse antes de dedicarle siquiera una mirada. Pero en lugar de exigirle, o de pedirle acaso, se conformaba con lo que ella quisiera darle.

Para un hombre acostumbrado a tomar lo que deseaba, y a obviar aquello que le era vedado, no debía ser fácil contenerse.

Solo la había presionado con un beso robado, pensó divertida, que de durar algo más de un segundo, hubiera significado su capitulación. E incluso en aquel roce había habido respeto, deseos de no precipitarse, ni forzarla, guiada por el deseo.

Pero April no podía saber cuánto estaba disfrutando él del cortejo. Convencido de su victoria, pretendía saborear cada pequeño avance. Y aunque la impaciencia le atormentara, especialmente cuando caía la noche y se encontraba solo, en su cama, sabiéndola tan cerca e intuyéndola dispuesta, quería una rendición plena. Así que paladeaba cada día a su lado, deseando que ella claudicara al día siguiente, y anhelando a su vez que aquel flirteo inocente perdurara un día más.

Pero ella no lo sabía, y aunque lo hubiera hecho, tampoco hubiera podido restar méritos a Julian.

Sí, aquel hombre la había apartado de su lado en el peor momento...

No, se corrigió maravillada. Y se sintió iluminada por la revelación que su mente le mostraba, pues en ningún momento la abandonó él a su suerte.

Solo cuando ambos perdieron los papeles, en casa de James, y se sonrojó al recordarlo, se dijeron unas cuantas barbaridades, amenazándola él con obligarla a suplicar. Y ella le había abofeteado a cambio, dejando ambas afrentas a la misma altura. A ras del suelo, pues ninguno de los dos podía haber caído más bajo. Se arrepintió una vez más de aquel golpe, por más que él lo hubiera podido merecer.

Pero a excepción de aquella mala tarde, en la que ella se precipitó y él se hundió, y ninguno supo manejar la situación y mantener la calma, él nunca le había negado su ayuda, ni su compañía, ni su amor, que no necesitaba confesarle para que lo sintiera. Lo que no le había ofrecido, y no la primera vez pero sí la segunda, era su apellido.

Quizás al principio por ser sirvienta, de lo que, por mucho

que le doliera, no iba a culparle, y después por su sed de venganza.

Ahora comprendía por qué se comportó así, ahora sabía de su hermano enfermizo y de las palizas que recibió, ahora entendía por qué no le ofreció la protección de su nombre. Y entendía también que nunca le negó su compañía, sino que incluso le ofreció su apellido, aun con condiciones. Y que cuando se supo rechazado, antes incluso de que ella se le negara, le confesó su amor por última vez, no para presionarla, sino como reconocimiento, sin esperanzas.

No le había mentido nunca, no se había aprovechado de ella, nunca le hizo promesas, porque no las podría cumplir, como vislumbraba ahora. Era ella quien le había mentido, sobre sus orígenes y su linaje.

Y al parecer él le había perdonado sus mentiras. A tenor de la conversación en su reencuentro, él se alegraba, incluso, de aquellas mentiras. ¿Sería cierto? ¿Sería posible? Y sobre todo, ¿sería capaz ella de perdonarle, como él la había perdonado a ella, por el hecho de que su amor no hubiera sido lo suficientemente fuerte por momentos?

¿Le faltaría orgullo, si se daba a él sin hacerle sufrir?

¿O acaso no era orgullo, por parte de ella, obligarle a humillarse cuando el amor era correspondido y puro?

Aquel razonamiento la convenció de que si Julian lograba hacerle creer en un futuro juntos, si la convencía de que había superado su pasado y que el odio hacia su padre no volvería a interponerse entre ellos, se dejaría llevar.

El amor estaba lejos del pragmatismo que había gobernado su vida.

—El amor atiende a razones que la razón desconoce.*

Seguía sin importare hablar sola.

Y seguía sin importarle si estaba siendo imprudente o no. Solo había sido feliz cuando lo había sido, cuando había decidido conocer íntimamente a un desconocido del que se enamoró, en el mismo momento en que posó su mirada en él, aunque entonces no supiera que era amor. La cordura le había dado una

---

* Blaise Pascal.

vida serena, pero nada más. Tal vez nunca sufrió siendo cabal, pero tampoco había sentido ilusión.

A lo mejor se equivocara siendo irreflexiva de nuevo, y de nuevo con el mismo caballero. Pero solo con Julian se sentía ilusionada. Viva.

Quería dejarse llevar.

37

A la mañana siguiente la esperaba en el claro, cerca del camino, para que cabalgaran juntos. Más o menos como prometiera, le entregó una silla de montar como las que usaban los caballeros. Pero no la había traído expresamente para ella. Sencillamente quitó las cinchas de la de April, dejando la montura de amazona a un lado del sendero, y le colocó la propia, decidido a cabalgar él a pelo. Julian había sido jinete de caballería. Era sobradamente capaz de montar sin silla, más aún sobre *Marte*, con el que tantas batallas había vivido.

A pesar de la vergüenza inicial, pues hubo de alzarse las faldas hasta más allá de las rodillas y permitir que él la tomara por las caderas y la subiera hasta la grupa de la yegua, ahora estaba disfrutando de la mañana. Desgraciadamente no tardarían demasiado en regresar. Suspiró deseando bien que el tiempo se detuviera, o bien que llegara ya la tarde.

—Si alguien te viera montando así, perderías tu reputación.

—Tal vez sea un poco tarde para que, precisamente tú, te preocupes por *mi* reputación.

La miró, seductor.

—Me refiero al concepto que otros puedan tener de ti en público. Del concepto que tengo de ti en privado no tienes por qué preocuparte. De hecho espero que tu reputación... digamos privada, siga creciendo a mis ojos día a día.

April rio, pero no contestó. Julian volvió a su inquietud inicial.

—No debí traer la silla. Debí dejarlo en una broma y nada más. ¿De veras querías probar a montar así? ¿No te has sentido obligada? —Y preguntó por cuarta vez—: ¿Estás incómoda?

—No, Julian, no lo estoy. —Había diversión en sus palabras—. Pero debo reconocerte el mérito de que esta vez hayas tardado más de diez minutos en reanudar la misma conversación.

Aunque April pretendiera que su voz sonara admonitoria, la realidad era bien distinta. Le gustaba que se preocupara por ella. Le sorprendió no sentirse abrumada, pues solo Sigrid se había interesado en ella en los últimos años, y le guardaba siempre cierta distancia al hacerlo. Julian, en cambio, no le dejaba más espacio que el necesario para respirar. En cuanto le cambiaba el semblante, quería saber si todo iba bien. Sentirse amparada era nuevo para ella, y tenía que reconocer que era agradable.

Le vino a la mente una de las noches que pasaron juntos. Saciados ya, April se deleitó acariciándole el pecho suavemente mientras él dormía, disfrutando con su tacto, al tiempo que imaginaba una escena para su novela. Y en el momento en que la heroína era atacada por unos maleantes su mirada se oscureció y sus labios se estiraron, tensos. Él había abierto los ojos, preocupado, notando el cambio de su humor en su tacto, e inmediatamente en su cara.

La devolvió al presente, defendiéndose de su velada acusación de exceso de celo sobre ella.

—No preguntaría si no hubieras suspirado, ni te hubieras puesto seria de repente —replicó, a la defensiva. Sonrió después, y bromeó—: ¿No irás a decirme que en lugar de cabalgar conmigo imaginabas cabalgar con otro hombre, que me ha usurpado el puesto de héroe en tu corazón? ¿Ranulf, tal vez? ¿No habrá ese tunante abandonado a Reina para hacerte la corte?

La carcajada de ella fue tan sincera como lo sería su respuesta. Le emocionó que recordara a los héroes de su novela. Y quería dejarse llevar, se recordó. Así que respondió la verdad.

—Suspiraba porque desgraciadamente en breve debemos emprender el camino de vuelta. Y me ponía seria porque hemos malgastado mucho tiempo hasta que he logrado montar.

Julian no estaba de acuerdo en absoluto con su aseveración. Le respondió, fingiéndose airado:

—Tú sentirás que has perdido el tiempo. Yo te he tomado un par de veces por la cintura y tres más por las caderas, hasta que te has relajado lo suficiente para permitirme subirte a la grupa. Y he visto, además de tus magníficos tobillos, que sigo vislumbrando ahora, también tus pantorrillas. Incluso una rodilla me has enseñado, mi dulce April. Así que, querida, no vuelvas a insinuar que ha sido una mañana en vano, pues yo me he recreado en ella. Si tú no lo has hecho, ven mañana predispuesta a colaborar y te encaramarás antes a la montura.

¿Así pues, le había estado mirando las piernas cuando había tenido ocasión? Con disimulo, coqueta, aprovechó cuando saltaron un pequeño desnivel para subirse unos centímetros la falda.

—Si vuelves a hacer eso será tu perdición. No digas que no te lo he advertido, lady April Elisabeth.

Ella trató, en vano, de aguantar la sonrisa. Y sin mirarle, se adelantó un poco, giró, para cruzarse con un pedrusco que hubo de saltar, y de nuevo se subió la falda hasta casi las rodillas. Sin mirarle, como si no le hubiera oído.

—Tú lo has querido, señorita.

Lanzando un pequeño grito, April puso a su yegua a trotar, pues no había aún aprendido a galopar a horcajadas, y además deseaba ser alcanzada. Y lo fue. El caballo de Julian cerró el paso a la yegua, y cuando ambos estuvieron detenidos, tiró de ella sin piedad, subiéndola a su grupa, de lado, como montaban las damas, pero sobre los masculinos muslos.

Se agarró a las solapas de su chaqueta en un acto reflejo por temor a caer, más aun al no sentir ninguna silla bajo ella. Cuando alzó los ojos y vio los suyos ardiendo de deseo, dejó de apretar la tela, postrando sus manos y subiéndolas por su pecho hasta su cuello.

—Julian —susurró, sabiendo que iba ser besada, sin restricciones esta vez, y deseándolo como nunca antes.

—¡¡Julian!!

La voz del vizconde de Sunder frustró cualquier intento de caricia o beso.

Richard y James habían quedado esa mañana por unas cuestiones de la finca, y aunque el primero nunca se hacía cargo de nada que tuviera que ver con Westin House, o con su herencia, su padre no dejaba de presionarle cuando estaba allí. Así que había cedido para ir al molino con su vecino. Cuando a la vuelta no habían tomado el camino más rápido, que pasaba por el lago, y había sido vago en sus explicaciones a James, este había sospechado la razón. A pesar de que no debía frustrar la felicidad de Bensters, una apuesta era una apuesta, se había justificado Sunder ante sí mismo para interrumpirlos. Y la vanidad de Wilerbrough no debía seguir creciendo a base de ganarle en cada envite.

—Maldición —masculló Julian, al tiempo que la colocaba con agilidad sobre su silla de nuevo, lejos de él. Su piel agonizó de ausencia.

Solo hubo de tomarla por el talle y moverla hacia la yegua. Ella abrió las piernas, recogió las faldas y él la depositó en un ágil movimiento.

Si Richard, quien le había llamado, y James, que le acompañaba, vieron también las pantorrillas de la joven, nada dijeron.

—Buenos días a los dos.

April no sabía qué decir. Porque se sentía avergonzada de haber sido sorprendida sobre él; porque se sentía avergonzada de ser sorprendida de aquella guisa, montando como los hombres; porque se sorprendía todavía de la facilidad con la que la había encaramado a la yegua.

Probablemente había permitido sus intentos de aquella mañana temprano solo con el fin de manosearla, se dijo.

—Reconoce que tú también lo has disfrutado. Los intentos, digo.

Al principio lo fulminó con sus ojos grises, sintiéndose una boba. Pero luego tuvo que mostrarse de acuerdo con él, le había encantado sentir sus cuerpos rozarse al azar mientras ella buscaba la postura adecuada, que la tomara del talle o de la cintura, y que cada vez, antes de soltarla, la acariciara apenas.

Con la mirada de aprobación de April se dio por satisfecho, y saludó a sus amigos.

—Sunder, Wilerbrough, qué feliz casualidad. —Su tono no mostraba felicidad alguna.

Una vez invitados a la conversación, se acercaron con sus monturas.

—Milady.

James primero, y Richard después, le besaron la mano y le hicieron una ligera reverencia, alzando el sombrero que portaban. Como se saludaba a una dama, no a una sirvienta. Aunque ella lo fuera y todos ellos lo supieran, se dijo April. Pero lo extraño era que la miraban con naturalidad, como si fuera una dama que no estuviera subida a una silla de montar de hombre a horcajadas.

Los caballeros que había en ellos se abstuvieron de decir nada, aunque para sí valoraron el arrojo de la joven, la inteligencia de Julian en su cortejo, que al parecer no se limitaba en exclusividad a flores y dulces, y, para qué negarlo, también sus pantorrillas.

—¿Y qué os trae por aquí? —insistió Julian, deseoso de que se marcharan, para continuar exactamente donde se había quedado, a un centímetro escaso de aquella sabrosa boca.

—Se dirige a nosotros como si la finca fuera suya y se sorprendiera de encontrarnos en *nuestras* tierras, Wilerbrough.

—En realidad estamos en las mías, Sunder. Pero te concedo todo lo demás. —Se giró a mirar a Julian con arrogancia—. Venimos de revisar el molino que ambas fincas utilizamos.

—Y que por cierto es de mi propiedad y tu arriendas. —Richard le devolvió el golpe.

—Arriendo que pago puntualmente. —Al marqués no le gustaba que le desafiaran, ni siquiera en broma.

—¿Y si seguimos paseando? —La miró amorosamente—. Con suerte, mientras Sunder le mira a la sombra de un árbol esperando a que desista, Wilerbrough tratará de construir un molino con sus manos... no, no oses reírte, está convencido de ser capaz de hacer cualquier cosa, ya sea una obra de ingeniería o dar de comer a un infante.

La idea de ver al marqués tratando de dar de comer a un bebé fue más de lo que su compostura pudo soportar. April profirió en carcajadas.

—¿Nos vamos entonces, dulce April?

James le atravesaba con la mirada. Tan enfadado estaba que se olvidó de la apuesta de la noche anterior, y mirando su reloj de bolsillo, negó con la cabeza.

—Será mejor que sea yo quien la escolte hasta la finca, Bensters. No, no es menester que te tomes la molestia. Ella se dirige hacia donde voy, y será un placer acompañarla. Me aseguraré, eso sí... y disculpa que lo mencione, April, sé que es de muy mal gusto por mi parte... de que la joven cambie de silla antes de llegar a los establos. Por la salud mental de mi madre, básicamente.

Y se encaminaron hacia allí, dejando solos a Richard y Julian. Uno estaba claramente malhumorado. El otro, en cambio, sonreía abiertamente. Casi pierde cincuenta guineas y el orgullo. Todavía había esperanzas de ganar aquel día.

—Borra tu maldita sonrisa, Sunder, o te la borraré yo...

—¿Espadas esta vez, Bensters?

Y ante el bochornoso recuerdo del duelo, se vio obligado a regresar a casa frustrado y con un amigo jubiloso como única compañía.

Poco antes de que llegara la hora del té y April pudiera salir de la casa, fue llamada extrañamente a la biblioteca. Nunca había pisado aquella sala, y se maravilló cuando entró, no por la impresionante mesa de ébano, sino por la colección de libros.

—Estás invitada a leerlos todos, si así lo deseas.

Se giró y contempló el rostro sonriente de James. Iba a responder cuando escuchó una segunda voz, desde el otro extremo.

—Este, este y este. Creo que están todos. Ah, buenas tardes April, qué sorpresa más agradable.

—Richard —le saludó ella. Llevaba varios libros en una mano, y tres en la otra—, ¿te ayudo?

—Por favor.

Y le tendió los tres tomos que llevaba en la derecha.

—Scott, Byron y los sonetos de Shakespeare. Quizás hay una dama afortunada en el condado —leyó, al tiempo que los dejaba sobre una mesilla.

—Y más cerca de lo que imaginas —contestó James.

Si bien sintió curiosidad por el enigmático comentario, en breve sería la hora del té y podría marcharse con Julian. Tras el encuentro de la mañana, cuando casi se besan, esperaba impaciente volver a verle, a tocarle, a saborearle si podía... Si aquellos dos pillastres no les hubieran interrumpido se habrían besado, y le habría entregado toda la pasión que llevaba días guardando.

Si aquellos dos pillastres no hubieran irrumpido en su tranquila existencia, se recordó, esta no sería tan maravillosa como era. Así que los miró con cariño.

—¿Querías algo, James?

—Salvarte de mi madre, para que te escapes ahora. Dado que Sunder está aquí, la entretendremos nosotros. Disfruta de la tarde.

Roja como la grana por lo que pudiera insinuar el marqués, se marchó hacia los establos, feliz.

Una vez solos, el vizconde habló sulfurado:

—¿«Más cerca de lo que imaginas»? ¿Y qué tal si le dices que es ella la dama afortunada?

—¿Y qué hay de ti? «Ah, buenas tardes, April, qué sorpresa.» —Hablaba como lo hacía Richard, pero con voz chillona, dos octavas más aguda de lo que su voz de barítono acostumbraba a sonar—. En fin, al menos hemos conseguido lo que queríamos. ¿Los ha tenido en sus manos, no? Pero has sonado tan falso como Judas. Te ha faltado besarle la mejilla y pedirme treinta monedas de plata.

—Si le beso la mejilla, Julian... mejor no lo digo. Y no quiero treinta monedas de plata, solo las cincuenta guineas que esta tarde te ganaré limpiamente.

—La besará.

—¿Después de que la tomara por sorpresa esta mañana? April se mantendrá en guardia.

—No lo hará.

—Sí lo hará —respondió pueril, cruzándose de brazos.

James le miró largamente, serio ahora.

—¿Tienes algún interés especial, más allá de cincuenta guineas, en que no se besen, Sunder?

—Si lo que me preguntas es si sigo prendado de la joven, la respuesta es un rotundo no. Y estoy harto de justificar el capricho de una noche en la que además iba borracho, dicho sea de paso. —Realmente lo estaba—. Pero temo que la conquiste demasiado rápido y no la valore, después.

—¿Lo crees posible a estas alturas?

—No, pero quiero que Bensters sea feliz, que ambos lo sean. Y que él se enamore para siempre.

—Bueno, si lo de esta tarde funciona, es que la ama más allá de lo imaginable.

Richard sonrió, orgulloso de su idea y de las consecuencias que traería.

—No tardaremos en saberlo. Mañana a estas horas, si todavía nos habla, es que algo entendiste mal de mi infalible plan.

38

Aquella tarde, de nuevo, coincidieron en el lago. Esta vez Julian llevaba dulces: una caja de bombones. April aplaudió con deleite, como una niña pequeña en Navidad. Le encantaba el chocolate, pero hacía meses que no lo probaba. A lady Johanna no le terminaba de agradar, con su humilde paga no podía permitírselo, y lady Evelyn jamás le hubiera ofrecido uno.

Se sentaron en una enorme piedra algo inclinada, y mientras Julian le contaba anécdotas felices sobre su pasado, todas ellas inventadas, se comió todos los dulces que le trajera, pero le ofreció el último.

—Debí comprarte más.

Ella se sonrojó.

—No lo hagas, por favor. Engordan —le dijo al tiempo que le ofrecía una vez más el último, alargando el brazo.

—Te desearía con la misma intensidad aunque te comieras todos los bombones de Londres en una semana. Y no, no deseo el último, prefiero verte paladearlo.

Sin hacerse de rogar, se comió el que quedaba, feliz.

Iba a chuparse los dedos, embadurnados de chocolate, sin decoro ni vergüenza, cuando Julian le tomó la mano.

—Permíteme.

Y, uno a uno, se los lamió él. Despacio, sin prisas, primero la mano derecha y después la izquierda, los metió en su boca y los saboreó con la lengua.

—Magnífico.

Corroboró con voz ronca, llena de deseo, aunque ninguno creyó que se refiriera al sabor de los dulces.

—Si tanto te ha gustado, debiste tomar el último —le susurro, hipnotizada.

—Siempre puedo saborearlo de tus labios. —Se le acercaba sin dejar de mirarla, apasionado—. ¿Puedo, April?

Embelesada, apenas asintió con la cabeza, pero fue señal suficiente para que Julian cerrara la distancia y atrapara su boca en un sensual beso.

—Magnífico —repitió contra ella.

Y la envolvió con sus brazos, la cosió a su cuerpo y la besó como llevaba semanas anhelando hacerlo, como toda mujer debía ser besada al menos una vez en su vida, como los héroes besaban a las heroínas en las novelas que April leía, escribía e imaginaba.

Y cuando los besos no fueron suficientes, las caricias llegaron e inundaron sus cuerpos, buscando, reconociendo, recordando.

Una mano de April descasaba en su pecho, mientras la otra tiraba de su nuca hacia sí, para que ni un aliento cupiera entre sus bocas.

La mano de Julian bajó por su escote y sin detenerse en la abertura, fue directo al cordón delantero. Tocarla por encima de la tela no les serviría de nada, no saciaría las ansias de ninguno de los dos, tal era la fuerza del deseo que los invadía. Con manos expertas, deshizo el nudo mientras mordisqueaba el cuello de la joven, que al sentir la mano tan cerca de sus pechos se olvidó de besarle y se hizo atrás, ofreciéndose, exigiéndole que la deleitara.

Y lo hizo. En cuanto descubrió los senos, llenos, siguió bajando la boca con hambre hasta ellos, dándose un festín del que nunca se sentiría saciado.

La otra mano estuvo un tiempo gozando con el otro pecho, dándole el mismo placer que su boca ofrecía a su cima gemela, antes de abandonar el montículo para alejarse hasta su tobillo y subir por su pierna, debajo de la falda, hasta el vértice secreto de sus muslos. Sabedora de lo que vendría, April se abrió a él y permitió que introdujera un dedo en ella.

Pero las cosas no estaban resultando como ella esperaba. Él no apartaba su boca de los senos, y su dedo, acompañado de otro, no dejaban de mecerse, cada vez con más atrevimiento. Cuando intentó tocarle, él se lo impidió, soltando el cuerpo que sostenía con determinación y tomando su brazo para inmovilizarlo.

—¿Julian? —le preguntó, indecisa. Si seguía moviendo su mano del mismo modo dentro de ella, se perdería en un estallido de placer, pero lo haría sola, sin él.

—Hoy todo el placer es tuyo, el chocolate y esto.

A pesar de que su voz fue apenas un susurro ronco, April le entendió, y se dejó llevar, excitada ante la idea de dejarse hacer.

Abrió un poco más las piernas, desvergonzada, acercó su pecho a la boca de él para que la llenara mejor, oyendo como su amante gemía ante su atrevimiento, y como justa recompensa a su sagacidad el dedo pulgar que se escondía bajo sus faldas presionó el arrugado botón que se ocultaba, secreto, en el centro de su feminidad.

Sus pequeños suspiros se transformaron en jadeos. Cerró los ojos e impulsó suavemente sus caderas contra la mano masculina que tan bien la conocía, que con maestría la estaba llevando al abismo, a la perdición, al paraíso.

Un pequeño grito acompañó su clímax, su cuerpo se tensó con oleadas de placer durante unos segundos, para dejarse inundar después por la serenidad, la paz que hacía casi dos semanas que no la envolvía.

Minutos después, ya relajada, se giró a mirarle.

Julian la vio más hermosa que nunca, con las mejillas arreboladas y los ojos brillantes, y una pequeña sonrisa de satisfacción bailándole en los labios, hinchados tras sus besos y mordiscos.

Pero, sobre todo, la vio tranquila, vio en ella un aura de despreocupación que no había visto nunca y que, se prometió, iba a regalarle todos los días de su vida.

April había sufrido mucho en los últimos años, pero él haría que todos los venideros fuera una consecución de felices jornadas.

—¿Estás bien? —le preguntó, cariñosa.

La sonrisa de él fue tierna, sincera.

—Maravillosamente bien.

Con la confianza que se tienen los amantes, le miró el pantalón a la altura de su pretina.

—No lo pareces.

Se encogió de hombros y le tomó las manos, deteniendo su avance por satisfacerle.

—Hoy no, dulce April. Mañana, o pasado mañana. No hay prisa. —Rio cuando ella volvió a dirigirse hacia su inflamada virilidad—. No la hay, de veras.

Y, girándola de nuevo y colocando su grácil espalda contra su pecho, se limitó a abrazarla por lo que quedó de tarde, hasta que llegó la hora de despedirse, lo que hicieron con un casto beso, como si no acabaran de compartir un momento tan íntimo.

—Maldita sea, la ha besado.

Fueron las únicas palabras de Richard. La cara de Julian lo decía todo, por más que él no quisiera contar nada.

—¿No piensas pagarme?

—No llevo el dinero ahora, pero te lo acercaré esta noche a casa, si lo deseas.

—No es necesario, mañana me pagas el doble cuando decidamos cuál es la nueva apuesta. Será una lástima el día que le pida matrimonio y ella acceda. Esto me está divirtiendo, y llenando mis arcas al mismo tiempo.

—No pensé que perdería —refunfuñó para sí Sunder.

—Entonces es que eres...

—Silencio, viene.

Y dos hombres, teóricamente adultos y serios, se pusieron a simular que leían, interesados, uno, el diario del día anterior, y el otro, un libro sobre la plantación y el cuidado de las zanahorias.

—Buenas tardes.

La voz de Julian fue enérgica, pero siguió hacia las escaleras, sin detenerse en el estudio. Richard salió tras él y le llamó. Este bajó, extrañado, y entró.

—Verás, no sé muy bien cómo decirte esto, pero es que esta tarde hemos visto a April husmeando en la biblioteca de Stanfort Manor.

Se puso en guardia, no le gustaba la palabra husmear. Miró a James.

—No irás a decirme, Wilerbrough, que ahora falta algo de valor. ¿O sí?

—Por supuesto que no, Bensters. Dios, no sé ni cómo se te ocurre.

Se relajó y se sentó con ellos, demasiado feliz para apreciar lo extraño de la lectura escogida por sus amigos.

—Es solo que...

—¿Sí?

—La hemos visto con tres libros de poesía en la mano. Scott, Byron y Shakespeare.

Richard fue el responsable del discurso que el marqués parecía deliberar cómo abordar.

Julian se frotó la barbilla, pensativo.

—¿Poesía?

Ambos amigos asintieron, ninguno de ellos podía hablar, pues delatarían sus estados de ánimo, próximos a la hilaridad.

Julian no se detuvo a observarlos, sino que dio media vuelta y se dirigió de nuevo hacia la imponente escalera.

—No me esperéis a cenar. Por favor, que la señora Growne me traiga algo a mi habitación, y discúlpame con tu padre, Sunder.

Y tal y como no los había mirado, no pudo oír sus carcajadas, tampoco, pues estaba demasiado concentrado en su desgracia.

¿Poesía? Maldita fuera su suerte, él no sabía rimar.

—Antes de que acabe la semana están casados.

—¿Estando a miércoles, como estamos? Imposible.

—Sunder, nunca aprenderás. ¿Cincuenta guineas?

Y de nuevo se dieron la mano.

Aquella noche, más tarde, James invitó a April a tomar un té y a charlar un rato. Estando en la biblioteca, Donaldson lo llamó un momento y ella aprovechó para acercarse a las cristaleras y respirar el aire fresco de la noche. Se adentraba mayo y comenzaba el calor. Una voz desde fuera la sobresaltó, y la obligó a asomarse por el enorme marco de la ventana, para ver quién merodeaba por allí. Justo entonces entró el marqués de nuevo en la estancia, y al verla hablando en voz baja, le pidió silencio y se aproximó hacia ella, pegado a la pared, desde donde el intruso, que sospechaba bien quién era, no pudiera verle.

—Espera al menos hasta la semana que viene para casarte, por favor.

Fue lo último que dijo el visitante nocturno, que no había sido invitado por nadie.

—¿Algo que confesar, Sunder? ¿Trampas, tal vez? ¿Embaucas a la dama para que haga lo que tú deseas y no lo que su tierno corazón le dicte?

Richard dio un salto al saberse descubierto, y se puso en pie. Pero lejos de amedrentarse, saltó por el zócalo de la ventana con toda naturalidad, como si fuera habitual adentrarse por allí a altas horas de la noche. April los miraba, divertida.

—He venido a pagar una apuesta, Wilerbrough, nada más.

Y sacó una bolsa, que le lanzó con resentimiento.

—Espero que vinieras únicamente a eso y te hayas entretenido limpiándote las botas en mi jardín. ¿O tal vez, insisto, tienes algo que confesar?

—Confieso que empieza a preocuparme el tamaño de tu inmodestia, y considero necesario que pierdas una apuesta para que tu arrogancia descanse, pues debe estar agotada.

—Y yo confieso que jamás pensé que me tratarías de esta forma.

—Y yo confieso...

—¿Y cuál de ambos confesará primero que ha estado haciendo apuestas sobre la relación de Julian conmigo?

Con los brazos en jarras, les miraba severa. Pero poco le duró la aspereza. Aquellos dos tenían una sonrisa capaz de derretir el más duro de los corazones.

Y el suyo ya lo había emblandecido el conde de Bensters.

Mientras, el responsable de dicho corazón enternecido trataba sin éxito de unir palabras hermosas, contar sílabas y versarlas.

Era un desastre rimando, siempre lo había sabido, y aquella noche lo corroboraba, pluma en mano.

Pero April deseaba un poema, y él se lo daría, aunque para ello tuviera que pasar la noche en vela.

Lo que probablemente ocurriría, se dijo.

Para componer el peor poema jamás escrito.

Lo que probablemente también ocurriría.

39

Aun a riesgo de sufrir un rechazo, que le causaría menos dolor en el orgullo que en el alma, le pediría matrimonio. Había comprado un anillo antes de acudir al campo, en Londres, que guardaba hasta que llegara el momento en el buró de su recámara. Un solitario con un diamante de tamaño medio en el centro engarzado al aire.

Y el momento estaba cerca. No significaba con ello que fuera a declararse esa misma tarde, no sabía con exactitud cuándo hallaría la ocasión adecuada. Pero cuando salió hacia el lago, lo portaba en su bolsillo. Si se daba el instante propicio, se lo pediría formalmente. Ya le había dicho que la amaba de todas las maneras que conocía, excepto con su cuerpo, y lo cierto era que no lo había hecho de manera plena, pero la había adorado con sus manos y su boca. Ya el primer día le habló de pasar el resto de su vida juntos. Por primera vez le había prometido un futuro, un futuro real, uno que ambos pudieran compartir de veras, uno al que ella pudiera aspirar.

Se avergonzaba ahora al recordar cuando quiso alejarla de la capital y convertirla en su amante para siempre, olvidándose de los rumores. Lo había creído un gran gesto, pues la sabía una sirvienta. Como si por ello debiera considerarse una privilegiada. Y, del mismo modo, no había contemplado la posibilidad de una negativa. Comprendía ahora que aquel gran gesto hubiera consistido en pedirle en matrimonio y olvidarse de las reglas sociales, más aún cuando no tenía intención de mantener su linaje.

Había sido un hipócrita. Si pudiera volver a aquellos días, hubiera acudido una noche a Almack's solo para acercarse donde esperaban las damas de compañía y pedirle un baile, y escoltarla a la pista mientras el resto de dragones les perforaban con la mirada y las debutantes la criticaban, superadas por la envidia. Aquello hubiera sido hermoso y ella lo merecía, pensó con consternación. Pero ya no podía cambiar el pasado.

Al menos habían bailado juntos en un salón, aun bajo la protección de las máscaras. Pero haberlo hecho en Almack's... Rio, pensando en el escándalo que habrían organizado. Lady Jersey hubiera intentado llevar la cuestión al Parlamento, aprovechando su amistad* con Liverpool, el primer ministro.

Del mismo modo que tampoco podía borrar lo que le dijo cuando se confesó embarazada, ni su torpeza al pedirle matrimonio. Ni su brutalidad, al ofrecerle una vida en Inglaterra si no tenían un hijo varón. A ella precisamente, que había sufrido el destierro ya una vez.

Estúpido arrogante.

El odio a su padre, y tal vez el temor a una vida distinta, pensaba ahora, hicieron que por poco perdiera su única oportunidad de ser feliz.

Pero esta vez lo haría bien, se prometió.

Con el pequeño estuche en su chaqueta, y un poema en el bolsillo del pantalón, partió hacia el lago, esperanzado.

Tras una mañana de besos robados y risas, April había regresado exultante a la casa. Lady Evelyn la trataba con cortesía ahora. Seguía siendo altiva, pero se temía que dicha altivez era inherente a todos los Saint-Jones. Incluso James lo era, por más que le doliera reconocerlo. Quizá si contraía matrimonio con una joven espontánea, perdería algo de su rigidez, de su visión privilegiada de la vida. Bajaría del pedestal desde donde miraba al resto de los mortales. Pero, se recordó, los duques no se casaban con jovencitas espontáneas, y si por un casual James era más

---

* Se rumoreó durante años sobre una relación sentimental entre lady Jersey y el conde de Liverpool, estando ambos casados.

inteligente que el resto y lo hacía, las obligaciones protocolarias de una futura duquesa ahogarían a una joven todavía por madurar. Y la actual duquesa también lo haría, especuló con maldad, arrepintiéndose al momento de su pensamiento. Pero una vez su mente comenzaba a elucubrar, ya no podía detenerse. Mientras se dirigía al lago, lady Evelyn era una madrastra maliciosa que ponía trabas a cualquier hombre que cortejara a su hija tras casar a James, pues deseaba que esta se quedara soltera para siempre, y poder así manejarla a su antojo y asegurarse de que la cuidara en su vejez, dado que era quince años más joven que el padre de la muchacha. Afortunadamente, llegaba al condado un nuevo vecino, hijo de un clérigo, que...

Cuando le vio a la orilla del lago, su cabeza dejó de divagar y se concentró en él. Cuando estaba con Julian no deseaba estar con nadie más. Su ensueño desaparecía, para centrarse en él e imaginar un futuro juntos. Si pudiera oírle decir... No sabía qué era lo que necesitaba. Se había confesado enamorado, se había disculpado por cada afrenta, le confirmaba con cada gesto que la amaba, no la presionaba... Solo faltaba un pequeño empellón para inclinar la balanza de su prudencia a la libertad de su amor. Decirse a sí misma, ya en la cama, que iba a arriesgarse a sufrir otro desengaño por él era más sencillo que decírselo a él, confesarle su amor y atreverse a comenzar una nueva vida. Pero el matrimonio era para siempre, y eso la asustaba.

Esperó a que él se acercara y la ayudara a bajar de su montura. A diferencia de la mañana, donde había vuelto a montar a horcajadas, iba ahora en silla de amazona.

Había disfrutado, recordó, de galopar como los hombres en lugar de trotar como lo hacía en aquel momento, manteniendo el equilibrio en la dichosa montura, inventada por algún caballero con poco sentido común solo para hacer a la dama más modesta a sus ojos. Incluso había participado contra él en una buena carrera, que no le había dejado ganar, alegando mientras reía que la amaba pero que le había jurado honestidad, y hacerla creer una jinete superior a él era ridículo. April le había prometido que algún día lo haría mejor que él, incluso, lo que era absurdo, pues Julian se había alistado en la caballería durante las guerras contra Napoleón. Lejos de creerse amenazado, el bribón le había prometido que le enseñaría, pero que el día que le ganara en una carrera la amaría menos, por destruir su vanidad. Y después había tenido que besarla, para evitarse una merecida perorata sobre el orgullo femenino. Pero, en honor a la verdad, a April no le había importado. Él oiría su discurso en otro momento, que no le cupiera ninguna duda, y a ella le urgían más sus besos aquellos días.

Cuando la tomó del talle y la depositó en el suelo, le besó con delicadeza la nariz en un gesto cargado de cariño, y la llevó hasta la piedra donde se sentaran la primera vez, sentándose él en el suelo, frente a ella, y mirándola con intensidad.

Se echó mano al bolsillo de su pantalón, y la joven temió que le mostrara un anillo. Su corazón galopó contra sus costillas y le invadió el pánico. Iba a pedirle que no lo hiciera, cuando vio que era un papel lo que extraía. El latir frenético se desvaneció poco a poco, y ella deseó que él no hubiera notado sus nervios.

Pero Julian sí se había dado cuenta de su reacción, y se obligó a olvidarse por el momento de la alianza, cuyo estuche le ardía en el pecho, escondido en la chaqueta. Tras una sacudida de desencanto, se obligó a mirar su poema. A fin de cuentas él la había decepcionado varias veces al no estar preparado para darle lo que necesitaba. No podía culparla porque no creyera en él o enfadarse con ella al sentirse despechado porque no estuviera preparada. Tomar de su propia medicina era lo menos que se merecía, se acusó, sintiéndose culpable.

Pero dolía, Dios si dolía.

También a ella le inundó la desilusión. Todavía no estaba preparada. Tiempo, se dijo. No había otro hombre para ella, lo sabía, y debía tener paciencia. Apenas hacía tres días que se habían reencontrado y ya habían compartido muchísimas cosas. En breve, se prometió, no temería el momento, sino que lo codiciaría.

—Bueno, dulce April, te advertí en varias ocasiones que no sabía rimar, pero allá voy.

Sobresaltada, la voz de ella fue una mezcla de incredulidad y pavor.

—Julian, ¿me has escrito un poema?

Este asintió, algo molesto por su mirada de terror.

—No me mires así, señorita. Tal vez no sea Scott, Byron o Shakespeare, pero eso no significa que no pueda intentarlo.

Desdobló el papel y se aclaró la voz.

¿Scott, Byron, Shakespeare? April lo comprendió todo en un momento.

—Dios, Julian...

Y estalló en carcajadas.

La miró fijamente, sin saber cómo reaccionar. Por una parte estaba ofendido, pero por otra, verla reír así, tan abiertamente... parecía una debutante despreocupada y no la mujer seria que él solía ver, aquella agobiada por una vida complicada y un futuro incierto. Si para hacerla reír tenía que contar versos cada día, lo haría, por más tortura que le supusiera.

Bueno, lo haría hasta que hallara un modo mejor de hacerla feliz. Tal vez le comprara una imprenta. No, se rectificó. Le compraría una imprenta como regalo de bodas.

—Creo que has sido objeto de una broma pesada.

Alzó las cejas, a la espera de que ella prosiguiera. Pero su cara provocó otra oleada de risas.

Le tuvo que prestar un pañuelo para que se secara las lágrimas que las carcajadas le habían ocasionado.

—¿Se te ha ocurrido a ti, redactarme un poema? No, no me lo digas, te conozco lo suficiente para saber la respuesta. ¡Oh, Julian! —Su voz era risa contenida—. Han sido James y Richard, ¿verdad?

Incluso aplaudió, literalmente, el ingenio de aquellos dos pícaros.

Entendió que sus amigos le había tomado el pelo, y su rostro se tornó adusto al punto. No le gustaba ser el blanco de bromas pesadas.

—Me dijeron...

Calló, su voz sonaba lastimera, y no quería parecer ridículo. Ya se sentía un bufón sin necesidad de explicarse.

—Te dijeron que me vieron con tres volúmenes de poesía en la mano, de Scott, Byron y los sonetos de Shakespeare, ¿no es cierto?

Él asintió, y volvieron las risas y los aplausos.

—Malditos embusteros.

—Esa es la gracia, Julian... ¡qué no te mintieron!

Y trató de calmarse antes de contárselo, evitándole un ridículo mayor al hacerlo a carcajadas.

Cuando ella terminó su exposición sobre lo ocurrido en la biblioteca ducal la tarde anterior, el conde supo dos cosas. Que sus amigos eran unos canallas y que iba a besarla hasta que dejara de reírse de él.

Así que durante lo siguientes minutos reinó el silencio en el lago. Las manos de él en su cabello, las de ella en su pecho, bajaron con sensualidad hasta sus pantalones. Julian sintió cómo evitaban su obvia excitación y se desplazaban hacia los lados, acariciando sus ingles con pasión, alargando el tormento, supuso, hasta el momento en que llegaran a su virilidad y la urgencia los desbordara. Tan centrado estaba en aquellas pequeñas manos y en el placer que le esperaba, que no sintió que ella registraba sus bolsillos hasta que fue demasiado tarde.

La joven se separó abruptamente, se puso en pie, y como una niña de cinco años, gritó:

—¡Lo tengo!

Antes de que pudiera evitarlo, ella estaba leyendo su poesía.

Esperaba risas, pero no escuchó nada. Se fijó en ella, y la vio completamente concentrada en lo escrito. Su April adoraba las letras, tal vez incluso las malas letras. Debió leerlo tres veces al menos, mientras contaba con los dedos, para su extrañeza. Cuando hubo terminado se lo devolvió, seria, sin decir nada.

Julian tomó el papel, lo dobló y lo volvió a colocar en su bolsillo. La tomó por las manos, la hizo sentarse y la miró. Y siguió mirándola, esperando una réplica ingeniosa. Pero la muchacha se mantenía callada.

—April Elisabeth, te conozco lo suficiente como para saber que quieres decir algo, algo que por cierto no será un halago hacia mi métrica. —Trataba de mantenerse tan serio como ella, pero le costaba mucho. Su voz sonaba divertida porque en verdad se estaba divirtiendo. Se sentía ridículo, cierto, pero también diez años más joven—. Así que dilo de una vez y continuemos con lo que estábamos haciendo antes de que tu curiosidad estropeara el momento. Que tenía que ver con besos y caricias, por cierto.

Ella decidió reírse un poco a su costa. Ya le besaría después, de nuevo. Y si no lo hacía, encontraría el modo de convencerle para que la perdonara por mofarse de él.

—No, si de la métrica precisamente no tengo nada que decir, son todos ellos de catorce sílabas.

—¿Era eso, entonces, lo que contabas con los dedos?

Asintió, al tiempo que respondía con la voz apostillada, para no soltar una carcajada demasiado pronto.

—Te dije que quiero ser escritora. Y la rima es correcta.

Definitivamente le regalaría aquella imprenta, para que escribiera y publicara a otras escritoras, si quería.

—¿Solo correcta? ¿Cómo que solo correcta? Rima perfectamente, cada verso. Mira... —Le entregó el papel de nuevo para que lo leyera, mientras él se explicaba.

Y ahora sí, ella irrumpió en carcajadas.

Ofendido, se explicó.

—Es un acróstico,* April.

—Lo sé.

Y las risas se multiplicaron. Finalmente ambos reían a placer. Cuando se tranquilizaron, ella le pidió:

—Recítamelo.

—Jamás.

Ni tuvo que pensar la respuesta. No haría semejante ridículo. Nunca. Ya había sido suficiente tortura escribirlo y reconocer que era un pésimo poeta. Pero ¿leerlo? Eso sí que no lo haría. Ni por todo el oro del Perú.

—Por favor.

Pero claro, ella le era más preciada que todo el oro del continente americano entero. Se resignó, suplicando mentalmente que ella no le recordara aquello nunca.

—De acuerdo, dámelo. —Lo recibió, momento que aprovechó para tomarle la mano—. Pero espero que seas respetuosa y que me compenses después.

Y la besó, antes de aclararse la voz y recitar con voz grave y teatral:

* Si leéis la primera letra de cada verso...

Amor, son tus cabellos de oro, envidia del sol
Piden a mis dedos acariciarlos, olerlos,
Robarte besos, rozarte el cuerpo, conocerlo,
Intentar hacerte mía como tuyo soy
Liberar mis rencores, tus miedos, nuestro amor.*

Le costó terminar de leerlo, pues las risas de ella eran contagiosas. Cuando finalizó, se alzó de rodillas, ya que se había sentado para hacer el ridículo cómodamente al menos, y con los brazos en jarras le dijo, sin poder evitar sonreír ante su hilaridad.

—Milady, dado que no has sido capaz de cumplir la primera de mis condiciones, confío en que te apliques más en la segunda y me compenses con creces.

April no se hizo de rogar. Tiró de él con suavidad hacia sí, acercándolo. Cuando lo tuvo pegado a su boca, le dijo con un susurro ronco:

—Creo que ayer me dijiste que no había prisa por devolverte el favor. Que tal vez hoy...

E hizo precisamente eso. Tal y como le sorprendiera una noche al hacerle lo que había oído a otras sirvientas jóvenes contar, le hizo disfrutar con las caricias de sus manos y de su boca. Pero esta vez, al entusiasmo, se unió el amor que sentía por él.

Y tal y como ocurriera la tarde anterior, cuando él quiso unirse a ella, tampoco April se lo permitió. Ya tendrían tiempo de hacer el amor, tenían toda una vida, se dijo en un momento de lucidez. Pero aquella tarde deseaba regalarle placer, como él le había regalado un poema, y su vanidad al hacerlo.

—¡Malditos bastardos!

James y Richard llevaban toda la tarde vigilando la ventana, esperando su llegada. Cuando le habían visto regresar, y dejar a *Marte* en la entrada en lugar de llevarlo él mismo a las caballerizas según su costumbre, se habían sentado a esperar.

---

* Al leer la primera letra de cada verso se lee el nombre de April, de ahí que sea un acróstico, como él le dice a ella, y yo os insinúo en la nota anterior.

Y, como hiciera April, apenas pudieron mostrarse serios tres segundos antes de romper a reír. Pero fue Richard quien se percató de que, a pesar de lo ingenioso de la broma, él no se sentía ridiculizado.

—¿Se puede saber por qué nos miras como si no te importara haber hecho el ridículo? —preguntó el vizconde, aunque sin mirarle a él, sino a James.

—Excelente pregunta, Sunder. ¿Bensters? —corroboró el marqués, arrugando el ceño al coincidir en que Julian no se sentía avergonzado en absoluto—. ¿O acaso pretendes hacernos creer que eres la reencarnación del Bardo de Avon?*

—Digamos que la dama retribuyó el esfuerzo. Así pues, gracias a los dos.

Ambos lo miraron, incrédulos. Antes de que pudieran preguntar, se encogió de hombros.

—Un caballero no habla de sus conquistas. Así que no preguntéis. En lugar de eso, servidme una copa mientras subo a cambiarme de chaqueta.

Los otros dos lo vieron salir, y tras el desconcierto inicial, sonrieron, contentos.

En su recámara, Julian se cambió no solo de chaqueta. Aprovechó para lavarse y vestirse correctamente para cenar, aunque estuviera en el campo. Si bien lord John Illingsworth no era estricto en la etiqueta y las cenas se servían en un ambiente disipado, sentados los tres en una mesa pequeña con un único lacayo que permitía una conversación fluida, a él le gustaba cenar con la indumentaria adecuada, aun sin exagerar por no desairar la familiaridad con la que le trataba su anfitrión.

Recordó la cara de April cuando había creído que le iba a pedir en matrimonio, y su corazón se encogió. Pero recordó también sus risas y su pasión posterior, y supo que tendría que conformarse de momento.

No podía esperar que en tres días olvidara lo ocurrido, por más que lo deseara. Él no sería tan generoso. Aunque por ella...

---

* Es una de las formas de referirse a William Shakespeare. En inglés arcaico *bard* es «poeta», y Avon se debe a su lugar de nacimiento, Stratford-upon-Avon.

Pronto, se prometió, sacando el estuche de terciopelo de la chaqueta y devolviéndolo al buró.

Pronto.

April llegó a casa, feliz. Su temor inicial a que le pidiera en matrimonio y se quedara bloqueada sin saber qué responder, pues si bien no deseaba rechazarle, tampoco quería precipitarse o contestar forzada y recordar siempre su petición de mano como algo menos que perfecto, había desembocado inesperadamente en una tarde maravillosa.

Saborear a Julian a placer, y que él se dejara hacer, también había sido un gozo para ella. Quizás al día siguiente hicieran el amor.

La idea de volver a quedar embarazada cruzó por su mente, como era lógico. Pero esta vez no hubo aprensión, sino anhelo, esperanza incluso.

Le había escrito un poema y le había prometido un futuro juntos. Esta vez él no le propondría una unión con condiciones. Se rendiría ante ella, feliz, también, de ser padre, ya fuera de una niña o de un niño que le heredara. Ya le había dicho una vez que quería ser el padre de sus hijos. La tarde que lo estropeara todo, después.

Y esa certeza, saber que podría contar con él, era, tal vez, el empujoncito que le faltaba para decidirse. Aquella noche ahondaría en sus sentimientos y en sus miedos, y si no hallaba reparos en su mente, pues en su corazón no los había, tal vez nunca los hubo, le confesaría su amor y le pediría que la llevara con él al norte, o donde deseara. Llegó al pie de la escalera, para cambiarse antes de bajar a las cocinas a cenar, cuando la llamaron, sacándola de sus pensamientos y asustándola por un momento.

Tan ensimismada estaba que no había oído a Donaldson acercarse, y cuando el mayordomo le habló se echó la mano al pecho, al tiempo que soltaba un gritito.

—Disculpe, debí carraspear antes de dirigirme a vos.

Aquel hombre sabía quién era ella. Estaba convencida. El administrador de una mansión no se disculpaba con la dama de compañía, ni se culpaba de asustarla por muy educado que fuera. Ni le traía, observó, una nota para ella en la bandeja de plata de recibir correo e invitaciones de la familia.

—No se culpe, Donaldson, estaba distraída. Y gracias por traerme la misiva, es usted muy amable. No era en absoluto necesario.

La mirada de él, que le decía a las claras que sí lo era, le convenció de nuevo de que James había hablado con el jefe del servicio de su casa al respecto. Pero no con su madre, en cambio. Suponía que era una cuestión de discreción más que de confianza.

Abrió la nota, convencida de que era uno de los amigos de Julian quien la mandaba, pues este no habría tenido tiempo de escribirle. Tal vez preguntándole por los versos, pidiéndole una copia. Pero nunca desvelaría aquel poema. Era horrible, pero no iba a permitir que nadie se riera de sus esfuerzos por conquistarla. Aunque ella sí se lo recordaría de vez en cuando. ¿Cómo comenzaba la poesía?, pensó divertida, al tiempo que rompía el sello de la carta sin mirar su procedencia.

Su contenido la obligó a sentarse en el primer peldaño de la escalera.

Era del ama de llaves de lady Johanna. La tarde anterior un prusiano bien vestido, con apariencia de noble, había preguntado por lady April. Y a pesar de que lo había despachado en cuanto se había percatado, no estaba segura de que otro sirviente no hubiera hablado más de la cuenta. Fuera lo que fuera lo que tuviera que ocultar, no estaba a salvo.

La mujer, bendita fuera, se despedía prometiendo una carta más larga en otro momento, para ponerla al día de los quehaceres diarios de toda la servidumbre con el nuevo señor.

Donaldson la encontró allí poco después, sentada en el suelo. Le recordó a lady Nicole antes de convertirse en una hermosa señorita, y sonrió. Pero cuando vio su cara, llena de angustia, se acercó a preguntar, aun a riesgo de resulta impertinente.

—Milady, ¿puedo traerle un vaso de agua? ¿Las sales de la duquesa, tal vez?

Si ella no reparó en el trato deferencial, el mayordomo sí reparó en el tono noble de ella, que utilizaba por primera vez. No fue grosera ni altiva, aunque tampoco una humilde sirvienta, forma en la que se le había dirigido en todo momento. Habló como la dama que le habían dicho que era. Como la dama que debía ser:

—Haga ensillar mi montura y tráigala a la puerta. Rápido.

Y salió en dirección a Westin House, sabiendo exactamente qué le diría a Julian en cuanto le viera. Por primera vez no tenía que lidiar sola contra su tío. No necesitaba huir.

40

Como ya hiciera cuando lady Johanna se puso enferma, entró cual exhalación, sin ser anunciada siquiera, en la sala donde le había comunicado el señor Growne, el mayordomo de los Illingsworth, que podría hallar a lord Julian. Siguió al encargado de la mansión porque no tuvo otro remedio, pues no conocía la casa, impaciente por llegar donde fuera que la llevaban. Pero cuando vio las enormes puertas de roble y que el mayordomo llamaba, no esperó a ser presentada, se coló por el quicio que había dejado abierto y, antes de que este pudiera hablar, ya estaba dentro.

Le vio nada más ingresar en la biblioteca, y de nuevo, como hiciera aquel día en que hubo de avisar a James de la gravedad de su tía, no se detuvo a comprobar quién más estaba en la estancia.

—Julian, si tu oferta de pasar el resto de nuestra vida juntos sigue en pie, e incluye matrimonio —dijo sin resuello, fruto tanto de las prisas con las que había llegado como por el temor a no haber entendido bien sus intenciones—, acepto encantada. Es más, preferiría no esperar y hacerlo cuanto antes.

Una vez dicho, vio dos figuras moverse hacia la puerta. Confió en que ninguna de ambas fuera la de su futuro marido, que huía tras su proposición. ¿Desde cuándo era ella tan impulsiva? Se justificó en que la situación era desesperada, mientras saludaba con la cabeza a Richard y James, que salieron de la biblioteca sin mediar palabra, dejándolos solos.

—Señor Growne, asegúrese de que nadie entra en la biblioteca, y de que ningún empleado ha escuchado el discurso que lady April acaba de pronunciar —ordenó James, como si estuviera en su propia casa, remarcando el título de ella, pues tal era la confianza que tenía en Westin House. Lo cierto era que había pasado gran parte de las vacaciones escolares en aquella finca solariega, en lugar de en Stanfort Manor, donde únicamente acudía a dormir—. Y cuando las puertas del estudio se abran, traiga champán bien frío y avísenos. Hasta entonces, Sunder y yo estaremos en la salita. Si tuviera la bondad de enviar a un lacayo allí.

El sirviente asintió, en absoluto ofendido por ser dirigido por el marqués, que no por lord Richard, y fue a cumplir con su cometido.

—Siéntete en tu casa, Wilerbrough.

No le había molestado que diera instrucciones a su mayordomo. Eran las mismas que él le hubiera dado. Era otra cosa la que le fastidiaba.

—Siempre lo he hecho. Sabes que me gusta más estar aquí que en Stanfort Manor. Y me debes cincuenta guineas.

Eso era precisamente lo que le molestaba. La cantidad no eran nada para su fortuna, perder la tercera apuesta consecutiva era un sacrificio para su vanidad.

—Él todavía no ha aceptado...

—Sunder...

—Y la apuesta es que estén casados antes de que acabe la semana. Es jueves por la noche, solo quedan dos días...*

—Sunder...

—Te pagaré si ocurre, no antes.

El marqués se encogió de hombros. Cobraría igualmente, estaba convencido.

Mientras, en la biblioteca, Julian miraba a April sorprendido. Apenas un par de horas antes la había visto estremecerse ante la idea de una pedida de mano. Por un momento creyó, de hecho, que tendría un ataque de pánico. Ahora, en cambio, le

---

* En Reino Unido las semanas comienzan a contarse el domingo.

proponía matrimonio ella, y deseando que la boda se celebrara lo antes posible.

O su poema le había acariciado el alma, pensó con sorna, o algo grave había ocurrido. Al mirarla con detenimiento se dio cuenta de que parecía aterrada.

Y no era su respuesta lo que temía, eso seguro. Sabía perfectamente que por ella acudiría a casarse a la capilla de la propiedad o a las puertas del mismísimo infierno si era necesario.

¿A qué esperaba Julian para responder?, se dijo, rogando que él no le dijera que lo veía precipitado. No quería pensar en un rechazo. Moriría, y no solo por la llegada inminente de su tío.

Se levantó, la tomó de las manos, que notó heladas, y la hizo sentarse frente a él. Se las frotó con cariño hasta que entraron en calor. La joven estaba concentrada y evitaba mirarle a los ojos.

—¿Por qué?

April levantó la vista. No esperaba una pregunta, sino una respuesta.

—¿Qué quieres decir?

Sin soltarle las manos, y acariciándole con el pulgar para que se sintiera mimada, se supiera querida, especificó:

—¿Por qué ahora?

—¿Es eso un no?

Su tono de desesperanza, de miedo, le convencieron de que algo malo ocurría. La besó con ternura infinita, antes de responder:

—No podría desaprovechar la oportunidad que me estás brindando, mi amor, no soy tan fuerte, no en lo que a ti respecta. Tú me das fuerzas, pero eres al mismo tiempo mi debilidad. Y he querido pasar el resto de mi vida a tu lado desde que te conocí. Tal vez al principio no casados, o no en Inglaterra, pero nunca dudes de mi amor, ni de mi deseo de compartir mi vida contigo.

Ahora fue ella quien le besó. Y Julian quien se apartó cuando el cariz del beso tomó un compás apasionado.

—¿Por qué ahora, April? —insistió.

—Porque...

No quería mentirle. Decirle que le correspondía, que le amaba, sería cierto, pero no sería la razón que la impulsaba a tan precipitada decisión, ni petición. Al día siguiente probablemente le hubiera dicho exactamente lo mismo, y lo hubiera hecho por las razones adecuadas. Pero aquella noche era el miedo el que la impulsaba.

No debió acudir. Pero la otra opción era huir, y no quería hacerlo, no sin Julian a su lado.

Viendo sus dudas, presionó un poco, intentando que se sintiera segura. Ya se había equivocado muchas veces con ella, no quería hacerlo mal de nuevo.

—April, mírame. La respuesta será un sí, sean cuales sean tus motivos. Pero esta tarde te asustaste cuando saqué el papel del bolsillo. Creías que era un anillo de compromiso y casi echaste a correr, espantada.

Ella sonrió a su pesar, pues él le sonreía también mientras le hablaba. No se había enfadado ante sus temores.

—Así que, aunque vaya a decirte que sí, que quiero ser tu esposo, me gustaría saber por qué has cambiado de idea en apenas media tarde. —De nuevo ella bajaba la mirada, así que le tomó la barbilla con la mano, la hizo mirarle, y guiñándole un ojo, le advirtió con cariño—: ¿No pretenderás hacerme creer que mi poema te ha conmovido?

Una vez más le hacía reír. Era la primera vez que se sentía amenazada, pero reía. Él la hacía sentirse segura, probablemente porque desde el primer momento le había dicho que se casaría con ella. Aquello le daba tranquilidad y la impulsaba a ser sincera.

—Es por mi tío.

Y le habló de la misiva, de su compromiso, de la llegada inminente de su tutor. Julian escuchó con atención, y solo cuando ella terminó de hablar, lo hizo él. Pausadamente, con sosiego pero con firmeza.

—Si la única razón que te impulsa a este matrimonio es tu tío, hay otras soluciones. Wilerbrough, Sunder y yo mismo tenemos influencias suficientes en el parlamento y en Saint James para pedir al regente que lo haga salir del país, sin ti. Puedo pagarle el precio de tu dote, o triplicarlo incluso, si me firma un contrato en que me cede la custodia de tu herencia y tu tutoría, a mí o a cualquiera de los otros dos alcornoques que tengo por amigos; quien tú elijas. Puedo incluso retarle a duelo, si es ese tu deseo —concluyó en voz baja.

—¿Quieres decir que no es necesario que nos casemos?

Afortunadamente su voz destilaba decepción. Si Julian hubiese percibido consuelo, se hubiera maldecido por sus palabras. No, no era cierto, le habría dicho la verdad igualmente. Pero le hubiera dolido que ella considerara un alivio no tener que desposarse con él. La desesperanza de su voz le animó a confesarle su amor, a pedirle en matrimonio.

La tomó de nuevo por las manos y le dijo:

—Quiero casarme contigo, lady April Elisabeth Martin, y deseo hacerlo porque no concibo pasar el resto de mi vida lejos de ti. Solo por ti he dejado atrás el pasado. Solo por ti tengo esperanzas en el presente. Solo por ti sueño con un futuro. Pero necesito que tú vengas a mí de la misma manera. No necesitas casarte conmigo mañana si no estás preparada. Podemos solucionar el problema de tu tío. Quiero que vengas a mí como lo hiciste en nuestra primera noche juntos. Libre, segura, convencida... enamorada.

La joven no pudo reprimir la emoción. Julian la abrazó, amoroso, antes de apartarla un poco y continuar. También él necesitaba controlar sus emociones.

—Quiero que me digas de nuevo que me amas, como aquella primera noche, cuando por primera vez me sentí honrado. Quiero que recuerdes tu pedida y tu boda como algo hermoso, y no como algo necesario.

Ella asintió. No podía hablar, así que le acarició la mejilla. Julian le tomó la mano y le besó la palma. Después la cerró en un puño y le dijo:

—Guárdate este beso en algún lugar de tu alma, y devuélvemelo cuando estés segura de que me amas con la misma ilusión con que lo hiciste aquella noche, la noche del baile de máscaras, la noche más hermosa de mi existencia. —Ahora le besó la otra mano—. Te dije una vez que no te abandonaría nunca, y lo mantengo. Te esperaré el tiempo que sea necesario.

Y cualquier duda, cualquier miedo o recelo, desaparecieron de la mente de April. ¿Cómo no amar a un hombre que renunciaba a lo que quería, a ella, por ella, por temor a que se arrepintiera de su decisión? Le ofrecía una alternativa, aun en su propia contra.

Lo amó más que nunca.

—Julian...

Y como no encontraba palabras tan hermosas como las suyas, lo besó, esperando que en aquel beso entendiera él su respuesta.

La dulzura de su entrega, el temblor de sus labios, le dijeron a Julian todo lo que necesitaba saber. Profundizó el beso, y le recitó cientos de poemas en silencio, los más hermosos, los que nunca sabría escribir.

Cuando se separaron, él se arrodilló.

Y entonces recordó que el anillo estaba en su buró.

—Maldita sea —masculló.

Ella rio. Fuera lo que fuera, no cambiaba su decisión, ni su amor.

—¿Qué ocurre?

—Nada que no pueda solucionar en dos minutos. Espérame aquí, no te muevas.

Y abandonó la biblioteca, rumbo a la primera planta, a su dormitorio, lo más rápido que sus piernas le permitieron.

James y Richard oyeron abrirse la puerta de la biblioteca y acudieron sin esperar aviso de Growne. Llevaban un rato aguardando. Encontraron a April sola, para su sorpresa. Extrañados, preguntaron simultáneamente:

—¿Podemos ya felicitaros?

—¿Dónde está el cabeza hueca de Bensters?

April se acercó, feliz, para recibirles.

—No lo sé, ha salido diciendo que volvería pronto. Todavía no me lo ha pedido, pero creo que lo hará en cuanto vuelva.

Richard habló, sin pensar:

—¿Qué importa? Ya se lo has pedido tú.

La mirada de James, que le hubiera golpeado de no haber una dama presente, le hizo reaccionar.

—No es una crítica —se justificó, honesto—. A mí me encantaría que una dama me lo pidiera. No, no me mires así, Wilerbrough. Me parecería hermoso. ¿Por qué siempre hemos de ser siempre los hombres los que nos arrodillemos?

—En primer lugar, Sunder, ella no se ha arrodillado. En segundo lugar, ninguno de ambos, nadie en realidad, ha oído ninguna declaración por parte de la futura condesa de Bensters. Nadie. —Era una amenaza en favor del honor de la dama, quien lo agradeció a pesar de que no se avergonzaba de sus palabras, solo de su precipitación—. Y en tercer lugar, dudo mucho que ninguna dama se te declare. Lo más probable es que seas sorprendido en una situación comprometida, ahora que Julian no estará para salvarte, y te veas abocado a un matrimonio obligado.

—Si crees que me casaré solo porque se me obligue...

—Si la familia te lo exige...

—Huiría. No habrá hombre capaz de obligarme a casarme si...

—Si fuera un miembro de mi familia te encontraría.

—El único miembro a desposar en tu familia es tu hermana, Wilerbrough, y déjame decirte que es una pelirroja algo...

—Sunder —le espetó, no tanto por una posible ofensa a Nick como por el aturdimiento que le suponía la idea de que se casara con ella y se convirtieran en cuñados.

April, que vio que se avecinaba una pequeña discusión sin que tuvieran en cuenta su presencia, se sintió una más. Alegre y cariñosa como nunca, se aproximó a ambos y les besó sendas mejillas.

Avergonzados, se mantuvieron en silencio.

Entró el mayordomo con el champán.

Y entró Julian, sorprendido por la concurrencia.

El señor Growne se marchó y, desde fuera, volvió a cerrar las puertas.

Inspirado, Julian se acercó a sus amigos y con solemnidad les preguntó:

—James, Richard... dado que sois lo más parecido que April tiene a una familia, ¿me concederéis su mano?

Ninguno de ambos lo esperaba, ni siquiera ella. La emoción podía palparse en el ambiente. Si Richard hablaba, probablemente lloraría, así que se acercó a Julian y le abrazó con fuerza. Una vez se apartó, James, educado para no perder jamás la compostura, sí contestó:

—Si milady no alega inconveniente alguno...

Y ante la negativa de April, abrazó también a Bensters.

—Permitidme, entonces, que se lo pida a mi dama.

Y quiso proponérselo delante de sus amigos. Los que le habían demostrado que el amor fraternal existía durante la universidad, los que le habían salvado la vida en Salamanca y de sí mismo durante aquellos meses.

Se arrodilló de nuevo, sacó del bolsillo de su pantalón un estuche y lo abrió. Dentro había un anillo de compromiso. April pudo ver un solitario con un preciso diamante tallado engastado al aire en un aro de oro blanco.

Repitió las palabras de aquella noche:

—Lady April Elisabeth Martin, ¿me harías el honor de aceptar mi mano en matrimonio y ser mi esposa?

—Sí, Julian. Desde luego que sí.

Y no contestó nada más, porque no eran necesarias más palabras. La emoción de su voz lo decía todo.

El beso que siguió llegó a incomodar a James y Richard, más que por su intensidad, por su intimidad.

Así que se acercaron a la botella helada de champán, sirvieron cuatro copas, y entonces sí, les interrumpieron para brindar.

—Por la futura condesa de Bensters —dijo Richard, orgulloso.

—Y por Los Tres Mosqueteros —añadió April.

Durante un buen rato solo hubo risas en la biblioteca. Poco después, comenzarían los planes.

—Es imposible casarse en dos días —se lamentó Julian—. No sin una licencia.

—¿Es difícil de conseguir? —preguntó April, inocente.

—Imposible, y muy caro* —respondió Richard, mirando a James.

—Entiendo.

La voz reflejaba resignación.

—No te preocupes por tu tío, mi amor. Lo solucionaré.

—Lo solucionaremos, si es necesario —respondió James

---

* Como curiosidad, comentar que una licencia matrimonial costaba alrededor de cuatrocientas libras de la época, que equivaldría a unos veinticinco mil euros actualmente, y que por tanto no estaba al alcance de cualquiera.

arrogante—. Pero me temo que no lo será, por más que me gustaría jugar a los caballeros de brillante armadura. Curiosamente tengo el regalo de bodas perfecto para vosotros.

Se levantó, depositó su copa en la mesilla y se dirigió al imponente escritorio de ébano, gemelo al que tenía su padre en su mansión de Londres. Del segundo cajón, cerrado con llave, extrajo un documento que tendió a Julian.

Este lo leyó, asombrado.

—Una licencia matrimonial especial a nombre de April y mío.

Había reverencia en su voz. La misma que en la respuesta del marqués.

—Nunca dudé de tus habilidades.

April rio. Richard tuvo entonces una idea. Una de *sus* ideas.

—Yo también tengo un regalo de bodas para ti, Bensters. El tuyo, April, tendrá que esperar.

Dos cejas rubias, y otra morena, le interrogaron.

—Tendréis que aguardar hasta después de la boda para saber qué es, según la costumbre. —Se mostró enigmático—. En tu caso, April, un poco más, hasta que acuda a la capital.

Ella le sonrió.

—Me has dado más que suficiente. Ambos —incluyó a James— lo habéis hecho.

—Y aun así tendrás tus regalos. De Sunder y mío. La licencia es para Julian, a ti te agasajaremos como consideremos.

Hubo risas, brindis, promesas, bromas y más planes. April sintió que las burbujas invadían su cerebro, pero no le importó.

—¿Quién será el padrino?

Aquella pregunta, formulada por Wilerbrough, dio paso a un incómodo silencio. April lo solucionó, achispada:

—Habrá dos padrinos. Uno para Julian y otro para mí.

—Uno de ambos será «madrino», entonces.

Y ante las malas caras de sus amigos, Julian añadió:

—El que sea «madrino», será el padrino de mi primer hijo.

Los otros dos, que aprovechaban cualquier ocasión para competir, argumentaron:

—Yo recibí un disparo en el hombro.

—Yo organicé el duelo donde disparamos a James.

—¡¿Qué?!

Y hubieron de explicarle a April lo ocurrido. Aturdida, preguntó:

—¿Acaso estabais trastornados aquella noche? Sois amigos, por Dios...

Los tres se encogieron de hombros, divertidos. Se habían mantenido juntos en las situaciones más complicadas. Eran, efectivamente, amigos.

—Hasta hoy —sentenció Julian, con voz grave—. La elección del padrino supondrá un alejamiento que jamás superaremos.

Feliz de hallar una solución justa, la joven pidió una moneda.

—Lo decidiremos lanzando una moneda al aire. James será la cara y Richard la cruz.

—¿Por qué James será cara?

—Porque soy marqués y tú un simple vizconde, Sunder. Y porque lo de ser una cruz va bien contigo.

Tras un par de comentarios más, se lanzó la moneda. April la impulso con fuerza, haciendo que diera varias vueltas antes de caer en el suelo con un alegre tintineo.

—Cruz.

Y tras más bromas, se decidió que la boda se celebraría la tarde siguiente en la capilla de los Saint-Jones a las cuatro en punto. Y el convite se realizaría, igualmente, en Stanfort Manor.

Richard hubo de pagar sus cincuenta guineas, pero no le importó en absoluto.

Él sería el padrino, y tenía planes para su regalo de bodas...

41

La capilla estaba ocupada únicamente por Julian, quien estaba en el altar, esperando a la novia; el conde de Westin, que se mostró encantado con la noticia, y algo melancólico al recordar su propia boda, también por amor; y la duquesa de Stanfort, que en el momento fue informada por su hijo de la alcurnia de la joven, afirmó haber notado algo especial en ella desde el instante en que la conociera.

James había optado por ignorarla. Su madre jamás cambiaría, y después de todo no era una mala persona, sino una mujer infeliz que se aferraba a su rango superior para mantener la dignidad.

Faltaba el padrino, Richard, quien tras acompañar hasta la capilla al novio, había prometido regresar en unos minutos, por una urgencia. Julian le había permitido la licencia, prefiriendo estar solo durante la espera, paladeando lo que estaba por llegar.

Iba a casarse, a tener hijos, y algún día sería el marqués de Woodward. Finalmente su vida volvía a su lugar, y todo gracias a sus dos verdaderos, y únicos, amigos, y a una mujer que, sirvienta o dama, le había cautivado para siempre desde el mismo instante en que la viera en Hyde Park.

Tal vez sus hermanos hubieran perecido en una loca carrera y un duelo. Él, en cambio, había renacido en las mismas circunstancias.

Feliz, se sintió un hombre privilegiado.

El vestido era hermoso, aunque no estuviera en boga. No tenía nada especial que ponerse, y los vestidos de lady Evelyn le quedaban cortos. Por más que se empeñaran en arreglar las hechuras en una sola noche, nada se podía hacer en lo que a la altura se refería. Habían probado de añadir un volante a alguno de los suyos, con un resultado espantoso.

Había buscado también en casa de los Illingsworth, entre las ropas de Judith, pero esta era más delgada que April, aunque igual de alta, y además poco presumida, con lo que no tenía nada lo suficientemente fastuoso.

Finalmente fue lady Evelyn quien dio con la solución. Su traje de novia tenía una larga y hermosa cola. Podían recortarla, rehacer las confecciones y prolongar el vestido con la tela sobrante haciendo un discreto doblez.

Trataron de cambiar las mangas, demasiado abullonadas, pero nada pudieron hacer con el corte, a cintura, pues el estilo imperio había llegado mucho después de que la duquesa contrajera matrimonio.

Aunque era un vestido antiguo, era hermoso, y de una calidad exquisita. April se miró y le gustó lo que veía. Parecía una novia de la época medieval. Parecía Reina, su heroína. Y se sentía como ella, rescatada por su caballero de brillante armadura, finalmente rubio y de ojos azules.

—Estás preciosa... —alcanzó a decir lady Evelyn, emocionada.

Cuando su hija se casara esperaba que estuviera igual de hermosa, se dijo la duquesa. E igual de emocionada. Que ambas, madre e hija, estuviera ilusionadas. Tal vez cuando regresara del internado, y antes de ser presentada, podría relacionarse más con ella, de mujer a mujer, e iniciar una relación en la que nunca se había interesado. Se arrepentía, al ver a la joven huérfana tan agradecida a desconocidos, de haber ignorado a Nicole. El día que esta se casara, esperaba que no se sintiera huérfana, sino feliz de estar con su madre. Sí, se dijo, comenzaría una nueva relación con ella, con Nicole Callista.

James pidió permiso para entrar, permiso que lógicamente le fue concedido.

—Preciosa.

Y abrió frente a ella una bolsa de terciopelo. Contenía un atavío de diamantes que podía rivalizar con el de cualquier realeza.

—James, es magnífico.

Y este se lo entregó.

—No puedo negarme, la tentación es enorme. Prometo devolvértelo tras el convite.

—Ha pertenecido a mi familia durante varias generaciones. April, por favor, quédatelo como regalo de bodas. Desconozco las joyas de los Woodward, y no sé si Julian querrá ofrecértelas.

Si la duquesa se molestó por perder uno de sus mejores aderezos, se abstuvo de decir nada. Había aprendido a respetar a su vástago en una sola discusión.

—Estoy segura de que las joyas Woodward serán magníficas, y que no tendré ningún inconveniente en usarlas. Te agradezco infinitamente el regalo, James, pero guárdalo para tu futura esposa.

Le besó en la mejilla, y se puso los pendientes. Una doncella la ayudó con la pulsera.

James asintió, y se abstuvo de rebatirle nada, concediéndose el honor de cerrar él el broche del collar en la nuca. En el poco tiempo que había pasado con ella había aprendido que tenía una firmeza indómita. Anotó mentalmente pedir a su joyero un conjunto de diamantes similar a aquel para April. Eso no se lo negaría.

—¿Preparada? —le preguntó cuando pareció que ya estaba todo listo.

—Preparada.

Y tomando su brazo, bajaron a la entrada, donde los sirvientes la esperaban para hacerle los honores. Subieron al coche de caballos y se dirigieron a Westin House.

Llevaban más de diez minutos en la puerta a la espera cuando la paciencia de April se desbordó:

—No pienso aguardar más tiempo aquí fuera, sabiendo que Julian está esperándome a menos de veinte metros. Entremos y estaremos juntos, al menos hasta que llegue el... Dios, no sé ni cómo definirlo.

—Cabeza hueca, pedazo de alcornoque, cabeza de chorlito... Es cuestión de práctica.

Y ofreciéndole el brazo, hicieron su entrada en la iglesia, hasta el altar, a aguardar juntos a Richard, quien no aparecía por ningún sitio.

—Debiste escogerme a mí como padrino, Julian. Esto no habría ocurrido.

—Si esto es lo que Sunder entiende por responsabilidad, te prefiero de padrino de mi hija, gracias.

—¿Hija?

James le miró con gesto preocupado por si sus rencores habían vuelto.

—Primero una niña como April, después todos los niños que sean necesarios para asegurar el apellido.

—Yo también quiero una niña, cuando llegue el momento —confesó ella.

—Entonces retiro lo dicho, James —bromeó, buscando que ella no se pusiera nerviosa con la maldita espera—. Quiero que sea niño. Así no dejaré de hacer bebés hasta dar con la niña que mi condesa desea.

Sonrieron, aliviando la tensión. ¿Dónde estaría el dichoso cabeza hueca?

Al fin se abrió la puerta de la capilla y todos se giraron para amonestarle. Pero no era Richard quien estaba en el umbral, sino el barón de Rottenberg.

Ninguno de los acompañantes de la novia necesitó ser presentado para augurar quién era el intruso. Si James preguntó, fue como intimidación al que llegaba.

—¿Debo entender que el caballero inesperado es tu tío, April? —La voz fue fría.

—Me temo que así es.

Su tono fue firme. No sintió miedo. Esta vez no estaba sola, y aquel hombre horrible que había dictado la que debía ser su vida no podría llevársela.

—¿Acaso le has invitado a nuestra boda sin decírmelo, querida?

Si la voz de James fue amenazadora, la de Julian fue todavía peor. Incluso el barón, que se acercaba hacia ellos por el pasillo, se detuvo ante el peligroso tono.

—Honestamente, no recuerdo haberlo hecho.

—Pues en mis tierras no entra nadie sin ser invitado, que no os quepa duda alguna de ello.

El tío de la joven se envalentonó, a pesar de las circunstancias, mostrando su falta de sentido común. Traía el contrato prenupcial de April, así como su tutoría.

—Me temo que, les guste o no, es mi sobrina. Y puedo y debo llevármela, pues ya está prometida, y nada excepto la violencia podría impedirlo. —Sacó una pequeña pistola—. Y confío en que esta no será necesaria.

Los tres se quedaron quietos. Julian se tensó, y todo su entrenamiento militar volvió a él sin esperarlo. En cuanto tuviera ocasión...

—¡Disculpad el retraso, el pequeño asunto se ha dilatado más de lo que esperaba!

Era Richard, providencial, quien entraba corriendo en la pequeña iglesia.

Y ese instante de alboroto fue aprovechado por el novio para golpear con fuerza la mandíbula del barón. Cayó el arma, y también este en dirección a James, quien olvidando la pistola, prefirió aprovechar la oportunidad y ejercitar uno de los últimos golpes que lord Jackson le había enseñado.

Antes de que Richard alcanzara el altar, aquel desgraciado estaba en el suelo, inconsciente.

—¿Me he perdido algo? —preguntó Sunder, extrañado, mirando el cuerpo tendido tras la escena que acababan de protagonizar los otros dos ante la impávida mirada de la novia.

—Absolutamente nada.

Respondieron al unísono sus amigos, mientras arrastraban al barón, inconsciente, a un lado del altar y de una patada alejaban la pistola.

Cuando volvieron la vista hacia el primer banco, lord John abanicaba con infinita paciencia a la duquesa, que había perdido el color.

—¿Comenzamos, entonces? —preguntó Richard, desinteresado en nada que no fuera la novia, a quien besó con amor fraternal—. Estás preciosa, April. Preciosa.

Y antes de que April se diera cuenta, Julian le deslizaba por el dedo un fino aro y le juraba amor eterno.

Había sido una cena formal, pues la falta de etiqueta no cabía en Stanfort Manor. Después, los jóvenes, April incluida, tomaron un par de botellas de champán a solas, en la biblioteca. La entretuvieron durante un buen rato con anécdotas escandalosas de su juventud. Cuando contaron una especialmente desvergonzada entre Julian y una marquesa, este trató de interrumpirles, pero April no se lo permitió.

—¿Acaso crees que espero que seas puro esta noche, Julian? No te diré que agradezca a todas tus amantes tu experiencia —Sunder y Wilerbrough aplaudieron, sorprendidos y orgullosos de la joven—, pero tampoco me quejaré de ella. Así que continúa, James, por favor.

Y las risas no decayeron hasta que se consideró que era hora de que los nuevos condes se retiraran.

Aquella noche dormirían los Illingsworth en Stanfort Manor, dejando en Westin House intimidad suficiente a los recién casados.

En cambio, Richard, se empeñó en acompañarlos, aduciendo que era su casa y debía ser un buen anfitrión.

A pesar de las protestas no cedió, y finalmente subió al carruaje con los novios.

—Más te vale tener una buena excusa para molestar, Sunder.

—Siempre se pone ácido cuando quiere bromear, nació sin sentido del humor.

—Oh —April simuló sorpresa—, debisteis avisarme antes de casarme. Pensé que me casaba con un hombre de temperamento alegre.

Julian la ayudó a apearse, pues en aquel momento arribaban a su destino.

—Lo seré a partir de ahora, contigo a mi lado.

Ella rio.

—Dudo que abandones tu ironía, pero dado que adoro el sarcasmo, veremos como podemos reconducirte.

Julian la tomó en brazos para subir la escalinata, con intención de mantenerla pegada a su cuerpo hasta llegar a la alcoba. Richard les precedía.

—Conozco el camino, Sunder. No es la primera vez que subo a mi recámara.

—A la recámara de invitados, que no la tuya, Bensters, por más que lleves unos días aquí. E insisto en escoltaros. ¿O has olvidado que te debo mi regalo de bodas? —dijo al tiempo que abría la puerta y les cedía el paso.

Cuando entraron en la habitación, con el anfitrión pisándoles los talones, Julian soltó a April y comenzó a reír con verdadero placer.

—He aquí la razón de que llegara tarde a la boda, Bensters. Tenía que gestionar un pequeño detalle en Stanfort Manor que me ha llevado más tiempo del esperado. Sencillamente Donaldson se ha puesto impertinente, al principio.

April no entendía nada, pero reía viéndolos a ambos. Parecían dos niños el día de sus cumpleaños.

—Dios, Sunder, dime que esto es exactamente lo que creo que es.

—Te diré que es exactamente la mitad de lo que crees que es. Aunque la otra mitad la tengo a buen recaudo abajo, en mis bodegas.

Y tras estas palabras, llenas de orgullo, los dejó solos, con una enorme cama de dosel, flores y velas encendidas, esparcidas aquí y allá, y un buen montón de botellas de brandy francés de contrabando apiladas en un rincón.

Las sábanas estaban arrugadas, la ropa tirada en el suelo de cualquier manera y los recién marido y mujer satisfechos, cuando Julian le contó la historia del brandy. Después le prometió una imprenta no solo para ella, sino para que buscara, si lo deseaba, a otras escritoras que no tenían oportunidad de ver sus obras publicadas solo por el hecho de ser mujeres. Su esposa lo besó con pasión.

—Prometo devolverte el dinero en cuanto mi tío... Un momento, ¿qué ha sido de mi tío?

—Despertó algo después de que nos fuéramos, y creo que un par de palafreneros de la casa lo acompañaron amablemente a los límites de la finca. Imagino que regresará a Prusia, resignado.

—Quiero mi dinero —dijo April, con convicción.

—Cariño, si es por la imprenta, considéralo un regalo.

Ella se cruzó de brazos, testaruda.

—Quiero el dinero que me dejaron mis padres, y lo quiero para fundar mi propia editorial. Me gusta la idea de que otras mujeres puedan expresarse. Y —le dijo, seria— ya te adelanto que quiero que nuestras hijas puedan acceder a vivir con esa misma libertad, si desean tomarla. No quiero criar damas inútiles.

Le miró. Sabía que no le negaría nada, pero temía que rechazara de plano sus ideas. Después de todo Julian era un hombre, y los hombres no entendían lo que significaba luchar para ser algo más que un mueble, ya fuera la mujer noble o plebeya, como había podido comprobar.

—¿Una esposa tildada de intelectual? ¿Y un montón de niñas que se parezcan a su madre? —dijo, al tiempo que se pellizcaba el lóbulo de la oreja, pensativo.

April le miró, amenazadora.

—Si me dices que una condesa no puede pensar...

Julian le guiñó un ojo, con cariño.

—Una futura marquesa, y me encantaría poder ver la cara de mi padre cuando lo sepa. En cuanto a mí... Sí, creo que podría vivir rodeado de mujercitas tan decididas como su madre.

Se besaron, y la mano de Julian se perdió por debajo de las sábanas, cuando April le detuvo.

Tal vez no fuera la noche indicada para recordar sus peores momentos, pero había una cuestión de la que no habían hablado todavía, y quería comenzar su matrimonio sin rencores.

Él la miró, interrogante, al ver su rostro grave. Se apartó un poco, sabiendo que lo que fuera, la preocupaba.

—Julian —comenzó con voz dubitativa—, cuando viniste a la finca de James dijiste que te alegrabas de que te hubiera mentido, de que no te confiara que era una dama...

Calló, esperando ver en su rostro serenidad, no enfado.

—Sí —le confirmó, tranquilo.

Y era cierto, se alegraba de no haber sabido desde el principio quién era, pues podría haber sido tan estúpido como para huir de ella, cegado por la rabia hacia su padre.

Se hubiera perdido todo aquello, la única posibilidad de ser feliz como pocos hombres llegaban a serlo.

—¿Entiendes también que tuviera que hacerlo, Julian? ¿Entiendes que te mintiera?

—Por supuesto que sí, mi amor.

E intentó besarla de nuevo, creyendo que sus recelos se debían a la mala conciencia por sus mentiras. Pero April seguía sin estar convencida, había algo más que la preocupaba.

—¿Y eso es todo? ¿Me perdonas así, sin más? Yo nunca he dejado de amarte, Julian, y aun así me costó volver a confiar en ti. —Se sintió mal, frustrada—. Tú, en cambio, entendiste enseguida mis razones...

La congoja la hizo callar. Respiró hondo, sintiéndose una boba. Después de todo, ya habían superado el pasado.

—Mi amor, te dije cosas terribles, cosas imperdonables que prefiero no recordar, cosas por las que me has perdonado demasiado pronto, que ni siquiera merecen ser perdonadas.

—Me gané cada palabra al mentirte, Julian. Fui yo quien por poco lo estropea todo. Tú nunca me prometiste nada que no pudieras cumplir, fuiste honesto desde el principio, me enviaste una carta hablándome de la realidad de nuestra situación. Me respetaste, me buscaste cuando te rechacé. Incluso me llevaste a un baile, tú...

¿Tendría algún sentido para él lo que ella le decía, lo que le angustiaba? Sentía que a pesar de todo era él quien había hecho las concesiones, y ella solo había tenido que ofenderse, que aferrarse a sus insultos para que su esposo se arrastrara a sus pies.

Julian supo lo que quería decir. Conocía cada rincón de su mente, su corazón y su alma. Así que le contó una historia que hubiera preferido guardarse para sí, que sentía suya. Una historia que reverenciaba.

—Tú, tu recuerdo, me mantuvo cuerdo durante los años que pasé en la guerra de la península.

Alzó la vista y le miró sin comprender. Julian la miró como

ella nunca le había visto hacerlo, con infinita ternura, con devoción, con un amor que superaba cualquier límite.

—No lo recordé hasta un tiempo después, pero en cuanto supe quién eras, cuándo te había conocido, te lo perdoné todo. Te lo volvería a perdonar todo de nuevo. Si hubiera sabido que eras tú, April, te hubiera pedido matrimonio desde el principio, hubiera renunciado a mis planes de venganza desde el primer día. Si hubiera sabido que la mujer de la que me enamoré, aun sin saberlo, en Hyde Park, era la misma niña que... —Se incorporó en la cama, la encerró entre sus brazos, emocionado, y le besó la coronilla—. Nada de esto hubiera ocurrido, y hace meses que seríamos marido y mujer.

April no comprendió, pero se dejó abrazar y esperó, paciente.

Tras unos minutos, él continuó:

—Salí de la finca de mi padre dirección a Leicester a reunirme con mi regimiento, siguiendo la costa, viendo por última vez los acantilados del mar del Norte, cuando una pequeña figura, una valquiria correteando libre por la orilla en camisola y enaguas me hizo detenerme y bajar hasta el mar. Debió ser al norte de Yorkshire.

April se incorporó poco a poco y le miró, maravillada, deseosa de creer lo que parecía increíble.

—El perfil de la inocencia, el beso que aquella pequeña guerrera me dio en la mejilla, la esencia pura de aquella mujercita que pronto sería una dama, fue la imagen que retuve en mi mente durante la guerra, a la que me aferré para no ser presa de la locura cuando vi los horrores que ningún hombre debe ver.

Por sus ojos grises rodaban libres lágrimas de felicidad, de nostalgia, de emoción.

—Fuiste tú —susurró apenas.

—No, dulce April. Fuiste tú.

Se besaron con recogimiento.

—Hui por ti, me negué a aceptar mi futuro por ti. Fueron tus consejos de que no me dejara doblegar y que mantuviera mi esencia los que hicieron que me rebelara y no aceptara mi compromiso. Los que me trajeron a Inglaterra. —Sonrió, maravillada, secándose las lágrimas—. Fueron tus palabras, tan lejanas

en el tiempo y tan profundas, tan sabias, las que me devolvieron a ti.

Se besaron de nuevo, con pasión esa vez.

—Me alegro de que el destino me llevara a ti por dos veces, April. Me alegro tanto.

—Te amo, Julian.

Y con aquella confesión se ganó una noche de placer, preludio de toda una vida.

Epílogo

Cuando James pidió a Donaldson una botella de brandy y dos vasos, para esperar la vuelta de Richard, el mayordomo bajó la mirada.

—Señor, me temo que me ordenasteis que tratara a lord Illingsworth como os trataría a vos mientras fuera vuestro invitado. Que tenía el mismo poder que vos.

Alzó una ceja extrañado, asintiendo con la cabeza al mismo tiempo.

—El vizconde me pidió que trasladara todo el brandy de vuestra bodega a Westin House.

James se levantó de un brinco. Pero luego se mostró sereno. No tenía otro remedio, y no iba a perder los papeles en público, delante del servicio. Ya se encargaría del condenado de Sunder en privado. Pero ¿de veras le había dejado sin su brandy de estraperlo? Lo maldijo, sospechando que tendría algo que ver con el infame regalo de bodas prometido.

—Entiendo que usted no obedeció. —Era casi más un ruego que una pregunta.

—Desde luego que no, milord —replicó con dignidad Donaldson, para continuar después, hierático—. Pero no me pude negar a entregarle las llaves de la bodega una vez dentro, pues dijo buscar algo de champán para el convite, ni desobedecerle cuando me ordenó que subiera a la segunda planta a comprobar que todos los relojes estaban en hora.

James miró a su mayordomo. Parecía disfrutar con la situación, a pesar de que su postura era tan flemática como acostumbraba. No obstante, había un brillo sospechoso en sus ojos... Él mismo terminó por reír a carcajadas.

—Me pidió que os dijera que están a buen recaudo, y que esta noche no es menester que le esperéis, pero que se embriagará a vuestra salud.

De nuevo sonrió. Maldito y encantador cabeza hueca.

—Condenado de Sunder. En fin, ¿dejó el vizconde algo de oporto?

—Sí, milord.

—¿Y?

Había algo más, conocía al mayordomo lo suficiente para saber que le estaba ocultando algo. Esperaba que no hubiera atacado también sus reservas de whisky escocés. Lo desollaría si lo había hecho.

—Y... yo aparté una botella antes de indicarle dónde podía encontrar el brandy, milord.

—Bendito seas, Donaldson. Tráela ahora mismo y sírvete una copa.

Por supuesto que el viejo criado no se permitió la licencia de beber del licor de su señor, pero se alegró de que, al menos durante el viaje de su excelencia, el duque no manejara la casa, sino su hijo.

Y no volvería a hacerlo. Murió poco después, en un lugar recóndito de las Indias Orientales, tan recóndito que, hasta que la noticia llegó desde el corazón de un país a medio colonizar hasta la embajada, transcurrieron muchas semanas. Tantas, que ni siquiera se pudo recuperar el cuerpo.

La familia no se enteraría hasta pasados unos meses.

Así James pudo disfrutar durante todo ese tiempo de algo de tranquilidad, a pesar de que se hacía cargo de la herencia, con la esperanza de que al regresar su padre volvería a sentirse libre de corretear por todos los salones con Sunder, ahora que Bensters era un hombre respetable afincado en el norte.

Mientras, al otro lado del Atlántico, una mujer lloraba en silencio. Su marido la había rechazado de nuevo, echándola del lecho.

No le había dado un hijo en tres años, y ahora que estaba enfermo prefería no intimar con ella. Sin decírselo directamente, la culpaba de no haber engendrado para él un heredero.

Lloraba por no haber podido ser madre, lloraba por el marido que tenía, y lloraba por el que deseó tener y al que nunca tuvo opción. El mejor amigo de su hermano, su vecino de Westin House, el marqués de Wilerbrough, sería siempre el amor de su juventud, alguien a quien recordar en los malos momentos como aquel para sentir consuelo.

Pero la vida daba muchas vueltas, y el destino tenía una sorpresa preparada para ellos.

Notas de la autora

Me he tomado alguna licencia con *Cuando el amor despierta*, y sobre todo he puesto algunos guiños en ella, todos ellos muy significativos para mí, que espero disfrutéis conforme vayáis conociendo:

La primera licencia es el mote que pongo, que ya utilicé en *Cuando el corazón perdona*, a los protagonistas masculinos, a James, Julian y Richard. *Los tres mosqueteros* fue publicada en 1844, así que difícilmente pudieron llamarles así en 1818. Pero lo que no sabréis es que la novela de Dumas es una de mis favoritas. Visto desde la distancia que ofrece el tiempo, creo que si soy escritora, si tengo una imaginación tan vívida, lo es en parte por esta novela. Me la regalaron con siete años, y la he leído al menos media docena de veces, todas ellas siendo una cría. Y me he imaginado... bueno, no os aburriré con ello, pero la adoro. Cuando cruzó por mi mente la idea de ponerles ese nombre a «mis chicos» ya no pude negármelo. Espero que no me lo tengáis demasiado en cuenta.

Habréis encontrado también varios guiños a *Cuando el corazón perdona* y a Richard y a Nick. Pero os contaré uno que tal vez se os haya pasado: cuando a April se le pregunta si le gusta la música, esta responde que tiene planeado ir a un concierto en una pequeña iglesia en West Smithfield, llamada Saint Bartholomew the Great. Esa pequeña iglesia, que si alguna vez visitáis Londres os recomiendo encarecidamente que veáis, es la misma iglesia en la que ellos, Richard y Nicole, se casarán años después.

La dirección de la vivienda de lady Johanna, que repito en varias ocasiones, tampoco es casual. En el número veinte de South Street vivió lady Horatia *Horry* Winwood, la protagonista de *Matrimonio de conveniencias* de Georgette Heyer, hasta que se desposó con el conde de Rule. Escogí esta obra en concreto no solo porque sea una de las novelas favoritas de una de mis autoras preferidas, sino porque en ella hay un auténtico duelo a espadas entre caballeros. Uno de diez. Dado que el duelo de esta historia es más bien esperpéntico, salido de la peor tragicomedia, he querido rendir homenaje a los grandes duelos, a los de matrícula de honor, como el de esa preciosa historia.

Y siguiendo los guiños literarios, en la discusión del té, April le dice a Julian, cuando este le pregunta por sus conocimientos, que es una mujer instruida por ser la séptima hija de un pastor. Esa fue Jane Austen, la séptima hija de un pastor: la gran Jane Austen.

Tengo que confesaros, además, hablando de Austen, que escogí *Persuasión* para que se la leyera a lady Johanna no solo porque me viniera bien para la historia. Busqué después cómo encajarla, y no antes. Cuando escribo, para centrarme me pongo de salvapantallas a un hombre vestido del XIX que se parezca a mi protagonista. Y buceando entre las series de época di con un caballero rubio, de ojos azules, curiosamente parecido a Julian, que protagonizó una de tantas versiones de *Persuasión*. Así que tantas veces lo vi en la pantalla de mi ordenador, tantas confidencias compartimos, que le hice un pequeño hueco. Pero insisto, fue coincidencia, el personaje ya estaba pensado, y cualquier parecido entre dicho actor y mi Julian es fruto de la casualidad.

De otro lado, en la novela que escribe April... ¿no os suenan los nombres de los protagonistas? ¡Exacto! Son los protagonistas de *No traiciones a mi corazón*, de Johanna Lindsey, otra de mis escritoras imprescindibles. Alguien que hizo de la novela lo que es, una buena amiga que tuvo mucho valor para desmontarme la historia entera una vez entregada, y ayudarme a volverla a montar, a pesar de que a cada crítica que me hacía —críticas duras que siempre agradeceré— le daba un pellizco en la barriga y no podía cenarse la tortilla que le ponían en la mesa... Ese alguien adora a Ranulf y Reina, el Generalete, así que vaya en su honor, ya que no me deja decir su nombre, pues como siempre me espeta de malas maneras *«yo no quiero reconocimientos, leñes»*. Va por ti, por todo lo que has hecho por mí, preciosa.

Y mientras esa amiga anónima me ayudaba, se sumó otra, la *zumbada del boli rojo*, que tampoco quiere ser nombrada por la misma razón. Tanta modestia en la literatura romántica me abruma. Así que *Danke*, el dogo alemán negro que cuida de la virtud de April cuando es todavía una niña y conoce a Julian por primera vez, es mi guiño para ella. Eres fantástica, y para muestra no solo tu ayuda, sino el propio *Danke*.

Y sin que tenga nada que ver con la novela, por favor, dejadme que os explique que la M de Ruth M. Lerga es mi primer apellido, que soy Ruth Moragrega Lerga, y que me encanta serlo; es más, fue el nombre de un caballero que viajó desde la Corona de Aragón con Jaime I a reconquistar Valencia. La cuestión es que llevo toda la vida teniendo que deletrearlo cada vez que lo nombro para que lo entiendan correctamente, así que empleo el segundo para escribir tratando de ahorraros el trabajo a vosotras. Claro que no sé yo si Lerga es más sencillo. Y Ruth con hache al final... En fin, una hace lo que puede. Papá, gracias por ser tan comprensivo. Te quiero.

Pepita abrazaba todavía a su amiga Cruces, recién llegada de Daimiel, cuando la puerta se abrió.

—Rafael, ¿cómo es que has venido tan temprano?

Contestó este, pero sus ojos oscuros no la miraban a ella, sino que habían quedado cautivados por la joven que le acompañaba; y se perdió en su mirada azul, aquella que le acompañaría el resto de sus días.

—Intuía que si llegaba pronto hoy, encontraría a una mujer hermosa.

Y así se enamoraron mis abuelos.

D.E.P.